VERBOTEN

Die Blutbande-Reih

A.K. ROSE

Warning

Diese Reihe ist Teil der Cosa Nostra Welt, die mehrere miteinander verbundene Reihen umfasst. Die Stimmung ist düster, es gibt eine Reihe von romantischen Interessen für unsere weiblichen Hauptfiguren und wir raten den Lesern zur Diskretion.

Weitere Informationen zu den inhaltlichen Warnhinweisen findest du hier.

Bitte sei dir über deine eigenen Trigger und Grenzen bewusst. Dies ist eine Welt, die mit Mafia- und Gang-bezogenen Situationen zu tun hat. Die Charaktere sind keine Helden, sie sind ehrgeizig, skrupellos, hungrig und tun sich und anderen schlimme Dinge an.

Wenn du damit einverstanden bist, lies gerne weiter. Ich wünsche dir viel Spaß mit dieser düsteren, verbotenen Reihe. Ich kann es kaum erwarten, dir so viel mehr zu liefern …

Love Atlas, xx

EINS

Helene

DIE BLENDENDEN STRAHLEN DES ENTGEGENKOMMENDEN
Verkehrs prallten an dem heftigen Regen ab und machten die
Scheinwerfer zu einem durchdringenden Kaleidoskop. Ich
zuckte zusammen, wandte den Blick ab und vertrieb mir den
Regen aus den Augen, während ich am Straßenrand stand.

Rote, blaue und weiße Autos verschwammen im Vorbeifahren.
Ein schwarzer Sportwagen spritzte durch eine Pfütze und die
Flut durchnässte meine hohen Schuhe. Aber es war nicht das
Auto, auf das ich gewartet hatte. Noch nicht.

Doch er kam.

Das *Monster*, vor dem meine Schwestern Angst hatten.

Eine kalte Welle der Wut durchfuhr mich. Flackernde
Erinnerungen an die Folter tauchten auf. Ich erinnerte mich an
die Zeit, als London St. James den Priester gefangen gehalten
und blutig geschlagen hatte, um den Teufel selbst, Haelstrom
Hale, zu finden.

Aber der Priester hatte uns nichts gegeben, ebenso wenig wie sein Bruder, der Bastard, den meine Schwestern den Lehrer nannten, Kane Cruz. Wir brauchten den Direktor. Der skrupellose Mistkerl, der Hales kranke Befehle ausführte. Er war derjenige, der uns zu Hale führen würde.

Heute Abend würde er wissen, wer ich war.

Denn ich hatte mich so vorgestellt, dass er sich an mich erinnern würde.

Das Donnergrollen über mir lenkte meine Aufmerksamkeit wieder auf den Plan. Ich schaute mich im Straßenverkehr um. Es war nicht vorgesehen gewesen, dass es heute Abend regnen sollte ... und doch war es so. Es war fast so, als hätte das Schicksal entschieden, dass es passieren würde, ob ich nun bereit war oder nicht.

Aber was, wenn ich es nicht schaffen würde?

Was, wenn ich ... versagte?

Panik stieg in mir auf. *Denke daran, für wen das ist.*

Denke an Vivienne und Ryth.

Ihre Gesichter blieben mir im Gedächtnis. Große braune Augen, die schnell wütend wurden, und blaugrüne Augen, die vor Angst glühten. Ich klammerte mich an die Erinnerungen. Diesmal waren es echte Erinnerungen, nicht die von Fotos, die ich über die Jahre gehortet hatte. Sondern an die Tage zuvor, als meine beiden Schwestern vor mir standen und ich ihnen die Wahrheit gesagt hatte. Eine Wahrheit, die ich ihnen schon mein ganzes Leben lang sagen wollte. Eine Wahrheit, die sie beide hart getroffen hatte.

Ich stählte mein Rückgrat und hob meine Hand, um auf mein Handy zu schauen.

Auch wenn sie mich jetzt hassten, war es das wert, um für sie zu kämpfen.

Eine kleine rote Markierung flackerte auf der Straße, auf der ich stand. Ich beobachtete, wie die Markierung auf mich zukam, bis sie ganz nah war. Diese Aussicht zu beenden, war schrecklicher als das, was ich vorhatte. Trotzdem drückte ich auf den Knopf und richtete meinen Blick auf die blendenden Lichter. Funken tanzten in meinen Augen, als ich nach dem stahlgrauen Audi Ausschau hielt, wegen dem ich hier war. Der schnittige, dunkle Fleck raste auf mich zu und schlängelte sich geradezu zwischen den Fahrspuren hindurch, um sich wieder auf die Spur zu begeben, die am nächsten zum Bordstein lag.

Da! Da ist er.

Mein Kleid flatterte, als ich einen Schritt machte und meinen Blick auf die Straße vor mir richtete. Ich wusste, was ich zu tun hatte. Regen fiel in meine Augen und trübte meine Sicht. Nur hatte ich nicht mit Regen gerechnet. Meine hohen Schuhe klackerten auf dem Asphalt und meine Füße rutschten in den durchnässten Sohlen. Jetzt gab es keinen Schrecken mehr, nur eine Taubheit, die tief in mich eindrang, als ich versuchte, meinen Plan wieder aufleben zu lassen.

Es fühlte sich alles so *weit weg* an.

Der Regen.

Der Verkehr.

Nichts davon war echt.

Bis ich zur Seite statt nach vorne fiel und dieser riesige Stahlfleck auf mich zustürmte.

Ich drehte meinen Kopf zu dem dunklen Umriss hinter dem Lenkrad, zu den weiß blitzenden, gefletschten Zähnen und den großen, unerschrockenen Augen. Die Reifen quietschten, als der Fahrer auf die Bremse trat und direkt auf mich zusteuerte.

Aber es war zu spät. Zu spät, um dem Auto auszuweichen, zu spät, um das zu verhindern, was gleich passieren würde. Ich war jetzt in den Händen des Schicksals ... und eines Monsters.

BUMM!

Der Aufprall war brutal.

Meine Füße wurden unter mir weggerissen, als ich wie eine Feder herumgeschleudert wurde und mein Kopf mit einem Knall auf dem Stahl aufschlug. Aber ich hatte keine Zeit für Schmerzen, bevor ich wieder nach vorne kippte und auf dem regengetränkten Asphalt liegen blieb. Ein Schrei ertönte, zuerst gedämpft, dann schrill und ohrenbetäubend. Ich wusste nicht, ob es meiner war oder der von jemand anderem. Aber er hörte nicht auf, selbst als der stechende Geruch von Gummi und Benzin in meine Lunge drang.

Regen fiel in meine Augen und zwang mich, sie zu schließen.

Bitte ...

Das Flehen erfüllte mich.

Das dumpfe Geräusch von Schritten ertönte und ein dunkler Schatten senkte sich herab und verdeckte die Scheinwerfer. Ich blinzelte und versuchte, meinen Kopf zu heben, bis die Qualen meinen Schädel spalteten.

»*Verdammt noch mal!*« Das tiefe männliche Brüllen ertönte über mir. »*Was zum Teufel hast du dir dabei gedacht?*«

»*Oh, mein Gott!*«, heulte eine Frau und beendete den grässlichen Schrei. »*Du hast sie einfach überfahren! Du hast die arme Frau einfach überfahren.*«

Ein Stöhnen entwich. Das war meins, tief und würgend, bis ich Blut schmeckte. *Verdammt, das war heftig ... verdammter Regen.* Das war nicht mehr nur vorgetäuscht. Das war echt.

»Du bist zu schnell gefahren.« Die Stimme der Frau wurde oktavenweise lauter. »Ich habe dich viel zu schnell um die Autos herumfahren sehen! *Jemand muss die Polizei rufen!*«

»Nein«, dröhnte die Stimme. Dann war es still. Stille, während die Dunkelheit in mir aufkam und mich begrüßte. Stille, während die Welt zu einem Kriechgang zu werden schien. Stille ... bis er wieder sprach. »Ich werde sie selbst ins Krankenhaus bringen.«

Was?

Entsetzen stieg in mir auf.

Das war nicht der Plan.

Das war nicht ...

Als ich versuchte, die Augen zu öffnen, bohrte sich der Schmerz durch meinen Schädel.

»Ruf einfach einen Notarzt ...« Mein Atem stockte, als der Schmerz meinen Kopf in zwei Hälften teilte.

Starke Arme schoben sich unter meinen Rücken und meine Hüften. Mein Kopf fiel nach hinten und schickte eine stechende Welle durch meine Schläfe.

»Warte«, murmelte ich, als die trostlose Leere in meinem Kopf immer kühner und finsterer wurde. *Ich sagte ... warte.*«

Er sagte nichts und wartete nicht.

Er hob mich einfach von der Straße und trug mich durch die Nacht.

Teile meiner Erinnerung wurden von der aufsteigenden Flut der Dunkelheit in mir mitgerissen. Meine Augen hörten auf zu zucken, als der Regen plötzlich nachließ. Das dumpfe Aufschlagen einer Autotür folgte, bevor ein dunkler, männlicher Geruch mit jedem Atemzug in mich eindrang.

Und ich konnte nicht mehr wach bleiben.

Ich war dabei zu fallen, in diese Leere zu rutschen, aber ich kämpfte dagegen an.

Ich rutschte auf dem Rücksitz hin und her, drückte gegen das schwarze Leder und wusste, dass sich das Auto bewegte. Das sollte nicht passieren. Ich hätte nur mit einem Kratzer davonkommen sollen. Ein Krankenwagen wäre gerufen worden. Riven Cruz hätte nach meinen persönlichen Angaben gefragt und schon hätte ich eine Chance gehabt.

Aber nicht so.

Das war zu nah.

Das war ... erschreckend.

Die pulsierende Welle drang tiefer ein. Ich stöhnte und kämpfte darum, wach zu bleiben.

Die Reifen quietschten auf dem Beton. Wir drehten uns wieder und wieder und wieder.

Bis wir anhielten. Ich zwang meine Augen auf und stöhnte, als die unerträgliche Welle immer wieder nach vorne schlug. Der Motor erstarb. Eine Autotür öffnete und schloss sich. Kalte Luft strömte herein und raubte den männlichen Geruch. Eine Sekunde lang war da nichts. Für meine blinzelnden Augen war er nur ein dunkler Fleck, der in der offenen Autotür stand und auf mich herabstarrte.

Dann beugte er sich vor, schob seine Hände noch einmal unter mich und hob mich aus dem Auto.

Nein.

Ich wollte verlangen, dass er mich runter und gehen ließ. Aber mein Mund wollte nicht funktionieren und die Worte kamen nicht. Wärme drückte gegen mich. Ein leiser Schlag kam von der Autotür, bevor wir uns bewegten.

Die Bewegung seines Körpers brachte mich ins Wanken.

Das dumpfe Geräusch seiner Schritte war das Einzige, was zu hören war.

Er sprach nicht, nicht dass ich gedacht hätte, er würde es tun.

Riven Cruz war ein eiskalter, abscheulicher Mistkerl.

Krankenhaus.

Das Wort tauchte in meinem Verstand auf.

Er wollte mich ins Krankenhaus bringen.

Ich hielt meine Augen geschlossen, mein Verstand wurde immer schwächer und schwächer. Plötzlich nahm ich das Geräusch von Stahltüren wahr, dann fuhren wir Stockwerk für Stockwerk nach oben, bis mich ein leiser Ruck wieder zurückholte. Ich öffnete die Augen, als sich die Fahrstuhltüren öffneten, und sah, dass er geradeaus starrte.

Er musterte.

Den Korridor.

Alles.

Er passte nicht einmal mein Gewicht an, als er weiterging. Das Grau fraß an den Rändern meiner Welt und zwang mich, meine Augen wieder zu schließen. Nur, dass ich diesmal nicht wirklich auftauchte. Diese Leere hielt mich gefangen, während ich nur schwache Geräusche wahrnahm. Schritte entfernten sich, dann das Scharren eines Stuhls.

Ich atmete den Geruch von Desinfektionsmitteln ein. Ich spürte einen Stich in meinem Arm, scharf und grausam. *WARTE!* Panik machte sich breit und löste einen einzigen, ohrenbetäubenden Impuls aus, der nur eine Sekunde lang anhielt, bis alles in sich zusammenfiel.

Es gab kein Verblassen, kein Flackern, kein ... nichts.

Dunkelheit.

Das war alles, was existierte.

Bis sich diese Dunkelheit sanft aufhellte.

Mein Kopf schwamm. Die Geräusche waren dumpf und verschwommen. Ich stöhnte und versuchte, meine Augen zu öffnen, aber meine Lider waren so schwer ... *so ... schwer.* Ich blinzelte und versuchte es erneut. Die Farben waren unscharf. Weiß. Grau. Schwarz. Das Klirren eines Glases schärfte meine Aufmerksamkeit. Ich atmete tief ein und konzentrierte mich langsam auf den Mann vor mir.

Ein Mann, den ich kannte.

Sein Kopf war nach unten geneigt und er starrte mich an, während er einen halbvollen Becher mit einer Art Scotch hob. Ich konnte den Duft von hier aus riechen. Der Raum wurde schärfer und die Farben blieben, wo sie sein sollten. Vor allem das dunkle Grau der Augen, die auf mich gerichtet waren.

Der Schrecken brach über mich herein, riss die verwaschene Unschärfe weg und stürzte mich in blendende Klarheit. *Scheiße ... Scheiße.* Mein Verstand raste mit einer Million Meilen pro Stunde. Ich sollte nicht hier sein, nicht in seiner Wohnung. Nicht bei ihm, auf einem weißen, riesigen Ledersofa. Silberne und schwarze Möbel zogen meinen Blick auf sich, während ich nach einem Ausweg suchte. Draußen vor den bodentiefen Fenstern funkelte die Stadt.

Denk nach.

Ich schluckte, mein Verstand war so langsam und neblig, dass ich verzweifelt nach einem Ersatzplan suchte ... einem Plan C, nachdem Plan B in die Hose gegangen war. Meine Knie waren unangenehm gebeugt. Ich bewegte mich und hob meine Hände von der Seite, bis eine Leine riss und sie ruckartig zum Stillstand brachte. Etwas zog an meinen Knöcheln und biss fest zu.

Ich blickte herab. Der Raum drehte sich, als ich das tat. Der Blick auf meine nackten Schenkel wurde verschwommen. *Ruhig. Ruhig.*

Aber als sich meine Sicht klärte und der Raum schärfer wurde, sah ich, wie sehr ich in Schwierigkeiten steckte. Meine Hände waren auf beiden Seiten gefesselt und an meinen Knöcheln festgeschnallt, sodass ich weder meine Arme heben noch meine

Beine strecken konnte. Menschen tun so etwas nicht, jedenfalls keine normalen Menschen. *Sie tun so etwas nicht ...*

»Dein Name.«

Es war keine Frage, sondern eine Aufforderung.

Ich hob meinen Blick. Der Raum schimmerte wieder, dann schärfte sich mein Blick auf ihn.

Mein Name ... mein ... Name ... Mir drehte sich der Magen um, als ich versuchte, mich daran zu erinnern, was zum Teufel gerade passiert war. Das Auto ... der Regen ... *der verdammte Regen.* Ich öffnete den Mund, um zu sprechen, aber meine Zunge funktionierte nur langsam.

»Helene«, lallte ich. »Helene.« *King.* »Montgomery.«

»Helene Montgomery.« Er ließ sich den Namen auf der Zunge zergehen, schluckte und beobachtete mich mit einem Blick, der mich durchschaute.

Er wartete.

Er wartete darauf, dass ich in Panik geriet.

Dass ich anfing zu schreien und an den Fesseln an meinen Handgelenken zerrte.

Mein Kleid war um die Taille geschnürt, meine Knie waren offen und mein Slip zur Schau gestellt.

Er schaute alles an ... nein, er schaute nicht. *Er starrte.* Mein Körper zuckte und meine Muskeln spannten sich an.

»Du bist vor mein Auto getreten.« Er hob meinen Blick und sah mich an. »Wo wolltest du hin?«

Lügen vermischten sich mit der Realität. Ich leckte mir über die Lippen. »Zu einem Date.«

»Einem Date.« Sein Blick fiel wieder auf mein Höschen. »Man sagt, wenn ein Mann eine Frau mit nach Hause nimmt und sie passende Unterwäsche trägt, hat sie sich entschieden, in dieser Nacht Sex zu haben.«

Er streckte seinen Finger aus, schob ihn unter den Träger meines schwarzen Kleides und zog ihn herunter, sodass mein mokkabrauner Spitzen-BH zum Vorschein kam, welcher zu meinem Höschen passte.

Ich hob meinen Blick zu ihm. Er wartete immer noch darauf, dass ich zusammenbrach, nicht wahr? Er trieb mich an meine Grenzen, um herauszufinden, wie viel Terror ich ertragen konnte. Ich starrte ihn trotzig an. Er zerrte weiter und entblößte die Spitzen meiner vollen Brüste und den rosa Schrägstrich einer Narbe.

Meine Narben.

Ich schluckte schwer. Meine milchig-weißen Schenkel spreizten sich, die Narben darauf waren noch nicht zu sehen. Aber ein einziges Ziehen an meinem Kleid würde genügen, und er würde sie sehen.

Bitte, Gott.

Lass ihn sie nicht sehen.

Er runzelte die Stirn und kniff die Augenbrauen zusammen.

Ich reagierte nicht so, wie er es von mir erwartet hatte.

»Ein Date«, sagte er vorsichtig. »Mit wem?«

Mit wem?

Ich leckte mir über die trockenen Lippen. Meine Gedanken rasten und zogen einen Namen aus dem Nichts. »Michael Di Angelo.«

In seinem Augenwinkel zuckte es. Er starrte mich mit seinem kalten Blick an. »Michael Di Angelo«, wiederholte er und seine Stimme wurde tiefer. »Und was macht Michael Di Angelo beruflich?«

Meine Atemzüge rasten. »Er ist ein ... er ist Grundschullehrer.«

Er blickte auf meine Brüste hinunter. »Und wäre euer erstes Date gewesen?«

Ich schluckte schwer. *Nein, keine Fragen mehr.*

»*War das euer erstes Date?*«, knurrte er und fletschte seine Zähne.

Die Erinnerungen an die Sekunde vor dem Unfall kamen wieder hoch. Er war ein dunkler Fleck ... ein dunkler Fleck, der seine Lippen wie ein Tier kräuselte.

Ein Ungeheuer. So hatten ihn meine Schwestern beschrieben.

Sie hatten recht.

Riven Cruz war ein Raubtier und im Moment war ich seine Beute.

Mein Puls hüpfte und raste. Die Fesseln ruckten, als ich daran zerrte. »Mach meine Hände los.«

Er drehte sich um, ging weg und verschwand hinter mir. Ich drehte mich auf dem Sitz und versuchte verzweifelt, einen Blick hinter mich zu werfen, bis die Qualen wieder aufflammten. Ich stieß ein Stöhnen aus und schloss die Augen.

Noch immer donnerte die Panik und vermischte sich mit dem gedämpften Geräusch seiner Schritte.

Ich öffnete sie noch einmal und fand ihn neben mir. In seiner Hand hielt er eine Spritze. Er begegnete meinem Blick, als er die Spitze der Nadel in meinen Arm drückte.

»Nein ... NEIN!« Ich zuckte zusammen.

Aber es war zwecklos.

Der Piekser kam.

Die Nadel drückte sich bis zum Anschlag hinein.

Ich sah hilflos zu, wie sich die Finsternis näherte.

»Ich fürchte, du wirst dein Date nicht wahrnehmen, Helene Montgomery«, murmelte der Direktor. »Weder heute Abend noch sonst irgendwann.«

ZWEI

Riven

Sie hatte nicht geschrien. Ich blickte nach unten, als sich ihre Augen schlossen und ein langsames, leises Ausatmen von ihren geschürzten Lippen kam.

Meine Hand umklammerte die Spritze, mein Finger lag immer noch über dem Kolben, wie der Abzug einer Waffe. Ich beobachtete sie eine Sekunde lang, bevor ich mich umdrehte, in die Küche ging und die Spritze neben dem Beruhigungsmittel auf das Tuch legte.

Sie hatte nicht geschrien.

Dieser nagende Gedanke drehte sich in meinem Kopf.

Dicke, braune Locken fielen über die Armlehne des Sofas, auf dem sie lag. Mein Puls raste. Ich wollte mir einreden, dass es die Angst war, die diese Reaktion auslöste. Aber das war es nicht. Es war mehr als das.

Ärger.

Ich atmete ein.

Genau das war sie.

Ich musste sie loswerden.

Nur diese verdammte Frau … In meinem Augenwinkel zuckte es. *Ich habe dich viel zu schnell um die Autos herumfahren sehen! Jemand muss die Polizei rufen!* Meine Atemzüge wurden tiefer, als ich die Schreie dieser verdammten Schlampe wieder hörte. Ich könnte sie umbringen. Ich konzentrierte mich auf die Frau, die auf meinem Sofa lag, Helene Montgomery, und die von dem Unfall. Ich könnte sie beide töten und das *Problem* loswerden.

Meine Gedanken rasten und ich versuchte mich daran zu erinnern, wer noch um uns herum war. Aber ich konnte es nicht ganz zusammenfügen. War da eine Menschenmenge? Ich hielt inne und runzelte die Stirn. Vielleicht? Mist. Wenn es eine Menschenmenge gab, konnte ich sie nicht einfach ausschalten. Eine Vermisstenmeldung in den verdammten Nachrichten würde mir zu viel Ärger einbringen.

Ärger, den ich nicht gebrauchen konnte.

Nicht jetzt.

Ich warf einen Blick zurück auf sie.

Sie bedeutete Ärger. Egal, wie ich es betrachtete.

Trotzdem hatte sie nicht geschrien.

Ehe ich mich versah, ließ ich die Nadel hinter mir und kehrte zu ihr zurück. Der Träger ihres Kleides war heruntergezogen und die Spitzen ihrer cremefarbenen Brüste lagen frei. Ich starrte sie an, bevor ich mich zwang, den Blick abzuwenden.

Erinnerungen stürmten auf mich ein.

Brüste.

Münder.

Die Körper der Töchter in voller Pracht.

Abscheu überkam mich, doch ich wandte mich wieder ihr zu, der rosa Linie, die sich über die weiche weiße Haut zog. Sie war ... *unvollkommen* und nicht wie die Frauen, die ich gefoltert hatte. Aber sie könnte es sein, oder nicht? Sie könnte es sehr wohl sein. Ein unheimliches Gefühl wurde in mir wach, als ich sie anstarrte. Sie kam mir bekannt vor, als hätte ich sie schon einmal gesehen. Aber das konnte nicht sein, denn ich vergaß *nie* ein Gesicht.

Meine Atemzüge wurden tiefer, als ich mich auf die gezackte Linie konzentrierte. Eine, die bis nach unten reichte, bis ...

Ich beugte mich vor und zerrte das Kleid nach unten, bis ihre Brust zum Vorschein kam. Ihre zartrosa Brustwarze war glatt. So verdammt verlockend. Ohne nachzudenken, streckte ich meine Hand aus und strich mit dem Daumen über die samtige Haut. Ihr Körper reagierte und spannte sich unter meiner Berührung an. Ich ließ meinen Blick zu ihren geschlossenen Augen schweifen.

Hinter ihren Lidern zuckte es nicht und ihre Atmung veränderte sich nicht. Sie war immer noch unter Wasser, immer noch ...

Ich konzentrierte mich auf die kleine, angespannte Spitze und beugte mich vor. Helene Montgomery war bewusstlos und verletzlich. Ich konnte also tun, was ich wollte. Aber es war nicht ihre Brustwarze, die ich leckte. Es war diese rosa Linie. Die, die mich aus irgendeinem unheimlichen Grund erregte.

Sie war sowieso ruiniert, oder? Ich schloss die Augen, als meine Zunge ihre Haut berührte; die Spitze zeichnete die Linie nach, die in das Tal zwischen ihren Brüsten eintauchte, bevor ich mich zurückzog und über ihre Brustwarze leckte. Was war ein bisschen mehr Zerstörung?

Weich.

Warm.

Bewusstlos.

Nicht schreiend oder jammernd oder sich gegen mich wehrend. Dieses Mädchen gehörte ... *mir*. Ich konnte mit ihr machen, was ich wollte. Mein eigenes, privates Spielzeug. Eine Welle der Erregung stieg langsam in mir auf.

Ich griff nach ihrer Brust und drückte sie, um die Wärme tiefer in meinen Mund zu treiben. Meine Zunge kreiste, meine Zähne griffen hart zu. Ich saugte, leckte und war wütend über diese kranke Verkommenheit, als sich ihr NIppel zuspitzte. Wärme durchflutete mich. Mein Körper spannte sich an und mein Schwanz wurde hart und steif, bis ich meinen Kopf wegzog.

Ich nahm meine Hand weg, stolperte nach hinten und wischte mir den Mund ab, als wäre sie Gift.

Ich schluckte schwer und starrte sie an.

Gift ... das gefiel mir.

Was zum Teufel tat ich da? Meine Gedanken rasten, als mir alles klar wurde. Eine Frau, die ich entführt und unter Drogen gesetzt hatte, befand sich in meinem Wohnzimmer. Und wer weiß, wie viele Schaulustige das alles beobachtet hatten. Ganz zu schweigen davon, dass ich nicht wusste, wer sie vermisste.

Ich fuhr mir mit den Fingern durch die Haare. Ich hätte nur eine verdammte Nachricht von Hale gebraucht und meine Welt wäre zusammengebrochen.

Falls er noch am Leben war.

Nein. Ich schüttelte den Kopf. Nicht *falls.*

Er *war* es.

Ich wusste es ... und dieser Mistkerl, London St. James, wusste es auch.

Das war der einzige Grund, warum wir noch am Leben waren. Wenn er etwas anderes geglaubt hätte, hätte St. James meinem Bruder und mir in diesem verdammten Lagerhaus eine Kugel in den Kopf gejagt.

Ein Lagerhaus, in das ich nur gegangen war, um meinen Bruder zu retten. Ein Schaudern durchlief mich. Auf dieser Reise hätte ich fast mein Schicksal besiegelt ... und das meiner Schwester in den Händen eines verdammten Monsters gelassen. Wenn ich sterben würde, wenn *irgendjemand* von uns sterben würde, wäre alles umsonst gewesen.

Ein Klingeln.

Ich warf einen Blick auf das Handy auf dem Tresen und bewegte mich dann. Mein Herz raste, als ich es mir schnappte und auf den Bildschirm sah.

Kane: Er ist aufgewacht. Wir brauchen dich in 30 Minuten im Pfarramt.

Es war nicht Hale. Ich atmete langsam aus. Keine Kommunikation war genauso erschreckend, wie wenn sie aus dem Jenseits käme.

Ich tippte zurück: *Alles klar.*

Dann drehte ich meinen Kopf langsam zu der bewusstlosen Frau in meiner Wohnung. Ich musste etwas unternehmen. Aber was?

Ein weiteres Klingeln.

Ich blickte nach unten.

Kane: Bring mehr Drogen und Waffen mit.

Ein Krieg stand bevor, auf den ich nicht vorbereitet war, denn wir hatten keine Seite, auf der wir standen. Nein, wir waren auf uns allein gestellt. Ich drehte mich um und ging in Richtung meines Schlafzimmers, dann schaltete ich das Licht im Badezimmer an.

Spärlich.

Leer.

Die kahlen weißen Fliesen ließen mich zusammenzucken, als ich zum Waschtisch ging und die Tür des Spiegelschranks aufriss. Fläschchen mit Medikamenten säumten die Regale, genug, um eine kleine Klinik zu eröffnen. Ich drehte mich um, um einen Blick über die Schulter zu werfen – oder um eine Frau bewusstlos zu halten, die ich in meinem Haus hatte.

Im Moment brauchte mein Bruder die Medikamente. Ich schnappte mir, was ich finden konnte, sowie frische Nadeln, Verbandszeug und Desinfektionsmittel und sammelte alles in meinen Armen. Glasflaschen klirrten, als ich sie auf das Bett warf, bevor ich zu meinem Schrank ging, einen schwarzen Rucksack holte und alles einpackte. Als Nächstes kamen die Waffen, von denen ich einige hinter der Wand in meinem

Schlafzimmer versteckt hatte. Das war nur eines der vielen Verstecke, die ich in der ganzen Wohnung hatte.

Ich schnappte mir so viele, wie ich konnte, packte sie und eine Menge geladener Magazine in die Tasche und ging hinaus. Ich drehte mich nicht um, als ich die Tür zuzog, sondern ging nur zum Aufzug und warf einen Blick auf die verschlossene Tür im Treppenhaus, für die ich den einzigen Schlüssel hatte. Ich drückte den Code in das Tastenfeld und wartete auf den Aufzug. Das Penthouse war so sicher wie jeder verschlossene Raum im Orden. Ein Weg hinein und kein Weg hinaus.

Die Türen öffneten sich mit einem Rauschen, ich stieg ein und machte mich auf den Weg in die Garage.

Warum hatte sie nicht geschrien?

Der Gedanke nagte an mir, als der Aufzug ruckartig zum Stehen kam und sich die Türen öffneten. Ich stieg aus und ging zu meinem Audi, der direkt vor dem Eingangstor geparkt war. Die Lichter blinkten, als ich den Schlüsselanhänger drückte, die Tür öffnete und die Tasche darin verstaute. Aber ich setzte mich nicht hinter das Steuer, noch nicht. Ich ging nach vorne, um den Kühlergrill und die Stoßstange zu überprüfen. Es gab kaum einen Kratzer ... fast so, als wäre es nie passiert.

Mein Blick ging zum Aufzug. Ich kämpfte gegen das Bedürfnis an, wieder nach oben zu gehen, um sicherzugehen, dass sie nicht nur ein Hirngespinst meiner kranken Fantasie war. Ich leckte mir über die Lippen und konnte immer noch die schwache Spur ihres Parfüms schmecken. Nein, sie war keine Illusion. Sie war sehr ... sehr real.

Das Pochen meines Pulses wurde lauter, bevor ich mich umdrehte, die Fahrertür aufriss und hinter das Lenkrad stieg.

Sie würde warten müssen. Ich startete den Wagen und fuhr aus der fast leeren Garage zurück auf die Straßen der Stadt.

Das Pfarramt.

Ich hatte ihnen gesagt, dass sie dort nicht hingehen sollten.

Aber hatten sie auf mich gehört?

Nein.

Hatten sie nicht.

Genauso wie ich ihnen gesagt hatte, dass sie abhauen und sich bedeckt halten sollten, bis wir eine Bestätigung über Hales Aufenthaltsort hatten. Denn wir brauchten diese Bestätigung. Eine verdammte Nachricht. Das war alles, was wir brauchten. Eine weitere Spur. Eine weitere Gelegenheit.

Denn er war immer noch da draußen.

Ich fuhr die Seitenstraßen entlang, beobachtete die ganze Zeit den Rückspiegel und bog bei der hohen Sandsteinkonstruktion der St. Augustine Kirche ab. Der schwarze Mercedes meines Bruders war auf der anderen Seite der Einfahrt zum Pfarramt geparkt. Ich verkrampfte mich, fuhr hinter ihn und stellte den Motor ab.

»Idioten«, murmelte ich, als ich ausstieg, mir die Tasche schnappte und auf die Tür zusteuerte. Ein harter Aufprall und ich knickte ein. »Ich bin's.«

Die schweren Schlösser öffneten sich mit einem Klirren, bevor die Tür angelehnt wurde. Ich ging hinein und scherte mich einen Dreck darum, als die Tür gegen Kanes Arm knallte. Das hatte er verdient, und noch viel mehr. »Wo ist er?«

»Hinten«, knurrte mein Bruder wütend.

Gut so.

Dann waren wir schon zwei.

Die Bude war kaum groß genug, um eine verdammte Katze zu beherbergen. Ich ging den engen Flur entlang zu dem einzigen Schlafzimmer im hinteren Bereich. Das gedämpfte gelbe Licht machte kaum einen Unterschied in der Dunkelheit, aber es reichte aus, um die zusammengerollte Gestalt auf dem Bett zu sehen. Wäre das nicht der Fall gewesen, hätten die feuchten, mühsamen Atemgeräusche genügt, um meinen Blick auf sich zu ziehen.

»Ist er aufgewacht?« Glas klirrte, als ich die Tasche auf das Bett fallen ließ.

»Ein oder zweimal.«

»Hat er etwas gesagt?« Ich riss die Tüte auf und durchwühlte die Flaschen.

»Du meinst, abgesehen davon, dass es ihm *leid tut*?«

Ich sagte nichts. Wozu sollte eine Entschuldigung gut sein? Das würde uns nicht das bringen, was wir wollten. Ein gurgelndes Stöhnen kam von dem zusammengekauerten Körper vor mir. Langsam drehte mein Bruder den Kopf und sein blutunterlaufener Blick fand mich.

»Du siehst beschissen aus.« Ich holte ein Fläschchen mit Antibiotika und eine Spritze heraus.

»Danke«, stöhnte er. »Dieser scheiß St. James.«

»Nein, du *Mistkerl*«, schnauzte ich, während ich die Nadel in das Fläschchen stach und den Kolben zurückzog.

Ich musste so oder so immer ihre verdammten Missgeschicke aufräumen.

Ihr Gesichtsausdruck hellte sich augenblicklich auf. Die großen, braunen Augen starrten mich an.

Cremige Haut.

Die rosa Narbe.

Völlig bewusstlos in meiner Wohnung.

Ich erstarrte, mein Blick war auf die gefüllte Spritze gerichtet.

Er zischte, als ich die Nadel tief hineinsteckte: »Was ist das?«, fragte Kane.

»Nichts.« Ich zog die Nadel heraus, drehte mich zu Thomas um, riss das Laken herunter und stach meinem Bruder in den Oberschenkel.

Er zischte, als ich die Nadel tief einsteckte und ihm Antibiotika verabreichte. Als Nächstes kam das Schmerzmittel, bevor ich den Verband an seinem anderen Oberschenkel abzog und die Schusswunde untersuchte, die dieser Wichser, St. James, hinterlassen hatte.

»Gibt es etwas Neues?«, fragte Kane.

»Von wem?«

»Von beiden.«

Ich schüttelte den Kopf, zog den Verband wieder an und hob meinen Blick. »Nein.« Ich richtete mich auf. »Aber du musst diesen Mist aufräumen. Wir müssen bereit sein. Wenn er untergetaucht ist, bedeutet das, dass es noch eine weitere Einrichtung gibt, von der wir nichts wissen.«

»Es gibt keine,« murmelte Kane und blickte nach unten, als Thomas' Augen von der Droge zufielen. »Das kann nicht sein.«

»Er ist irgendwo hingegangen, nicht wahr?«

Kane dachte mit finsterer Miene nach.

Aber es gab kein verdammtes Szenario, das ich nicht in Betracht gezogen hatte.

»Die Leichen.«

»Sie werden entsorgt.«

Er schaute mich an. »Du bist immer noch da?«

»Ich habe schließlich keine andere Wahl, oder?«

Ich spielte immer noch die Rolle, immer noch ein verdammter Lakai für Hales Spiele, und während ich meine Scheinrolle erfüllte, durchsuchte ich jeden Zentimeter dieses Ortes nach einer brauchbaren Spur. Eine Spur, auf die der Jäger wartete. Eine Spur, auf die wir alle warteten.

»Du hältst uns auf dem Laufenden, wenn etwas passiert.«

Das hörte sich nicht wie eine Frage an. *Er meinte damit, dass ich eine Frau unter Drogen gesetzt und in meiner Wohnung festgehalten hatte,* denn das war passiert. Ich schluckte und mein Puls raste in meiner Brust, als die Erinnerung an sie wieder lebendig wurde. Ich nickte. »Ja. In der Tasche sind Waffen und Drogen. Achte darauf, dass er weiterhin Flüssigkeit zu sich nimmt. Ich melde mich morgen, aber jetzt ...« *Muss ich mich um ein Spielzeug kümmern.* »Muss ich schlafen.«

»Verstehe.«

Ich warf dem schlafenden Thomas noch einen letzten Blick zu, bevor ich zur Tür ging. Ich konnte gar nicht schnell genug gehen und ließ die Tür offen, als ich zu meinem Auto ging. Die Tür fiel mit einem dumpfen Schlag zu, bevor der Motor aufheulte und ich losfuhr.

Du hast es ihnen nicht gesagt.

Warum hast du es ihnen nicht gesagt?, fragte die nörgelnde Stimme.

Ich drehte das Lenkrad, gab Gas und fuhr den Weg zurück, den ich gekommen war. Weil ... weil sie nicht real war, oder?

Nein.

Sie war es nicht.

Ich gab Gas und raste durch die Straßen, bis das große Wohnhaus in Sicht kam. Ein Adrenalinstoß traf mich, als ich auf die Bremse trat und an die Schranke heranfuhr. Ich drückte auf den Knopf und fuhr fast in den Scanner hinein, als ich anhielt.

»Komm *schon*«, schnauzte ich, als die Schranke erst zitterte, dann zuckte und sich schließlich hob.

Ich hatte ihnen gesagt, sie sollten das verdammte Ding reparieren. Ich drückte auf das Gaspedal und raste hindurch. In meinem Verstand tauchte der Gedanke an die Frau auf. War sie weg? War sie wach und nahm meine verdammte Wohnung auseinander? Ich warf einen Blick auf die Uhr. So lange war ich noch nicht weg.

Eine Stunde.

Ich riss das Lenkrad herum und raste zum Parkplatz. Ich stieg aus, knallte die Tür hinter mir zu und streckte die Hand aus, um den Knopf zu drücken, während ich mit langen Schritten auf die Tür zusteuerte.

»Mr. Cruz!«, rief Vernon und trat hinter der Rezeption hervor.

Meine Wangen brannten. Ging es um *sie*? Die Frau in meiner Wohnung? Die Fahrstuhltüren öffneten sich. »Nicht jetzt«, antwortete ich über die Schulter, trat ein und drückte den Knopf, sodass er uns nicht mehr sehen konnte, als sich die Türen zwischen uns schlossen.

Mein Herz raste, als ich aufwärts fuhr.

Ein schweres Einatmen ließ einen Schwall kühler Luft in meine Lunge strömen. Ich konzentrierte mich auf meine Atemzüge und verlangsamte sie, während die Lichter über der Tür aufleuchteten. Es dauerte verdammt lange. Mein Kiefer verkrampfte sich, als das verdammte Ding ruckartig zum Stillstand kam.

Ich war schon in Bewegung und schlug mit der Schulter gegen die Tür, um rauszukommen. Meine Wohnungstür war in Sichtweite. Ich tippte den Code ein, riss die Tür weit auf und trat ein.

Sie war immer noch da.

Ihre Knie waren gebeugt.

Ihr Kopf nach hinten gesunken.

Langsam schloss ich die Tür hinter mir und trat ein, angezogen von ihr wie eine Motte vom Licht. Nur war ich keine Motte, oder? Ich war ein Ungeheuer. Ein kaltes. Grausames. Monster. Ich kam näher, blieb vor dem Sofa stehen und blickte nach unten. Vielleicht starrte ich sie ein bisschen zu sehr an.

Ihre Lippen öffneten sich, ihre Brust lag immer noch frei. Ich konnte ihre Haut fast schmecken. Fast spürte ich die Wärme unter meiner Zunge. Ich senkte meinen Blick auf ihr braunes Spitzenhöschen und ihre Handgelenke, die an ihren Knöcheln festgebunden waren. Es war eine grausame Position.

Eine entblößte Position.

Eine, die ich sehr genoss.

Ich streckte meine Hand aus, berührte ihr Knie und öffnete ihre Schenkel mit einem Ruck weiter. Ich wollte da rein. In die Wärme. In sie eindringen, wie der Bastard, der ich wirklich war. Mein Puls pochte lauter. Ich wollte sie spreizen. Sie entblößen. Mein Blick richtete sich auf eine Unvollkommenheit ... auf einen grausamen, silbernen Schrägstrich.

»Was zum Teufel?« Ich beugte mich hinunter und schob ihre Beine weiter auseinander. Da war ein kreuzförmiges Muster auf ihrem Oberschenkel.

Die Schnitte waren so dünn. Rasiermesserscharf.

Ich ließ meinen Blick zu ihren geschlossenen Augen schweifen. Sie hatte sich selbst verletzt. Es gab keinen anderen Grund dafür. Ich richtete meinen Blick wieder auf die dünne, gerade Linie. Zweifellos mit einem Rasiermesser. Ich hob meinen Blick auf ihr Kleid, das sich an die Konturen ihres Körpers schmiegte. Ein Kleid, das sie für ihn getragen hatte.

Eifersucht durchfuhr mich.

Ich war eifersüchtig auf diesen Mann, den ich nicht kannte. Auf diesen ... *Michael DiAngelo.*

Er hatte eine Frau wie sie nicht verdient. Ihre Narben riefen mich. Ruiniert. Gequält. Ich streckte meine Hand aus und strich ihr zerknittertes Kleid höher, bis die Spitze ihres Höschens zu sehen waren. Ohne nachzudenken, packte ich das geraffte Kleid, riss es mit einer Hand hoch und hob mit der anderen ihren Oberschenkel an, bis ich es über ihre Brüste schob und wegwarf.

Ihr Körper war verwüstet.

Ich suchte nach den Verletzungen, die ich mir bei dem Unfall zugezogen hatte, aber sie waren geringfügig: ein Kratzer, eine Rötung, die zweifellos zu einem Bluterguss geworden war. Anscheinend war ihre Gehirnerschütterung das Schlimmste gewesen. Aber es waren ihre früheren Wunden, die mich in ihren Bann zogen. Eine tiefe, frisch verheilte Wunde an ihrer Seite, die grausamer war, als eine Rasierklinge sie hinterlassen könnte. Dann eine weitere Narbe darunter. Das saubere Loch war eines, das ich nur zu gut kannte ... eine Kugel.

Ich starrte sie an, während mir der Boden unter den Füßen wegzufallen schien.

Das war keine wahllose Frau.

Das war ... *Schicksal.*

DREI

Helene

Die Kälte drang tief in mein Inneres ein und löste eine Gänsehaut aus, die mir den Rücken hinunterlief.

»Kämpf nicht dagegen an«, folgte ein Befehl. »Du willst doch nicht, dass diese schöne Fotze zerreißt, oder?«

Das eisige Gefühl schob sich weiter und weiter und weiter, bis ein ratterndes Geräusch kam.

»So ... verdammt ruiniert.« Seine Stimme wurde in meinem Ohr schärfer. »So etwas habe ich noch nie gesehen.«

Eine Stimme, die ich kannte.

Eine Stimme, die ich fürchtete.

Meine Augenlider flatterten auf.

»Ich kann nicht aufhören, an dich zu denken, Helene Montgomery. Du gehst mir einfach nicht aus dem Kopf«, murmelte er. »Und das ist ein *sehr* gefährlicher Ort.«

Zwischen meinen Beinen entstand ein Druck. Kälte drängte sich hinein ... Kälte, wo keine sein sollte.

»Du hättest nicht vor mein Auto treten sollen. Du hättest mich dich nicht *sehen* lassen sollen.«

Wach auf, Helene ... wach auf, verdammt! Die leise Stimme in meinem Kopf wurde lauter.

Ich holte tief Luft und kämpfte gegen die Leere an, die mich bedrückte.

Alles, was ich sah, waren dicke Strähnen rostbraunen Haares. Sein Kopf war gebeugt. Wärme leckte über meine Brustwarze und saugte sie ein. Es folgte ein Zwicken, das mir ein Stöhnen entlockte. Erst als er sich bewegte, verstand ich.

Er fickte mich.

Nein ... er ...

Er erstarrte, ließ meinen Nippel aus seinem Mund gleiten und hob langsam den Kopf. »Keiner weiß, dass du hier bist, nur ich.«

Der Schrecken tauchte in meinem Verstand auf. Ich bäumte mich auf, zerrte an den Fesseln um meine Knöchel und drückte verzweifelt meine Hüften in die Luft. Aber meine Schenkel waren weit gespreizt und etwas war in mir verkeilt. Etwas, das er tief in mich hineingestoßen hatte, um mich noch mehr zu öffnen. Ich atmete tief ein und machte den Mund auf, um zu schreien.

Er bewegte sich schnell und erstickte den Schrei mit seiner Hand. »Du willst schreien?« Diese grausamen Augen bohrten sich in meine. »Nur zu. Ich mag es, wenn das Geräusch gegen meine Hand gedämpft wird.«

Ich versuchte zu kämpfen. Ich versuchte zu *denken*.

Hatte er mich vergewaltigt?

Das war das Einzige, was in meinem Verstand auftauchte.

Hatte er das?

Ich verdrängte die Frage und versuchte, meinen außer Kontrolle geratenen Atem zu verlangsamen. Das Letzte, was ich brauchte, war eine Ohnmacht. Stattdessen starrte ich ihn an, als er den Kopf drehte und nach unten blickte. Mein Kleid war weg, mein BH und mein Höschen auch. Meine Knie waren weit gespreizt und ich war völlig nackt. Er sah alles – mir stockte der Atem – er sah *alles*.

»Deine Narben.« Er bewegte seine Hand, sodass sie beide Seiten meines Mundes umfasste. »Erzähl mir von ihnen.«

»Lass mich los«, brüllte ich, aber meine Worte waren brüchig.

Bitte!

Das war es, was ich wirklich sagen wollte.

Bitte, lass mich gehen. Bitte, tu das nicht.

Es kostete mich all meine Kraft, nicht zu flehen.

»Willst du es mir nicht sagen?« Er fuhr mit seinen Fingern über meine Brust und dann meinen Körper hinunter. »Das ist in Ordnung. Ich werde sie mit meiner Zunge nachzeichnen, damit sie es mir selbst sagen können. Was hältst du davon?«

Bei diesen Worten verkrampfte sich mein Körper. Ich blickte auf meine weit gespreizten Schenkel hinunter. »Nimm das Ding aus mir raus.«

Seine Hand wanderte weiter nach unten, zum oberen Teil meiner Muschi und glitt hinunter.

Ich schloss meine Augen, als ein Schaudern durch mein Inneres fuhr. Aus Reflex kämpfte ich und zerrte verzweifelt an den Fesseln um meine Handgelenke, als sein Daumen meinen Kitzler fand.

Meine Muschi verkrampfte sich. Diese Kälte in mir war so brutal.

»Dieser Mann ... Michael DiAngelo. Hattest du vor, mit ihm zu schlafen?«

Mit wem?

Mein Verstand hatte Mühe, sich zu fangen, und brauchte viel zu lange, um die Lüge wieder aufleben zu lassen. Was hatte ich noch gesagt? Ich versuchte mich zu erinnern, aber ich musste immer wieder daran denken, wie diese Stimme, die so emotionslos war, meinen Puls beschleunigte.

Das Verlangen stieg auf. Krankes, verdorbenes Verlangen. Ich versuchte, meine Knie zusammenzuziehen und mich seiner ekelhaften Berührung zu entziehen. *»Lass mich los, verdammt!«*, schrie ich und riss meinen Kopf weg.

Sein grausamer Griff presste meine Lippen gegen meine Zähne und zwang meinen Blick zurück zu ihm. Seine dunklen Augen funkelten mich wütend an. *»Hattest du vor, mit ihm Sex zu haben?«*

»Ja!«, schrie ich und schmeckte Blut. *»JA, ICH HATTE VOR, MIT IHM SEX ZU HABEN!«*

Sein Kiefer verkrampfte sich und seine Lippen kräuselten sich. Seine Atemzüge waren viel zu schnell, als dass er sich hätte beherrschen können. In diesem Moment war er gewaltbereit. Furchteinflößend ... und faszinierend zur gleichen Zeit.

Aus irgendeinem schrecklichen Grund konnte ich den Blick nicht abwenden.

»Dann lass es mich stattdessen sein.«

Was?

Er ließ seine Hand sinken, packte meine Kehle und drückte zu, während er meinen Kitzler rieb, bis ich mich bockte und drehte und einen Schrei ausstieß. Einem, der meine Kehle zum Brennen brachte.

»Schrei, so viel du willst.« Sein Griff drückte mich gegen die Rückenlehne des Sofas. »Keiner kann dich hören.«

Seine Berührung strahlte Wärme und Kraft aus. Er umkreiste mich jetzt sanft und ließ beide Finger langsam zu beiden Seiten gleiten. Je mehr ich mich wehrte, desto mehr spürte ich ihn. Die Art, wie er seinen Körper an mich presste. Die Art, wie seine Hand nie zu fest drückte.

Gerade genug.

Genug, damit er seine Hüften gegen mich stoßen konnte, immer noch vollständig bekleidet.

Genug, damit er seine Finger tiefer gleiten lassen konnte, bis sie über das *Ding* in mir strichen.

»Ich muss dich aus meinem Kopf kriegen, Helene Montgomery.« Er ließ seine Finger in mich eindringen. »Und zurück ins Spiel.«

Weiße Sterne flammten hinter meinen Augen auf. »*Nein!*«, heulte ich. Aber es war mehr als ein Stöhnen. Ein Stöhnen, das noch einmal kam. »*Nein ...*«

»Du machst nur *Ärger*«, stöhnte er gegen mein Ohr und stieß seine Hüften gegen mich. Sein Griff um meinen Hals war eher eine Liebkosung. »Ärger, den ich loswerden muss.«

Ich wand mich heftiger und trieb seine Finger tief in mich hinein.

Mein Körper verriet mich und verursachte einen tiefen Druck.

»Wehr dich so viel du willst, aber du bist verdammt nass. Du willst, dass man dich besitzt. Du willst benutzt werden. Du bist für mich nur ein Gegenstand. Eine enge Fotze, die ich weit spreize. Ich könnte die Spitze meines Schuhs hineinschieben und du würdest kommen. Stimmt's?«

Er schob zwei Finger über dieses *Ding*. Sein Daumen strich über meine Klitoris.

Ich schloss meine Augen, schüttelte den Kopf und stieß einen gequälten Laut aus.

»Mach schon. Bettle.«

Meine angewinkelten Hüften brachten ihn dazu, zu reiben.

Ich schloss meine Augen und das Reiben meiner Hüften wurde langsamer.

»Sieh mich an«, befahl er.

Diese Stimme.

Diese verdammte Stimme.

»*Jetzt.*«

Ich zwang mich, meine Augen zu öffnen und ihn anzusehen.

Seine Lippen kräuselten sich, das Lächeln war verbittert.

»Braves Mädchen.«

Bei diesen Worten verkrampfte sich mein Körper, und er spürte es. Das gefühllose Lächeln wurde noch breiter. Er wandte den Blick ab, zog seine Finger heraus und das ratternde Geräusch verschwand, sodass sich mein Körper anspannte.

»Jetzt komm für mich, Helene Montgomery«, forderte er und stieß seine Finger wieder hinein.

Ich schüttelte den Kopf und mein Körper verkrampfte sich um seine Finger.

»Gehorsame Schlampe.« Er zog sich zurück und ließ seinen Griff um meine Kehle bis zum letzten Moment bestehen, als er sich erhob.

Dann ließ er mich los und ließ einen Schwall Luft tief in mich eindringen. Ich schüttelte den Kopf, als er vor mich trat und dann auf die Knie sank.

Er senkte seinen Blick zwischen meine Beine. »Grundschullehrer.« Er spuckte die Worte aus, als wäre er beleidigt. »Scheiß auf ihn.«

Ich drückte meine Fersen nach unten und presste meinen Körper gegen die Sofalehne, um ihm zu entkommen. Aber er packte mich an den Oberschenkeln und zog mich wieder nach unten.

»Nein ... NEIN!«

Er zwang meine Knie auseinander, senkte seinen Kopf und leckte meine Narben, bevor er seinen Mund auf meine Muschi drückte.

Der Widerstand wurde mir entrissen.

Seine Zunge drang ein.

Er war so sanft.

Und so verdammt gut.

Er schaute mir in die Augen und öffnete seinen Mund weiter, um mich zu verschlingen.

Grundschullehrer.

Tränen ließen sein Gesicht verschwimmen, als meine Knie weiter nachgaben. Aber es war nicht mehr unter seiner Kontrolle. *Es war unter meiner.*

Der Druck wurde stärker und ließ mich an den Fesseln zerren. Er umkreiste meinen Kitzler mit seinem Daumen und saugte an ihm, um diesen schrecklichen Hunger näherzubringen. Die Muskeln in seiner Kehle arbeiteten, als er schluckte.

Seine Lippen glitzerten, als er seinen Kopf anhob, und der unnachgiebige Daumen ließ mich stöhnen. »Du bist ein braves Mädchen«, sagte er und spreizte meine Muschi weit, bevor er zwei Finger tief in sie stieß. »Willst du verwöhnt werden oder willst du an der Kehle gepackt und bis zum Anschlag gefickt werden?«

Mein Innerstes krampfte sich zusammen, als er noch härter zustieß.

Er benutzte mich brutal.

Ich krümmte meine Wirbelsäule.

Ich hasste ihn.

Ich hasste ihn so sehr ...

»Nur ein Niemand«, stöhnte er. »Ein Niemand, der es mag, auf meinem verdammten Sofa zu kommen. Mach schon, du Niemand. Mach eine Sauerei.«

»*Bi*—«, wimmerte ich und mein Kopf drehte sich wie wild unter seinen gnadenlosen Stößen. »*Bitte!*«

»Komm!«, brüllte er.

Weiße Funken sprühten hinter meinen Augen, als meine Hüften nach oben schnellten. Er begegnete den Stößen mit seinem Mund, seine Zunge stieß hinein und brachte mich dazu, meine Schenkel um seinen Kopf zu verkrampfen.

Mein Kitzler pulsierte und mein Innerstes verkrampfte sich. Ich griff nach den Fesseln und drückte meine Brüste nach oben.

Er leckte über meinen Schlitz, bevor er seinen Kopf anhob.

Ich holte keuchend Luft und kam in die Realität zurück.

Monster.

Die Worte meiner Schwestern wurden lauter.

Er ist ein Monster.

Er wischte sich den Mund mit der Hand ab und erhob sich, wobei er mich mit einem besitzergreifenden Blick anschaute, bevor er nach unten griff und das Spekulum sanft aus meinem Inneren zog. »Michael DiAngelo wüsste nicht, was er mit einem Ding wie dir anfangen sollte.«

Ich zuckte zusammen, als sich mein Körper zusammenzog. »Fick dich!«

Er machte ein finsteres Gesicht und holte tief Luft. Mein Blick senkte sich auf die dicke Beule in seiner Hose. Sein Anblick ließ mich zusammenzucken und mein Körper verkrampfte sich noch mehr. Ich wandte meinen Blick ab und klammerte mich an diesen Hass.

Bumm!

Der Schlag kam von der Tür.

Ich richtete meinen Blick eine Sekunde vor ihm auf das Geräusch.

Ding.

Es kam von einem Handy irgendwo hinter mir.

Er bewegte sich schnell und schritt um das Sofa herum.

Bumm. Bumm.

Die eindringlichen Schläge kamen von der Tür. Der Schrecken stürzte in mich hinein. Ich zerrte an den Fesseln, sobald er den Kopf von mir abwandte. Als er um die Sofalehne herumging, leuchtete der Bildschirm seines Handys. Ich sah die Nachricht, als er auf die Tür zuging.

Unbekannt: Geh ran. H.

H.

H?

Es musste Hale sein.

Er musste es sein.

Ich schüttelte den Kopf. »Nein.«

Aber es war zu spät, als er die Tür öffnete.

Sie wurde nach innen gedrückt. Zwei Männer in weißen Plastikoveralls traten ein, ohne ein Wort zu sagen. Sie bemerkten mich nicht, zumindest nicht auf den ersten Blick. Einer stellte eine Tasche auf den Boden, dann richtete er sich auf.

Er erstarrte, als er mich sah. Dann drehte Riven seinen Kopf und folgte seinem Blick zu mir.

»Was soll der Scheiß?«, murmelte die Reinigungskraft und blickte zu dem Mann, der sich der Direktor nannte. Aber in seinem Blick lag weder Schrecken noch Verwirrung. Es war Wut.

Seine Lippen kräuselten sich und in seinen Augen blitzte Zufriedenheit auf. Er griff nach seinem Handy und hob es an, während seine Finger über den Bildschirm fuhren.

»Was machst du hier?«, verlangte Riven.

Die Reinigungskraft antwortete nicht.

Die Sekunden wurden langsamer. Mein Herzschlag setzte aus, während sich alles in Zeitlupe bewegte. Riven drehte sich um und fand mich immer noch nackt und gefesselt vor. In seinen Augen flackerte ein Hauch von Wut auf, eine Explosion, die sich zu steigern schien, als er sich wieder dem Putzmann zuwandte, der in sein Handy tippte.

Ein Brüllen ertönte.

Wild und furchterregend.

Riven ließ sein Handy fallen und stürzte sich auf den Mann, der beauftragt war, jede Spur von ihm auszulöschen. Das Handy wurde dem Putzmann aus der Hand gerissen, flog durch die Luft, krachte auf den Boden und schlug gegen das Sofa, auf dem ich gefesselt war.

Bumm.

Bumm.

Es folgten Schreie, aber nicht die von Riven. Er drückte dem Putzmann seine Daumen in die Augen.

Der andere Mann, der bei ihm war, stand wie erstarrt da.

»Binde mich los!«, schrie ich. »*JETZT!*«

Aber er tat es nicht. Er stolperte nur rückwärts und drehte sich dann zur offenen Tür.

Bumm.

Bumm.

KRACH!

Langsam drehte ich meinen Kopf, als ich das Donnern von Schritten auf dem Flur hörte. Riven richtete sich auf. Seine Finger, die vor wenigen Sekunden noch mit meinen Flüssigkeiten bedeckt gewesen waren, waren jetzt blutverschmiert. Ein verzweifelter Schrei kam von draußen.

Riven drehte sich einfach um und ging auf die Tür zu. Er blieb stehen, um hinter einen Schrank zu greifen und eine Waffe herauszuziehen, bevor er aus der Wohnung schritt. Das Dröhnen meines Pulses unterdrückte die Geräusche ...

Bis ... »*Nein ... Nein! NEIN!*«

Knall!

Ein Schuss ertönte und hinterließ nichts als Leere. Schreckliche Leere.

Langsam ging Riven zurück ins Haus. Er sah mich nicht an, als er zu mir ging, sondern beugte sich vor und nahm das Handy vom Boden. Blutflecken bedeckten sein Gesicht, makaber und atemberaubend. Er drückte auf den Knopf des Handys, machte ein finsteres Gesicht und hob dann die Waffe.

Nein!

Ich wartete darauf, dass die Mündung auf meinen Kopf zielte. Aber das tat sie nicht. Er drehte sich einfach um und schleuderte das Handy quer durch den Raum.

»Scheiße!«, brüllte er. *»SCHEIßE!«*

Das Geräusch erschrak mich. Er holte sein eigenes Handy heraus und fuhr mit den Fingern über den Bildschirm, bis er es an sein Ohr hielt. »Ich bin's. Wir haben ein Problem. Ich habe eine Nachricht erhalten. Ja ... ja und nein.«

Erst dann senkte er seinen Blick und seine grausamen Augen trafen meine. »Die Reinigungskräfte wurden hergeschickt. Nein, weil ich sie getötet habe. Ja ... ja, das ist richtig. Ich weiß es nicht. Ich werde ein paar Anrufe machen und herausfinden, was ich kann. Du musst dich bereit machen, umzuziehen. Ja, *jetzt.«*

Er ließ das Handy sinken und beendete das Gespräch.

Sein Schweigen war noch erschreckender als seine Schreie.

»Ich habe doch gesagt, dass du Ärger machst«, sagte er schließlich, als er um das Sofa herum zurücktrat und aus dem Blickfeld verschwand.

Als er wieder auftauchte, hatte er eine Spritze und ein Fläschchen dabei.

Eine, deren Stich ich schon zu oft gespürt hatte.

»Nein!« Ich wand mich, als er das Fläschchen anhob und es mit der Nadelspitze durchstach. »NEIN!«

Er packte mich am Arm und hielt mich fest, während er sich herunterbeugte.

Ich reagierte instinktiv, zog meinen Kopf nach hinten und warf ihn mit einem Schrei nach vorne, sodass er gegen seinen prallte.

Er stolperte rückwärts und machte große Augen, als seine Knie einknickten. Ich schleuderte mich seitwärts und fiel vom Sofa auf den Boden.

Ein leises Stöhnen kam von ihm, als ich meinen Blick zu der Tasche auf dem Boden schweifen ließ und mich darauf zubewegte. Mein Hintern schlitterte über die Fliesen, bevor ich an der Tasche riss und sie auf die Seite kippte. Ein Messer flog heraus und klapperte neben meine Hand.

»Komm verdammt noch mal zurück«, warnte Riven.

Ich hörte nicht auf, sondern schnappte mir das Messer und zerrte damit an der Fessel auf meiner rechten Seite, wodurch sie in zwei Teile zerschnitten wurde. Meine linke Seite war die nächste. Ich musterte den Inhalt der Tasche, während ich die Fesseln löste. Aber da war keine Waffe. Nur das Messer, Klebeband und ein paar Werkzeuge. Ich schnappte mir das Messer, stieß mich vom Boden ab und stürmte auf die offene Tür zu.

»*Nein!*«, brüllte Riven.

Panik erfüllte mich, als ich stolperte und meine Füße sich nur langsam bewegten.

Blut spritzte gegen die geschlossenen Fahrstuhltüren. Der tote Putzmann lag auf dem Rücken, die Arme weit ausgebreitet. Ich warf einen Blick auf die Tastatur vor dem Aufzug, für die ich einen Code brauchte.

Scheiße!

Ich wirbelte herum, musterte den Rest des leeren Flurs, der auf der anderen Seite des Gebäudes endete, und konzentrierte mich dann auf den Notausgang ... einen, der ein Schloss hatte. *SCHEIßE!* Ich stürmte los und meine Gedanken rasten.

Rot.

Rot auf Weiß.

Ich warf einen Blick auf den Feuerlöscher, der an der Wand hing, als ein ohrenbetäubendes Gebrüll ertönte.

Beweg dich! Ich stürzte vorwärts und wurde gerade langsam genug, um den schweren Metallkanister zu ergreifen und ihn von der Wand zu reißen.

Ein Schmerz durchzuckte meine Seite. Die Wunden von der Bombenexplosion heilten noch immer. Aber das war mir jetzt egal. Ich hob den schweren Stahlkanister über meinen Kopf und rannte zur Tür.

Ich hörte seine Schritte und seinen keuchenden Atem auf mich zukommen.

Ich stieß ein Schluchzen aus und meine Ellbogen zitterten, weil ich immer noch von den Drogen geschwächt war, als ich den Feuerlöscher mit meinem ganzen Gewicht warf ... und das Schloss zerbrach.

Bumm!

Der Kanister schlug auf dem Boden auf, während ich an dem nun zerbrochenen Schloss riss und die Tür öffnete. Dunkelheit wartete, Dunkelheit und ein leeres Treppenhaus.

Ich drehte mich nicht um, sondern stürzte einfach hinein.

Und betete.

VIER

Riven

Ein Brüllen entfuhr mir, als ich aufstand. Blutig, sengend ... und erschreckend.

Knack!

Das hohle Geräusch schoss mir durch den Kopf wie der Schlag einer mit Stahl geküssten Faust. Ich stemmte mich gegen den Boden und die weißen Fliesen verschwammen, bevor sie sich schärften. Blut. Leichen. *Sie.*

Die Realität traf mich.

Ich richtete mich auf und blickte an dem toten Putzmann vorbei, der auf dem Boden lag, dann setzte ich mich in Bewegung, schnappte mir mein Handy vom Beistelltisch und stolperte zur Türöffnung. Am Ende des Flurs ließ sie den Feuerlöscher mit einem ohrenbetäubenden Klirren fallen und riss das kaputte Schloss aus der Tür zum Treppenhaus. Dann war sie weg, stürzte in die Dunkelheit und ließ mich zurück.

Nein ...

NEIN!

Ich stolperte, schlug mit der Hand gegen den Türrahmen meiner Wohnung und stürmte ihr hinterher. Es gab keinen Spielraum mehr zum Nachdenken. Jetzt hatte ein anderes, krankes Bedürfnis die Kontrolle.

Alles, was ich sah, war die offene Tür zum Treppenhaus, als ich an der Leiche der zweiten Reinigungskraft vorbeirannte. Doch die Realität holte mich ein ... und mit ihr kam die Nachricht von einer unbekannten Nummer. Eine, die mit einem H gekennzeichnet war.

Es war Hale.

So musste es sein.

Er rief mich zu sich.

Aber es waren nie nur zwei Leute, die geschickt wurden, um jemanden und seine Aufzeichnungen auszulöschen, nicht wahr? Nein. Es waren nie nur zwei.

Es waren mehr.

Ich zuckte zusammen, als mir die Wut blendende Klarheit verschaffte.

Nein ... es waren noch mehr hier.

Sie würden sie töten.

Sie würden ... *Helene Montgomery* töten.

Ich stieß die Tür auf, stürzte in die Dunkelheit und streckte meine Hand aus, um nach dem Geländer zu greifen. Die schwachen, hektischen Schritte ihrer nackten Füße schienen diesen seltsamen Hunger nur noch mehr anzustacheln. Ich stürzte die Treppe hinunter, als unter mir der Lichtschein dem Heulen der Scharniere folgte.

Sie war auf der Flucht.

Sie war …

Ich rannte nicht. Ich warf mich nach unten, nahm drei und vier Stufen auf einmal, bis ich mit der Schulter gegen die Tür knallte.

Da stand sie vor dem Aufzug, die Arme um ihren nackten Körper geschlungen.

Ding.

Das Geräusch des Fahrstuhls folgte. Ich sprang, als sich die Tür öffnete und sie hineinsprintete.

»Komm schon!«, heulte sie, während sie verzweifelt auf den Knopf drückte. *Tipp … tipp … tipp …TIPP.*

Meine Stiefel polterten auf dem Boden, als ich rannte, und in der Ferne schlossen sich die Fahrstuhltüren.

Ich war dabei, sie zu verlieren …

Ich würde sie verlieren! Ich stürzte mich auf sie und streckte verzweifelt meine Hand aus. Der Schmerz schoss durch meine Knöchel, als sich die Türen langsam öffneten.

»Nein … NEIN!«, kreischte sie und stolperte rückwärts, bis sie gegen die Wand knallte.

Ich atmete schwer, trat langsam ein, drehte meinen Kopf, um den Knopf zu drücken und die Türen zu schließen. »Nun …«, meine Atemzüge waren ein Inferno. »So behandelt man doch nicht seinen Gastgeber!«

»Du *Mistkerl!*« Sie stürzte sich auf mich und schwang ihre Faust zu einem perfekten Kinnhaken ... *wenn er denn gelandet wäre.*

Aber es gab keinen Platz zum Ausweichen. Zumindest nicht für sie. Ich packte ihr Handgelenk, trat vor und drückte sie gegen die kalte Stahlwand, während wir nach unten fuhren. »Ich bin ein Bastard, Helene. Ich bin der Bastard. Derjenige, vor dem du dich zusammenkauern wirst. Derjenige, nach dem du schreien wirst.«

Schwach wurde mir bewusst, wie schnell wir uns bewegten ... und wie warm ihr Körper an meinem war. Ich griff zwischen uns hindurch und ihre Brüste berührten meinen Arm. Verdammt, wenn mein Schwanz bei dieser Berührung nicht zuckte. Trotzdem knöpfte ich mein Hemd auf. »Du wirst das anziehen.«

Sie bewegte ihren Mund, warf dann ihren Kopf nach vorne und spuckte mir ins Gesicht.

Die Spucke tropfte mir über die Wange, während ich meinen Kiefer zusammenbiss. Meine tiefen Atemzüge waren wild. Aber ich behielt die Kontrolle, fuhr ihr mit der Hand über den Kopf und presste mich an sie.

»Willst du mich anspucken, Helene?«

Sie krümmte sich und versuchte, sich zu befreien, als ich meinen Kopf senkte. »Ich könnte dich jetzt ficken. Das ist dir doch klar, oder? Ich bin hart genug. Ich wette, du bist auch noch feucht. Ich könnte in deine weiche Fotze stoßen, mich tief in dir vergraben. Ich wette, du würdest dich nicht einmal wehren ... nach einer Weile.«

Sie versteifte sich bei diesen Worten, dann hob sie ihren Blick zu mir. »Nur zu, ich schneide dir den Schwanz ab und schiebe ihn dir in die Kehle.«

Bumm.

Bumm.

BUMM!

Mein Herz raste bei dieser Drohung. Die Wut in ihren Augen ließ mich hart werden. Sie war nicht nur irgendeine Frau. Nein, Helene Montgomery war eine Überlebenskünstlerin. Ich leckte mir über die Lippen. Das Bedürfnis brüllte in mir. Ich wollte sie. Ich wollte sie mehr, als ich je eine andere Frau zuvor gewollt hatte.

Doch der Aufzug kam mit einem dumpfen Geräusch zum Stillstand.

Ich trat zurück, riss sie mit mir und schob ihre Hand in den Ärmel meines Hemdes. »Es kommen noch mehr. Verstehst du, was ich damit sagen will? Es kommen noch mehr Männer, genau wie die in meiner Wohnung. Willst du, dass sie dich finden?«

Ich arbeitete schnell, trieb ihre andere Hand in den anderen Ärmel und zog mein Hemd zu, als sich die Türen öffneten. Ich drehte mich, um sicherzugehen, dass ich vor ihr stand und griff nach hinten, um ihr Handgelenk zu greifen.

»Nein«, antwortete sie.

»Gut.« Ich trat in das Foyer der Wohneinheit hinaus. »Dann tu genau das, was ich sage, und wir kommen vielleicht lebend hier raus.«

Die dumpfen Geräusche des Stadtverkehrs wurden lauter, als ich sie mit mir zog. In dem Moment, in dem ich meinen Kopf zum Nachttisch und der Nervensäge dahinter, Vernon Bridges, drehte, machte er große Augen.

»Mr. Cruz!«, rief er, als zwei Männer in Sichtweite kamen.

Einer von ihnen zerrte noch am Verschluss seines Plastikoveralls. Vernon schaute sie an, dann wieder zu mir. »Ihre Reinigungskräfte, Sir. Ihre ...«

Peng!

Vernon zuckte zusammen, als sein Hinterkopf explodierte und er augenblicklich zu Boden stürzte. Ich drehte mich zu den beiden Männern um, als der mit der Pistole mich ansah.

Helene riss verzweifelt ihre Hand aus meiner. Aber es gab keinen Ausweg aus dieser Situation. Nicht für sie und nicht für mich. Nicht mehr.

Der Putzmann machte ein finsteres Gesicht, als sein Partner seinen Overall hochzog und sich zu der Leiche bewegte, um Vernon aus dem Blickfeld der getönten Scheiben zu ziehen.

»Die Garage«, murmelte ich und trat einen Schritt zurück. »Geh in die verdammte Garage.«

Ich drehte mich um, Panik stieg in meinem Kopf auf. Meine Schlüssel steckten noch in meiner Tasche. Ich war so verzweifelt gewesen, zurück zu ihr zu kommen, so verdammt verzweifelt, dass ich mir nicht einmal die Mühe gemacht hatte, sie herauszuziehen.

Jetzt war ich dankbar dafür.

Ich zerrte sie heraus, als sich die automatischen Türen öffneten und auf den leeren Parkplatz führten ... und mein Auto davor wartete. Ich drückte auf den Knopf, um das Auto zu entriegeln, während ich ihren Arm packte, sie zum Auto zog und die Beifahrertür öffnete.

»Lass los!« Sie wehrte sich, drehte sich um und ballte ihre Faust.

Ich musste vorsichtig sein ... diese Frau war *gefährlich*.

Ein harter Ruck und ich riss ihren Kopf nach vorne. *»Hör mir zu!«*

Sie hatte keine andere Wahl, als meinen Blick zu erwidern. Die Wut wartete. Sie glitzerte und funkelte nicht wie eine Explosion in ihren Augen. Nein, wie ein Raubtier, das lauert. Mein Magen verkrampfte sich. *Was zum Teufel?*

Ich schluckte und machte meine Kehle so nass, dass ich sprechen konnte. »Die Männer da drinnen sind gefährlich. Sie arbeiten für einen mächtigen Mann. Einen Mann, den ich ...«

Ich suchte ihren Blick und versuchte, ihr die korrupte, tödliche Welt zu erklären, in der ich lebte. Aber wie sollte ich das tun? Wie sollte ich einer Person mein Leben erklären, die keine Ahnung hatte, was ich getan hatte ... *und für wen ich es getan hatte?*

»Du meinst die toten Männer in deiner Wohnung?«

Ich machte ein finsteres Gesicht. »Ja.«

»Die Männer, die du getötet hast.«

»Ja.«

»Warum?«

Ich schüttelte den Kopf. Mir war bewusst, dass jede Sekunde eine tickende Zeitbombe war und ich hatte keine Zeit, einer beliebigen Frau zu antworten ... einer Frau, die ich gerade mit meinem verdammten Auto angefahren hatte.

»Warum hast du sie getötet?«

Mein finsteres Gesicht wurde noch finsterer. Ich starrte sie an, während meine Gedanken rasten. Ich hatte nicht nachgedacht. Das war die Wahrheit. Ich hatte einfach ... gehandelt. Aber warum? Warum sollte ich Männer töten, von denen ich wusste, dass sie von Hale geschickt worden waren?

Dieser Sekundenbruchteil kam mir wieder in den Sinn.

Der Moment, in dem der Putzmann den Kopf gedreht hatte.

Der Moment, in dem er sie angeschaut hatte.

»Weil ... weil er dich angesehen hat.«

Nackt. Gespreizt. Immer noch feucht von meinem Mund. Mein. Dieser gewaltige Hunger stürzte sich auf mich. Einer, das jetzt einen Namen hatte: Besessenheit. Mit einem Ruck kehrte ich in die Realität zurück und packte ihren Arm fester, während ich mich näher an sie heranlehnte.

»Weil er dich verdammt noch mal angeschaut hat. Niemand darf das tun. Nicht sie ... und auch nicht dieser verdammte Michael DiAngelo. Und jetzt ...« Ich griff nach ihrem Kopf und drückte sie zu Boden. »Steig in das verdammte Auto.«

Sie knickte ein und fiel hinein. Ich knallte die Tür zu, trat zur Seite und drehte mich um, um sie mit meinem Blick auf dem Sitz zu halten. Wenn sie jetzt abhauen würde, wäre ich am Arsch. Wenn sie jetzt wegrennen würde, wäre ich verzweifelt.

Aber sie rannte nicht weg, sodass ich die Fahrertür aufreißen und mich hinter das Lenkrad klemmen konnte. Die automatischen Türen des Wohnhauses öffneten sich, als ich den Knopf drückte, um den Motor zu starten. Helene starrte geradeaus, als ich den Rückwärtsgang einlegte und aus der Parklücke fuhr.

Scheiße!

SCHEISSE!

Was zum Teufel habe ich mir dabei gedacht?

Ding.

Mein Handy klingelte in meiner Tasche. Ich ignorierte es, drehte das Lenkrad und fuhr aus der Garage. Überall lagen Leichen, im Flur und in meiner Wohnung. Die falschen Leichen. Wie zum Teufel sollte ich das Hale erklären? Ich warf ihr einen Blick zu, als Helene den Sicherheitsgurt ergriff, ihn herunterzog und ihn festhielt.

Meine Gedanken rasten, als ich an der Schranke abbremste und in den Rückspiegel schaute. Sie folgten mir nicht, als die Schranke aufging. Ich riss das Steuer herum und raste aus der Garage auf die Straße.

Ich beschleunigte den Wagen und drehte das Lenkrad, um in die ruhigen Wohnstraßen zu fahren. Ich brauchte einen Ort zum Nachdenken ... um herauszufinden, was passiert war und wie ich uns wieder ins Boot holen konnte. Denn das mussten wir.

Wir waren so verdammt nah dran.

Wir waren so nah dran, die Informationen zu finden, auf die wir zehn verdammte Jahre gewartet hatten.

Die Information, die uns zu Hale geführt hatte.

Ich ballte meine Fäuste um das Lenkrad und starrte geradeaus.

Bis sie sich bewegte, an meinem Hemd zog und die Knöpfe öffnete. Sie lenkte meine Aufmerksamkeit auf sich. Ich warf einen Blick in ihre Richtung und sah, wie sie sich gegen die Tür stemmte, um so weit wie möglich von mir weg zu sein.

Es tut mir leid.

Die Worte steckten in meinem Kopf fest. Denn es gab keine Chance, dass sie jemals meine Lippen erreichen würden. Dem Direktor tat es nie leid.

Die hohen Wohnblocks verschwanden in der endlosen Dunkelheit. Ich drehte das Lenkrad und beschleunigte in Richtung eines Unterschlupfs, der mir in Brentville gehörte ... bis mein verdammtes Handy vibrierte.

Mit einem Knurren richtete ich mich auf, griff in meine Tasche und holte mein Handy heraus.

Unbekannt.

Auf dem Display leuchtete die ID. Ich warf einen Blick auf die Straße, dann wieder zurück und wollte den Anruf annehmen, aber er endete. Er endete. Die Folgen waren unabsehbar. Genau wie die Situation, in der ich mich jetzt befand.

Drei verpasste Anrufe.

Zwei von meinem Bruder, Kane, und einer von Hale.

Mein Handy vibrierte wieder in meiner Hand und ließ mich zusammenzucken. Ich drehte das Rad, drückte auf den Knopf und nahm den Anruf entgegen. »Ich bin hier.«

»Was zum Teufel ist hier los?«, bellte Kane und grunzte dann ins Handy.

»Ich kann es nicht erklären. Noch nicht. Nicht, bis ich ...«

Sie stürzte sich auf mich und knallte meinen Kopf gegen das Fenster. Das Lenkrad ruckte und wurde mir aus den Händen gerissen. Das Auto schleuderte zur Seite. Ich ließ mein Handy fallen und versuchte, die Drehung zu korrigieren. Aber sie schlug wieder zu, schrie und trieb ihre Knöchel in meine Wange.

Der Schmerz brüllte.

Die Tränen blendeten mich.

Bumm.

Das Auto fuhr auf den Bordstein, bevor ich mit einem Grunzen nach vorne flog und gegen das Lenkrad knallte, als wir zum Stehen kamen. Die Welt verlangsamte sich. Eine Tür ging auf.

»Nein«, lallte ich und schüttelte den Kopf, damit sich die Welt nicht mehr drehte.

Sie hielt nicht an, um zuzuhören, sondern öffnete einfach die Beifahrertür und rannte los.

NEIN!

Ich riss meinen Kopf nach oben und sah, wie sie um die Vorderseite des Autos herumeilte und an den Scheinwerfern vorbeirannte. Ich riss an meinem Sicherheitsgurt.

»Riven!«, brüllte mein Bruder aus dem Handy.

Ich krümmte mich, schnappte es mir und öffnete die Fahrertür. *Lass sie nicht entkommen. Lass sie nicht ... entkommen.*

Ich drückte den Knopf, um den Anruf zu beenden, steckte mein Handy in die Tasche und ließ meinen verdammten Audi und die kaputte Straßenlaterne zurück.

»Helene!«, brüllte ich. »*Helene!*«

Ich stolperte, dann rannte ich ihr hinterher. Mit jedem plötzlichen Atemzug wurde meine Sicht klarer und ich sah, wie mein weißes Hemd flatterte, als sie in die Einfahrt von jemandem einbog und an der Seite des Hauses entlang rannte.

Sie wollte entkommen.

Den Teufel würde sie tun.

Ich verlängerte meine Schritte und stürzte mich in die Jagd. Mein Atem ging gleichmäßig und der verdammte Hunger stieg an die Oberfläche und überholte alles andere. Sie war schnell, auch wenn sie leicht stolperte, wohl wegen ihrer Gehirnerschütterung ... und über einen Zaun sprang, bis die Rückseite des Hemdes hängen blieb.

Ratsch.

Das Geräusch des reißenden Stoffes weckte mein Bedürfnis nur noch mehr. Ich griff nach dem Zaun, sprang darüber und landete mit einem dumpfen Aufprall.

Sie stolperte und fuchtelte mit den Armen herum, als sie ihr Gleichgewicht wiederfand und vorwärts rannte.

Ein verdammter Hund tauchte aus dem Nichts auf und knallte mit seinem riesigen Körper gegen den Zaun. Panik durchfuhr mich. Ich richtete meinen Blick auf das Tier, das wild bellte.

Als ich mich umdrehte, war sie verschwunden.

»Scheiße!«

Ich ließ den verdammten Hund zurück und rannte weiter, um sie zwischen verdunkelten Autos und stillen Häusern zu verfolgen. Ich fuhr mir mit der Zunge über die Lippen und schmeckte sie immer noch. Mein Herz dröhnte. Meine Sinne standen in Flammen. Ich konnte sie fast spüren. Fast ...

Da.

Das Haus in der Ferne war leer, keine Autos in der Einfahrt und ein ›Zu verkaufen‹-Schild vor der Tür. Ich rannte darauf zu und eilte die Einfahrt entlang, um die Rückseite zu erreichen. Die Hintertür war offen. Je näher ich kam, desto deutlicher sah ich, dass sie eingetreten war.

Ein Anflug von Stolz ließ mich lächeln. Ich trat heran und schob die Tür weiter auf.

Die Luft bebte fast vor Spannung.

Ich würde sie dafür bezahlen lassen, dass sie meinen Kopf gegen das verdammte Fenster geknallt hatte. Ich tastete nach dem elenden Pochen an der Seite meines Kopfes und zog meine Finger weg. Das Blut glänzte fast schwarz, als ich mich auf den Weg in die Küche machte.

Die Wohnung war spärlich möbliert, perfekt inszeniert für eine Besichtigung. Ich musterte das Wohnzimmer über die Frühstückstheke und bog in den Flur ein ... in Richtung der Schlafzimmer. Ich konnte spüren, wie sie sich versteckte und *wartete.*

Die Tür am Ende des Flurs war geschlossen. Alle anderen waren offen. Mein Lächeln wurde breiter, als ich näher kam. Ich wollte sie ... ich sehnte mich nach ihr.

Ich griff nach der Klinke und betätigte sie. In dem Moment, in dem ich eintrat, kam etwas auf mich zugerast. Ich wich gerade noch rechtzeitig nach hinten aus.

Krach!

Eine Lampe zerschellte an der Wand. Ich richtete meinen Blick auf sie, als sie die Zähne fletschte und zur Seite trat, wobei mein Hemd nur bis zum oberen Ende dieser perfekten, milchigen Schenkel reichte. Mein Herz verkrampfte sich bei diesem Anblick. Verdammt, sie sah wunderschön aus. Die schrecklichen, finsteren Dinge, die ich mit ihr anstellen würde …

Kämpfe gegen mich, forderte ich sie in meinem Kopf auf, als ich einen Schritt auf sie zuging. Ich wollte, dass sie es tat. Ich wollte, dass sie mir alles gab, was sie hatte. Ich wollte, dass sie …

Mit einem primitiven Schrei stürzte sie sich auf mich.

Und mein Herz raste, als sie gegen meine Brust knallte.

Ich konnte mich kaum gegen sie wehren, so faszinierend war sie.

Ihre weißen Zähne leuchteten in der Dunkelheit.

Ich packte sie und rang mit ihr, als sie ihre Faust nach oben schlug, direkt in meinen Magen.

Uff.

Ich krümmte mich, als sie erneut zuschlug, aber dieses Mal ging ihr Schlag seitlich an mir vorbei.

»Verfehlt«, begann ich, als sich etwas um meinen Hals schlang und fest zuzog.

Was zum Teufel?

Sie schrie auf und drehte sich, um die Enden der Schnur um meinen Hals fester zuzuziehen. Ich streckte meine Hände aus und versuchte verzweifelt, sie von hinten zu packen. Aber ich bekam nur mein Hemd zu fassen …

Ratsch.

Panik flammte in mir auf.

Warte!

WARTE!

Ich versuchte zu atmen und zu kämpfen ... aber in Wirklichkeit konnte ich beides nicht.

Der Druck um meinen Hals ließ nach.

Und nahm alles mit sich.

Meine Knie knickten ein.

Ich spürte den Sturz.

Mel ... das Gesicht meiner Schwester zeichnete sich schwach in der Finsternis ab.

Die Finsternis, die in mich eindrang.

Es tut mir leid.

FÜNF

Helene

____

Mit einem brutalen Bumm fiel er vor mir auf den Boden und sein Kopf schlug hart auf. Ich schnappte nach Luft, als meine eigenen Knie wackelten.

»Scheiße.« Ich ließ mich auf das Bett fallen und starrte den Mann auf dem Teppich an.

In meinem Kopf drehte sich alles. Ich versuchte zu denken. Was zum Teufel ... *was zum Teufel?* Ich umklammerte das Bettzeug und versuchte, das Zittern zu unterdrücken. Aber es war sinnlos, meine Zähne klapperten und knirschten.

Worauf wartest du noch?

Lauf weg.

Ruf jemanden an.

Wen?

Meinen Vater?

Mein Team?

Oder sogar London.

Und was soll ich sagen?

Ich schluckte, meine Kehle war eng und trocken. Die Reste der Droge waren immer noch in meinem Körper, mein Bauch verkrampfte sich und der Drang, mich zu erbrechen, wurde immer stärker. Trotzdem starrte ich ihn an. Sein Kopf war mir zugewandt, seine Lippen geschürzt, seine Augen geschlossen. Jetzt bist du nicht mehr so ein großer Mann, oder?, knurrte mein Verstand.

Michael DiAngelo wüsste nicht, was er mit einem Ding wie dir anfangen sollte.

Diese Worte hallten in meinem Kopf wider und meine Muschi verkrampfte sich.

Ich hasste es, wie ich gegen seinen Mund gekommen war. Diese Funken waren so verdammt blendend gewesen.

So hatte ich mich noch nie gefühlt. Ich war noch nie benutzt worden ... begehrt, das einzige Lustobjekt von jemandem, auch wenn das verdammt krank war. Er hatte ein verdammtes Spekulum in mich gesteckt, verdammt noch mal! Trotzdem fragte ich mich, ob er auch so fickte? Als hätte er die totale Kontrolle über meinen Körper und würde jedes Zittern und jeden Orgasmus mit seinen grausamen Händen befehlen.

Michael DiAngelo wüsste nicht, was er tun sollte ...

Aber würde er das?

»Fick dich!« Meine Worte waren ein ersticktes Zischen.

Ich rappelte mich auf und meine Knie zitterten vor Anstrengung. Ich brauchte Wasser ... und Zeit zum Nachdenken. Das hielt mich aber nicht davon ab, ihm mit meinem nackten Fuß in den Bauch zu treten, als ich über ihn stieg.

Ich verließ das Schlafzimmer und ging durch den Flur zurück in die Küche. Die Wohnung war für einen Tag der offenen Tür hergerichtet, drei saubere Gläser füllten ein ansonsten leeres Regal. Ich schnappte mir eins und betete zu Gott, dass das Wasser noch angestellt war.

Mit einer Drehung des Griffs flüsterte ich »Gott sei Dank« und sah zu, wie das Wasser das Glas füllte. Ich trank und ließ ein paar Tropfen an meinem Kinn heruntertropfen, während ich das Glas leerte. Dann füllte ich es noch einmal nach. Nur hob ich das Glas nicht an meine Lippen. Noch nicht.

Stattdessen starrte ich hinaus in die Nacht. Er war bewusstlos. Das war meine Chance zu fliehen.

Warum floh ich also nicht?

Du weißt, warum.

Ich klammerte mich an den Rand des Waschbeckens. Die Gesichter meiner Schwestern kamen mir wieder in den Sinn.

Nein! Ryths Stimme war die erste. *Du bist nicht er ... du bist NICHT KING!*

Ich zuckte zurück, genauso wie ich damals zurückgeschreckt war. Zu hören, dass dein eigener Vater nicht nur zwei andere Töchter hatte, war schon hart, aber zu wissen, dass er mit all dem angefangen hatte, mit all den Töchtern ... und den Söhnen, bevor es von Haelstrom Hale verdorben worden war. Das war zu viel. Besonders in ihrem Zustand.

Sie stand kurz vor der Geburt ihres Kindes ... und Vivienne.

Ich zuckte zusammen.

Vivienne hasste mich.

Ein Schmerz durchzog meine Brust und ließ mich den Kopf senken. *Nein, sie verabscheute mich.* Ich konnte es ihr nicht verübeln. Es war ja nicht so, als wäre ich für sie da gewesen, als sie mich gebraucht hatte. Nicht einmal, als ich alt genug gewesen war, um die Wahrheit zu kennen. Damals war sie schon im Orden gewesen, eingesperrt in diesen verdammten Zellen ... trainiert von dem Monster, das jetzt in diesem Zimmer auf dem Boden lag.

Daran musste ich mich erinnern. *Er* hatte ihr wehgetan. *Er* hatte ihnen allen wehgetan.

Vivienne.

Ryth.

All die Töchter.

Ich schloss die Augen, als die Bilder aus dem Keller auf mich niederprasselten. Meine Knie zitterten und zwangen mich, mich auf den Boden zu werfen. Ich ließ mich fallen und krümmte meine Füße unter mir zusammen. Er hatte sie umgebracht. Selbst wenn er es nicht getan hatte, hatte er gewusst, dass es passieren würde.

Er ist ein Monster.

Viviennes Worte wurden lauter.

Er *ist* ein Monster.

Ein krankes, ekelhaftes Monster.

Warum hast du ihn umgebracht? Mein Schrei kam zurück ...

Ich schüttelte den Kopf und versuchte verzweifelt, die Erinnerung an seine Antwort loszuwerden. Aber ich konnte es nicht. Ich konnte es nicht ... und es gab nichts, was ich hätte tun können, um es aufzuhalten. Ich schloss die Augen und lehnte meinen Kopf zurück an den Schrank.

Weil ... weil er dich angesehen hat.

Weil er mich angesehen hatte.

Aber es waren nicht nur seine Worte, oder?

Nein. Es war dieses besitzergreifende Funkeln in seinen Augen, das zu den geschwungenen Lippen passte, als er die Zähne gefletscht hatte.

Weil er dich angesehen hat.

Er hatte alles versaut, weil ein Typ mich nackt gesehen hatte, mit gespreizten Beinen und entblößter Muschi?

Der Direktor verhielt sich nicht so ... kein bisschen.

Zumindest nicht der, den ich kannte.

Ich schüttelte den Kopf. *Nein, fang nicht damit an. Lass ihn nicht unter deine Haut gehen.*

Aber er war schon ... unter meiner Haut und in meinem Kopf. Ich musste ihn rausholen oder zumindest in die Box bringen, wo ich ihn kontrollieren und sogar benutzen konnte. Ich verengte meinen Blick auf die Wand und stellte mir vor, wie er immer noch auf dem Boden lag. Wenn ich jetzt wegrennen würde, hätte ich ihn verloren, sowie den einzigen Weg, Hale zu finden.

Ich richtete mich auf und hielt mich an der Spüle fest. Meine Knie zitterten immer noch, aber ich blieb standhaft, trank das Glas aus, spülte es dann unter dem Wasser ab, wischte meine

Fingerabdrücke mit einem Küchenhandtuch vom Glas und stellte es vorsichtig zurück ins Regal.

Mit langsamen Schritten kehrte ich in das Schlafzimmer zurück und kämpfte gegen jeden Fluchtinstinkt an. Ich wollte alles aufgeben. Meinen Verstand. Meine Freiheit, sogar mein Leben. Alles für mein Blut. Sie würden nie etwas davon erfahren. Sie würden nie erfahren, was ich getan hatte, um sie zu beschützen.

Vielleicht war es so gewollt? Vielleicht war das ... Gleichgewicht? Eine Art von kranker Gerechtigkeit. Sie haben damals gelitten und jetzt bin ich es, die leidet ... wie ein tiefer, frischer Schnitt. Vielleicht würde dann die klaffende, eiternde Wunde in mir endlich heilen.

Ein Stöhnen entfuhr ihm, krächzend und rau, aber laut genug, um mir ein Schaudern über den Rücken zu jagen.

Jetzt oder nie.

Mach den Anruf.

Jetzt ... oder nie.

Ich stand hinter ihm und beobachtete, wie seine Augenlider flatterten.

Piep.

Der Bildschirm seines Handys leuchtete in seiner Tasche auf und ließ ihn die Augen aufreißen. Ich wich leise zurück. Meine nackten Füße machten kein Geräusch, als ich auf die Tür zuging. Mein Puls raste, als er sich langsam nach oben stemmte und sich umschaute. Ich drehte mich erst im letzten Moment um.

Ich war auf dem Weg ins Wohnzimmer, als er ein Grunzen ausstieß und sich aufrichtete. Das Wasser schwappte in meinem Bauch, während ich verzweifelt nach etwas suchte ... gerade lange genug, damit er mich finden konnte.

Es war, als würde ich auf meinen Tod warten.

Sekunden ... Sekunden, in denen ich die Schränke im Wohnzimmer öffnete und die leeren Regale durchsuchte, während ich das schwere Poltern seiner Schritte hörte. Ich ließ meine Beine ein wenig wackeln, während ich mich an den Rand des Schranks klammerte. Ich machte mich ... schwach.

»Da bist du ja«, knurrte er, als seine Hand meinen Mund bedeckte.

Ich wand mich und versuchte, meinen Kampfinstinkt zu kontrollieren.

»Du hast mich gewürgt?« Er klang überrascht.

Ich hatte schon Schlimmeres getan ... viel Schlimmeres.

Seine Hand dämpfte mein Brüllen, als er mich nach hinten zerrte und mich gegen seinen Körper drückte, sodass er mich überragte. Mir war nicht bewusst gewesen, wie groß er war ... und wie stark. Er packte meine Hände und zerrte sie hinter mich.

»Ich werde dafür sorgen, dass du das nicht noch einmal machen kannst«, grunzte er und wickelte mir das Seil, mit dem ich ihn gewürgt hatte, um die Handgelenke.

»*Lass mich los, verdammt!*«, heulte ich, als er meinen Mund losließ.

»Das glaube ich nicht.«

Mit einem kräftigen Ruck sicherte er den Knoten, dann beugte er sich vor, packte mich an den Knien und warf mich über seine Schulter.

»*Nein!*« Ich strampelte, trat und stieß meinen Kopf gegen seinen.

Er schaute mich an. In diesen gefährlichen Augen lag eine Warnung.

Trotzdem widersetzte ich mich ihm und strampelte, als er mich aus dem Haus und wieder hinaus in die Nacht trug. Ich hörte nicht auf, selbst als er knurrte, mich nach links und rechts schwang und nach einem Weg zurück zu dem Auto suchte, das er zu Schrott gefahren hatte.

Er fluchte leise vor sich hin, dann hörte ich seine gemurmelten Worte. »*Was zum Teufel mache ich hier?*«

Ich lächelte. »Du versaust dir dein ganzes Leben«, antwortete ich.

Klatsch!

Ich bäumte mich auf, als der Schlag auf meinem Hintern landete und das brennende Stechen folgte, das sich durch die weiche Haut zog.

»Noch ein Wort«, warnte er und bog mitten in der Nacht nach rechts auf die Straße ein, wobei er eine kaum bekleidete Frau über der Schulter trug. »Noch ein verdammtes Wort, und ich werde diesen Mund benutzen, verstanden?«

Ich schluckte und verstummte.

»Das habe ich mir gedacht.«

In meinen Augenwinkeln zuckte es. Wenn ein anderer Mann so mit mir gesprochen hätte, hätte ich ihn umgelegt. Warum zum Teufel hatte ich mich nicht gewehrt? Ich wusste, warum.

Hale ... *richtig?*

Ich starrte auf die Straße unter seinen Füßen, während ich auf und ab wippte. Ja, Hale.

Er trug mich eine kleine Gasse hinunter und kam auf der Straße heraus, auf der wir den Unfall gebaut hatten. Ich starrte die verdunkelten Häuser an und wippte bei jedem Schritt. Die Kälte drang bis unter sein Hemd.

Meine verdammten Zähne klapperten und hielten nicht still. Er lockerte seinen Griff und legte seinen Arm weiter um mich, um mir mehr Wärme zu geben.

Ich ballte meine Fäuste, weil mir seine Reaktion nicht gefiel. Vielleicht wollte er nur einen besseren Halt? Ja, genau so war es. Denn die Realität war noch viel beunruhigender. Ich bevorzugte es, wenn er mir wehtat. Wenigstens verstand ich das.

Aber das?

Diese ... *Freundlichkeit.*

Ich mochte sie nicht.

Kein. Bisschen.

Er ging eine gefühlte Ewigkeit, bis das Knirschen von Glas unter seinen Füßen zu hören war. Ich drehte meinen Kopf, sah seinen Audi am Laternenmast und zappelte verzweifelt, um mich aus seinem Griff zu befreien. »Lass mich runter, verdammt.«

»Nein.«

Ich richtete meinen Blick auf ihn. Das eisige Starren war geradeaus gerichtet, als er in seine Tasche griff und um das Auto herumging.

Klick.

Ich erstarrte bei dem Geräusch.

»Nein.« Ich stemmte mich gegen seine Schultern und kämpfte gegen ihn an, als er meine Oberschenkel packte und mich herunterzog. *»Nein!«*

Bei dem Sturz flogen mir die Haare ins Gesicht. Aber als ich nicht landete, fing er mich im letzten Moment unter den Armen auf und ließ mich auf weichen Teppich sinken.

»Ich kann dir nicht trauen, Ärgernis.« Er drückte mich nach unten, richtete sich auf und griff nach oben, um den Deckel des Kofferraums zu greifen. »Und doch kann ich dich nicht loslassen.«

»Nein!« Ich stemmte mich hoch. »Warte!«

Aber der Kofferraumdeckel schlug mit einem Knall zu.

Wieder verschlang die Schwärze meine Welt, nur dass ich dieses Mal bei Bewusstsein war.

»Nein!« Ich stieß mit der Schuhsohle gegen die Seite des Kofferraums. *»Fick dich! Fick dich, du gottverdammter, hasserfüllter Hurensohn!«*

Bumm!

Es folgte das Geräusch der Tür.

Ich konnte ihn murmeln und knurren hören, bevor das Brummen des Motors das Geräusch übertönte. *Knirsch.* Metall ächzte und kreischte, als wir rückwärts fuhren. Dieses Geräusch hätte mir nicht so viel Freude bereiten sollen … aber es tat es.

»Gut«, sagte ich. »Es gibt noch viel mehr, wo das herkommt … eine ganze Menge mehr.«

Aber gerade genug, oder?

Gerade genug Widerstand, um es Wirklichkeit werden zu lassen.

Ich zuckte zusammen, als das Auto zum Stehen kam, und fuhr dann weiter.

Aber das Lächeln hielt nicht lange an und verschwand langsam unter dem Aufheulen des Motors.

Ich wusste nicht, wo er mich hinbrachte … mehr noch, ich wusste nicht, warum es ihn interessierte.

Aber das tat es.

Genug, um mich nicht zu töten.

Und um einen anderen zu töten, nur weil er mich angesehen hatte.

Der Direktor war nicht der Mann, für den ich ihn gehalten hatte …

Das war erschreckend.

SECHS

Riven

____

Das schwarze Stahltor öffnete sich, als ich in die Einfahrt meines Darkwood-Anwesens fuhr. Dieser Ort war mein Zufluchtsort, meine Zuflucht vor dem Wahnsinn, und kein Ort, an den ich jemanden mitnehmen würde ... zumindest nicht so wie sie. Ich lenkte den inzwischen ruinierten Audi durch das Tor, drückte den Knopf für das Garagentor und lauschte der Stille im Kofferraum.

War sie eingeschlafen?

Tot?

Verschwunden? War sie weg?

Oh Gott.

Mein Kiefer verkrampfte sich und ich zuckte zusammen, als die Scheinwerfer von den weißen Wänden abprallten, bevor ich sie ausschaltete. Ich bewegte mich schnell, stieß mit der Schulter gegen die Tür und ließ sie offen, als ich das Auto umrundete, bevor ich anhielt.

71

Was, wenn sie nicht da drin war?

Was, wenn das alles ... *vorbei wäre?*

Der Gedanke daran traf mich. Ich konnte es jetzt sehen. Ein Knopfdruck und der Kofferraum war leer. Ich hob meinen Blick zum Garagentor, als es sich schloss. Sie könnte überall sein ... Ich würde sie nie finden. Das wilde Verlangen in mir würde sie jagen. Das wusste ich ... auch wenn ich es hasste. Ich würde den Rest der Nacht damit verbringen, durch die dunklen Straßen zu fahren, bis der Morgen anbrach.

Dann würde ich ihren Namen suchen ... und sie aufspüren.

Vielleicht würde ich sie sogar bei Michael DiAngelo finden, wie wäre das?

Ich würde sie in seinen Armen finden.

Der erbärmliche Bastard, der ihr die Haare streicheln und von Liebe und Schutz singen würde.

Vergiss es.

Bumm!

Ich zuckte bei dem Schlag zusammen.

»Ich weiß, dass du da bist.« Ihr gedämpftes Knurren ließ meine Mundwinkel zucken. »Lass mich raus, sonst pisse ich dir auf den nagelneuen Teppich. VersDann kannst du versuchen, den Gestank loszuwerden.«

Mein Grinsen erstarb augenblicklich, als ich den Knopf drückte. »Tu das und ich werde ...«

Sie stemmte sich hoch und der Hass brannte in ihren Augen. »*Was?* Mich fesseln? Mich nackt ausziehen? Mich vergewaltigen, Mr. Cruz?«

Sie kannte meinen Namen.

Ich sagte nichts, sondern trat vor, packte ihre Hände und ihre Taille in einem Zug und hob sie heraus. Sie stöhnte auf, als ihre Füße den Boden berührten. Aber es war nicht aus Wut, sondern aus Schmerz. Sie zischte vor Schmerz, hob einen Fuß und blickte nach unten.

Die Scheinwerfer über ihr funkelten auf einer Glasscherbe, die jetzt in ihrem Fuß steckte.

Verdammt!

Ich dachte, ich hätte sie über die Scherben des Aufpralls getragen? Anscheinend hatte ich mich geirrt. Aber es war nicht nur das Glas, oder? Sie beugte sich ein wenig zur Seite und auf meinem Hemd war frisches Blut ...

Ihre Verletzungen füllten meinen Kopf. Hatte sie sich verletzt, als sie versucht hatte zu fliehen? Hatte sie sich etwas angetan? Vielleicht war es passiert, als sie mich fast umgebracht hätte? Ja, vielleicht. Ich musterte sie und spürte den Schmerz in meinem verdammten Nacken, der mich daran erinnerte, wie nahe ich dem Ende gekommen war.

Nur hatte sie es nicht zu Ende gebracht ... Warum nicht?

Ich trat näher und sah, wie sie knurrte und einen hinkenden Schritt rückwärts machte, wobei sie Blutspuren hinterließ.

Ihre DNA würde hier überall zu finden sein.

Genau wie in der Wohnung.

Mein Schwanz erwachte bei der Erinnerung an ihre Flüssigkeit auf meinem Sofa zum Leben.

Ich wollte mehr.

Auf meinem Mund.

Meinem Schwanz.

Egal, wie ich es bekommen konnte.

Ich wollte in diese Fotze ... so dringend. Bis zum Anschlag in ihr und in ihrem hübschen Rachen kommen. Mein Puls beschleunigte sich. *Verdammt, was hatte ich nur getan?* Ich schluckte schwer, als sie nach hinten stolperte. »Du verteilst das Blut auf meinem Boden.«

Sie blickte nach unten und zuckte zusammen. »Gut.« Ihr Tonfall war gehässig, als sie meinen Blick erwiderte. »Wenn du mir zu nahe kommst, ziehe ich den Splitter heraus und steche ihn dir in die Augen.«

»Das ist so ziemlich alles, was du damit machen kannst«, murmelte ich und schritt vorwärts, um sie an der Taille zu packen.

»*Warte!*« Sie strampelte.

Aber dieses Mal hob ich sie nicht über meine Schulter. Stattdessen trug ich sie quer über meine Brust in meinen Armen, während ich sie ins Haus brachte. Sie wehrte sich eine Sekunde lang, dann blieb sie stehen und sah mir in die braunen Augen. Sie waren weder honig- noch mahagonifarben, nicht einmal bernsteinfarben. Sie waren wie verbrannter Kaffee, fast schwarz. Die Augen einer Überlebenden. Sie machte ein finsteres Gesicht und wandte sich dann ab, um die Verbindung zu unterbrechen.

Ich trug sie den Flur entlang und durch das große Foyer, das den Regenwald umgab, den ich dort angepflanzt hatte. Das Haus drehte sich förmlich um diesen kleinen Wald. Das satte Grün der tropischen Gärten milderte den rauen Stahl und das kalte Glas. Gepaart mit den polierten Holzböden war dieser Ort ... perfekt.

Meine Perfektion.

Mein privates Paradies.

Eines, in das ich noch nie jemanden mitgenommen hatte ... bis jetzt nicht.

Sie drehte den Kopf, fasziniert von dem Nebel und den üppigen Gärten, während ich sie an der Küche vorbei und den Flur entlang zum Hauptschlafzimmer trug.

»Licht«, befahl ich und der Raum erstrahlte in einem sanften, bernsteinfarbenen Leuchten.

»Wer hätte das gedacht?«, murmelte sie und musterte mein Schlafzimmer. »Ein Monster mit Geschmack.«

Ich ließ meinen Blick zu ihr wandern und hielt lange genug inne, um zu knurren. »Das Licht im Bad ist an.«

Ihre Füße sackten nach unten, vielleicht ein bisschen zu unsanft, bevor ich sie gegen den Schrank drückte.

»Pass besser auf dein hübsches Mundwerk auf, Helene Montgomery.« Ich drückte fester zu. »Bevor ich es ficke.«

Sie machte ein finsteres Gesicht. Mein Gott, war sie süß, wenn sie wütend war. Ich kämpfte gegen das Bedürfnis an, ihre Wut noch ein bisschen tiefer zu stoßen. Stattdessen hob ich sie hoch und setzte sie auf die Kante des Waschtischs. Mit einem schnellen Ruck an der Schublade zog ich eine Pinzette heraus und griff nach ihrem Bein.

Sie wich zurück, was mich veranlasste, sie anzustarren. Dann beruhigte sie sich und erlaubte mir, ihr Bein zu ergreifen und es sanft anzuheben.

Sieh mal einer an ...

Der Ärger könnte sich doch noch in Grenzen halten.

Mein Blick fiel auf den Saum meines Hemdes, der sich auf diesen cremefarbenen Schenkeln abzeichnete, welche mit messerscharfen Narben übersät waren. Ich atmete langsam und schwer aus und biss mir auf die Unterlippe.

»Was?«, krächzte sie.

Ich schaute ihr in die versengten, erdfarbenen Augen und antwortete. »Nichts.«

Aber es war nicht nichts, als ich ihren Fuß nach dem Glas absuchte. Meine anderen Sinne waren auf ihren Körper gerichtet und darauf, wie sie mein Hemd zwischen ihre Schenkel schob. Ich wollte es herausziehen, die Knöpfe abreißen und den zerrissenen Stoff loswerden. Ich wollte ... ich wollte sie auf meinem Bett ausbreiten, damit ich sie ansehen konnte.

Nein.

Damit ich mir ansehen konnte, was mir gehörte.

Mein Blick wanderte zwischen ihre Schenkel, als ich ihr Bein fallen ließ.

Ich musste mich davon losreißen. Sie gehörte mir nicht. Sie gehörte niemandem ... Sie war gefährlich.

Nicht gefährlich, weil ich Angst hatte – gefährlich, weil ich verzweifelt war.

Ich warf einen Blick auf das Blut auf dem Hemd. »Deine Seite.«

»Ist schon gut.«

Ich zuckte mit den Schultern, als mein Handy vibrierte, und ruckte dann mit dem Kopf in Richtung Toilette. »Du wolltest sie unbedingt benutzen, dann benutze sie auch.«

Sie zischte: »Du willst mich wohl verarschen.«

Mein Lächeln war grausam und schnell.

In ihren Augen trafen Wut und Demütigung aufeinander, als sie zur Toilette und dann wieder zu mir blickte. »Dreh dich wenigstens um.«

Ich blieb genau da, wo ich war.

»Krankes Arschloch«, murmelte sie.

Ich ließ es über mich ergehen, denn sie hatte recht. Ich war krank. Ich beobachtete jedes Zucken in ihrem Körper, als sie zur Toilette humpelte, sich dann umdrehte, den zerrissenen unteren Teil meines Hemdes nach oben zog und sich setzte.

Kaum einen Herzschlag später kam der Schwall der Flüssigkeit. Ihre Wangen wurden rot, als sie nach einem Stück Klopapier und dann zwischen ihre Beine griff.

»Siehst du«, murmelte ich und konzentrierte mich auf den Blick auf ihre Muschi, bevor das Hemd wieder an seinen Platz fiel. »Das war doch gar nicht so schlimm, oder?«

»Nicht für dich, du alter Perversling.«

In meinen Augenwinkeln zuckte es ... *alt?*

»Ans Fußende des Bettes«, schnauzte ich.

»Sonst was?«

Wut stieg auf. »Willst du es herausfinden?«

Sie hielt meinem Blick stand, während das Handy in meiner Tasche vibrierte, bevor sie langsam den Kopf schüttelte und sich umdrehte. Verdammt, sie ging mir auf den Sack.

Mein Handy verstummte, als sie ins Schlafzimmer humpelte, blutige Spuren hinterließ und dann am Fußende meines Bettes zu Boden sank.

Ich ging zur Kommode, zog sie auf und tippte den Code ein. Ich bewahrte Waffen und Rüstungen in jedem verdammten Haus auf, das ich besaß, aber in diesem ganz besonders. Der Stahl glitzerte im Licht. Ich holte ein paar Handschellen heraus, drehte mich um und sah, wie sie mich anschaute. Ihre Knie waren angewinkelt und das Hemd fiel langsam um ihre Hüften.

Der Anblick ließ mich erstarren.

Sie spielte mit mir.

Und ich fiel darauf herein.

Ich holte tief Luft und zwang mich, einen Schritt nach vorne zu machen. »Hände.«

»Sie sollten um deine verdammte Kehle sein.«

Ich stürzte mich auf sie, packte ihre Hände und drückte sie mit dem Rücken gegen das Bett, bis sich ihre Wirbelsäule krümmte. Ihre Augen wurden groß, ihre Hände waren zwischen meinen eingeklemmt, als ich meinen Griff festzog. »Provoziere mich nur weiter.«

Meine Atemzüge kamen schwer und schnell, als ich meinen Kopf senkte und ihren Duft einatmete, diesen verdammt berauschenden Duft. Mein Gott, ich musste sie ficken. Es war kein Wunsch mehr, sondern ein verdammter Zwang.

Ich leckte über ihre Kehle und spürte das Flattern ihres Pulses. »Ich bin zwei Sekunden davon entfernt, dich an das Bett zu fesseln, Helene Montgomery. Zwei verdammte Sekunden, bevor ich deine Arme und Beine auf beiden Seiten festschnalle und dir das, was von meinem Hemd übrig ist, vom Körper reiße. Ich werde mir Zeit lassen, aber verdammt noch mal, wenn ich mit dir fertig bin, wirst du dich an keinen einzigen Fick mehr erinnern, bei dem mein Schwanz nicht in dir steckte.«

Sie stieß einen Laut aus.

Ein leidendes, gequältes Geräusch.

Eines, das mir einen Schmerz in die Brust trieb.

Ich lockerte meinen Griff, zog mich von ihr zurück und stellte fest, dass ihre Augen geschlossen waren.

»Sieh mich an.«

Sie schüttelte den Kopf.

Ich zog meinen Griff fester. *Ich sagte, sieh mich an.*«

Sie tat es und begegnete meinem Blick. Ihre dunklen Augen waren so verdammt leer, dass es mir wehtat. Ich senkte meinen Kopf, meine Lippen öffneten sich und ich schluckte ihren Atem, als ich fast ...

»Tu es nicht«, flüsterte sie. »Nicht.«

Ich zog mich zurück und suchte nach dieser Sehnsucht.

Sie kämpfte jetzt nicht nur gegen mich, oder? Es war ihr eigenes Bedürfnis ... ihr eigenes, verdammtes Monster. Das, das sie wie ein langsames, besitzergreifendes Lecken zwischen ihren Schenkeln spürte.

Ich löste meinen Griff und richtete mich langsam auf. Sie sah gut aus da unten, fast auf ihren Knien. »Hände«, krächzte ich.

Diesmal hob sie sie an, ohne zu wimmern.

»Braves Mädchen.« Ich hielt ihrem Blick stand und zupfte an dem Knoten in dem Kabel, mit dem ich sie gefesselt hatte.

Das Kabel, mit dem sie mich fast umgebracht hätte.

Irgendetwas daran war nicht in Ordnung. Aber ich hielt mich nicht lange auf, sondern zerrte an dem Kabel und tauschte es gegen die Handschellen aus, bei denen ich darauf achtete, dass sie nicht zu eng waren.

»Jetzt bleib hier«, murmelte ich.

Mein Handy vibrierte bereits, als ich zurück zur Kommode ging und ein schwarzes T-Shirt herauszog. Mein Gast brauchte Kleidung und eine Dusche, falls es noch mehr Scherben gab, aber das würde warten müssen.

»Ja?«, antwortete ich auf den Anruf meines Bruders.

»Was zum Teufel ist passiert?«

Ich zupfte an meinem Hemd und ging aus dem Schlafzimmer. »Ich habe das Auto geschrottet.«

»Du hast das Auto geschrottet?«, wiederholte er. »Bist du okay?«

Ich ging in die Küche und holte ein Glas aus dem Hängeschrank. »Mir geht's gut. Ich ...«

»Hast du Schwierigkeiten? Du weißt, dass du mit mir reden kannst.«

Ich blieb stehen und ließ meine Hand in der Luft verharren, als die Wut in mir aufstieg. »Willst du mich jetzt verdammt noch mal diagnostizieren, Bruder?«

»Nein, du weißt, dass es nicht so ist.«

»Nein?« Ich stellte das Glas auf den Tresen. »Wie ist es dann?«

Seine Stimme war ruhig und kühl. Derselbe distanzierte Ton, den er bei seinen Kunden anschlug. Ich riss den Kühlschrank auf und holte Käse und Tomaten heraus, dann holte ich zwei Steaks aus dem Gefrierschrank.

»Das bist nicht du«, sagte er vorsichtig und erinnerte sich endlich daran, mit wem er verdammt noch mal sprach. »Die Morde, der Absturz. Vielleicht ist das alles zu viel. Ich habe dich davor gewarnt, als wir anfingen. Ich sagte, dass die Nähe zu Hale uns beeinflussen und verändern würde.«

Ich warf die Steaks in die Mikrowelle und drückte auf die Auftau-Funktion. »Ja, aber wir hatten damals keine andere Wahl, oder? Genauso wenig, wie wir jetzt eine Wahl haben.«

»Wir haben *immer* eine Wahl, Bruder.«

Ich schüttelte den Kopf und senkte ihn, wobei ich mich an der Kante des Tresens festhielt. »Nein, haben wir nicht. Es sei denn, du bist bereit, Jahre der Planung, Jahre des Terrors und der *Erniedrigung* wegzuwerfen. Verdammt noch mal, was ich alles getan habe, was wir alle getan haben.«

»Wir wissen nicht einmal, ob sie noch am Leben ist.«

Ich riss meinen Kopf nach oben und die Wut brannte in meinem Hals, bis die Lawine der Emotionen augenblicklich abebbte.

»Wir wissen es einfach nicht«, drängte Kane. »Wir hatten seit über fünf Jahren keine Antwort mehr. Das ist eine lange Zeit, Riven. Eine lange Zeit.«

»Ich werde sie nicht aufgeben.«

»Das verlangt ja auch niemand von dir. Aber wir müssen hier realistisch sein.«

Piep.

Das Piepen der Mikrowelle holte mich in die Realität zurück. »Die Realität sieht so aus. *Sie* ist unsere Schwester. *Sie* ist unser Fleisch und Blut. Wenn Hale sie noch hat, dann werde ich sie finden und retten, mit oder ohne deine Hilfe. Wenn das zu viel für dich ist, Bruder, dann sag es jetzt. Ich nehme es dir nicht übel.«

Er lachte schallend. »Riven, alles, was du machst, ist übel nehmen. In deinem ganzen Leben hat es noch nie so etwas wie Verzeihen gegeben. Ich bezweifle, dass du überhaupt weißt, was Vergebung bedeutet.«

»Und diese Einstellung hat uns am Leben erhalten, nicht wahr?«

»Ja ... ja, das hat sie.«

Ich drückte auf den Knopf, holte das aufgetaute Steak heraus, nahm die Pfanne vom Haken über mir und stellte sie auf den Herd. »Dann halten wir uns an den Plan«, antwortete ich, schaltete den Herd ein und ging zum Schrank, um das Olivenöl zu holen. »Wir machen so lange weiter, bis wir eine Bestätigung haben.«

»Und dann greifen wir an.«

Ich hob meinen Blick. »Wir greifen an.«

»Und schließlich bringen wir unseren Bruder nach Hause.«

Unseren Bruder.

Der Schmerz in meiner Brust wurde tiefer. »Ja. Aber vorerst lassen wir ihn da draußen. Im Dunkeln ist er besser aufgehoben.«

»Wird gemacht, und Riven ...«

»Ja?«

»Wir könnten das nicht ohne dich machen.«

Mein Atem blieb mir in der Kehle stecken. Ich konnte nicht sprechen. Stattdessen zwang ich diese Qual ganz nach unten, zurück in den Abgrund. Als ich sprach, war meine Stimme kalt und gleichmäßig. »Ich werde dich mit weiteren Informationen kontaktieren.«

»Bis dahin.«

Ich ließ meine Hand sinken, drückte den Knopf und beendete den Anruf. Mein Puls raste, angetrieben von den Worten meines Bruders. Ich zwang mich, mich auf die Steaks zu konzentrieren und schwenkte das Öl in der Pfanne, bevor ich sie auf den Herd stellte. Das war es, was ich brauchte. Konzentration. Eine Aufgabe. Und einen Plan, wie ich das alles wieder auf die Reihe kriegen würde.

Ich nahm mir die Zeit, die Steaks perfekt zu braten, schnitt die Tomaten und den Hartkäse in Scheiben und legte sie gekonnt auf die beiden Teller, dann erstarrte ich.

Was tat ich da eigentlich?

Sie füttern. Ja, genau das.

Ich fütterte die Frau, die ich entführt, missbraucht hatte und der ich erlaubt hatte, meinen verdammten Namen zu hören. Weil ... weil sie essen musste. Ich wischte den Rand des Tellers ab und blickte nach unten. Das Fleisch war so perfekt geschnitten, dass es einem Fünf-Sterne-Restaurant würdig war. Ich schnappte mir Besteck und polierte die Gabel, bevor ich den Teller und eine Flasche Wasser aus dem Kühlschrank nahm und mich auf den Weg ins Schlafzimmer machte.

In dem Moment, in dem ich sie sah, tauchte dieser Drang an die Oberfläche. Sie saß genau da, wo ich sie zurückgelassen hatte. Ihre Knie waren angewinkelt, ihre Hände immer noch gefesselt. Als ich näher kam, sah ich, wie sie zusammenzuckte und den Teller auf das Ende des Bettes stellte, bevor ich ihr die Handschellen abnahm.

»Iss«, befahl ich und nickte zu dem Essen.

Sie warf mir einen glühenden Blick zu, blickte einmal zum Teller und wandte sich dann ab. »Ich esse kein Fleisch.«

Die Selbstgefälligkeit erstarb. »Was?«

Sie schaute in meine Richtung. »Ich ... esse kein Fleisch.«

Verdammte Scheiße.

Ich schaute von ihr zu dem Teller, drehte mich um und ging weg. *Verdammte Frau. VERDAMMTE FRAU!* Sie machte mich wahnsinnig. *Sie testete meine Grenzen aus.* Ich ging zurück in die Küche und warf das ganze Essen in den Müll.

Meine Atemzüge waren wild.

Mein Puls war außer Kontrolle.

Und da war wieder ein Zucken in meinem Augenwinkel.

»Ich esse kein Fleisch«, murmelte ich. *»Ich esse kein verdammtes Fleisch.«*

Ich drehte mich um, warf einen Blick auf den kleinen Korb mit frischem Obst, den meine Putzfrau mir hingestellt hatte, und schnappte mir dann den leuchtend roten Apfel, der ganz oben auf dem Stapel lag. Ich ging zurück, hielt ihn mit der Faust fest umklammert und trat ins Schlafzimmer.

»Hier.« Ich warf ihr das verdammte Ding zu. »Es sei denn, du isst auch keine Äpfel?«

Sie fing ihn mit beiden Händen auf und starrte mich an. Dann fletschte sie die Zähne und biss fest zu.

Bissiges Ding.

Ich hätte sie am liebsten verhungern lassen.

Damit sie …

Der Saft tropfte über ihre Lippen und ihr Kinn. Sie wischte ihn nicht einmal ab, sondern biss einfach weiter zu. Ihre braunen Augen füllten sich mit Gift, während sie mich anschaute.

Ich hatte in meinem ganzen verdammten Leben noch nie etwas so verdammt Geiles gesehen.

Die Wut.

Die *Verheißung.*

Verdammt, diese Frau war umwerfend.

Ding.

Ich schreckte bei dem Geräusch zusammen und ließ meinen Blick auf meine Hand sinken. Ich hatte immer noch mein Handy in der Hand ... und die Wasserflasche. Ich drehte es um und musterte den Bildschirm. *Julius Harmon.*

»Was zum Teufel?« Ich nahm den Anruf entgegen. »Ja?«

»Unser gemeinsamer Bekannter ist nicht glücklich«, warnte Harmon. »Und er will, dass du verschwindest. Du *und* deine Brüder.«

Mein Kiefer verkrampfte sich.

Der Schweiß stand mir auf der Stirn, als ich seine Worte verstand. Hale wollte mich loswerden?

Er wollte mich loswerden ...

»Aber ich habe ihn eines Besseren belehrt«, fügte Harmon vorsichtig hinzu und sein Tonfall war sanft. »Ich glaube immer noch, dass du ein Gewinn bist, Riven. Bitte bring mich nicht dazu, das Gegenteil zu denken. Ich habe ihm gesagt, dass du von jetzt an ein Teamplayer sein wirst. Bist du das, Riven? *Bist* du ein Teamplayer?«

Meine Lippen kräuselten sich. »Ja.« Ich starrte die Frau an, die vor mir auf dem Boden lag. »Ja, ich bin ein Teamplayer.«

»Gut. Ich hatte gehofft, dass du das sagen würdest. Das freut mich sehr. Ich übernehme von jetzt an den Betrieb. Es kommen noch andere ... Lieferungen. Ich werde dich und deine Brüder brauchen, um ihre Ankunft zu überwachen. Du bringst sie unter, kleidest sie ein und bereitest sie vor, wie du es in der Vergangenheit getan hast. Ich werde dich über weitere Anweisungen informieren. Bis dahin musst du dich zusammenreißen. *Hast du mich verstanden? Reiß* dich zusammen.«

»Ja.« Ich zwang das Wort durch zusammengebissene Zähne. »Ich ... *habe* es verstanden.«

»Gut.« Er atmete tief ein und aus. »Halte dich zurück. Triff keine weiteren überstürzten Entscheidungen. Ich bleibe in Kontakt.«

»Fin–«, fing ich an, aber er war schon weg.

Er überließ mich meinem Schicksal.

»*DU VERDAMMTER MISTKERL!*«, brüllte ich und schleuderte die Wasserflasche quer durch den Raum. »*ICH WERDE DICH UMBRINGEN! ICH WERDE DICH UMBRINGEN!*«

Ich verstummte, atmete schwer und kam wieder zu mir ... um meinen Blick auf ihren zu senken.

»Du wirst essen, was ich dir gebe. Habe ich mich klar ausgedrückt? Du wirst essen, duschen ... *alles* tun, was ich dir sage«, warnte ich, während meine Wut unter der Oberfläche brodelte. »Du nennst mich jetzt ein Monster, aber du hast noch nicht gesehen, wozu ich fähig bin. Das willst du nicht, Helene Montgomery. Vertrau mir.«

SIEBEN

Helene

____

ANGST DURCHFUHR MICH, ALS ER SICH UMDREHTE UND aus dem Zimmer ging. Echte Angst, nicht das flüchtige Gefühl, das ich hatte, während ich um mein Leben kämpfte. Nein, das war ... tiefer als das. Es war gefährlich.

ICH WERDE DICH UMBRINGEN!

Diese Worte hallten noch immer in der Luft nach.

Aber mit wem hatte er gesprochen?

Ich versuchte, mir alles zusammenzureimen.

Ja, ich bin ein Teamplayer.

Aber in wessen Team spielte er? In Hales, das wusste ich. Aber das war nicht er, oder? Hatte also jemand anderes das Sagen? Ich versuchte, nachzudenken. Weder Macoy Daniels – dank London – noch Ophelia – dank seines verdammten Sohnes. Wer dann? Wer hatte das Sagen und zwang Riven Cruz in die Knie ... Ich versuchte nachzudenken, aber es gab keine Antwort.

Zumindest noch nicht.

Seine schweren Schritte ertönten immer wieder. Er ging auf und ab, dachte nach ... und plante. Das machte ihn verwundbar ... und mich. Als die Schritte lauter wurden, ließ ich meinen Blick zur Tür schweifen. Er sah mich nicht an, als er wieder ins Zimmer kam, zumindest nicht im ersten Moment.

»Dusch dich«, knurrte er und sah mir dabei unverwandt in die Augen. »Und wehre dich nicht.«

Ich stemmte meine Hände gegen den Boden und erhob mich langsam. *Meine Schwestern. Erinnere dich an deine Schwestern.* Ich klammerte mich an die Erinnerung an ihre Gesichter, als ich meine Hände hob. »Die Handschellen«, sagte ich vorsichtig. »Ich kann mich ja schlecht mit ihnen waschen, oder?«

In seinem Augenwinkel zuckte es.

Er traute mir nicht. Wenn ich das hier überleben wollte, musste ich das ändern. »Bitte.« Das Wort war ein Flüstern, aber er hörte es.

Er machte große Augen. Sein Brustkorb hob und senkte sich. Vielleicht ein bisschen heftiger, als ich es bisher gesehen hatte. *Er mochte es, wenn ich bettelte.* Bei diesem Gedanken stieg eine schmerzende Spannung in mir auf.

Er trat vor, griff in seine Tasche, zog einen Schlüsselbund heraus und fand den kleinen Schlüssel für die Handschellen.

»Cruz.« Ich beobachtete sein Gesicht, als er den Schlüssel in die Schlösser schob, eines nach dem anderen. »Das ist doch dein Nachname, oder? Dann kannst du mir auch gleich deinen Vornamen sagen. Wir stecken doch schon so tief drin, nicht wahr? Was ist da noch ein bisschen tiefer?«

Ich versuchte, es ihm etwas bequemer zu machen, indem ich auf seine Bedürfnisse einging, als die Handschellen abfielen und er sie auf das Bett warf.

»Riven«, antwortete er und begegnete meinem Blick.

»Riven«, wiederholte ich und betete zu Gott, dass ich so klang, als wüsste ich noch nichts über diesen Mann und seine beiden Brüder.

Er beobachtete mich aufmerksam und nickte dann in Richtung des Badezimmers. Ich setzte mich in Bewegung und humpelte ein wenig, als ich hineinging. Er würde mich beobachten. Das wusste ich. Trotzdem konnte ich es nicht verdrängen, während ich an den Knöpfen seines Hemdes herumfummelte. Das Gewicht seines Blicks ließ mich erschaudern, als ich die Ärmel auszog und das verdammte Ding fallen ließ.

Ich drehte mich nicht um, sondern stieg in die Dusche, griff nach dem Wasserhahn, drehte die Brause auf und wartete auf das heiße Wasser. Ein Schaudern überkam mich, das meine Haut und meine verdammten Brustwarzen kribbeln ließ. Ich verschränkte meine Arme und war erleichtert, als der schwache Dampf aufstieg, bevor ich eintrat.

Dreh dich um. Bring ihn dazu, dich anzuschauen. Du brauchst ihn, erinnerst du dich?

Wieder diese nörgelnde Stimme, die ich am liebsten erwürgt hätte.

Aber sie hatte recht. Egal, wie viel Angst ich hatte.

Ich brauchte ihn.

Und das war der einzige Weg.

Ich ließ meinen Kopf unter der Wärme nach hinten sinken, drehte mich um und begegnete seinem gierigen Blick. Er wandte den Blick nicht ab, sondern musterte mich langsam und ausgiebig. Mein Puls dröhnte, als er die Narben auf meinen Brüsten entdeckte, dann die Wunde an meiner Seite, die mich aussehen ließ, als wäre ich zerkaut und ausgespuckt worden.

Das war ich.

Wenn er nur wüsste, *wie*.

Die Bombe, die den Orden in Stücke gerissen hatte, war überhastet und schlampig gemacht worden. Der Anruf meines Vaters, als ich in diesen Mauern gefangen gehalten worden war, hatte mich auf eine Abwärtsspirale gebracht. Das hatte mich leichtsinnig gemacht ... und es waren Fehler passiert, von denen ich immer noch nicht ganz geheilt war. Er starrte die Wunde an und versuchte herauszufinden, was genau passiert war.

Meine Gedanken rasten und ich versuchte, eine Lüge zu erfinden. Ein Autounfall? Eine Gasexplosion? Eine unschuldige Passantin bei einem Autobombenanschlag? Was würde er am ehesten glauben?

Nichts von alledem.

Meine Hand wurde langsamer und fuhr mit der Seife in meinen Händen über meinen Bauch und weiter nach unten. Er würde mir nichts von dem glauben, was ich sagte. Deshalb würde er auch nicht fragen. Ich glitt weiter und ließ meine Hand zwischen meine Schenkel gleiten.

Die Muskeln in seiner Kehle spannten sich an, als er schluckte. Meine Wangen brannten, als ich die Hand hob und das Shampoo aus dem Regal holte. Ich schäumte mein Haar ein und spülte es aus, bevor ich es mit einer Spülung behandelte. Er beobachtete jede meiner Bewegungen und musterte meinen Körper.

Diese Augen.

Diese stahlharten Augen bohrten sich in meine, verzweifelt darauf bedacht, eine Schicht nach der anderen von mir zu schälen.

Ich wandte den Blick ab, um die Verbindung zu unterbrechen. Mein Puls war panisch und zwang mich, mich umzudrehen und das Wasser abzustellen. Ich wrang mein Haar aus und ließ es langsam an meinen Schultern heruntertropfen, als ich aus dem Bad trat.

Er machte keine Anstalten, mir ein Handtuch zu reichen, sondern stand mir nur im Weg, als ich einen Blick auf den ordentlichen Stapel gefalteter Handtücher am Rand des Waschbeckens warf. Ich hatte keine andere Wahl, als mich zu ihm zu beugen und meinen Körper an ihn zu pressen, während ich mir eines von oben schnappte und es herauszog.

Dieser Bastard.

Meine Wangen brannten, als ich nach hinten taumelte. Ich streifte das Handtuch über meinen Körper, trocknete mein Haar und wickelte es um meinen Kopf. Er drehte sich um und schnappte sich ein anderes.

Panik machte sich in mir breit und zwang mich nach hinten. »Was tust du da?«

Er kniete sich hin, während er das Handtuch an meinen Beinen entlang rieb und die Wasserspur auffing, ohne ein Wort zu sagen. Ich blickte nach unten und starrte ihn an. Er ließ sich Zeit, rieb mit dem Handtuch über die Schürfwunden des

Unfalls, dann über die Narben zwischen meinen Schenkeln und tupfte sanft das Schlamassel an meiner Seite ab.

»Das sieht infiziert aus«, murmelte er.

»Ich ... ich habe keine Antibiotika mehr.«

Er brummte, stand auf und legte das Handtuch auf den Waschtisch, bevor er den Spiegelschrank öffnete und einen kleinen Behälter herausholte.

»Was ist das?«

Er drehte sich um. »Antiseptisches Pulver. Militärqualität. Keine Sorge, ich werde dir nicht noch einmal eine Spritze geben.« *Warum nicht?* Er hatte es schon einmal getan. So wäre ich gefügiger. Das wusste er. Was hatte sich also geändert? Was hatte sich in den letzten Stunden geändert, dass er nicht nur beschlossen hatte, dass ich besser bei Bewusstsein sein sollte, sondern auch, dass er sich um mich kümmerte? Ich zuckte zusammen, rang mit dem einzig möglichen Grund und meine Wangen brannten, als ich etwas murmelte. »Das traue ich dir aber zu.«

Er deutete ein Lächeln an. »Kluges Mädchen.« Dann schraubte er den Deckel ab und trat näher heran. »Rühr dich nicht vom Fleck.«

Ich wollte alles andere tun, als nur dazustehen, während er näher kam. Aber seine Hände waren vorsichtig, fast schon sanft, als sie gegen die Oberseite der Wunde drückten und das Pulver zwischen die nässenden Ränder streuten.

Ich zischte bei dem Stechen, bevor ich die Zähne zusammenbiss und den Schmerz herunterschluckte.

Er richtete sich augenblicklich auf, hob die Hand, um mir das Handtuch vom Kopf zu reißen, und fasste mir in die nassen Haare. »Du willst stöhnen? Dann stöhne. Halte es nicht für mich zurück.«

Dieser bösartige Griff riss meinen Kopf nach hinten. Wut brüllte auf und verdrängte den Schmerz. »Ich will nicht stöhnen«, zwang ich durch zusammengebissene Zähne.

Er suchte meinen Blick und mein Rückgrat beugte sich unter seiner brutalen Kraft. Aber als ich seinem Blick begegnete, sah ich keine Grausamkeit, nicht so wie ich sie zuvor gesehen hatte. Nein ... da war etwas anderes. Ein Anflug von Traurigkeit traf mich in der Brust und er wusste es.

Er war vielleicht immer noch ein Monster.

Aber er litt.

Ein tiefes, seelisches Leiden.

Wer zum Teufel bist du?

Er öffnete den Mund, um zu sprechen, und seine Atemzüge kamen schwer und schnell, bis er in die Realität zurückkehrte, mein Haar losließ und einen Schritt zurücktrat. »Nicht bewegen.« Er drehte sich um, stellte das Pulver auf den Tresen und zog sein Hemd aus.

Wohin sollte ich denn jetzt fliehen?

Ich starrte seine harte Brust an, als er sein T-Shirt auf den Boden fallen ließ und seinen Gürtel öffnete. Ich wandte den Blick ab, als ich das Geräusch seines Reißverschlusses hörte. Doch aus dem Augenwinkel sah ich genug, damit mein Blick wieder auf ihn gelenkt wurde.

Sein Körper war schlank, muskulös und spannte sich an, als er in die Dusche trat und die Wasserhähne betätigte, bevor er sich umdrehte. Er wandte den Blick nicht ab, als ich seine starke Brust und die Furchen seines Bauches betrachtete, bevor ich erstarrte.

Das Blut summte in meinen Adern und pochte in meiner Brust, während ich seinen Schwanz anstarrte. Er war schlaff, aber er schlug trotzdem gegen die Innenseite seines Oberschenkels. Mein Gott, wenn er jetzt schon so groß war, würde er riesig sein, wenn er hart war. Er schnappte sich die Seife und strich damit über seine Brust und unter seine Arme, bevor er zwischen seine Beine griff.

Er wusch ihn nicht nur, sondern streichelte ihn, indem er seine Hand erst unter seine Eier und dann an seinem Schwanz entlang gleiten ließ. Meine Wangen brannten und mein Mund war trocken, weil ich mir seines unbarmherzigen Blicks bewusst war.

Die dunklen Haare auf seinem Bauch klebten an seiner Haut, als er seinen Kopf zurückwarf und das Wasser seinen Hals und seine Brust hinunterlaufen ließ. Mein Gehirn wollte sich nicht konzentrieren. Ich steckte fest, nicht in meinem Fluchtinstinkt ... sondern in meiner Verliebtheit, in dem Rausch, der mich zwischen meinen Schenkeln traf.

Das war falsch.

Besonders bei ihm.

Der Mann, der mich unter Drogen gesetzt hatte.

Der Mann, der seinen Kopf zwischen meinen Schenkeln gehabt hatte.

Ich stöhnte auf und drehte meinen Kopf weg, als dieser verzweifelte, kranke Laut herauskam.

Er stellte das Wasser ab, stieg aus und beobachtete mich, während er sich das Handtuch schnappte, mit dem er meine Beine abgetrocknet hatte, und damit über seinen Körper strich. »Ich mag dieses Geräusch von dir, Helene«, murmelte er, während er sich abtrocknete. »Ich hoffe, ich höre noch mehr davon.«

»Fick dich«, flüsterte ich, ohne einen Hauch von Wut.

Er lächelte, ließ das Handtuch auf den Boden fallen und verringerte den Abstand. »Das ist genau der Plan.«

Ich zuckte zusammen und richtete meinen Blick auf ihn. Wut stieg in meinen Wangen auf, aber er blieb nicht lange genug stehen, um es zu sehen, sondern schritt ins Schlafzimmer und riss eine Schublade auf.

»Klamotten.« Er warf ein Paar schwarze Boxershorts auf das Bett, gefolgt von einem schwarzen T-Shirt.

Zögernd näherte ich mich, griff dann nach den Shorts und zog sie an. Das T-Shirt war das nächste, das ich mir über den Kopf streifte. Aber als ich es heruntergezogen hatte, packte er mich am Arm und riss mich nach vorne.

Schnapp.

Eine der Schellen schloss sich um mein Handgelenk. Der Bastard grinste, als er die andere um sein eigenes schloss. »Nur für den Fall, dass du auf dumme Gedanken kommst.«

»Was soll der Scheiß?« Ich zerrte an meiner Hand, bis der Stahl fest klirrte.

Er warf einen Blick in Richtung Bett. »Ich bin müde und du sicher auch.«

»Oh nein ... ich werde auf keinen Fall ein Bett mit dir teilen.«

Er zuckte mit den Schultern. »Wie du willst.« Dann schritt er zum Bett und zog mich ruckartig nach vorne, während er das Bettzeug packte. Er war stärker und größer als ich und zwang meinen Körper genau dorthin, wo er ihn haben wollte, als er sich auf das Bett fallen ließ und in die Mitte rutschte.

Mein Arm wurde nach vorne gerissen und über die sauberen Laken gestreckt.

Dieser Wichser ...

Dieser–

»Licht«, befahl er.

Und der Raum versank in Finsternis.

Ich stolperte, fiel und landete direkt neben ihm.

Ich schlug auf die Matratze und rutschte an den Rand ... so weit wie möglich von ihm weg.

Das konnte doch nicht wahr sein.

Das konnte so gar nicht–

Ich könnte schwören, dass ich ihn glucksen hörte, als er sich nach vorne lehnte, seinen nackten Körper an meinen schmiegte und einen Arm um meine Taille schlang. »Schlaf, Ärgernis. Ich habe das Gefühl, du wirst ihn brauchen.«

ACHT

Riven

DU WIRST MIR SAGEN, WO HALE IST!

Ich wachte mit dem Brüllen von London St. James in meinen gottverdammten Ohren auf. Aber er war nicht hier, oder? Keine Waffe, die auf den Kopf meines Bruders gerichtet war. Keine Männer, die in der Dunkelheit auf mich warteten. Nur die weiche Matratze unter mir … und der plötzliche, gehauchte Atemzug an meiner Seite.

Wärme.

Wärme, die sich an mich presste.

Ein weicher, verführerischer Duft strömte herein, ungewohnt und fremd. Die Erinnerung an die letzten vierundzwanzig Stunden kam schnell zurück. Der Unfall. Die Reinigungskräfte … und sie. *Helene Montgomery.* Wie sie sich gegen mich gewehrt und mich dabei fast umgebracht hatte, und wie sie ihre Narben versteckt hatte.

Scharfe, grausame Wunden des Schicksals.

Sie war ruiniert.

Aber es war mehr als das. Sie faszinierte mich, und das war eine sehr gefährliche Situation ... für sie und für mich. Trotzdem fühlte ich mich zu ihr hingezogen, zu der Kämpferin in ihren Augen und den schwachen silbernen Narben auf ihrem Körper. Diese Narben brachten mich dazu, ihr näher kommen zu wollen, ihre Geschichte hören und verstehen zu wollen, was sie dazu getrieben hatte, die Dinge zu tun, die sie getan hatte. Sich zu schneiden und zum Bluten zu bringen. Ich wollte wissen, was es mit all dem Blut und den Schmerzen auf sich hatte, mit dem Selbsthass und den unerträglichen Qualen.

Mein Puls beschleunigte sich, bis sie ein leises, plötzliches Schnarchen von sich gab.

Sie schnarchte.

Sie ...

Je mehr ich über sie nachdachte, desto tiefer rutschte ich ab.

Das sollte nicht passieren.

Sie sollte nicht passieren. Nicht jetzt, wo alles auf dem Spiel stand.

Gemurmelte Worte, die ich nicht ganz verstehen konnte, entglitten ihren Lippen. Ich hielt den Atem an und beugte mich näher heran.

»Aber du bist ... du bist meine Schwester.«

Schwester?

Anscheinend war ich nicht die Einzige mit Familienproblemen. Vielleicht würde sie mir von ihnen erzählen. Vielleicht hatten sie ihr Schmerz bereitet. Ich verkrampfte meinen Kiefer. Das gefiel mir nicht. Nein, das gefiel mir ganz und gar nicht.

Was zum Teufel machst du da? Die Realität überkam mich. Ich hob meinen Blick auf den glänzenden Stahl um mein Handgelenk. Sie war eine Gefangene ... eine gottverdammte Gefangene, und ich spielte verdammt noch mal Vater-Mutter-Kind?

Reiß dich verdammt noch mal zusammen. Hörst du mich? Reiß dich zusammen.

Harmons Worte drangen zu mir durch.

Ich schüttelte den Kopf, rollte mich sanft auf die Seite und streckte mich, bis sich meine Sehnen straff spannten und meine Muskeln protestierend aufheulten. Doch sie bewegte sich nicht und die winzigen, keuchenden Schnarchgeräusche verstummten nicht, als ich den Schlüssel vom Nachttisch nahm. Ein winziges Klicken und die Manschette fiel ab, bevor ich ihre aufmachte. Sie bewegte sich kaum. Die tiefen Atemzüge verrieten mir, dass sie noch schlief. Gut so.

Ich stieg aus dem Bett, bevor ich zum begehbaren Kleiderschrank ging. Eine Welle des Bewusstseins ließ mich innehalten. Ich drehte mich um und ließ meinen Blick zu ihr schweifen. Aber ihre Augen waren geschlossen.

Ein und aus.

Ein ... und aus.

Ihre Atemzüge änderten sich nicht.

Hmm.

Ich holte meine Jeans aus der Schublade und ging in die Küche. Es war noch früh, nur ein paar Stunden, nachdem ich eingeschlafen war. Aber mein Verstand raste und mein Herz ... es brauchte einen Grund, einen Grund für all das, einen Grund für Hoffnung. Ich schob eine Tasse unter die Kaffeemaschine und drückte den Knopf, bevor ich nach oben in mein Arbeitszimmer ging.

Ich schnappte mir den Laptop und das Ladegerät, bevor ich wieder nach unten ging. Mit einem Spritzer Kaffeesahne setzte ich mich auf die Kante der Bank, schaltete den Computer ein und loggte mich ein. Wieder überkam mich das nagende Gefühl, beobachtet zu werden.

Ich warf einen Blick in den Flur und sah nichts als Finsternis, dann machte ich ein finsteres Gesicht und wandte mich wieder den blinkenden, grünen Lichtern des Servers zu. Ich kratzte mich an den Bartstoppeln an meinem Kinn. Mein Kopf war ein verdammtes Durcheinander. Ich musste wieder ins Spiel kommen. Ich musste die Kontrolle übernehmen.

Der bittere Geschmack des Kaffees ließ mich zusammenzucken. Trotzdem schluckte ich und tippte die Befehle ein.

RC: Ich habe einen anderen Namen

...

...

...

...

...

Die Lichter blinkten und blinkten. Ich wartete, trank meinen Kaffee und wartete auf eine Antwort. Eine Antwort, die vielleicht nie kommen würde. Vielleicht war er auf der Jagd? Vielleicht war er ...

SC: *Gib ihn mir.*

Mein Herz schlug bei diesem Befehl schneller. Ich tippte:

RC: *Julius Harmon*

...

...

Ich wartete, aber es kam keine Antwort. Nicht, dass ich das wirklich erwartet hätte. Nicht mehr. Ich loggte mich vom Server aus und klappte den Laptop zu. Ich lehnte mich zurück und hob meinen Blick auf das heller werdende Sonnenlicht im Fenster.

Sie hatte nur einen Apfel gegessen.

Ich runzelte die Stirn.

Sie hatte nur einen Apfel gegessen, also musste sie hungrig sein.

Ich schüttelte den Kopf. Nein, das war mir völlig egal. Wenn sie nicht aß, was ich ihr zubereitet hatte, war das ihre eigene Schuld.

Mampf.

Die Erinnerung daran, wie sie den Apfel verschlungen hatte, erfüllte mich. Ehe ich mich versah, hatte ich mich von der Bank erhoben. Ich war doch selbst hungrig, oder nicht? Ich richtete meinen Fokus nach innen ... aber mein Bauch war still.

»Scheiß drauf«, knurrte ich, riss den Schrank auf und holte den Glasbehälter mit Haferflocken heraus.

Sie aß kein Fleisch. Was zum Teufel aß sie dann?

War sie Veganerin?

War sie krank?

Ich blieb vor dem Herd stehen. Was, wenn Fleisch sie krank machte? Was, wenn alle tierischen Produkte das taten?

Scheiße.

Ich schnappte mir mein Handy vom Tresen und begann, eine Liste zu tippen. Obst, Gemüse, milchfreie Butter und Aufstriche. Als ich fertig war, hatte meine Haushälterin eine ellenlange Nachricht. Ich ließ das Handy sinken, wandte mich den Haferflocken zu, durchsuchte die Schränke und den Kühlschrank nach allem, was ich gebrauchen konnte.

Ich kochte die Haferflocken und fügte Muskatnuss hinzu, dann löffelte ich sie in eine Schüssel und garnierte sie mit geschnittenem Obst. Das leise Klatschen von nackten Füßen erregte meine Aufmerksamkeit. Ich hob den Blick und sah erschrocken zu, wie sie näher kam. »Ich habe Essen gerochen«, sagte sie vorsichtig und ließ ihren Blick über die Schüssel schweifen.

»Ich ...«, begann ich. »Ich hoffe, du bist hungrig.«

Ihr Bauch heulte auf. Das Geräusch war laut und konstant und veranlasste mich, die Schüssel zu ihr zu schieben. Sie warf einen Blick auf den Laptop, als sie auf den Hocker rutschte und die Haferflocken zu sich zog. Aber falls sie sich für das MacBook interessierte, versteckte sie es gut und widmete ihre Aufmerksamkeit dem Essen, das vor ihr stand.

»*Oooh ... heiß*«, zischte sie.

»*Vorsichtig*«, schnauzte ich und trat näher. »Die Milch ist nicht kalt. Sie ist lange haltbar und alles, was ich hatte.«

Zwischen zwei Bissen murmelte sie: »Das sind die besten Haferflocken, die ich je in meinem verdammten Leben gegessen habe.« Sie stürzte sich wieder auf die frischen Pfirsiche, die ich in Scheiben geschnitten hatte, und schob sie sich in den Mund.

Sie aß, als wäre sie am Verhungern.

Ich hatte noch nie etwas so verdammt Faszinierendes gesehen.

So wunderschön.

Ich hatte das getan. Ich hatte ihr zu essen gegeben. Die besten Haferflocken aller Zeiten, das hatte sie gesagt. Die besten Haferflocken, die sie je gehabt hatte. »Ich kann dir noch mehr kochen, wenn du willst?«

Ich hörte mich die Worte sagen, und doch war ich es nicht. Ich kümmerte mich nicht um andere und schon gar nicht um sie.

Sie schenkte mir den Hauch eines Lächelns. Es war nur ein Flackern. Trotzdem schienen ihre dunkelbraunen Augen zu leuchten. »Klar, das wäre gut.«

Ich nahm mein Handy vom Tresen und steckte es in meine Tasche, als sie ein tiefes, kehliges Stöhnen ausstieß und sich den Bauch rieb. »Ich glaube, ich habe noch nie in meinem Leben so schnell etwas gegessen. Ich fühle mich, als würde ich gleich explodieren.«

Die Bewegung zog meinen Blick an, als sie das schwarze T-Shirt höher zerrte und ihren weichen Bauch darunter enthüllte. Sie versteifte sich, hob dann ihren Blick und zerrte das Shirt an seinen Platz.

»Nicht.« Ich erwiderte ihren Blick. »Tu das nicht.«

»*Was* soll ich nicht tun?«

Ich ging um den Tresen herum, riss an dem Shirt und zerrte das verdammte Ding nach oben, bis es nicht nur die Wölbung ihres Bauches zeigte, sondern auch die Narben unter ihren Brüsten. Ich erstarrte und betrachtete sie. Eine sah aus wie eine ... wie eine Messerwunde, eine andere wie eine Brandwunde.

Sie stieß mich zurück. »Lass mich los, verdammt!«

Ich ließ sie los, weil ich nicht in der Lage war, etwas anderes zu tun.

Sie rutschte fast aus, als sie vom Hocker huschte und von mir wegstolperte. »Fass mich nicht an, verdammt! Hast du mich verstanden? Wage es ja nicht!«

Oh, nein. Das würde nicht passieren.

Ich würde nicht zulassen, dass sie sich versteckte, sich zusammenkauerte und hasste.

Das konnte sie auf mich richten ...

Aber nicht auf sich selbst.

Nicht mehr.

Ich schritt vorwärts und verringerte den Abstand. Sie konnte nicht schnell genug wegkommen und stolperte, bis sie gegen die Wand knallte. Ich schlug mit der Hand gegen die Wand neben ihr und drängte sie zurück. »Du *wirst* mir alles von dir zeigen.«

Sie reckte ihr Kinn in die Höhe. »Nur über meine Leiche.«

Leiche?

Nein.

Das bezweifelte ich.

Mir kam ein anderes Szenario in den Sinn. Eines, das mir sehr viel besser passen würde und das sie richtig wütend machen würde. Ich ließ meinen Blick zum Schlafzimmer schweifen. »Ich schlage vor, du gehst ins Bad.«

»Warum?«

»Weil ich dich mit Handschellen ans Bett fessle.«

Ihr blieb der Mund offen stehen, bevor sie murmelte: »Das würdest du nicht tun.«

Ich ließ meine Hand sinken und beugte mich herunter. »Das wirst du gleich sehen.«

In ihrem Augenwinkel zuckte es, bevor sie langsam einen Schritt zur Seite machte und an der Wand entlang von mir wegglitt. Ich mochte das Gefühl, mich an sie heranzupirschen und ihr gerade genug Platz zu lassen, um sich umzudrehen und wegzulaufen. Sie war schlau, tat genau das, was ich ihr gesagt hatte, und machte sich auf den Weg zum Badezimmer.

Ihre Lippen kräuselten sich, als ich in den Türrahmen trat und sie beobachtete, wie sie pinkelte und sich dann abwischte. Meine Atemzüge wurden tiefer, als ich so in ihre Privatsphäre eindrang. Ich wollte mehr. Ich wollte alles.

Sie zog die Boxershorts hoch und drehte sich um. Ihre Wangen glühten, als sie zum Waschbecken ging. Ich sah ihr Zögern. Den Moment, in dem ihr Gehirn schrie, dass sie kämpfen sollte. Aber sie schaltete die Stimme in ihrem Kopf aus, konzentrierte sich auf das Händewaschen und griff nach dem Handtuch.

»Was habe ich falsch gemacht?«

Mir stockte der Atem. »Was?«

Sie drehte sich um und starrte mich an. »Ich sagte, was habe ich falsch gemacht?« Sie rückte näher. »Das ist eine Bestrafung, richtig? Ich habe mein Hemd runtergezogen und jetzt willst du mich dafür bestrafen.«

Ich machte ein finsteres Gesicht. »Das ist keine Bestrafung, Helene.«

»Nein?« Sie schritt an mir vorbei und ging in Richtung Schlafzimmer.

Ich folgte ihr und schnappte mir die Handschellen. »Nein.«

Sie wehrte sich gegen mich, genau wie ich gewusst hatte, dass sie es tun würde. Aber sie war nicht stark genug, um zu gewinnen ... und am Ende fesselte ich ihr Handgelenk an das stählerne Kopfteil, bevor ich nach Luft schnappte. Sie zuckte zusammen, als ich ihr die Haare aus den Augen strich.

»Wenn du mich noch einmal anfasst, werde ich dich beißen.«

Ich lächelte und nickte. »Genau, wie ich es mir gedacht habe.«

Ich wollte sie nicht verlassen. Aber ich musste es. So sehr ich es auch genoss, sie in meinen Klamotten zu sehen, sie konnte sie nicht ewig tragen. Also zog ich mir ein T-Shirt und Turnschuhe an, schnappte mir mein Handy und die Schlüssel und ging zu meinem Auto.

Als ich rückwärts aus der Einfahrt fuhr, überkam mich eine Leere. Meine Hände umklammerten das Lenkrad und ich wollte die Gänge einlegen und zurück ins Haus fahren. Aber sie würde nirgendwo hingehen. Nicht ohne mich oder den Schlüssel in meiner Tasche.

Ich zwang mich, weiterzufahren, ließ sie zurück und fuhr zu einem Luxus-Einkaufszentrum zwei Vororte weiter. Ich hielt an und parkte in der Nähe des Eingangs. Wenn sie sich vor mir verstecken wollte, würde ich ihr keine Wahl lassen. Ich stellte den Motor ab, stieg aus und schloss den kaputten Audi hinter mir ab.

Ein Blick über die Schulter ließ mich den verbeulten Kühlergrill und den zertrümmerten Scheinwerfer bemerken. Das war eine weitere Sache, die ich reparieren musste. Aber zuerst ... Kleidung. Ich steuerte ein Bekleidungsgeschäft an, in dem ich nur einmal gewesen war, um ein Oberteil für ein Date zu kaufen. Eines, das sie nicht hatte anziehen wollen und es mir wieder ins Gesicht geworfen hatte.

Aber das war etwas anderes.

Das war damals gewesen.

Und sie war nicht Helene Montgomery.

Ich trat ein und ließ meinen Blick durch den Laden schweifen. Köpfe drehten sich in meine Richtung. Selbst unrasiert und in Turnschuhen kamen sie auf mich zu, lächelten und warfen mir schüchterne Blicke zu. Bis sie näher kamen, nah genug, um stehenzubleiben.

Ich wusste nicht, woher sie es wussten, aber sie wendeten sich abrupt von mir ab ... und eilten mir aus dem Weg.

Sie rochen es.

All die schrecklichen Dinge, die ich getan hatte.

Geh auf die Knie, verdammt.

Sieh mich nicht an.

Öffne ihn weiter.

WEITER.

Du bist nichts weiter als eine Fotze. Hörst du mich? Etwas Warmes, das Männer wie ich benutzen können.

Du wirst rot tragen. Hörst du mich, TOCHTER?

DU ... WIRST ... ROT ... TRAGEN.

Meine eigenen gefühllosen Schreie hallten in meinem Kopf wider. Es war, als hätten sie mich gehört. Sie warfen mir erschrockene Blicke zu, während sie mir aus dem Weg gingen. Bis ich den Tresen erreichte und die Blondine dahinter keine andere Wahl hatte, als meinem kalten, unerschrockenen Blick zu begegnen und zu lächeln.

»Wie kann ich Ihnen helfen, Sir?«

»Ich brauche Kleidung für eine Frau.«

Sie schrumpfte in sich zusammen, als ich meinen Blick verächtlich an ihr herunterwandern ließ. Hass durchströmte mich und ließ meine Lippen zittern. Sie rief dieselbe wilde Wut hervor wie die anderen. Sie waren ein Mittel zum Zweck, richtig? Ein Ding, das ich trainieren sollte. Keine Person. »Ungefähr zwei Nummern größer als Sie.«

Ihre Stirn runzelte sich, als sie zurückwich. »Größe zwölf?«, fragte sie mit zittriger Stimme.

Ich nickte und sah zu, wie sie um das Ende des Ladentischs herum zu den Regalen mit Kleidern, Damenanzügen und Freizeitkleidung eilte.

»Gibt es etwas, das sie besonders mag?«

Ich durchforstete mein Gedächtnis. An dem Abend, an dem ich sie kennengelernt hatte, hatte sie Schwarz getragen, schwarz und braun, die gleiche Farbe wie ihre Augen. »Schwarz. Ich hätte gerne schwarze Kleidung.«

Sie holte mehrere durchsichtige Blusen und Hosen hervor. Ich nickte und wählte ein paar aus. »Schuhe auch«, sagte ich und warf einen Blick auf die Auslage. Aber ich wusste nicht, welche Größe sie hatte.

Wegen der Glasscherbe in ihrem Fuß hatte sie Blutspuren hinterlassen, die ihren Weg durch mein Haus markiert hatten.

Wenn du mir zu nahe kommst, ziehe ich die Scherbe heraus und steche sie dir ins Auge.

»Sir?«

Ich hob den Blick.

»Stimmt etwas nicht?«

Das Kräuseln meines Mundwinkels fiel ab und ich schüttelte den Kopf. »Nein, es ist alles in Ordnung.« Ich betrachtete die hohen Schuhe und die flachen Schuhe in ihrer Hand. »Ich nehme sie beide.«

Die Angestellte nickte. »Sonst noch etwas?«

Ich schaute mich im Laden um. »Ja, in der Tat. Unterwäsche, ich hätte gerne etwas Bestimmtes.«

NEUN

Helene

____

»*DU VERDAMMTER BASTARD!*« ICH ZERRTE AN DER Handschelle am Kopfteil und stieß mit dem Fuß gegen die Kissen. Aber der Stahl weigerte sich, sich zu rühren und knirschte gegen mein Handgelenk, bis ich aufhören musste. Ein Schmerz durchzuckte meine Hand. Ich sackte zusammen und griff nach meiner Hand, um den Knochen unter der Manschette zu massieren. »Arschloch«, stöhnte ich, während ich tiefe Atemzüge nahm und den Raum nach etwas durchsuchte, das ich zerstören konnte.

Aber da war nichts.

Da war überhaupt nichts.

Ich brüllte los und trat gegen ein Kissen, das quer durch den Raum flog.

Ich wollte ihn umbringen.

Nein.

Ich *hätte* ihn umbringen sollen, als ich die Gelegenheit dazu hatte. Ich biss die Zähne zusammen und richtete meinen Blick auf die Tür. Diesen Fehler würde ich nicht noch einmal machen. Schwestern hin oder her, dieser Wichser würde untergehen.

Das leise Klicken des Schlosses ließ mich erstarren. Ich hielt den Atem an, als sich Schritte näherten ... nur waren es nicht seine. Ich schüttelte den Kopf. *Sie waren nicht schwer genug.*

Ein leises Summen ertönte. Eine Frau?

»Hallo?«, rief ich, und das Summen hörte auf. *»Hallo, kannst du mich hören?«*

Die Schritte kamen im Flur näher. Ich kletterte über die Bettdecke, als sie zur Tür hereinkam. Sie war eine kleine, ältere Frau, die eine Tasche mit Lebensmitteln trug.

»Hallo.« Ich lächelte, unterdrückte ein Glucksen und hob mein gefesseltes Handgelenk an. »Also ... lustige Geschichte.«

Sie war nervös und schaute über ihre Schulter.

»Ich heiße Helene und habe mit Rivens Handschellen herumgespielt und mich aus Versehen selbst ans Bett gefesselt. Allerdings habe ich mein Handy in seinem Auto vergessen. Ich hatte gehofft, dass ich deines benutzen könnte.«

Sie schüttelte leicht den Kopf, als würde ihr der bloße Anblick Angst einjagen.

»Es ist meine Schuld«, sagte ich vorsichtig. »Und ich weiß, dass Riven wütend sein wird, wenn er sieht, was ich getan habe. Aber ich bin sicher, er wird erleichtert sein, dass du mir geholfen hast.«

Sie machte ein finsteres Gesicht.

»Wie ist dein Name?«, drängte ich und mein Herz klopfte wie wild.

»Maria.«

»Es ist doch nur ein Anruf, Maria«, bat ich verzweifelt. »Ich bin mir sicher, dass Mr. Cruz sehr dankbar sein wird, dass du mir geholfen hast.«

Bitte ... komm schon ... BITTE.

Sie machte einen langsamen Schritt, griff in ihre Tasche und holte ein abgewetztes Nokia heraus.

»Danke.« Ich versuchte, das Handy nicht anzustarren, als sie näher kam.

Sie reichte es mir vorsichtig. Ich lächelte sie an. »Ich bin dir so dankbar dafür.« Ich warf einen Blick auf die Lebensmittel in ihren Armen. »Es wird nicht lange dauern.«

Sie nickte und ging rückwärts, ohne ein Wort zu sagen. In dem Moment, in dem sie sich umdrehte, entsperrte ich das Handy, schloss die Augen und rief die Nummer an, die ich mir eingeprägt hatte, in der Hoffnung, dass wir eines Tages eine Verbindung zueinander haben würden.

Ich starrte das abgenutzte Tastenfeld an und gab die Nummer ein.

Es klingelte einmal, zweimal.

Komm schon ... geh ran.

»Hallo?«

»Viv.«

Stille, dann ein Zischen. »Helene?«

»Ich bin's«, flüsterte ich, als mich die Erleichterung übermannte.

»Wo zum *Teufel* bist du gewesen? Wir haben nach dir gesucht!«

Sie war stinksauer ... *wirklich* stinksauer. Ich lächelte. Das konnte nur eines bedeuten. Es war ihr nicht egal. »Du musst mir zuhören, V, okay?«

Stille. »Okayyy.«

»Weißt du noch, dieser Plan B? Ja, der ist schiefgelaufen.« Ich warf einen Blick zur Tür und hörte, wie Rivens Haushälterin die Einkäufe einräumte. »Also denke ich mir jetzt etwas aus. Aber ich möchte, dass du dir diese Nummer notierst, okay? Wenn du nichts mehr von mir hörst oder wenn ...« Ich hielt inne. »Wenn irgendetwas anderes passiert, musst du es verfolgen.«

Ich drückte den Knopf, um Marias Kontakte aufzurufen, dann ihre Nachrichten und den Verlauf mit Riven. Es war nicht die unbekannte Nummer, die ich wollte, aber es war wenigstens etwas. Aber die Nachricht hatte etwas an sich ... sie sah aus wie eine Einkaufsliste. *Ergibt Sinn.* Trotzdem ... das, was er darin verlangt hatte, machte mir zu schaffen. Ich schloss die Nachricht und las ihr die Nummer vor.

»Jetzt wiederhole sie mir.«

Sie tat es und wiederholte sie perfekt. Ich atmete schwer aus.

»Helene?«

»Ja?«

»Bist du in Sicherheit?«

Ich öffnete meine Augen und lauschte auf die Bewegungen in der Ferne. Wenn ich ihr die Wahrheit sagte, was dann? Ich kannte Vivienne, vielleicht ein bisschen mehr, als sie es von mir wollte. Sie war jetzt stärker. Beschützerischer. Auch wenn ich es noch mehr war. »Fürs Erste bin ich das. Du musst nur auf dich aufpassen, okay? Bleib bei London und den Söhnen. Sag Ryth ... sag Ryth, dass ich so schnell wie möglich zurückkomme.« *Und mit Hales Kopf auf einem verdammten Spieß.*

»Okay, aber wenn du mich brauchst, brauchst du es mir nur zu sagen und ich werde dich holen kommen.«

Stolz schwoll in meinem Herzen an. Es könnte noch Hoffnung für uns geben. »Das werde ich.«

»Pass auf dich auf, Helene.« Ihre Stimme wurde noch leiser. »Mach mich nicht wütend.«

Mein Lächeln wurde breiter. »Ich werde versuchen, das nicht zu tun«, sagte ich, beendete das Gespräch und löschte schnell die Nummer, die ich angerufen hatte, aus der Liste der getätigten Anrufe.

Aber es waren die Nachrichten, die mich davon abhielt, Rivens Haushälterin zu rufen. Ich öffnete sie und scrollte die Liste herunter, die er ihr geschickt hatte:

Vegane Butter.

Nussbutter.

Ist Nutella vegan? Wenn ja, besorge welches.

Vegane Chips.

Hafermilch.

Frisches Gemüse ... eine Menge davon, und auch Obst. Alles, was in Saison ist, gibt es auf dem Obstmarkt in der Maddison Street.

Außerdem: Wein. Das Übliche.

Keine Kosten scheuen.

Keine Kosten scheuen?

Mein Puls raste, als ich mir die Anweisungen durchlas. Das war nicht nur irgendeine Liste, das war ...

Du wirst essen, was ich dir gebe. Habe ich mich klar ausgedrückt? Du wirst essen, duschen ... und alles tun, was ich dir sage. Du nennst mich jetzt ein Monster, aber du hast noch nicht gesehen, wozu ich fähig bin. Das willst du nicht, Helene Montgomery. Glaub mir.

In diesem Moment war er ein Monster gewesen. Er hatte mir Angst gemacht. Aber das ...

Diese Nachricht stammte nicht von jemandem, der gerne grausam war.

Meine Hand wanderte zu meinem Bauch und ich erinnerte mich gerade daran, wie er mir das Hemd aus der Hand gerissen und meinen Bauch entblößt hatte, als Marias Schritte im Flur zu hören waren. Sie trat in den Türrahmen und zwang mich, ihr ein verlogenes Lächeln zu schenken. »Danke.« Ich hielt ihr das Handy hin. »Er ist nicht rangegangen.«

Sie nahm das Handy und machte ein finsteres Gesicht, als sie es ansah.

Dann drehte sie sich um und rannte fast aus dem Zimmer.

Aber das war nicht wichtig. Ich hatte die Person angerufen, die ich anrufen musste. Meine Schwester.

Die Haushälterin ging und in der Stille ... machte sich Angst breit.

Ich konnte Riven nicht vertrauen und schon gar nichts für ihn empfinden. Er war der Direktor, der kranke Bastard, der nicht nur meinen Schwestern, sondern so vielen anderen Frauen wehgetan hatte. Die Erinnerung an diesen Keller kam auf. Leichen, die sich auf Leichen stapelten. Ich würde einem Mann, der so etwas getan hatte, niemals vertrauen. Nicht einmal, wenn es um mein Leben ginge.

Er kann sich seine verdammte Nussbutter sonst wohin schieben.

Das tiefe Knurren eines Motors ertönte, bevor es plötzlich verstummte. Nicht das Schnurren des Audis, sondern das von jemand anderem.

Ich rutschte auf dem Bett hin und her, eine Hand durch Stahl gefesselt, und suchte nach etwas, das ich als Waffe benutzen konnte.

Schwere Schritte näherten sich auf dem Flur.

Mein Puls schlug schneller.

Sie kamen näher.

Näher.

Ein Schatten huschte durch den Flur ...

Bevor Riven eintrat.

Ich atmete schwer aus. »Du hast mich zu Tode erschreckt.«

»Wirklich?« Er hielt meinem Blick stand. »Warum?«

Warum?

WARUM?

Weil das nicht der Klang des Audi ist ... und weil deine Haushälterin gerade hier war. Wenn du es nicht warst, dann hätte es ... schlimmer sein können. *So viel schlimmer.* Ich musste mich zusammenreißen. Ich musste einen kühlen Kopf bewahren.

Ich schüttelte den Kopf. »Weil deine Haushälterin gerade hier war und ich ... und ich ...«

Daraufhin setzte er eine finstere Miene auf, drehte sich mit den Händen voller Tüten um und knurrte. »Scheiße. Ich habe vergessen, ich ...« Er versteifte sich, dann drehte er sich wieder zu mir um. »Du hättest schreien können. Du hättest die Bullen in zehn Minuten hier haben können. Aber das hast du nicht.« Er ließ die Tüten fallen und kam näher an das zerwühlte Bett heran. »Warum?«

Meine Augen wurden groß.

Ich schüttelte den Kopf.

»Ich ... ich weiß es nicht.«

Das war nicht die Wahrheit. Aber es war auch keine Lüge.

Er kam näher, griff in seine Tasche, zog den Schlüssel für die Handschellen heraus und befreite mein Handgelenk. »Geh duschen, Helene. Ich habe dir Kleidung mitgebracht.«

Er starrte auf mich herab, seine finsteren Augen beobachteten jede meiner Reaktionen. Dachte er, ich würde weich werden? Dachte er, er würde mir Angst machen? Ich biss die Zähne zusammen und starrte ihn an, um ihm zu zeigen, dass ich mich wehren würde, wenn er etwas versuchte.

Er tat es nicht, aber er rührte sich auch nicht, als ich vom Bett rutschte und ins Bad eilte. Nur dass ich dieses Mal die Tür schloss und ihn aussperrte. *Bumm ... bumm ... bumm.* Mein Puls raste in meinen Ohren, als ich darauf wartete, dass er hereinplatzte. Aber das tat er nicht. Stattdessen bewegte sich das schwere Poltern seiner Schritte, bevor das Rascheln der Taschen ertönte.

Ich zog mir die Boxershorts und das T-Shirt aus und ging auf die Toilette, bevor ich in die Dusche stieg. Es gab eine Veränderung zwischen uns, eine Verwischung der Grenzen. Das gefiel mir nicht. Er wollte die Kontrolle und ich wollte Informationen. In dem Moment, in dem ich bekam, was ich brauchte, war ich fertig ... und er auch.

Wirklich?

Das Wort erhob sich.

Willst du wirklich mit ihm fertig sein? Ich kann mir nicht vorstellen, dass du das willst, oder?

Die Fantasie mischte sich mit der Realität. Er kniete vor mir, meine Waffe an seinen Kopf gepresst, den Finger am Abzug. Könnte ich abdrücken? Könnte ich sein Hirn über die Wand pusten? Aber es war nicht die Gewalt, die meine Aufmerksamkeit erregte. Es war er ... auf seinen verdammten Knien.

Der Klang seiner tiefen Stimme drang unter der Tür zu mir durch. Ich schloss die Augen und meine Atemzüge wurden tiefer, als ich mich auf diesen Klang konzentrierte. Das Wasser peitschte gegen meinen Körper. Ich brauchte nur den Duschkopf so zu drehen, dass er meine Nippel traf ... *Oh Gott.* Die dringende Sehnsucht traf mich genau zwischen meinen Schenkeln. In meiner Verzweiflung öffnete ich die

Augen und fand die Badezimmertür noch immer geschlossen vor.

Ich schloss die Augen wieder, drehte mich von der Tür weg, zog die Schultern zusammen, um meinen Körper zu verbergen, und ließ meine Hand nach unten wandern. Es war doch nichts dabei, oder? Nur eine Befreiung. Nur ein krankes, verzweifeltes Loslassen. Dann konnte ich meinen Kopf wieder ins Spiel bringen. Und das musste ich. Ich *brauchte* das. Ich schob meinen Finger hinein.

Nur ein Niemand.

Ich schloss meine Augen. Scham und Demütigung brannten in meinen Wangen.

Ein Niemand, der es mag, auf meinem verdammten Sofa zu kommen.

Mein Finger glitt heraus, dann vereinigte er sich mit einem anderen, bevor ich beide hineinschob.

Mach weiter, Niemand.

Ich stützte mich mit einer Hand auf den Fliesen ab und krümmte meine Finger, während ich mich streichelte.

Mach eine Sauerei auf mir.

Ein Zittern ließ mich nach Luft schnappen.

»Mach weiter.«

Mein Körper verkrampfte sich.

»Komm!«

Ich riss die Augen auf, als sich eine grausame Hand um meine Kehle schloss. Ich wurde nach hinten gerissen und gegen die Wand geschleudert.

Sterne, das war alles, was ich sah ... und dann war er da.

Diese finsteren, hasserfüllten Augen waren auf mich gerichtet. »Willst du ficken, Helene?«

Wasser fiel in meine Augen und ließ ihn verschwimmen. Doch er war da ... und mein Verlangen auch.

»Also?« Er rückte näher.

Ich schüttelte den Kopf. »Nein!«

»Lügnerin!«, knurrte er.

Wasser klebte an seinem Hemd und an seiner Brust, die sich mit jedem verzehrenden Atemzug ausdehnte.

»Sag es mir.« Diese Worte waren eine Warnung. »Sag mir, dass du nicht an ihn gedacht hast.«

An ihn?

Mein Verstand holte nur langsam auf, immer noch gefangen von den verblassenden weißen Flecken hinter meinen Augen.

»Michael DiAngelo«, presste er durch zusammengebissene Zähnen hervor.

Ich schüttelte den Kopf, aber meine Gedanken rasten, als ich aus der Kabine geschoben wurde.

»Trockne dich ab«, befahl er und schaltete das Wasser ab.

Ich stand einfach nur da und war wie erstarrt. Was zum Teufel war passiert? Was hätte ich denn tun sollen, verdammt?

Ich bilde mir das nur ein … dieselben Worte, die ich zu Vivienne gesagt hatte, kamen mir jetzt wieder in den Sinn. *Erfinde etwas, ja?* Er trat aus der Kabine und seine Kleidung klebte an seiner Brust.

»Du willst in meiner Gegenwart den Schwanz eines anderen Mannes reiten?«, knurrte Riven und riss sich das durchnässte Hemd über den Kopf. »Ich weiß, dass du jemanden angerufen hast. Er war es, nicht wahr? Und?«

Meine Knie zitterten, als ich nach vorne stolperte und nach der Kommode griff. Es war kein anderer Mann gewesen. Das war das Schrecklichste daran. Es wäre einfach, wenn es so wäre. Wenn mein dummer, kranker Verstand lernen würde, zu kooperieren.

Etwas bewegte sich aus meinem Augenwinkel. Seine Finger griffen in meinen Nacken und zogen mich fest an seine Brust, während er mir ins Ohr knurrte. »Hast du ihm meinen Namen genannt? Hat er versprochen, mich aufzuspüren? Mich zu verletzen, mich sogar zu töten? An den hast du doch gedacht, oder? Deinen weißer Ritter, DiAngelo, der in deine feuchte Fotze stoßen will. Sag mir, Helene, hat er wenigstens einen großen Schwanz?«

Ich strampelte und wehrte mich gegen ihn. »Lass mich los!«

»Ich wette, das hat er.« Dieser tiefe, nachhallende Ton traf mich zwischen den Beinen. »Ich wette, du hast ihn verdammt gut geritten, oder? Ich wette, du bist den ganzen Tag auf dem Scheißding rumgehüpft und dann auf sein Gesicht geklettert. Oder mag er das nicht? Ist es das, Helene? Mag dein Liebhaber es nicht, dich zu lecken?«

Mein Schrei prallte an den Wänden ab. Er war total verrückt. Ein kranker Bastard, den ich tot sehen wollte. Doch dieser

Hunger wollte nicht verschwinden. Abscheu erfüllte mich, als ich seinem Blick begegnete und er meine Augen musterte.

Er sah es.

Ich wusste nicht, wie viel.

Aber es war genug ...

»Von jetzt an duschst du vor mir.« Seine Stimme war heiser. »Alles, was du tust, tust du vor mir ... und wenn du dich das nächste Mal entscheidest, einen Notruf zu tätigen, Helene ... dann sorge dafür, dass du jemanden anrufst, der noch lange genug lebt, um dich zu retten.«

»Was?«

Das Lächeln auf seinen schönen Lippen war eiskalt. »Ich habe seine Adresse und seine Handy-Nummer. Glaube mir, er wird nicht einen Tag überleben.«

Der Schrecken überkam mich. Nein, das konnte nicht wahr sein. Das konnte nicht sein ...

»Jetzt.« Er schritt vorwärts, nahm ein Handtuch von der Theke und drückte es gegen meine Brust. »Jetzt beweg dich.«

Ich konnte mich nicht bewegen ... und ich konnte nicht denken. Es gab keinen Michael DiAngelo ...

Ich stolperte vorwärts, immer noch tropfend.

»Hand.«

Ich schüttelte den Kopf. »Nein ...« Er stürzte nach vorne, packte sie selbst und zerrte mich näher an das Bett. »Nein!« Ich zog mich zurück. »Du verstehst das nicht!«

Wie eine Lawine stürzte er auf mich zu und drückte mich nach hinten, bis ich auf dem Bett aufschlug.

»Ich verstehe nicht?«, knurrte er und stürzte sich mit seinen Händen auf beide Seiten des Bettes. »Lass mich dir sagen, was ich verstehe, Helene. Während ich weg war, hast du meine Haushälterin überredet, dir ihr Handy zu geben. Du hast ihr gesagt, du würdest mich anrufen, was du aber nicht getan hast. Dann habe ich dich dabei erwischt, wie du deine nasse Fotze gefingert und gehechelt hast wie eine läufige Hündin. Die *einzig* vernünftige Erklärung ist also, dass du an ihn denkst, auf ihn wartest ... dich nach ihm sehnst.«

Sein Körper presste sich gegen meinen und seine muskulösen Schenkel drückten meine auseinander.

Ich konnte nicht sprechen, konnte kein Wort sagen.

Denn die Wahrheit war viel zu erschreckend.

»Es gibt keinen Michael DiAngelo«, flüsterte ich schließlich trostlos. »Es hat ihn nie gegeben.«

Er war wunderschön, wenn er lächelte.

Beängstigend und atemberaubend.

Ein langsames Nicken und er erhob sich. Er hob die Hand und schloss die Handschelle um mein Handgelenk, dann stützte er sich noch einmal am Kopfende ab. »Wenn ich zurückkomme, wirst du bestraft.« Er drehte seinen Kopf und begegnete meinem Blick. »Aber keine Sorge, ich werde dir nicht wehtun ... zumindest nicht dieses Mal.«

Er hob seine Hand und streckte die Finger aus, als wollte er mich berühren. Doch dann krümmte er seine Finger und zog sie weg.

»Warte!«, rief ich, als er vom Bett zurücktrat und sich zur Tür drehte. »*WARTE!*«

Er war augenblicklich aus dem Zimmer verschwunden, nur das Poltern seiner Turnschuhe blieb zurück.

»Er ist nicht echt!«, schrie ich. »Er ist NICHT ECHT!«

Aber mein Flehen war nutzlos. Sekunden später ertönte das tiefe Knurren eines Motors. Er war weg ... und ich war immer noch nackt und versuchte zu verstehen ... *Wen zum Teufel wollte er umbringen?*

ZEHN

Riven

_____

MICHAEL DIANGELO.

Michael DiAngelo.

MICHAEL DIANGELO!

Ich stieg wieder hinter das Lenkrad des Range Rovers und drückte den Knopf, um den Motor zu starten. Aber ich legte nicht den Gang ein, noch nicht. Stattdessen hob ich meinen Blick zur Tür und ballte meine Fäuste um das Lenkrad. Wut schoss durch meine Adern und pulsierte an meiner Schläfe.

Sie wäre fast entkommen.

Ich schüttelte den Kopf.

Sie wäre fast ...

Ich griff nach vorne, stellte den Wagen in den Rückwärtsgang und fuhr aus der Einfahrt. Es spielte keine Rolle. Nicht mehr. Sie würde nirgendwo hingehen, weder jetzt noch jemals. Ich rief den Namen auf meinem Handy auf. Es dauerte nicht lange, bis ich ihn gefunden hatte. Michael DiAngelo, der als Lehrer an der St. Augustine Grundschule in Preston arbeitete, war ungefähr so langweilig, wie man ihn sich vorstellte ... *und er war verheiratet.*

Ich schnappte nach Luft und wendete das Fahrzeug in Richtung des Vororts.

Er ist nicht echt!

Lüge.

Bedeutete er ihr wirklich so viel? Genug, dass sie ihr eigenes verdammtes Leben riskieren würde, um ihn zu retten?

Bedeutete sie *mir* wirklich so viel?

Ich zuckte zusammen, wich meinem eigenen Blick in den Spiegel aus und ließ meinen Vorort hinter mir. Die Autos auf der Straße verschwammen zu einem einzigen. Diejenigen, die hinter den Lenkrädern kauerten, waren bedeutungslos. Alles, was ich sah, war er. Dreiundvierzig, übergewichtig, sanfte braune Augen und ein Bart, der aussah, als hätte er seit Jahren keinen Friseur mehr von innen gesehen.

Das war der Mann, den sie wollte?

Der Mann, den sie mir vorzog ...

Ich rief die Adresse auf meinem Handy auf und gab sie in das GPS des Autos ein. Es war nicht meine übliche Strecke, aber dank meinem kleinen Ärgernis hatte ich diese Möglichkeit nicht mehr. Ich fuhr die Straßen entlang, musterte die Vorgärten, die mit Kinderfahrrädern und Bällen übersät waren, und hielt an einem der wenigen Häuser an, die wirklich ordentlich aussahen.

Zu ordentlich.

Ich betrachtete den abgenutzten, zehn Jahre alten, blauen Mazda in der Einfahrt und griff nach meinem Handy. Es war dasselbe Auto, das ich auf seinem Social-Media-Profil entdeckt hatte. Dasselbe Auto, vor dem er mit seiner Frau gestanden hatte, als sie ihre vierzehn Meilen lange Wanderung in den Rocky Mountains begonnen hatten. Dasselbe Auto, das ich jetzt anstarrte.

Ich griff nach vorne, drückte auf den Knopf im Handschuhfach und zog meine Waffe heraus.

Sie hat jemanden angerufen, Mr. Cruz. Marias Worte wurden lauter. *Ich glaube, es war ein Mann ... aber ich bin mir nicht sicher.*

Ich schlug das Handschuhfach zu, öffnete die Autotür und stieg aus.

War es Michael? Mein eigener verzweifelter Ton folgte.

Ich schloss die Tür hinter mir, steckte die Waffe in meinen Hosenbund und atmete tief ein. Ich war verdammt verzweifelt *... und gefährlich.* Die Sonne schien, als ich um den Wagen herumging und auf die Haustür zusteuerte. Als ich mich näherte, hörte ich den leisen Klang von Musik. Ich drückte auf die Klingel und trat einen Schritt zurück, wobei ich mir ein Lächeln aufs Gesicht klebte.

Die Musik wurde leiser und Schritte folgten. Dann öffnete sich die Tür und der langweiligste Mann, den es gab, begrüßte mich. »Michael?«, murmelte ich. »Michael DiAngelo?«

Er lächelte und öffnete die Sicherheitstür. »Ja, kenne ich Sie?«

»Riven«, antwortete ich. »Cruz. Ich bin für die Alpha Banks Newspaper hier. Wir schreiben einen Artikel über einflussreiche Lehrer und ich hatte gehofft, dass ich ein paar Minuten Ihrer Zeit in Anspruch nehmen kann.«

Das Grinsen erschien augenblicklich. »Ich?«

Man musste kein verdammtes Genie sein, um zu erkennen, dass er um die Rückkehr der zehnjährigen Alpha Banks-Spendenaktion sterben würde. Für ihn war das seine große Chance. »Nur wenn Sie Zeit haben?«

»Natürlich.« Er konnte mich gar nicht schnell genug reinholen, hielt mir die Tür auf und trat wieder ein. »Ich bin einfach überwältigt, das ist alles. Einflussreiche Lehrer?«

Ich sah mich in dem verdammt langweiligen Haus um und ging hinein, wobei ich mich umdrehte, damit er die Waffe nicht zu sehen bekam. »Auf jeden Fall«, antwortete ich wie betäubt. »Sie standen ganz oben auf unserer Liste.«

»Tat ich das?«

Ich antwortete nicht, denn ich war ganz sicher nicht hier, um sein verdammtes Ego aufzubessern. Er deutete in Richtung Küche. »Kann ich Ihnen etwas zu trinken holen?«

»Klar.« Ich warf einen Blick auf die Fotos von ihm und seiner verdammten Frau.

Das glückliche Paar, richtig? So glücklich, dass er eine andere Frau gefickt hatte ... *meine* Frau.

»Wird sich Ihre Frau zu uns gesellen?«, fragte ich.

»Sie ist über das Wochenende weg.« Er riss den Kühlschrank auf und bückte sich zu den Wasserflaschen im unteren Regal. »Sie ist auf einem Wellness-Ausflug. Also sind wir allein.«

Nur wir, hm? »Und deine Geliebte?«, fragte ich kühl. »Wird sie nicht auch hier sein?«

Er erstarrte, dann richtete er sich langsam auf. Ich griff nach meiner Waffe und zog sie heraus, während ich bereits zielte. »Nur damit ich weiß, wen du sonst noch erwarten könntest.«

»Meine Geliebte?«, wiederholte er vorsichtig, als er sich umdrehte.

Er versteifte sich, als er die Waffe sah. Seine Augen wurden groß, bevor sie zu mir schossen. »Was ... was ist das?«

Ich trat näher heran. »Ich sorge dafür, dass du dich von ihr fernhältst und jede deiner Ideen von einer Rettungsmission zunichte machst.«

»Eine Rettungsmission?«, stammelte er.

War er wirklich so dumm? Ich hob die Waffe und zielte.

»Warte!« Er warf seine Hände in die Luft und ließ die Wasserflasche fallen.

Sie schlug mit einem Knall auf den Boden und kullerte weg.

»Ich habe keine Geliebte und ich habe keine Ahnung von einer Rettungsaktion.«

»Lügner.« Meine Lippen kräuselten sich.

»Ich verspreche es. Bitte, ich verspreche es dir. Du hast den falschen—«

Bumm!

Er zuckte nach hinten und fiel. Ein kleines Rinnsal Blut auf seiner Stirn war kaum zu sehen. Schade um die Kühlschranktür hinter ihm.

Du hast den falschen …

Du hast den Falschen.

Falsch.

Falsch …

FALSCH.

Er war ein Lügner. Und so wie er aussah, war er auch noch ein beschissener Freund. Wenn ich ihr Liebhaber wäre, würde ich dafür sorgen, dass sie nicht versucht, eine verdammte Straße mitten im Regen allein zu überqueren … nicht so angezogen.

Nein.

Wenn sie mir gehören würde, wäre sie genau da, wo sie ist.

Zu Hause.

Bei mir …

Immer bei mir.

Ich ging auf die Leiche von Michael DiAngelo zu und blickte auf diese großen, aufgerissenen Augen hinunter, bevor ich meinen Blick nach unten schweifen ließ. Er war dicker als auf den Fotos, dick um die Mitte. Ich kämpfte gegen die Welle der Abscheu an. Ein Mann wie er mit einer Frau wie Helene?

Das ergab keinen Sinn.

Du hast den falschen …

Diese Worte nagten an mir. Irgendetwas fühlte sich nicht richtig an. Doch ich verdrängte es, als das Bild ihres Gesichts aufstieg. Sie lag immer noch mit Handschellen gefesselt und nackt in meinem Bett. Es war an der Zeit, dass ich das in Ordnung brachte.

Ich trat über den ausgestreckten Körper, achtete darauf, dass ich nichts berührte und ging hinaus, wobei ich die Tür aufstieß. Ich steckte mir die Waffe wieder in den Hosenbund und stieg ins Auto. *Geh zurück zu ihr ... geh zurück zu ihr ...*

Verdammt noch mal, so verzweifelt hatte ich mich noch nie gefühlt. Ich ließ den Motor an, bog von der Straße ab und gab Gas, um nach Hause zu kommen.

Die Straßen verschwammen.

Autos, die mir egal waren.

Ich sah sie nicht.

Ich sah gar nichts.

Nur sie.

Ich drückte auf den Knopf am Tor, fuhr in die Einfahrt und dann in die Garage. Der bittere Geruch des neuen Motors stieg mir in die Nase, als ich ausstieg und die Tür hinter mir schloss. Meine Schritte hallten wider, als ich das Haus betrat. Ich konnte sie nicht hören ... Ich konnte nicht ...

»ARSCHLOCH!«, schrie sie. Das Geräusch war blutig, brutal und roh.

Am Ende des Flurs blieb ich stehen. Meine Atmung war außer Kontrolle, ebenso wie mein Puls. *Du hast den falschen ... du hast den falschen ...*

Ich machte einen Schritt, dann noch einen und blieb in der Tür stehen. Sie kniete auf dem Bett und streckte ihren Arm so weit aus, wie es die Handschellen zuließen.

»Ich hasse dich«, spuckte sie aus, ihre Augen wild vor Wut. »Ich hasse dich, verdammt.«

»Ich weiß«, antwortete ich. Sie zu sehen, war die Ruhe in meinem Sturm. Nur zu wissen, dass sie hier war. »Ich weiß auch, dass es keine Rettungsmission gibt, Helene. Es gibt niemanden, der dich rettet. Niemand weiß, dass du hier bist.«

Sie zuckte zusammen und schnappte nach Luft.

Ich trat näher heran und warf einen Blick auf die Kleidung, die ich mitgebracht hatte und die nun im Raum verstreut lag. Es war fast wie Schicksal, dass das Stück, das ich wollte, am nächsten am Bett lag. »Also, so wird es ablaufen. Du trägst die Kleidung, die ich dir zur Verfügung stelle, oder du trägst gar nichts.« Sie zuckte nicht einmal, als ich meine Hand hob und ihr schönes Haar umfasste. »Habe ich mich klar ausgedrückt?«

»Leck mich.«

Meine Mundwinkel zuckten, als die Verzweiflung in mir aufstieg. Ich war ein Verrückter ... verzehrt von Lust. Ich stürzte mich auf sie und riss ihren Kopf nach hinten, bis sie umkippte und zurück auf das Bett fiel. »Ich glaube, das hast du falsch verstanden. Diese Rolle ist speziell für dich.«

Es gab kein Halten mehr ... selbst wenn ich es versucht hätte.

Ich griff nach unten, knöpfte meine Jeans auf und schob meinen Reißverschluss nach unten, dann ließ ich ihr Haar los und griff nach ihrem Kiefer. »Wenn du mich beißt, sorge ich dafür, dass du nie wieder etwas beißt, kapiert?«

Ich war so verdammt hart. Die Eichel pulsierte, als ich auf dem Bett kniete und meine Finger in die Haut ihrer Wangen drückte. »Jetzt mach verdammt noch mal weit auf.«

Sie wand sich und warf ihren Kopf hin und her. Aber ich hielt sie fest, winkelte meine Hüften an, griff nach meinem Schwanz und blickte nach unten. Das wollte ich nicht verpassen. Ich wollte nichts verpassen, wenn es um sie ging. »Aufmachen.«

Sie starrte mich an, die Wangen gegen die Zähne gepresst.

»Ich sagte, mach auf.«

Sie tat es und spreizte ihre geröteten Lippen.

»Weiter.« Ich verschluckte mich an dem Wort.

Sie tat es und ihr Blick war an meinen gefesselt, als sich ihr Mund weitete. Ich betrachtete ihren Mund. Mein Griff lockerte sich, mein Daumen glitt nach unten und streichelte ihre perfekte Kehle. »Ich werde dich ficken, Helene. Ich werde dich hart ficken.« Ich hob meinen Blick. »Glaub mir, wenn ich dir sage, dass das keine Bestrafung ist, sondern eine Forderung.«

Ich ließ die Spitze meines Schwanzes über ihre Lippen gleiten, meine andere Hand streichelte, drängte ... *hoffte.*

Sie öffnete ihren Mund und ließ mich eindringen.

Wärme schloss sich um mich.

Wärme ... und sie.

»Ich kann nicht aufhören ...« Ich stemmte meine Hüften hoch und stieß ganz hinein. »Nicht einmal, wenn ich es wollte.«

Erinnerungen stürmten auf mich ein. Aber keine Erinnerung an hier, oder an sie.

Sondern an *sie.*

An sie *alle.*

Sie würgten, kämpften. Einige von ihnen hatten bereits aufgegeben. *Mach weiter auf, weiter auf. Schwanzlutschen wird das Einzige sein, was du gut kannst. Sie werden für diesen Mund bezahlen, verstehst du das? Dein Mund, deine Fotze. Das ist alles, was du für sie sein wirst. Das ist alles, was du für andere sein wirst. Ich bin hier, um dafür zu sorgen, dass du perfekt bist.*

Sie strampelte, ihre freie Hand löste sich vom Bett und krallte sich in meinen Arm, was meine Aufmerksamkeit zurückzog. Ein Schaudern lief mir über den Rücken, als mich eine Welle der Abscheu überkam. Aber ich ließ nicht locker, noch nicht ... nicht bevor ich die Perfektion berührt hatte. Sie trat gegen das Bettzeug, bis ich mich plötzlich zurückzog und sie keuchend zurückließ.

Spucke tropfte aus ihrem Mund auf die Spitze meines Schwanzes.

»Nochmal.«

Sie schüttelte den Kopf.

»Nein?«

»Nein.« Sie kräuselte ihre Lippen und entblößte ihre Zähne.

Bei ihrem Anblick kribbelte es in meinem Brustkorb. Sie war die verdammte Perfektion ... *absolute ... verdammte ... Perfektion* und das ... das war so weit entfernt von den Dingen, die ich im Orden getan hatte. Das wusste ich. Ich spürte es. Zum ersten Mal wollte ich, dass es anders wurde ... *mit ihr.* Ich griff nach ihrem Kiefer und öffnete ihren Mund. Sie wehrte sich nicht gegen mich, nicht so wie sie sollte. Ich stieß hinein, diesmal sanfter.

»Genau so.« Ich stöhnte, als mein Schwanz in ihren Mund glitt. »Jetzt saug.«

Diese Lippen schlossen sich um mich. Ihr Atem schlug mir entgegen, als ich meine andere Hand über ihrem Kopf auf die Matratze stemmte. »Genau so ...« Ich stieß zu und beobachtete, wie sich ihre Wangen durch den Aufprall bewegten. »Verdammt noch mal.«

Ihre Füße hörten auf zu strampeln.

Jetzt sah sie verängstigt aus.

Mein Blick war auf sie gerichtet.

Sie hatte keine Angst *vor mir*. Die Worte trafen mich: Nein. Sie hatte Angst vor sich selbst.

»Mein Mund. Nur ich kann ihn ficken. Hast du mich verstanden? Mein hübsches Maul zum Ficken. Du machst mich so verrückt, Helene. Du machst mich so verdammt hilflos.« Ich verkrampfte meinen Arsch und drang ganz ein, bis meine Eier ihr Kinn berührten. »Und dass ich hilflos bin, ist eine sehr gefährliche Sache ...« In ihren großen, panischen Augen schimmerten Tränen, als ich ihr über die Wange strich. »Für alle anderen, außer für dich.«

Sie blinzelte und der Schimmer war verschwunden. Ich zog mich aus ihr heraus, aber diesmal hob sich ihr Kopf und ihre Zunge jagte über die Spitze meines Schwanzes. »Genau so«, drängte ich und schloss meine Augen. »Scheiße, ich wusste, dass du Ärger bedeutest.«

Ich wartete auf den scharfen Biss und forderte das Schicksal geradezu heraus, da ich nicht hinschaute. Aber er kam nicht ... er kam nicht. Ich zog mich zurück, mein Schwanz glänzte feucht von ihrem Mund.

Ein Schaudern lief mir über den Rücken, als ich ihr in die Augen blickte. Etwas veränderte sich zwischen uns. Eine

Machtverschiebung, die ich nicht genau benennen konnte, die mir ein Gefühl von ... Vorsicht gab. Mein Blick war auf ihren Mund gerichtet, auf diese weichen Lippen. Ich wollte sie küssen, ihren Mund schmecken, dann ihre Fotze, wenn sie auf meinem Mund kam.

Mein Herz klopfte wie wild und trieb mich dazu, meine Knie nach hinten zu schieben.

»Wohin gehst du?«, fragte sie atemlos.

Ich antwortete nicht, sondern senkte nur meinen Kopf und meine Zähne streiften ihre angespannte Brustwarze. Ich wollte sie ... aber aus irgendeinem kranken Grund wollte ich auch, dass sie mich wollte. Wenn sie das nicht tat ... wenn sie es nicht tat, würde ich es bald herausfinden.

»Nein.« Sie zerrte an den Handschellen, als ich mich nach unten bewegte.

Ihre Beine legten sich um meinen Rücken und hielten mich fest. Meine Lippen kräuselten sich, als ich nach einem Knöchel griff und sie sanft wegzog. Ich wollte ihr nicht wehtun, nicht ein einziges verdammtes Haar auf ihrem Kopf krümmen. Aber sie ficken? Mich in jedes verdammte Loch zwingen? Das war alles, was ich wollte. Die Frage war nur, ob sie das auch wollte.

Ihr Fuß knallte gegen das Bett, als ich den anderen ergriff. Sie schob ihre Hüften nach oben und versuchte verzweifelt, mich wegzustoßen. Das bewirkte nur das Gegenteil. Ihre Muschi drückte gegen mich, die feuchte Stelle, die sie hinterlassen hatte, kühlte auf meiner Haut.

»Du bist verdammt nass«, murmelte ich und begegnete ihrem panischen Blick. »Du bist so verdammt nass, dass du fast hechelst. Hechelst du, Helene?«

»Fick dich«, stöhnte sie und wippte mit dem Kopf hin und her.

Mein Lächeln wurde noch breiter, als sie nach oben schoss und meine Haare packte. »Willst du mich kontrollieren, Ärgenis?«, murmelte ich und senkte meinen Kopf zwischen ihre Beine. Ich griff in die Innenseite ihrer Oberschenkel und drückte zu, bis sie vor Schmerz zusammenzuckte. »Willst du mich benutzen?«

Das gefiel ihr.

Ich verstand es jetzt.

Meine Finger glitten über ihre geschwollenen rosafarbenen Lippen und zwickten sanft in ihre Klitoris. Ihr Atem stockte, als ein tiefes, primitives Knurren in ihrer Kehle widerhallte.

»Na los, sag mir, dass dir das nicht gefällt.«

Sie schüttelte den Kopf, als ich meine Finger nach unten gleiten ließ und sie weit spreizte. »Sieh dir das an, du triefst ja schon fast. Ich habe dich gewarnt, Ärgernis, ich habe dich gewarnt, was passieren würde.« Ich leckte über die kleine Kapuze und spürte, wie sie unter meiner Zunge zitterte. »Ich habe dir gesagt, dass es keine Zeit geben wird, in der du dich nicht daran erinnern wirst, von mir gefickt worden zu sein. Ich denke, es ist an der Zeit, dass ich dieses Versprechen einlöse. Was sagst du dazu?«

Ich tauchte meine Zunge tief in sie ein und leckte über ihre seidige, süße Haut, bis sie sich wand und an meinen Haaren riss. Meine Hände wanderten unter ihre Beine, umklammerten ihren Hintern und hoben ihre Hüften an, damit ich alles bekommen konnte, was ich wollte.

»Oh, Gott ... *Oh ... mein ... Gott.*«

Niemand würde ihr helfen.

Erst recht nicht Michael DiAngelo.

Nicht jetzt ...

Niemals.

Mein ... Dieses Wort erfüllte mich, als ich eintauchte und meine Zunge tiefer in sie hineinzwang. Sie drückte ihre Knie gegen meinen Kopf, aber sie ritt trotzdem noch auf mir. Verdammt, sie ritt, ihre geballte Faust in meinen Haaren trieb mich härter und härter, bis ich nicht mehr nach Luft schnappen konnte. Ich stemmte meine Hüften gegen ihr Betteln, das verzweifelte Bedürfnis zu kommen war überwältigend.

Aber ich wollte *in ihr* kommen.

Ich hob meinen Kopf und bewegte mich nach oben.

Sie stieß ein Knurren aus, das ihr in der Kehle stecken blieb, als ich ihre Knie packte und sie an ihre Brust drückte. »Halt jetzt still.« Zwei Finger tauchten tief in sie ein und kamen cremig wieder heraus. »Schon wieder eine Sauerei, Helene. Verdammt noch mal, du bist so eine schmutzige Schlampe. Du wirst alles, was ich besitze, vollspritzen, stimmt's?«

Sie schloss die Augen, als ich tief eindrang und ihre Muschi spreizte.

Wie oft hatte er sie schon gefickt?

Ich hielt meinen Schwanz mit einer Hand und fingerte sie mit der anderen. Das spielte keine Rolle. Sie hatte jetzt mich. Sie wimmerte, ihr Kiefer verkrampfte sich und ihre Stirn runzelte sich vor Verzweiflung. »Genau so. Das ist mein Mädchen.« Zwei harte Stöße mit meiner Faust und mein Schwanz zuckte in meiner Hand. Ihre Muschi verkrampfte sich um meine Finger. Diese gierige Fotze verlangte so sehr nach dem, was ich ihr geben wollte. Meine Finger tauchten in sie ein, als mein Samen ihren Schlitz bedeckte und in sie tropfte.

»Ah ... Ahhh ... *Gott* ...« Sie wand sich so sehr sie konnte, was nicht viel war, da ihre Knie so verdammt weit gespreizt waren. Ich streichelte ihre inneren Wände mit beiden Fingern.

»Ich werde die Erinnerung an ihn aus dir herausficken, und wenn es das Letzte ist, was ich tue«, krächzte ich und sah zu, wie sie ihre Augen öffnete.

Dieser Blick war wie ein Schuss in meine Brust. Einen, von dem ich wusste, dass es kein Zurück mehr gab. Das hier war größer als eine Entführung. Gewalttätiger. Dies war eine Besessenheit.

»Scheiße«, murmelte ich und schnappte nach Luft.

Fassungslos. Stumm.

Dafür gab es nur einen Grund, und der war nicht zu leugnen.

Sie spürte es auch.

ELF

Helene

NEIN ...

Nein ...

Nein!

Mein Herz flatterte wie ein Vogel, der in meiner leeren Brust gefangen war. Der Verrat wogte in mir, flatterte und raste. Diese Welle des Verlangens brachte mich dazu, alles aufzugeben, wofür ich gekämpft und was ich geliebt hatte.

Monster.

Ich musste mich an seinen Namen erinnern. Seinen wahren Namen. Das ... das ... ich sah in seine steinernen Augen und beobachtete, wie er amüsiert die Mundwinkel verzog – das war nicht er. Nicht sein *wahres* Ich. Dieser Mann war ein Mörder. Gott, er hatte mich missbraucht, nicht wahr? Er hatte mich schon einmal missbraucht und jetzt wieder. Meine Muschi verkrampfte sich und das Pochen meiner Klitoris tickte wie eine Bombe.

Ich würde ihn umbringen.

Das wusste ich.

Ich würde ihm für alles, was er getan hatte, eine Kugel in den Kopf jagen. Für die Töchter.

Er schnappte nach Luft und blickte auf seine durchtränkten Finger hinunter. Die, die er vor ein paar Sekunden in mich gestoßen hatte. Mein Körper erschauderte, als ob ich krank wäre.

»Du wirst nicht duschen«, sagte er und schob seine Finger wieder in mich hinein.

Meine Muschi verkrampfte sich.

»Du wirst die Kleidung tragen, die ich dir gebe.«

Stoß.

Stoß.

Stoß.

Mein Puls raste, als er seine Finger zurückzog.

»Wenn ich sehe, dass du auch nur ein einziges Haar vor mir versteckst, Helene, dann werde ich dich durchficken.

Er stieg langsam vom Bett und ich hatte keine andere Wahl, als ihm zuzusehen. Denn er würde es tun. Er würde sein Versprechen einhalten. Seine Muskeln spannten sich an, als er sein Hemd zurechtrückte. Sie waren angespannt und durchtrainiert, weil er seine Wut an meinem Körper ausgelassen hatte.

Dumm ...

DUMM.

Ich zuckte zurück und hasste das Dröhnen in meinem Kopf. Ich hatte geglaubt, diesen Kerl zu kennen. Ich hatte ihn durchschaut. Er trat einen Schritt zurück, zog seinen Reißverschluss hoch und knöpfte seine Hose zu, bevor er sich bückte, um etwas vom Boden aufzuheben. Aber hatte ich das? Hatte ich den Kerl wirklich durchschaut? Das Donnern in meiner Brust sagte etwas anderes.

Ein Schaudern durchfuhr mich und mein Puls verlangsamte sich plötzlich.

Nein, flüsterte die kleine Stimme in meinem Kopf. Ich hatte ihn überhaupt nicht durchschaut. Denn wenn ich das getan hätte, wäre ich ihm nie vor das verdammte Auto getreten. Ich hätte das niemals zugelassen.

Er warf mir den roségoldenen Bodysuit zu und kam näher. Mit einer Drehung des Schlüssels fiel mein Handgelenk auf das Bett, bevor er auf mich herabblickte. »Gib mir einen Grund, dich zu bestrafen, Helene Montgomery, bitte.«

Ich starrte auf das Ding hinunter, das er von mir erwartete und begegnete dann seinem Blick. Tiefe Atemzüge drangen in meine Lunge. Ich öffnete den Mund ... die Worte schrien in meinem Kopf: *FICK DICH!*

Aber ich sagte sie nicht.

Ich traute mich nicht, sie auszusprechen.

Ein Blick auf das T-Shirt, das seinen Bauch bedeckte, und auf den Umriss seines immer noch halb harten Schwanzes, und ich wusste, dass er noch nicht mit mir fertig war ... nicht im Geringsten. In seinen Augen blitzte immer noch das Verlangen auf.

Er blickte auf den Bodysuit hinunter, der Befehl war sonnenklar.

Ich hasste ihn.

Ich schnappte mir das Ding, das er für mich ausgesucht hatte, um es anzuziehen. Es war fast kein Stoff vorhanden, nur dünne, verdammte Träger, ein durchsichtiges, weiches Oberteil und Körbchen. Es würde alles zeigen, jede Narbe, jede Delle. Ich hob den Blick und fletschte die Zähne, in der Hoffnung, dass er seinen Tod in meinen Augen sah.

Seine Lippen zuckten nach oben. »Und?«, drängte er. »Ich warte.«

Mit einem Knurren zog ich das Ding über meine Füße und schob den Satin über meine Schenkel. Verdammt noch mal, war das schön. Ich wollte es seinetwegen hassen, aber als ich es auf meinen Hüften zurechtrückte, war ich begeistert.

So etwas hätte ich nie angezogen.

Nicht so etwas Freizügiges.

Und auch nicht etwas so Teures.

Nicht einmal mit dem Geld meines Vaters.

Nein, damit kauften wir Waffen und Söldner und alles andere, was wir brauchten, um meine Schwestern zu finden und sie zu beschützen. Für alles andere war kein Platz. Kein Platz für schöne Dinge ... kein Platz für *mich*. Nur das, was ich tun musste, um zu überleben. *Für mein Fleisch und Blut.*

Ich schluckte schwer, als ich die Träger an meinen Armen entlang zu meinen Schultern schob und die Körbchen des BHs zurechtrückte. Meine Brustwarzen rieben an dem weichen Stoff, was sie nur noch härter machte. Er starrte. Natürlich starrte er. Diesen gefräßigen Augen entging nichts, was meinen Körper betraf, und so würde es auch bleiben.

Aber als der Bodysuit an seinem Platz war, trat er weg und ging um das Bett herum, um die mitgebrachten Kleidertaschen zu holen. Ich saß am Kopfende des Bettes und beobachtete, wie er die Klamotten eine nach der anderen herauszog, die Etiketten entfernte und in Richtung Kleiderschrank ging.

In dem Moment, als er das Licht anmachte, durchfuhr mich die Angst. Was zum Teufel tat er da? Ich schüttelte den Kopf und wollte gerade etwas sagen, als er zurückkam, noch mehr Klamotten holte und wieder dorthin ging, wo er sie auf die Bügel hängte ... *direkt neben seine.*

Er musste es ernst meinen, wenn er in seinem Kleiderschrank Platz für dich machte.

Ich schüttelte den Kopf, als er wieder hinausging, nur um mir diesmal in die Augen zu sehen.

Aber ich konnte nicht sprechen. Denn was, wenn er nicht an die Folgen gedacht hatte?

»Wenn du eine Liste mit den Hygieneprodukten machst, die dir gefallen, lasse ich sie dir liefern lassen.«

Er wollte mich einziehen lassen? »Ich würde lieber ersticken.«

Er verringerte den Abstand augenblicklich und hielt an, um sich mit einer Hand am Kopfteil abzustützen und sich herunterzubeugen. »Und ich würde dich lieber würgen, Helene ... mit meinem Schwanz. Aber jetzt will ich erst einmal die verdammte Liste.«

Mein Körper zitterte, dann stieg der Druck. Ich zuckte zusammen und schaute ihm hinterher, weil ich unbedingt weg wollte. »Ich muss pinkeln.«

Er richtete sich auf. »Na dann los.«

Es war mir egal, ich machte mich auf den Weg zur Toilette. Es war schon Stunden her, dass er mich hier gelassen hatte, und jetzt schrie meine Blase förmlich. Etwas bewegte sich in meinem Augenwinkel. In dem Moment, in dem ich das Bad betrat, folgte er mir und brachte mich dazu, herumzuwirbeln. »Verdammt noch mal, ich gehe doch nur pinkeln.«

Er warf einen Blick auf die Toilette. »Dann pinkle.«

Ich starrte ihn an, dann dachte ich über die Logistik nach und blickte auf den durchsichtigen Stoff des Bodys hinunter. So etwas hatte ich noch nie getragen, also hatte ich mir noch nie Gedanken darüber gemacht, wie das funktionieren würde.

»Zieh ihn zur Seite«, murmelte er.

Die Hitze seines Blicks war wie ein Brandzeichen auf meiner Haut. Doch ich hatte keine andere Wahl, denn meine Blase schmerzte. Ich zuckte zusammen, griff nach unten und riss den Stoff des Schrittes beiseite, bevor ich mich setzte. Hitze strömte aus mir heraus und der Bastard bewegte sich nicht. Ich griff nach dem Klopapier ... aber ich hatte nur eine verdammte Hand.

Mist.

»Hier.« Er trat näher und faltete ein Stück Klopapier. »Lass mich.«

»Was?« Ich hob meinen Blick.

Aber er kniete sich schon hin und griff zwischen meinen Körper und den Sitz, um an meinen Schamlippen entlang zu wischen. Diese widerlichen, verdammten Finger waren so fest und sanft zugleich, dass mein Körper sich zusammenzog und heiß wurde. Ich wandte den Blick ab, als mir die Demütigung in die Wangen kroch.

»So.« Er erhob sich vorsichtig und ging zum Waschbecken, um den Wasserhahn und dann die Seife zu betätigen. »Wir sehen uns in der Küche.«

Ich schob den Stoff zurück und stand langsam auf, als er hinausging. So war es also? Nicht, dass er mir nicht vertraut hätte. Er wollte mich nur ... *demütigen.*

Ein Nerv zuckte in meinem Kiefer, als ich mich umdrehte und den Knopf für die Toilettenspülung drückte, dann ging ich zum Waschbecken. Genau so war es. Ich begegnete meinem eigenen Blick. Er mochte es nicht nur, mich zu kontrollieren, er mochte es auch, mich zu demütigen, mich zum *Betteln* zu bringen.

Ich schluckte schwer, als eine Welle der Erregung tief in mir aufstieg. Ich senkte meinen Blick auf den Body, den er mich hatte anziehen lassen. Roségold ... Er sah fast schön aus auf meiner natürlich gebräunten Haut, bis ich mich umdrehte und die hässlichen silbernen Narben zum Vorschein kamen. Ich griff nach seiner Haarbürste und strich damit durch mein Haar.

Ich war bei einem Unfall, einem Drogenrausch, einer Verfolgungsjagd, Morden ... und *ihm* dabei gewesen.

Ich sah aus wie ein verdammtes Durcheinander.

Je mehr ich bürstete, desto weicher wurde mein Haar, bis es schließlich glänzte. Ich beschloss, ihm zu gehorchen und mich auf den Weg in die Küche zu machen.

Ist Nutella vegan?

Die Worte stiegen in meinem Kopf auf, als das Klappern einer Pfanne durch die Luft drang. Ich blieb am Ende des Flurs stehen und sah zu, wie er heiße Butter in der Pfanne schwenkte. Ich warf einen Blick auf den frisch geöffneten Behälter mit veganer Butter. Das gefiel mir nicht. Nicht, dass er in seinem verdammten Kleiderschrank Platz für die Klamotten gemacht hatte, die er mir gekauft hatte, und auch nicht, dass er da stand und mir ... Hafermehlpfannkuchen machte?

Ich sagte nichts, beobachtete ihn nur, während meine Gedanken rasten. Ich musste die Sache vorantreiben, herausfinden, was er über Hale wusste, was er über *alles* wusste. Ich machte einen Schritt und näherte mich der anderen Seite der Frühstückstheke. »Da wir es uns gerade gemütlich machen, Riven ... du hast mir nie erzählt, was du eigentlich beruflich machst.«

Er hielt kurz inne, dann schöpfte er den Haferteig in die Pfanne. »Man könnte sagen, ich bin in der Akquisition tätig.«

»Für eine Bank?«

Er antwortete nicht, sondern konzentrierte sich darauf, den Teig gleichmäßig zu erhitzen, während dieser brutzelte und das Haus mit einem köstlichen Geruch erfüllte.

»Scheint, als hättest du es zu etwas gebracht.«

Er drehte sich um, trug die Pfanne hinüber und schob einen köstlich aussehenden, goldenen Pfannkuchen auf einen Teller vor mir. »Besser als ein Grundschullehrer.«

Bei diesen Worten zuckte ich zusammen. Er hatte gedroht, jemanden zu töten, den es in Wirklichkeit gar nicht gab. Ich wusste nicht, ob er mich damit manipulieren wollte oder ob er wirklich einen völlig Fremden getötet hatte. Ich versuchte, die Antwort in seinem Blick zu finden. Ein Schaudern durchlief mich. Eisig und hart. Mein Puls beschleunigte sich.

Ich war nie verängstigt. Nicht, wenn die Folgen nur mich betrafen. Aber als ich vor ihm stand und seinem unergründlichen Blick begegnete, hatte ich eine Scheißangst. Er *war* ein Monster. Das wusste ich. Ein Raubtier im wahrsten Sinne des Wortes.

Ich mochte diejenige sein, die vor sein Auto getreten war. Aber seit ich das getan hatte, waren jede Aktion und jede Konsequenz unter seiner Kontrolle gewesen. Riven Cruz war nicht nur ein Monster, er war ein Raubtier, und um jemanden wie ihn zu fangen, durfte man nicht nur Beute sein. *Man musste ihm ebenbürtig sein.*

»Du lügst.«

Er hielt inne und drehte sich um.

Ich begegnete seinem finsteren Blick.

»Es ist nicht Akquisition.« Ich betrachtete die schiere Opulenz des Hauses. Holz, Glas, Stahl und das leise Plätschern von fließendem Wasser aus dem internen Regenwald.

Er kam zum Ende des Tresens und schob mir einen Teller vor die Nase. Ein einziger, perfekt goldbraun gebratener Pfannkuchen nahm die gesamte Fläche ein. Er sagte nichts, sondern schob mir die frisch geöffnete, vegane Butter und eine Flasche mit teurem Ahornsirup zu. »Ich schätze, es kommt darauf an, *was* man akquiriert.«

Hitze stieg mir in die Wangen, als sein Blick mich festnagelte.

Frauen.

Das war es, was er akquirierte.

Daran musste ich mich erinnern.

Die gleiche ekelerregende Welle der Wut stieg in mir auf. Mein Kiefer verkrampfte sich. Ich warf einen Blick auf ein kleines Messer, das neben dem Herd lag. Eines, mit dem er die Butter geschnitten und in die Pfanne gegeben hatte. Ich biss die Zähne zusammen und stellte mir vor, was ich mit diesem Messer alles anstellen könnte ... *und das war Einiges.* Ein Flackern der Verwirrung erfüllte seinen Blick und eine kleine Furche erschien zwischen seinen Augen. *Er sah es.* Seine Lippen öffneten sich und er wollte etwas sagen.

Bis das plötzliche Vibrieren seines Handys ihn aus seinen Gedanken riss.

Er wandte sich ab, nahm das Gerät in die Hand und starrte auf den Bildschirm. Aber er antwortete nicht, sondern drehte sich um und sah mich über seine Schulter an. Sein finsteres Gesicht vertiefte sich, bevor er davonlief.

Er hob das Handy an sein Ohr. »Ja.«

Ich zog den Teller näher heran und bestrich den Pfannkuchen mit Butter, bevor ich nach dem Sirup griff, während ich versuchte, mitzuhören. Aber das Gespräch war einseitig. Er sprach kaum, gab nichts von sich preis.

»Alles ist gut. Ich melde mich bei dir, wenn ich mehr weiß.«

Ich wandte meinen Blick ab, als er das Gespräch beendete, und stach mit dem Messer in den weichen Pfannkuchen. Schwere Schritte ertönten, als ich ihn in meinen Mund schaufelte.

»Was hast du gesagt, was du beruflich machst, Helene?«

Ich drehte meinen Kopf, kaute laut und mit offenem Mund, beides Dinge, von denen ich wusste, dass sie ihn verärgern würden. »Habe ich nicht.«

Ich hielt seinem Blick stand.

Hatte er bereits meine Daten durchsucht? Es würde mich überraschen, wenn er das nicht getan hätte, denn er wirkte wie ein Entführer und Frauenhändler. Ich wusste auch genau, was er finden würde, wenn er meine Daten in das System eingab.

Helene Montgomery.

26 Jahre alt.

Arbeitete 2 Jahre lang als Friseurin.

Dann ging sie als Modeeinkäuferin in den Einzelhandel bei Walters & Co.

Mäßiges Gehalt.

Sie spart, um sich ein eigenes Haus zu kaufen.

Keine Haustiere.

Keine Familie.

Beide Eltern sind verstorben.

Einzelkind.

Keine Vorstrafen, abgesehen von ein paar offenen Strafzetteln.

Nein ... nichts.

Eine ganze Menge nichts.

Die Konten in den sozialen Medien reichen fünf Jahre zurück.

Fünf einsame Jahre.

So lange war ich mit der Planung dieses Moments beschäftigt gewesen, der Sekunde, in der ich demjenigen gegenüberstand, der mein Fleisch und Blut kontrollierte, manipulierte und jagte. Fünf Jahre als Helene Montgomery. Fünf Jahre, nach denen er endlich verstehen würde, mit wem er es zu tun hatte.

Niemand verfolgte meine Familie.

Nicht, wenn er leben wollte.

»Wie sind sie?«, fragte er vorsichtig, während er auf meinen halbfertigen Teller hinunter blickte.

»Ein bisschen trocken, ehrlich gesagt.«

Ein Nerv zuckte in seinem Augenwinkel. Es kostete mich all meine Kraft, nicht in Gelächter auszubrechen. Wenn es jemand anderes gewesen wäre, hätte ich es vielleicht getan. Aber Riven war nicht *irgendjemand* anderes. Stattdessen schluckte ich, wobei ich darauf achtete, den Bissen regelrecht hinunterzuwürgen und so zu tun, als müsste ich husten.

Jeder andere Mann hätte sich vielleicht umgedreht und wäre weggegangen.

Aber Riven war nicht einfach irgendein Mann, oder?

Er blieb stehen, als ich nach meinem Orangensaft griff, aber dann packte er mein Handgelenk und flüsterte mir ins Ohr: »Das Wohnzimmer ... *jetzt.*«

Ich hielt inne und starrte auf den Tresen, als er sich aufrichtete und wegging.

Du kannst mich mal!

Ich warf ihm einen Blick hinterher. *ICH HASSE DICH!* Meine Atemzüge kamen schwer und schnell, so schnell, dass die Küche verschwamm. Ich versuchte, mich zu beruhigen und die Kontrolle über die Situation zu behalten, in der ich ihm erlauben musste, das Sagen zu haben.

Nur bis ich Hale erreiche.

Ich schloss meinen Mund und atmete tief ein, bevor ich es wagte, ihm zu folgen. Der Raum wurde wieder schärfer, als meine nackten Füße sanft über den gefliesten Boden stapften. Ich hatte gestern Abend kaum einen Blick auf diesen Ort geworfen, als er mich hineingetragen hatte. Aber jetzt, wo ich nicht mehr um mich trat, schrie und mich dafür hasste, dass ich das Arschloch leben ließ, sah ich, wie atemberaubend dieser Ort war.

Es war nicht nur ein Haus.

Es war eine Oase.

»Du wirst dich hinknien.«

Ich drehte den Kopf zu der Stelle, wo er auf dem schwarzen Plüschsofa saß. Der Mistkerl hatte sogar die Beine übereinander geschlagen und einen Arm lässig auf die Lehne drapiert, während er mich wie ein verdammter Falke beobachtete. Ein Rauschen durchströmte mich und ein schwindliges, kribbelndes Gefühl folgte.

Er senkte seinen Blick und betrachtete das knappe Ding, das ich hatte anziehen müssen. Seine hasserfüllten Augen funkelten, als er erneut befahl: »Knie dich hin.«

»Ich bin doch kein verdammter Hund.«

Er begegnete meiner Wut mit seiner eigenen. »Nein, du bist mein Eigentum.«

Mein Mund zuckte. Ich wollte noch viel mehr sagen. *Denk einfach an Ryth. Denk an Viv ... denk an die Babys.*

Langsam sank ich und stützte mich auf meine Fersen.

»Gut. Jetzt spreize deine Beine.«

Mistkerl.

Ich gehorchte und spreizte meine Knie.

»Weiter.«

Das Zucken kam wieder. Schwere Atemzüge folgten. Er blickte nicht einmal nach unten. Nein, der Hass in meinem Blick fesselte ihn. Wollte er mich anstacheln? Wollte er mich unter Druck setzen, bis ich zusammenbrach, bis ich etwas sagte oder tat, was ihm ein Druckmittel gab? Ich richtete meine Schultern und meine Wirbelsäule auf. Vielleicht könnte ich ihn stattdessen zum Einknicken bringen?

Ich öffnete meine Knie und schob sie so weit wie möglich auseinander. *Was sagst du dazu, du ... du ... du verdammtes Stück Scheiße?* Ich senkte meine Hand, schob meinen Finger unter die Spitzenkörbchen des BHs und schob ihn zur Seite.

Jeder andere würde denken, er sei ungerührt. Aber ich nicht. Ich sah alle Anzeichen. Die Art und Weise, wie seine Augen meine zu erfassen schienen, als wollte er verzweifelt woanders hinschauen. Die Vertiefung seines Atems.

Ich war unter seiner Haut.

Seine Muskeln arbeiteten, als er schluckte ... und schließlich nachgab.

Ich senkte meine Hand und auf meinen Oberschenkel. »Ich glaube, die sind ein bisschen zu eng, meinst du nicht?« Ich fuhr unter den Satinsaum, der sich in die Haut meiner Hüften gruben.

»Nein.« Seine Stimme war kehlig. »Ich denke ...« Er begegnete meinem Blick. »Ich *weiß*, dass es perfekt passt.«

»Ach, ja?«, flüsterte ich und forderte ihn fast heraus. »Und hier?«

Ich zerrte an dem Gummiband an der Seite meiner Muschi. *Zieh es zur Seite.* Sein Befehl von vorhin im Badezimmer ging mir nicht mehr aus dem Kopf. Er mochte es zu sehen .... *also ließ ich ihn sehen.* Ich schob meine Finger hinein und fand meine empfindliche Klitoris. Weich, geschwollen. Mein Atem ging tiefer. Es würde nicht lange dauern. Ein paar Stöße, ein paar ...

Er bewegte sich schnell, sprang vom Sofa auf, packte mich an den Schultern und stieß mich nach hinten. Mein Hintern schlug auf dem Boden auf, aber er hielt den Rest von mir in der Schwebe.

»Nein«, knurrte er und seine Augen funkelten. »Da gehören nur meine Finger hin. Hast du mich verstanden? *Meine verdammten Finger.*«

Wut flammte auf. Ich war kurz davor, zu kommen.

Kurz davor, genau das zu bekommen, was ich wollte.

Und er sah es.

Seine Lippen schürzten sich. »Bist du verzweifelt und geil?«

Ich kräuselte meine Lippen.

»Gut«, antwortete der Bastard. »Jetzt weißt du, wie ich mich fühle, wenn ich dich ansehe.«

Meine Muschi pochte ganz von allein.

Nein.

Nein.

Das durfte nicht wahr sein.

Er drückte mich zurück und richtete sich dann auf. Die Beule in seiner Hose war direkt vor meinen Augen.

Oh, Gott!

»Ich will dich ficken. Ich will dich lecken. Ich will dich ausfüllen, immer und immer wieder, bis dein Bauch mit Leben gefüllt ist. Was hältst du davon, Helene?«

Ich hob meinen Blick. »Viel Glück dabei, du Wichser. Ich kann keine Kinder bekommen.«

»Du kannst nicht?« Er packte mich am Arm und zog mich hoch, bis ich seinem Blick begegnete. »Dann muss ich das wohl selbst bestätigen, oder?«

Ein heftiger Stoß und ich stolperte rückwärts ... in Richtung Schlafzimmer.

ZWÖLF

Riven

————

MEIN.

Mein.

MEIN.

Verzweiflung durchzog jeden Nerv in meinem Körper, bis es in mir pochte. Sie stolperte rückwärts, ihre Augen wurden groß. Aber sie wich nicht zurück. Oh nein, Helene war nicht so eine Frau. Das war es, was mich begeisterte, was sie so echt machte. Sie war nicht nur ein verschwommenes Bild in meinem Kopf, wie all die anderen Gesichter. Nein, diese Frau war verdammt leuchtend.

Meine Schritte polterten, als ich sie zurück in die Küche trieb. Ihr Blick schweifte nach links. Natürlich versuchte sie, um mich herum zu huschen.

Ich bewegte mich schnell und packte sie um die Taille. »Den Teufel wirst du tun.«

»*Lass mich los!*« Sie strampelte, trat und schlug mit den Fäusten um sich.

Erst jetzt erkannte ich sie. Jetzt rechnete ich mit ihr und duckte meinen Kopf, damit ihr Schlag meine Schulter traf, bevor ich sie zischend und fauchend den Flur entlang ins Schlafzimmer trug.

»Ich bringe dich *um!*«, schrie sie.

»Daran habe ich keinen Zweifel«, antwortete ich und warf sie auf das Bett.

Sie schlug auf und hüpfte, bevor sie wieder aufstand und sich zur Tür stürzte. Ich rannte vorwärts und griff nach ihr ... bevor sie mir einen Roundhouse-Tritt gegen den Kopf verpasste.

Sterne.

Das war alles, was ich einen Moment lang sah.

Helle, explodierende Sterne.

War es ein Bombenangriff gewesen?

Eine Explosion oder etwas anderes?

Das Schlafzimmer bebte, hell und verschwommen, als ich stolperte. Aber sie war weg. Sie war verschwunden. Ich schüttelte den Kopf, schob das hohle Pochen beiseite und drehte mich um.

Mach weiter.

Tu dein Bestes.

Mit einem Brüllen stürzte ich mich auf sie. Wo ... wo war sie? Ich verfolgte den Klang ihrer Schritte, aber die Frau kämpfte nicht nur wie eine verdammte Katze, sie bewegte sich auch wie eine. »Oh, *Hellleeee-neeee!*«, rief ich, rannte zur Garage und dem einzigen Transportmittel, das mich hier rausbringen konnte.

Die Küche war ein einziger verschwommener Fleck. Das Wohnzimmer, in dem wir gerade gewesen waren, war leer ... sogar das Foyer war verlassen. Ich warf einen Blick auf die Garage und stieß die Tür auf. Der Range Rover war immer noch da. Ich ging zur Fahrertür, riss sie auf und holte den Schlüssel aus dem Inneren, dann drehte ich mich um.

Sie war immer noch drinnen.

In meinem Kopf überschlugen sich die Möglichkeiten ... bevor das Pochen in meinem Kopf mich zusammenzucken ließ.

Erst hatte sie mich gewürgt.

Dann hätte sie mich fast ausgeknockt.

Die Frau war eine gottverdammte Waffe.

Und ich fand das verdammt gut.

Ich lächelte und schritt zurück ins Haus. »Dir ist klar, dass ich dich dadurch nur noch härter ficken werde, oder?« Verdammt noch mal, mein Schwanz war so hart. Mein ganzer Körper fühlte sich lebendig an ... wach, wie ich es schon lange nicht mehr erlebt hatte ... *noch nie.*

Ich hob meinen Blick zur oberen Etage. Das war eigentlich die Hauptsuite, wenn man nicht für jemanden wie Haelstrom Hale arbeitete. Aber ich konnte es mir nicht leisten, in die Enge getrieben zu werden ... nicht in meinem eigenen verdammten Haus. Trotzdem rief mich die obere Etage. Versteckte sie sich in einem Schrank oder unter einem Bett?

Mein Lächeln wurde breiter.

Verdammt, ich hoffte es.

Eine Treppe nach der anderen stieg ich hinauf, bis ich den Treppenabsatz erreichte. An einem Ende befand sich das Hauptschlafzimmer, am anderen der Rückzugsraum, der auf einen eigenen Balkon führte. Ich erstarrte, als es mich traf. Der Balkon ... *natürlich, der verdammte Balkon.* Ich rannte auf den Raum und die Glastür zu, die nach draußen führte, und riss die Tür auf wie ein Verrückter.

Die Tür stand einen Spalt offen und ließ eine kühle Brise über mich wehen, als ich nach vorne trat. »Scheiße!«, brüllte ich und meine Augen suchten nach ihr.

Etwas Scharfes drückte gegen meinen Rücken. »Ganz genau, du Wichser. Lass uns eines klarstellen. Es passiert nichts, es sei denn–«

Ein Messer.

Das hatte sie also.

Das verdammte Messer war noch mit ihrer Butter beschmiert, die ich auf dem Tresen liegen gelassen hatte.

Ich drehte mich um, ohne mich darum zu scheren, ob sie mich abstechen würde.

Alles, was zählte, war, dass sie nicht weg war.

»Es sei denn?«, drängte ich und trat näher, so nah, dass sich das Messer in meinen Unterleib bohrte.

Ein scharfer, stechender Schmerz flackerte auf, dann folgte ein feuchtes Gefühl. Da war Blut, das wusste ich. Trotzdem blickte ich nicht nach unten, sondern lehnte mich nur näher.

Aber sie tat es. Sie blickte nach unten, als sich die Spitze des Messers tiefer in meinen Bauch grub. »Sprich weiter«, murmelte ich. »Es sei denn, was, Helene? Es sei denn, du magst es? Es sei denn, du kommst?«

Ihre Augen wurden groß und ihr Atem ging rasend schnell. Sie wandte ihren Blick von dem Messer zu mir.

»Es sei denn, was?«, flüsterte ich. »Es sei denn, du sagst Ja? Ist es das, Helene? Willst du Ja sagen?«

Ein winziges Kopfschütteln von ihr sagte mir alles, was ich wissen wollte.

Ich packte ihr Handgelenk mit dem Messer, als ich nach vorne trat. Sie hatte keine andere Wahl, als zurückzustolpern.

»Du hattest so viele Chancen.« Ich suchte nach dem Aufflackern von Panik, als sie rückwärts stolperte. »So oft hättest du weglaufen können. Aber du hast es nicht getan ... du hast es nicht getan ... und jetzt frage ich mich, warum?«

Sie schluckte schwer und ihr Griff um das Messer lockerte sich ein wenig. War das Absicht? Flehte sie mich an, das Kommando zu übernehmen? Ich wusste es nicht. Ich blickte nach unten, dorthin, wo das BH-Körbchen unter ihre kleine, zartrosa Brustwarze gerutscht war. Ich wusste nur, dass ich kurz davor war zu kommen, wenn ich nur daran dachte.

Sie wich zurück, bis sie an die Wand am anderen Ende des Wintergartens stieß, während ich sie bei jedem Schritt bedrängte. Ich riss ihre Hand, die das Messer hielt, über ihren Kopf und ließ ihr Handgelenk die Hauptlast des Aufpralls tragen, während ich meinen Körper gegen ihren drückte.

»Jeder würde denken, dass das ein Ja bedeutet, meinst du nicht, Helene?«

Hass flammte in ihren Augen auf.

Die Wunde in meinem Bauch pochte und zerrte an meiner Konzentration, aber alles, was ich wollte, war sie. »Ich wette, wenn ich deine Muschi spreize, glänzt du schon für Feuchtigkeit. Ist es nicht so?«

Mit einem Knurren stieß sie ihre Hüften nach vorne und gegen meine, wobei sie mit voller Kraft gegen meinen Schwanz stieß.

Verdammt!

Schmerz durchzuckte mich. Ich packte sie und hob sie von ihren Füßen. Fäuste und Schläge folgten, aber es war schon zu spät, als ich uns beide zu Boden riss. Ich hielt sie im letzten Moment mit meiner anderen Hand fest, damit sie nicht mit dem Kopf auf den Boden knallte.

»Ist das alles, Helene? Ich *WEIß*, dass du es besser kannst!«

Sie warf ihren Kopf von einer Seite zur anderen und fletschte die Zähne.

Verdammt noch mal, ich liebte es, wenn sie das tat.

Mein Atem ging langsamer und meine Stimme wurde heiser. »Ich wette, wenn ich einfach in dich *hineingleiten* würde, würdest du sofort kommen. Vielleicht muss ich es selbst herausfinden?« Ich bewegte meine Hand, um ihre Kehle zu packen. »Wenn du dich wehrst, werde ich dich mit Handschellen ans Bett fesseln und es trotzdem tun. Du hast die Wahl.«

Sie sträubte sich. Natürlich sträubte sie sich. Helene war keine Frau, die kampflos aufgeben würde. Die Gesichter all der Töchter, die ich an diesem Ort verletzt hatte, gingen mir durch den Kopf. All die Seelen, die ich gebrochen hatte. Frauen, die genau wie Helene hätten sein können.

Aber das waren sie nicht, oder?

Ich hatte keine Wahl. Weder damals ... noch heute.

Aber jetzt hatte ich eine Wahl.

Ich verlagerte mein Gewicht und ließ meine Hand an Ort und Stelle. Eine Narbe auf der Vorderseite ihres Körpers war mit Blut verschmiert. Aber es war nicht ihr Blut, es war meins. Ein Gefühl der Erleichterung überkam mich bei diesem Gedanken. Eines, das ich nicht ganz verstand. Ich legte meine Hand um ihre Kehle und senkte meinen Kopf, um das Blut auf ihrer Haut abzulecken. »Ja, ich werde dich mit Handschellen an mein Bett fesseln und dich auf jede erdenkliche Art ficken.«

Sie stieß ein Stöhnen aus, woraufhin ich mich weiter nach unten bewegte, bis ich meinen Finger unter den Satinbund ihres Bodys schob. »Öffne deine Beine für mich, Helene.«

Sie wehrte sich kaum. Sie spreizte ihre Schenkel und gab mir so viel Zugang, wie ich wollte. Verdammt, ich wollte alles, *einfach alles*. »Du kämpfst. Du trittst um dich. Du schreist.« Ich musterte sie, während ich meinen Finger in ihre perfekte Fotze gleiten ließ. »Und trotzdem tropfst du verdammt noch mal.«

Ich krümmte meine Finger und ließ sie wieder nach oben gleiten, bevor ich in sie eindrang. Sie krümmte sich und stöhnte.

»Genau so, kämpfe dagegen an.« Ich stieß langsam in sie hinein und spreizte sie, bevor ich meinen Kopf nach unten neigte. »Kämpfe mit allem, was du hast.«

Ich spreizte sie und kostete sie, während ich die Wut in ihren Augen sah. Panik flammte in diesen braunen Tiefen auf. Ihr Kopfschütteln sagte eine Sache, ihr Körper eine andere. Ihre Knie gingen weiter auseinander. Ihre Hand landete auf meinem Hinterkopf und drückte meinen Mund noch fester gegen ihre perfekte Fotze.

Ich nahm alles in mich auf und fuhr mit meinen Fingern an ihrem Kitzler entlang, bevor ich mich erhob. »Das wirst du noch lieben lernen, Helene.« Ich leckte ihren Geschmack von meinen Lippen, während ich den Knopf meiner Hose öffnete, bevor ich den Reißverschluss nach unten schob. »Am Ende wirst du verdammt noch mal darum betteln.«

Sie fletschte die Zähne und spuckte mich an. »Fick dich!«

Spucke landete auf meiner Wange und tropfte an meinem Kiefer hinunter. Wut flammte auf, wurde aber schnell durch ein zufriedenes Grinsen unterdrückt. Ich packte ihre beiden Handgelenke und hielt sie über ihrem Kopf fest, während ich mich zwischen ihren Beinen niederließ. »Nein ...«, grunzte ich und stieß bis zumum Anschlag in sie hinein. »Fick *dich*.«

Verdammt noch mal.

Ich schnappte nach Luft und ließ meinen Kopf sinken. Sie stöhnte auf und krümmte ihren Rücken. Ihr Inneres verkrampfte sich um mich und ließ meinen Puls rasen. Sie fühlte sich ... *wie zu Hause an.* Genau so fühlte sich diese Frau an, *wie meine Zukunft.* Ich öffnete die Augen und hob meinen Kopf, um der Wut zu begegnen.

Aber da war keine Wut.

Nicht mehr.

Ich stieß zu und drang in sie ein. »Du wirst mich wollen«, krächzte ich. »Du wirst mich so sehr wollen, wie ich dich will.«

Diesmal gab es keine Spucke, kein Knurren. Sie schloss nur die Augen und atmete rasend schnell, als ich ihre Handgelenke packte, mein ganzes Gewicht auf meine Unterarme verlagerte und sie einschloss.

Das Verlangen überflutete mich. Ich konzentrierte mich auf das Gefühl und den reinen Hunger nach ihr. Ich hatte noch nie etwas so Verblüffendes gefühlt, das mich dazu brachte, meinen Hintern zu verkrampfen, während sie ihre Beine um meine Taille schlang und mich fest umklammerte.

»Genau so, Ärgernis«, stöhnte ich. »Komm für mich.«

Sie kniff die Augen zusammen, als das hektische Wettrennen auf das Ende zuging. Sie war so nah dran ... so ... verdammt *nah*.

Ein verzweifeltes und schmerzhaftes Stöhnen entwich ihr. Ich trieb meinen Schwanz tief hinein und drehte meinen Kopf, gefesselt von ihrem Mund ...

Küss sie.

Das Bedürfnis war überwältigend.

Ich beugte mich vor, bis sie ihren Kopf von mir wegdrehte und ein zitterndes Wimmern ausstieß. Meine Eier verkrampften sich bei diesem Geräusch, bevor ich tief Luft holte und mich anspannte.

Der Rausch war überwältigend, als ich ein Stöhnen ausstieß und sie ausfüllte.

Atemzüge.

Das war alles, was ich hörte.

Hitze und Kraft gingen von ihr aus.

Doch ich wollte mehr.

Ich zog mich zurück und blickte in der letzten Sekunde zwischen uns hinunter. Wir waren beide gekommen. Aber das war nur der Anfang, nicht wahr? Ich begegnete ihrem Blick, als sie ihren Kopf drehte. »Du gehörst mir.«

Ihre Lippen bebten, und da war diese Wut. Ich konnte nicht anders, als jede Sekunde zu genießen, als ich nach unten griff und das Satinband ihres Höschens wieder an seinen Platz schob, bevor ich meine Hose zurechtrückte. »Da man dir ja nicht trauen kann ...«

»Versuch es und ich werde–«, zischte sie und starrte mich an.

Aber sie hatte keine Zeit zu Ende zu reden, bevor ich sie nach vorne riss, mich vorbeugte und sie über meine Schulter hob. Ihre Schläge folgten, dieses Mal langsam und nicht ganz so stark. Ich bekam eine Faust an die Seite meines Kopfes und eine auf mein Ohr, was meinen Schädel zum Klingeln brachte. Trotzdem trug ich sie die Treppe hinunter und durch das Haus zurück ins Schlafzimmer.

»Du kannst doch jetzt nicht weglaufen, oder?« Ich warf sie sanft zurück auf das Bett. »Nicht, bevor ich dir einen Peilsender verpasst habe.«

»Tu es und ich beiße ihn heraus.«

Ich hob ihre Hand und schloss die Handschelle um ihr Handgelenk, um sie an das Bett zu fesseln. »Weißt du was? Du bist die erste Frau, die das sagt, der ich das zutraue.«

Sie starrte mich mit einem feindseligen Blick an, der so viel Abscheu und Hass verriet, wie es nur ging, ohne ein Wort zu sagen, und zum ersten Mal in meinem Leben war ich von ihrer Schönheit überwältigt. Es war dumm, beschämend. In meinem ganzen Leben hatte ich noch nie etwas Perfektes gefunden. Weder vom Aussehen, noch von der Verbundenheit her.

Aber sie war es.

Sie war verdammt schön.

Ihr Kinn war vorgewölbt und ihre perfekten Lippen öffneten sich leicht, um ihre Zähne zu enthüllen. *Ich könnte mich in sie verlieben.* Der Gedanke ließ mich erschaudern. »Bleib hier.« Meine Stimme war ein Krächzen. »Ich hole dir Wasser.«

Sie sagte nichts.

Sie war einfach nur wütend.

Verdammt noch mal, war sie süß.

Ich ging hinaus und blieb kurz vor der Schlafzimmertür stehen. Mein Puls war unregelmäßig. Aber das war nichts im Vergleich zu meinem Verstand. *Was zum Teufel machst du da? Im Ernst. Was, wenn ... was, wenn die anderen es herausfinden?*

Hitze durchfuhr mich, Eifersucht und Wut folgten. Es war mir scheißegal.

Ich fuhr mir mit den Fingern durch die Haare und ging in die Küche, wo ich mir zwei Flaschen Wasser aus dem Kühlschrank holte, bevor ich mir das Chaos ansah, das ich hinterlassen hatte.

Wie sind sie?

Verdammt, ich hatte selbstgefällig geklungen.

Ein bisschen trocken, um ehrlich zu sein.

Meine Mundwinkel zuckten ein wenig nach oben. Wenn jemand anderes das zu mir gesagt hätte, wäre er jetzt tot. Aber nicht Helene ... *nein, nicht Helene.* Ich drehte mich um, starrte in den Flur und hasste dieses brodelnde, wilde Verlangen, zu ihr zurückzukehren. Ich musste das herausfinden. Ich brauchte Zeit.

Ja, das war es, was ich brauchte.

Zeit ... mit ihr.

Ich griff nach den Flaschen und ging zurück ins Schlafzimmer. Im Moment konnte ich an nichts anderes denken als an sie. Ich leckte mir über die Lippen und mein Schwanz wurde bei dem Gedanken hart. Ich konnte mich nicht einmal eine Sekunde von ihr fernhalten, oder? Nicht eine verdammte Sekunde.

Scheiße.

Die Dunkelheit wartete, als ich meine Augen öffnete. Auf die Dunkelheit folgte das tiefe, kehlige Stöhnen einer Frau neben mir. Der Geruch von Sex lag schwer in der Luft. Auf den süßlichen Geschmack folgte ein Hunger, wie ich ihn noch nie zuvor verspürt hatte.

Mein Körper erwachte zum Leben und brachte mich dazu, in der Dämmerung nach den Umrissen ihres Körpers zu suchen. Ich wollte sie so sehr, dass sie mich ruinieren könnte. Nein, so sehr, dass sie mich ruinieren würde.

Ich schob das Laken zur Seite. Die kühle Nachtluft strich über meine nackten Beine, als meine Hand die Wärme ihres Oberschenkels spürte, dann den glatten Satinstoff des Bodys, den ich sie gezwungen hatte zu tragen.

Ich hatte schon viele Dinge erzwungen.

Trotzdem konnte ich mich nicht zurückhalten, nicht wenn es um sie ging.

Ich drehte mich auf die Seite, schob meine Boxershorts hinunter und griff nach ihrer Muschi. Sie wachte in dem Moment auf, als ich ihr Höschen beiseite schob und mich zwischen ihre Beine drängte.

Ihr Schrei war laut und schrill, als ich in sie eindrang. Ich erstickte ihn mit einer Hand und spürte die Hitze ihres Atems, als ich ihr gefesseltes Handgelenk umklammerte.

»Schhh ...« Ich stieß tief hinein. »Ruhig. Schlaf weiter.«

Sie wand sich und wehrte sich gegen mich, bis mein Gewicht sie niederdrückte und ich ganz in sie eindringen konnte. »Wenn du dich wehrst, wird es noch schlimmer.«

Sie stieß einen gequälten, animalischen Laut aus und erstarrte, während ich sie fickte. Ich drehte meinen Kopf und fand diesen hasserfüllten Blick. Sie war nicht gebrochen. Ich wusste, wann jemand gebrochen war. Nein, *sie hatte nachgegeben.*

Ich lächelte und krümmte mein Rückgrat, um noch fester in sie zu stoßen. »Ich habe dich schon einmal gewarnt, Helene, ich muss dich haben.«

»Du kannst mich mal«, keuchte sie und spreizte ihre Beine für mich.

Ich wartete nicht einmal darauf, dass sie kam. Ich lächelte nur und stieß zu, während ich die wilde Wut in ihren schönen Augen beobachtete. Etwas schauderte in mir. Mein Puls raste ... mein Herz krampfte sich zusammen, als ich sie anstarrte und meine Stöße verlangsamte.

Ich hatte vor, sie verzweifelt zurückzulassen. Aber ein Blick ... ein durchdringender Blick, und ich stieß nach oben, sah, wie ihr Atem stockte und ihre Augenlider flatterten. Verdammt noch mal, ich wollte sie stöhnen hören, wollte wissen, dass sie wollte, was ich mit ihr machte. »Wenn es um dich geht, kann ich einfach nicht anders«, murmelte ich. »Warum ist das so?«

»*Weil* ...«, keuchte sie. »Du ein *kranker Wichser* bist.«

Ich *war* ein kranker Wichser.

Vor allem, wenn es um sie ging.

Ich fickte sie nicht nur.

Ich bestrafte sie.

Ein Stoß nach dem anderen, bis sie ihren Kopf hin und her warf und sich gegen das wehrte, wonach ihr Körper verlangte. Ich senkte meinen Kopf und fand ihre Brustwarze. Mein warmer Atem wehte mir entgegen, als ich stöhnte und tief eindrang. »Komm für mich, Helene ... *komm*«, befahl ich.

Ihr Körper verkrampfte sich.

Ihr Innerstes zog sich zusammen.

Ich schloss meine Augen, überwältigt von diesem Gefühl, und erschauderte bis in mein Innerstes. Ihre Hand umklammerte das Laken, ihre Beine spreizten sich weit unter mir. Aber es waren ihre Augen, die mich fesselten. Groß. Glasig. Als wäre sie völlig entblößt und vollkommen ausgeliefert.

Ich ließ von ihr ab und strich mit meinem Daumen über ihr Handgelenk und die Handschelle. Ich hatte in meinem ganzen Leben noch nie jemanden so sehr küssen wollen. Das war mehr als ein Bedürfnis nach Verbindung ... das war ein Bedürfnis nach Zugehörigkeit.

»Schlaf, Helene.« Ich schaute ihr in die Augen und strich ihr eine Haarsträhne aus dem Gesicht. »Ich bin das einzige Monster, um das du dich heute Nacht sorgen musst.«

Sie tat es, schloss die Augen und murmelte: »Du bist schlimm genug.«

Das war ich auch ... und je länger ich in ihrer Nähe war, desto tiefer wurde dieses Monster.

Sie bewegte sich und brachte mich dazu, von ihrem Körper wegzurutschen. Ich wartete, bis ihre Atemzüge tiefer wurden, bis ich sicher war, dass sie eingeschlafen war. Dann drehte ich mich um, nahm den Schlüssel vom Nachttisch und öffnete die Handschelle um ihr Handgelenk.

Ein Mörder.

Ein Schänder.

Eine Hülle von einem verdammten Mann.

Das ist alles, was ich war.

Ich ließ ihre Hand auf ihren Körper sinken und beobachtete, wie sich ihre Brust hob und senkte.

Sie roch nach mir.

Nach meinen Wünschen und Sehnsüchten ... *und nach meiner Zukunft.*

Der Raum erstrahlte in einem geisterhaften, grünen Licht. Ich rollte mich vorsichtig weg, griff nach meinem Handy und warf einen Blick auf den Bildschirm, bevor ich ranging: »Ich bin da.«

»Es ist Zeit«, sagte Harmon knapp. »Die neuen Lieferungen werden bis morgen früh da sein. Ich will, dass sie so schnell wie möglich vorbereitet werden, verstehst du?«

Mein Puls beschleunigte sich und dröhnte in meinen Ohren. »Ja.«

»Und ich erwarte, dass du meinen Männern den gleichen Respekt entgegenbringst wie mir.«

Ich presste die Worte durch zusammengebissene Zähne hervor. »Natürlich.«

»Gut. Denk daran, das ist deine einzige und letzte Warnung, Cruz. Wenn du aus der Reihe tanzt, werden du und deine Brüder in den Lauf einer Waffe blicken.«

Ich schluckte schwer und drehte meinen Kopf, um die schlafende Gestalt in meinem Bett anzustarren. »Verstanden.«

»Bis morgen«, beendete Harmon.

Aber ich brauchte nicht zu antworten, denn er war schon weg und ließ mich wieder in die Dunkelheit starren.

Ich biss die Zähne zusammen.

Ich schloss meine Augen, als mich eine Welle der Hoffnungslosigkeit überkam. Ich schüttelte den Kopf und meine Seele war gequält, als ich nach meiner Nachttischschublade griff und sie aufzog. Das sanfte Leuchten der Tastatur war alles, was ich brauchte, um mich zu beruhigen, damit ich den Code eingeben und die Waffe herausziehen konnte.

Dumm.

So verdammt dumm!

Was zum Teufel hatte ich mir dabei *gedacht*? Ich zuckte zusammen, drehte mich um und entdeckte das langsame, rhythmische Heben und Senken ihrer Brust. Dass ich mit einer

Frau, die ich unter Drogen gesetzt und für den Rest meines verdammten Lebens gefangen hatte, eine glückliche Familie spielen konnte?

Das war nicht ich.

Das hatte ich nicht verdient.

Ich stand auf und ging auf das Fußende des Bettes zu. Es war auch nicht das, was sie verdient hatte.

Ich hob meine Waffe und umrundete die Seite des Bettes, bevor ich erstarrte. Ihre Lippen öffneten sich, ihre Augen waren geschlossen. Ich liebte ihren Hass ... aber wenn sie so war, sah sie so friedlich aus.

Ein Druck auf den Abzug und es wäre vorbei.

Es war besser so.

Für mich.

Für sie.

Sie würde es nie erfahren.

Meine Hand zitterte, als ich die Waffe hob.

Sie würde es nie erfahren.

DREIZEHN

Helene

»Du musst aufwachen.«

Ich öffnete augenblicklich die Augen und sah ihn an der Seite des Bettes stehen und auf mich hinunter starren. Hitze blühte auf und rührte etwas in der Tiefe meiner Seele. Allein diese Reaktion erschreckte mich, bis sich mein Blick schärfte und ich die Waffe in seiner Hand sah.

»Wie viel Uhr ist es?«, fragte ich und begegnete vorsichtig seinem Blick, während meine Gedanken rasten.

»Fast Morgen.«

Er trug eine schwarze Hose und ein schwarzes Hemd mit offenem Kragen. Sein Haar glänzte, als wäre es noch feucht. Hatte er geduscht? Ich atmete den Duft von Seife auf seiner Haut ein. Er hatte geduscht und ich hatte nichts gehört. Mein Körper summte und ich bekam eine Gänsehaut. Selbst jetzt war ich bereit für ihn, sehnte mich nach seinen grausamen Liebkosungen und seiner zerstörerischen Hingabe. Ein Blick in seine Augen und ich spürte das Brennen seines Hungers.

»Du musst duschen und dich anziehen.«

»Jetzt?« Ich richtete mich auf und stellte fest, dass meine Hand frei war.

Von den Handschellen war nichts mehr zu sehen.

»Ja, jetzt«, antwortete er. »Deine Kleidung ist im Badezimmer. Wir müssen gehen.«

»Gehen?«

Er machte ein finsteres Gesicht und seine Wut entlud sich in seinem zusammengebissenen Kiefer. »Ja, Helene, wir gehen.«

Ich wollte wissen, wohin ... aber er war nicht in der Stimmung für weitere Fragen, und ich brauchte jetzt Zeit zum Nachdenken. Mit einem langsamen Nicken rutschte ich vom Bett und ging ins Bad, in der Erwartung, dass er mir folgen würde. Aber er kam nicht und überließ es mir, den immer noch schmutzigen Body auszuziehen und ihn auf den Boden zu werfen.

Ich roch nach ihm.

Mein eigener Duft wurde von seinem Verlangen übertönt.

Ich machte ein finsteres Gesicht, kämpfte gegen die Hitze des Verlangens an und drehte den Wasserhahn auf.

Das heiße Wasser dampfte in der Dusche, als ich eintrat. Schwarz auf Schwarz bewegte sich im Schlafzimmer, während er auf und ab ging. Ich schnappte mir die Seife und schäumte mich ein. In den letzten Stunden, in denen ich geschlafen hatte, hatte sich etwas verändert. Etwas, das ich verstehen musste.

Harmon.

Das musste es sein.

War die neue Lieferung der Töchter endlich im Orden angekommen? Wollte er mich dorthin bringen? Wenn das der Fall war, dann könnte auch Hale dort sein. Meine Gedanken rasten und schüttelten schließlich den Nebel ab. Wenn ich doch nur eine Nachricht an London schicken könnte. Ich hielt inne und umschloss meine empfindliche Brust mit einer Hand. Ich blickte nach unten und sah, dass ich eine kleine Schürfwunde zwischen meinen Brüsten hatte, die wohl von seinen Zähnen verursacht worden war. Nein, London würde nicht warten. Er würde sich mit Waffengewalt auf den Weg machen und jede noch so kleine Information, die wir finden könnten, nutzen.

Nein.

Ich musste vorsichtig sein. Ich musste warten. Ich schluckte schwer, wusch schnell den Rest meines Körpers, stellte das Wasser ab und stieg aus. Jeans, Unterwäsche, ein T-Shirt und ein schwarzer Pullover lagen fein säuberlich gefaltet auf dem Waschtisch. Ich trocknete mich ab, zog mich an und ging ins Schlafzimmer.

Socken. Stiefel ... *und Riven.*

Er nickte zu den restlichen Sachen. »Wir müssen los.«

Ich zog sie an und beobachtete ihn aus den Augenwinkeln. Die Waffe, die er immer noch in der Hand hielt, ließ mich vorsichtig werden. Ich zog die Schnürsenkel fest und stand auf, um seinem Blick zu begegnen. Wenn er mich töten wollte, wäre es ihm egal gewesen, ob ich geduscht hatte oder nicht.

So oder so ... seine DNA war überall auf mir.

Zahnabdrücke auf meinen Brüsten.

Die Spuren seines Spermas, immer noch tief in mir.

Er hatte keine Beweise beseitigt, da war ich mir sicher.

Auf seine Handbewegung hin verließ ich das Schlafzimmer, ging an der Küche vorbei und in die Garage. Draußen wartete der fast schwarze Himmel. Er drückte den Knopf hinter mir, die Lichter des Range Rovers blinkten auf und die Türen wurden entriegelt.

Stille folgte, als ich einstieg.

Ich sollte kämpfen.

Zumindest so tun als ob.

Aber ich tat es nicht.

Ich stieg ein, schloss die Tür hinter mir und griff nach dem Sicherheitsgurt, als er sich hinter das Lenkrad setzte.

»Willst du mir sagen, wo wir hinfahren?«

Er ließ den Motor an und drückte dann auf den Knopf für das Garagentor. »Ein Ort, von dem ich gehofft hatte, dass du ihn nie sehen würdest. Aber es ist so ... es muss so sein. Sonst ...«, er rang um die Worte.

Ich schluckte schwer und blickte auf die Waffe hinunter, die er noch immer in der Hand hielt. Entweder das oder eine Kugel ins Hirn. »Dann sollten wir wohl besser gehen.«

Seine finsteren Augen funkelten kaum. Es gab keine Erregung mehr, kein Verlangen, nicht einmal einen widerstand. Nur eine steinerne Stille. Eine, die mir überhaupt nicht gefiel. Er legte den Rückwärtsgang ein und fuhr aus der Einfahrt, wobei sich das Garagentor hinter uns schloss.

Es war ein seltsames Gefühl, mein Gefängnis zu verlassen, nur dass es sich nicht wie ein Gefängnis angefühlt hatte. Es hatte sich wie ein Schlachtfeld angefühlt, auf dem ich mich behauptet hatte. Blut war dort vergossen worden, Wut und Verlangen waren lebendige, pochende Dinge, die wir geschaffen hatten. Wir waren diese Dinge. Ich warf einen Blick in seine Richtung, als er beschleunigte und das Haus hinter sich ließ. Ja, das waren wir.

Doch als wir aus der Stadt fuhren, gingen mir die Gedanken nicht aus dem Kopf. Was zum Teufel glaubte Riven, dass er erreichen würde, wenn er mich an einem solchen Ort einsperren würde? Mein Puls raste. Ich kannte diese Zellen und hatte aus erster Hand gesehen, was sie mit den Töchtern dort gemacht hatten.

Töchter wie Ryth und Vivienne.

Aber das hier ... das fühlte sich anders an. *Er* fühlte sich anders an.

Er war nicht das Monster, mit dem ich gerechnet hatte. Nein, er war eine andere Sorte. Eine, die von Geheimnissen umhüllt war.

Seine Probleme waren nicht mein Problem.

Daran musste ich mich erinnern.

Seine Hände waren um das Lenkrad gekrallt. Sein Blick war auf die Straße gerichtet, aber ich konnte sehen, dass er sich in seinen panischen, rasenden Gedanken verlor.

Ich drehte mich um und starrte in das schwache Sonnenlicht in der Ferne, als wir uns dem Gelände am Rande der Stadt näherten. Alles, was mich interessierte, war, zu Hale zu gelangen, und jeder, der sich mir in den Weg stellte, war tot.

»Ich werde dich dort einsperren.«

Ich zuckte beim plötzlichen Klang seiner Stimme zusammen.

Er warf einen Blick in meine Richtung. »Aber du sollst wissen, dass es nicht so ist, wie du denkst.«

»Nicht, wie ich denke«, wiederholte ich, als wir um die letzte Kurve bogen und der Stahlzaun in der Ferne glitzerte. »Und was ist das genau?«

Der Wagen wurde langsamer.

Eine Gänsehaut überkam mich, als ich die Umrisse der Hölle sah.

Denn genau das war dieser Ort ... *die Hölle.*

Er antwortete nicht. Er drehte nur das Lenkrad und bremste stark ab. Eine Wache tauchte aus dem Nichts auf, versteckt in der Hütte vor den Toren. Tore, die von Ryths Stiefbrüdern gerammt worden waren, um sie zu retten. Ich konnte immer noch die Furchen im Stahl sehen.

Das Fenster wurde heruntergelassen und der Wächter trat vor. »Es bin nur ich.« Riven begegnete dem Blick des Wächters. »Stimmt's, Connor?«

Der Wachmann schaute nicht einmal in meine Richtung, sondern nickte nur vorsichtig. »Absolut, Mr. Cruz.«

Die Tore öffneten sich und ließen uns die lange Fahrt zu diesem Ort der Albträume antreten. Je näher wir kamen, desto kälter fühlte sich das Auto an. Nur hatte niemand den Temperaturknopf berührt. Es gab nur mich ... *und ihn.*

»Es gibt Dinge, die ich hier tun muss, Menschen, um die ich mich kümmern muss. Aber du wirst kein Teil davon sein.

Trotzdem möchte ich, dass du leise bist und keine Szene machst.« Die Scheinwerfer leuchteten gegen den Backstein, als er zur Rückseite des Gebäudes fuhr. »Kannst du das tun, Helene? Kannst du dich ruhig verhalten, bis ich mit diesen Leuten fertig bin?«

Das Gebäude war perfekt und solide ... bis es das nicht mehr war. Die gleißenden Lichter fielen auf die durchgebrannte Backsteinmauer auf der anderen Seite, die den hohen Bäumen des Waldes am nächsten war. Ich blickte in die Finsternis und erinnerte mich an den Moment, als ich Vivienne und den anderen in diese Hölle gefolgt war.

Ich war allein gewesen.

Allein, als ich in den Gestank von Blut und Terror getreten war.

Die Angst ließ mich bis auf die Knochen frösteln. Als wir parkten, wandte ich mich vom Wald ab und betrachtete die zerstörte Wand des Gebäudes. Mein Puls raste, das *Bumm ... Bumm ... Bumm* erstickte seine Worte fast.

»Ich muss nur ...«, er stellte den Motor ab und ließ uns auf die zerbrochenen Ziegelsteine starren. Die Überreste einer Bombe. *Meiner* Bombe.

Aber ich konzentrierte mich auf Riven, der sich mit den Fingern durch die Haare fuhr. »Ich muss dich nur in Sicherheit bringen. Es werden andere kommen. Andere, die nicht so nett sind.«

Ich begegnete seinem Blick. »Du willst mich also beschützen?«

Wie konnte er das, wo *er* doch das Monster war?

Seine Mundwinkel zuckten. Seine Atemzüge wurden tiefer, als ich diese harten Lippen anstarrte, diese grausamen, erdrückenden Lippen. »Beschützen, kontrollieren, nenn es, wie du willst.«

Ich richtete meinen Blick auf ihn. Wenigstens nannte er es beim Namen. »Vielleicht gehe ich das Risiko ein. Vielleicht schreie, bettle und flehe ich, wenn die anderen Männer kommen.«

Er lehnte sich näher heran und sein bedrohlicher Blick sprühte Funken. »Wenn du das versuchst, bringe ich jeden einzelnen von ihnen um ... bevor ich dich von hier wegschleife und dich für den Rest deines Lebens in Ketten lege.«

Ich schluckte schwer. Er würde es tun. Das konnte ich sehen. »Warum?«, flüsterte ich. »Warum ich?«

»Weil du, Helene ... mich gefunden hast.«

Er wartete eine Sekunde, bevor er die Tür aufstieß und ausstieg. Die Scheinwerfer blieben an und beleuchteten den Schaden, den ich verursacht hatte. Ich saß eine Sekunde lang da und verarbeitete diese Worte, während sie mir in den Ohren klangen. *Du hast mich gefunden. Du... hast mich gefunden.*

Mein Puls überschlug sich, dann raste er. Ich hatte keine andere Wahl, als Riven zu folgen, als er die Tür öffnete und auf mich wartete. Die Scheinwerfer erloschen mit dem Knall der Tür. Der Sonnenaufgang brach durch die Bäume und ergoss das fahle Morgenlicht über die neu installierte Seitentür, als wir in den Orden eintraten und den Rest der Welt ausschlossen.

Unsere Schritte hallten auf dem Flur wider. Rivens Handy vibrierte, als ich einen Blick auf die verschlossene Doppeltür warf. Seine tiefe Stimme ertönte, als er ranging. »Jetzt ist kein guter Zeitpunkt.«

Ich schaute ihn an und beeilte mich, damit ich mit seinen langen Schritten mithalten konnte.

»Nein ... ich bin im Orden. Ja, das kann man so sagen.«

Ein Schaudern durchlief mich, als er sprach.

»Wir haben eine neue Lieferung bekommen. Nein ... nein, ich will dich nicht hier haben«, sagte er schnell und sah mich an. »Ich muss los. Wir sprechen uns später.«

Er zog einen kleinen Schlüsselbund aus seiner Tasche, drückte eine Karte, die daran hing, gegen den Scanner für die Türen und ging hindurch. Meine Schritte wurden langsamer. Mein Blick wanderte zu ihm. Ich setzte gerade sehr viel Vertrauen in ihn. Ein Vertrauen, das er nicht verdient hatte. Aber sein vorsichtiger Blick hatte etwas Flehendes an sich, etwas, das sich mit dem verzweifelten Bedürfnis verband, die zu schützen, die ich liebte ...

Und ich trat hindurch.

Bumm.

Ich zuckte zusammen, als sich die Tür hinter mir schloss. Er ging auf den Flur zu, der genauso aussah wie der, den wir verlassen hatten. Ich warf einen Blick über die Schulter, schluckte und folgte ihm, als er zu einer Tür am Ende einer Reihe kam, einen Schlüssel ins Schloss steckte und die Klinke herunterdrückte.

Aber ich konnte mich nicht dazu bringen, hindurchzugehen.

Rückblenden explodierten wie Bomben in meinem Kopf. Riven, der seine Wut entlud und mich jagte, als ich die

Explosion an der Südseite des Gebäudes vorbereitet hatte ... *und meinen Vater aus diesem Ort herausgeholt hatte.* Ich musste mich daran erinnern, mit was für einem Mann ich es zu tun hatte. *Das Monster ... das jetzt wieder in seinem Versteck war.*

Ich konnte nicht anders, als so schnell wie möglich von hier fliehen zu wollen.

Er gab sich Mühe, um meinem Blick nicht zu begegnen, aber am Ende verlor er. »Dieser ganze Flügel wird nicht mehr benutzt. Du wirst hier sicher sein. Du wirst ...«

Kontrolliert. War das nicht der Begriff, den er vorher benutzt hatte?

Die Luft wurde plötzlich schwer, so schwer, dass ich kaum noch atmen konnte. Ich sah mir die Zelle an, vom schweren Schloss an der Tür bis hin zu der einzelnen Pritsche darin.

»Du kannst mir vertrauen«, sagte er vorsichtig.

Das waren Worte, von denen ich nie gedacht hätte, dass ich sie von seinen Lippen hören würde. Aber es waren gefährliche Zeiten und ich hatte meine Nichten zu beschützen.

»Das bezweifle ich sehr«, antwortete ich düster und trat in die Zelle.

Die Tür schloss sich augenblicklich. Ich beobachtete ihn durch den Glasausschnitt der Tür und für eine Sekunde schwor ich, dass ich Panik in seinen finsteren Augen sah. Ich hoffte es jedenfalls. Er hielt mein Leben in seiner Hand. Ich hatte die Grausamkeit dieser Hand gespürt ... und auch ... *die Zärtlichkeit.*

Trotzdem hasste ich dieses verzweifelte Gefühl, als sich die Tür schloss und er sich abwandte. »Du kommst besser zu mir zurück, du Wichser«, flüsterte ich und schlang meine Arme um mich. »Du kommst besser zurück.«

VIERZEHN

Riven

___

Die Doppeltüren schlossen sich hinter mit einem Klappern hinter mir. Die Schlösser rasteten ein, kurz bevor mich die Panik überkam. Ich stolperte gegen die Wand und stützte mich ab, als der Flur verschwamm. Meine Atemzüge waren schwer, ein ersticktes Röcheln, zu dem ich mich zwang, bis ich nur noch ein harsches, röchelndes Röcheln hörte.

Was zum Teufel hatte ich mir nur dabei gedacht?

Sie sollte nicht hier sein.

Nicht an diesem Ort.

Nicht mit mir.

Ich schloss meine Augen. Ich war nicht ich, wenn ich hier war.

Ich war ... jemand anderes.

Jemand Gefährliches.

Gefährlich für sie.

Eine Gänsehaut lief mir über den Rücken, bis ich an die Kameras dachte, die mich beobachteten. Ohne meinen Blick zu heben, ließ ich meine Hand fallen, straffte die Schultern und ging weiter, wobei ich mich zwang, mich zu konzentrieren.

Ich musste sie zum Schweigen bringen.

Nur so lange, bis ich die Lieferung der Töchter erledigt hatte ... und von hier verschwinden konnte.

Denn sie waren das Einzige, was zählte.

Das Einzige, was mich zu Hale führen würde.

Mein Handy vibrierte. Meine Kiefermuskeln schmerzten, als ich das verdammte Ding aufhob und den Bildschirm sah. *Kane.* »Nicht jetzt«, knurrte ich, steckte das Handy zurück in meine Tasche und ging den Flur entlang zurück zu meinem Büro.

Weiß gestrichene Türen.

Der Name, den *sie* mir gegeben hatten, stand in schwarzen Druckbuchstaben da.

Der Direktor.

Ich hasste diesen verdammten Namen.

Ich hasste diesen ganzen Beruf.

Doch das ließ ich mir nicht anmerken, als ich den Schlüssel ins Schloss steckte und eintrat. Nach einem kurzen Blick in mein Büro ging ich um meinen Schreibtisch herum und setzte mich auf meinen Platz. Dieser Raum war verwanzt. Das wusste ich, mit versteckten Kameras und Mikrofonen. Es gab hier nur wenige Orte, die vor neugierigen Blicken verborgen waren. Auf einen dieser Orte hatte ich mich in den letzten zwei Wochen konzentriert, seit Hales Leiche aus dem Fluss gezogen worden war. Eine Leiche, von der ich jetzt wusste, dass es nicht seine gewesen war.

Ich musste zu diesem Büro zurückkehren, um weiter nach Hinweisen zu suchen, wohin er verschwunden war ... später.

Im Moment hatte ich eine Wagenladung Töchter auf dem Weg zu mir.

Ich griff nach vorne, umklammerte die Maus, loggte mich in meinen Computer ein und rief die Tracking-Informationen auf, die ich per E-Mail erhalten hatte.

19 Güter auf dem Weg.

Güter.

Bei diesem Wort zuckte ich zusammen. Etwas Lebendiges, Atmendes ... geschaffen für keinen anderen Zweck als unsere Launen, reduziert auf ein einfaches Wort: Güter. Das war alles, was diese Frauen für Männer wie Hale waren. Und ich war derjenige, der sie zu dem machte, was sie waren.

Meine Hand zitterte, als ich nach der Maus griff und auf den Link klickte, der die GPS-Karte öffnete. Ein rotes Licht blinkte und näherte sich dem Gelände, das nicht mehr als eine Stunde entfernt war. Eine Stunde. Das war alles, was ich hatte.

Eine verdammte Stunde.

Ich erhob mich von meinem Stuhl und warf einen letzten Blick auf die Karte, bevor ich mich umdrehte und hinausging.

Eine verdammte Stunde.

Eine Stunde, bevor die Töchter und Harmons Männer hier waren. Männer, denen ich nicht trauen konnte. Meine Schritte wurden länger, als ich zu dem verdammten Ort in dieser Hölle ging, an dem ich sein musste, dem *einzigen* Ort, an dem ich gebraucht wurde. Die Gänge verschwammen. Die Wut kroch unter meiner Haut wie eine Schlange, die sich häuten wollte. Wahrscheinlich brannte ich darauf, meine wahre Natur zu offenbaren und jeden Einzelnen von ihnen zu töten.

Ich knallte meine Karte gegen den Scanner und schob mich durch die Türen. *Wie oft war ich schon hier gewesen?* Ich wühlte mich durch jeden verdammten Fetzen Papier und jede Akte, die er hinterlassen hatte. Ich suchte so verzweifelt nach etwas, das mich zu dem geheimen Ort führen könnte, den er versteckt hielt.

Ein dunkler Ort, an dem er jetzt war ...

Und der, an dem er unsere Schwester als Geisel hielt.

Wie viele Kinder hatte er ihr aufgezwungen? Wie viele hatte sie gebären müssen? Wie viele vertraute Gesichter würden mich eines Tages anstarren?

Meine Schritte stockten bei dem Gedanken. Ich drückte meine Karte gegen den Scanner an seiner Tür und trat ein. Von außen sah der Raum perfekt und ordentlich aus. Das sollte man auch sehen. Was man nicht sehen sollte, waren die Überreste des Fingerabdruckstaubs, den ich in diesem Raum hinterlassen hatte.

Trotzdem hatte ich nichts gefunden.

Keine Adresse.

Nichts, womit ich die einzige Person ausfindig machen konnte, die dem Ganzen ein Ende bereiten konnte.

Haelstrom Hale.

Ich ging um den Schreibtisch herum und schaute auf meine Uhr, als ich mich einloggte. Es mussten Informationen an seine E-Mail geschickt worden sein, ein Ort, an den die Frauenlieferung gehen sollte ... irgendetwas. Ich musterte Hales Posteingang und fand ein paar irrelevante E-Mails über verschiedene Häuser, an deren Kauf er Interesse gezeigt hatte, aber sonst nichts. Trotzdem notierte ich mir die Adressen und tippte sie in eine SMS, die ich an den Jäger schickte.

Wenigstens hielt ihn das in Bewegung, wie ein Hai, der seine Beute umkreiste.

Wir würden ihn finden.

Auf die eine oder andere Weise ... dann würden wir auch sie finden.

Ich loggte mich aus und stand auf, als mein Handy erneut vibrierte. Kanes Name leuchtete auf dem Display auf. Ich drückte auf den Knopf, um ihn auf die Mailbox zu schicken, während ich die Tür hinter mir zuzog. Als ich zum hinteren Dock schritt, die Tür öffnete und meinen Sicherheitschef mit einem vorsichtigen Nicken begrüßte, waren bereits dreißig Minuten vergangen.

»Sorge dafür, dass sie so schnell wie möglich gesichert werden«, murmelte ich. »Ich will keine Zwischenfälle.«

»Ja, Sir«, antwortete er.

Ich zückte mein Handy und schrieb dem diensthabenden Arzt eine Nachricht. Er antwortete sofort und teilte mir mit, dass er bereits auf dem Weg sei. *19 Güter*. Das war die Zahl, die wir an Bord hatten. Sie würden zweifellos medizinische Hilfe benötigen, wenn wir sie in ihre Zellen sperrten.

Ding.

Ich warf einen Blick auf die Nachricht des Arztes, dass er und sein medizinisches Team in Bereitschaft waren. Verdammt, ich hasste diesen Scheiß. »Macht euch mit den Peilsendern bereit«, murmelte ich, als der Ruf über die Gegensprechanlage ertönte.

Sie fahren jetzt durch das Tor.

Mein Puls raste, als ich wieder an die Frau dachte, die in der Zelle eingesperrt war. Die Frau, die an einem Ort wie diesem nichts zu suchen hatte, und schon gar nicht mit mir.

Als das Knirschen der Reifen und das leise Rumpeln des LKW-Motors ertönten, vibrierte mein Handy erneut. Diesmal schaute ich es nicht einmal an, sondern starrte nur geradeaus und versank in das kalte, leere Loch in mir. Der LKW fuhr vor und schwenkte dann herum, wobei mich die Rückfahrscheinwerfer anstrahlten.

Zwei schwarze Geländewagen fuhren neben dem Truck her und parkten, bevor die Motoren abgestellt wurden. Männer mit Gewehren stiegen aus. Ich konzentrierte mich auf die Beifahrertür des ersten Wagens, auf denjenigen, der keine Waffe zu tragen schien. Nein, er sah aus, als wäre er die Waffe.

Er betrachtete das Gebäude, während er seine Jacke zurechtrückte, dann drehte er sich um und sprach zu seinen Männern. Es war mir egal, was er sagte. Ich konzentrierte mich auf seine Augen und die Art, wie er sich bewegte. Die breiten Schultern brachten seine maßgeschneiderte Jacke zum Spannen, als er sich umdrehte und nickte.

Seine Männer setzten sich augenblicklich in Bewegung, wie ein SWAT-Team, das sich um den LKW scharte, als dieser wieder rückwärts fuhr und abbremste. Ich hatte erwartet, dass er auf mich zukommen würde, um mir wenigstens seinen Namen zu sagen. Aber der Bastard schaute nicht einmal in meine Richtung. Seine Männer traten an die Laderampe heran und drängten sich knurrend und mit wildem Blick an meinen Leuten vorbei.

Walker warf mir einen wütenden Blick zu, als er zur Seite gedrängt wurde. Ich schüttelte den Kopf, als der Anführer ihrer Truppe die Treppe hinaufstieg, und warf einen Blick auf den Truck, als die hintere Tür sich öffnete. Ich räusperte mich und richtete meine Wirbelsäule auf.

»Astor, bring sie so schnell wie möglich rein«, befahl er und starrte die Töchter an, während sie eine nach der anderen ausgeladen wurden.

Ihre Gesichter verschwammen zu einem einzigen.

Verängstigt.

Blass.

Die Hände waren vor ihnen gefesselt und verschränkt.

19 Güter wurden von vier Wachen abgeladen und aufgefordert, sich vor uns zu stellen.

Ich wartete darauf, dass Harmons Mann in meine Richtung schaute, um mir wenigstens für eine Sekunde seine Aufmerksamkeit zu schenken. Aber der Mistkerl nahm nicht einmal zur Kenntnis, dass ich da war, bis er einen Schritt auf die verschlossenen Außentüren zuging, sich umdrehte und mir in die Augen sah. »Ich brauche die Schlüssel.«

Meine Miene blieb steinern. »Walker wird dir beim Einchecken helfen, wenn du Zugang brauchst.«

Er machte ein finsteres Gesicht, dann trat er näher heran. »Du verstehst mich nicht. Wir sind nicht hier, um die Güter abzuladen und zu verschwinden. Wir sind hier, um sie zu übernehmen.«

Was zum Teufel? Die Wut stieg in mir auf. »Auf wessen Befehl hin?«

Er schnaubte nur. »Mr. Harmon. Wäre es dir lieber, wenn ich ihn anrufe und dir das bestätigen lasse?«

Harmons Warnung drang an die Oberfläche. *Ich glaube immer noch, dass du ein Gewinn bist, Riven ... lass mich nicht anders denken.*

Das war es also?

Er wollte sich vergewissern, dass ich ›meinen Scheiß auf die Reihe kriegte‹. Ich starrte den unbeugsamen Bastard an und spürte, wie der Boden unter meinen Füßen bebte. Mein Stand hier war in der Tat fragil ... jetzt mehr denn je. »Walker«, sagte ich und starrte dem Bastard in die Augen. »Gib ...«

»Coulter«, antwortete er.

»Gib Coulter hier deine Schlüssel, bis du ihm seine eigenen besorgen kannst.«

»Nein«, antwortete Coulter und suchte meinen Blick, bevor er seine Hand hob. »Ich nehme stattdessen deine.«

Ich verkrampfte meinen Kiefer, als die Töchter sich schaudernd aneinander klammerten und weinten. Ihr Wimmern war alles, was ich hören konnte. Seine Lippen kräuselten sich, als ich in meine Tasche griff, meine Schlüssel herausholte und sie ihm überreichte.

Das gefiel ihm.

Mal sehen, wie lange das anhalten würde. Ich beobachtete, wie er sich umdrehte und seinen Männern bedeutete, die Töchter ins Gebäude zu führen. Ich wartete, bis sie verschwunden waren, bevor ich zu Walker sprach. »Ich will, dass er wie ein verdammter Falke beobachtet wird. Sobald du etwas bemerkst, das ich ausnutzen kann, will ich es wissen.«

»Wird gemacht«, antwortete er und ließ mich stehen, während er ihnen ins Haus folgte.

Es war nicht nur Harmon, vor dem ich mich jetzt in Acht nehmen musste. Sondern vor jedem, der nicht mein Blut war ... *oder sie.*

Dunkelbraune Augen füllten meinen Geist, bis ein Gewicht auf meine Brust fiel. Scheiße! Sie war hier ... und jetzt auch noch Harmons Männer.

Ich schritt vorwärts, drückte meine Karte gegen den Scanner und folgte ihnen zurück in die dunklen Gänge des Ordens. Schritte polterten, als die Türen geöffnet und geschlossen wurden. Walker schritt voran, holte sie ein und deutete auf den Ostflügel des Gebäudes.

Ihre Schreie hallten wider.

Ein Frösteln machte sich breit.

Es war immer wieder das Gleiche.

All diese Frauen.

Sie sollten trainiert und benutzt werden.

Wie zum Teufel waren wir hierher gekommen?

Ich blieb zurück und hörte, wie die Töchter schrien, als eine nach der anderen getrennt und in eine Zelle gezwungen wurde. Sie sollten daran gewöhnt sein, nachdem sie aus den Waisenhäusern gekommen waren. Aber das waren sie nicht. Sie kämpften trotzdem, weinten und planten die Flucht. Keine von ihnen schaffte es ...

Nicht bis zu dieser Banks-Schlampe ... und Londons Hure.

Scheiß auf ihn.

Scheiß auf alle, die nicht zu meiner Familie gehörten.

Bumm.

Bumm.

Bumm.

Die Türen zu den einzelnen Zellen wurden geschlossen und verriegelt. Ich riskierte einen Blick auf Coulter, der seine Männer beobachtete, bevor ich mich umdrehte und wegging. Mein Kopf dröhnte. Meine Panik war außer Kontrolle geraten. Ich brauchte einen Halt für diesen Wahnsinn ... eine Verbindung für meine verdorbene Seele.

Ich *brauchte* sie ...

Ich knallte meine Karte gegen den Scanner und ging durch die Tür. Schritt für Schritt wuchs die Verzweiflung in mir, bis ich nicht mehr anders konnte, als wegzulaufen. *Bumm. Bumm. Bumm.* Mein Puls war wie ein brüllendes Tier in meinem Kopf, als ich durch die nächste Tür ging und mich dann umdrehte.

Der Flügel, in dem ich sie untergebracht hatte, zeichnete sich in der Ferne ab. Ich beeilte mich, drückte meine Karte gegen den Scanner und ging hindurch. *Geh zu ihr. Geh zu ihr. Verdammt noch mal ... geh zu ihr.*

Meine Hände verkrampften sich. Mein Kiefer war wie ein verdammter Schraubstock, als ich meinen Blick auf die verschlossene Tür am Ende des Flurs richtete. *Bitte sei da. Bitte, ich brauche ... ich brauche dich.*

Ich schlug meine Karte gegen den Scanner und drückte dann auf die Klinke.

Ich starrte sie an, als sie sich vom Bett erhob und einen zaghaften Schritt näher kam, bevor sie stehen blieb und ein finsteres Gesicht machte. »Riven?«

Eilig ging ich zu ihr, packte sie um die Taille und zog sie an mich. »Scheiße ... ich ...« Ich schloss meine Augen und atmete den Duft ihrer Haare ein.

Ihre Hände flatterten gegen meine Schultern. Trotzdem zog sie sich nicht zurück. Das war schon mal nicht schlecht.

»Was ist los?«, fragte sie.

Ich konnte nicht sprechen, nicht für eine lange Zeit. Ich konnte sie nur im Arm halten und sie mit mir in den Dreck dieses Ortes hinunterziehen. Ich zerstörte sie, riskierte nicht nur ihr Leben, sondern jetzt auch meins. Die Angst tauchte auf. Die Art von Angst, die mich aus dem Gleichgewicht brachte. Genau wie ich es war, wenn ich in ihrer Nähe war.

Ich öffnete die Augen und zog mich zurück. »Nichts.«

»Es sieht nicht nach nichts aus.« Sie suchte meinen Blick. »Es ist etwas passiert, nicht wahr?«

Sie sah mehr, als ich es wollte.

Mehr als sie sollte ... um ihretwillen.

»Es hat sich hier etwas verändert. Die anderen Männer, von denen ich gesprochen habe, gehen nicht mehr.«

Sie warf einen Blick zur Tür. »Sie bleiben?«

Ich nickte vorsichtig.

»Dann musst du vorsichtig sein.« Sie begegnete meinem Blick. »Und rücksichtslos.«

Rücksichtslos. Ja, das war genau das, was ich sein musste. Ich machte ein finsteres Gesicht und suchte ihren Blick. Sie sollte nicht so ruhig sein. Sie sollte nicht so … kontrolliert sein. Ein eisiges Flüstern des Schicksals erfüllte mich. Um mich herum herrschte Chaos … und mittendrin … war sie.

Ich streckte die Hand aus und umklammerte ihren Nacken. Meine Atemzüge wurden tiefer, als ich in ihre Augen blickte. »Ja«, antwortete ich. »Rücksichtslos kann ich sein.«

Sie schluckte schwer. »Ja, das kannst du.«

Ich fühlte mich in ihrer Nähe ruhiger, kontrollierter. Der gleiche Hunger brannte zwischen uns. Ich wusste, dass sie es auch spürte. Sie streifte mit ihren Zähnen über ihre Unterlippe und drückte die weiche Haut fest an sich. Wenn ich mehr Zeit hätte … »Ich komme heute Abend wieder«, sagte ich vorsichtig.

»Ich werde hier sein.« Sie presste die Worte durch zusammengebissene Zähne hervor.

Ich zwang mich, mich umzudrehen, denn wenn ich es nicht täte, hätte ich sie an die Wand gedrückt und sie hätte gewimmert wie die brave Hure, die sie war.

Mein Schwanz versteifte sich bei dem Gedanken.

Scheiße, ich tat mir mit dieser Frau keinen Gefallen. Meine Sinne schrien und forderten mich auf, mich umzudrehen, als ich aus ihrem Zimmer ging. Ich schloss die Tür und hörte, wie das Schloss einrastete. Sie stand im Raum und wartete auf mich. Ich begegnete ihrem Blick durch die Glasscheibe, bevor ich gepackt wurde ... und umgedreht.

Wut.

Dunkle, kaum kontrollierte Wut.

»Was zum Teufel machst du da?«, knurrte Kane und drückte mich gegen die Wand.

Panik schoss durch mich hindurch und machte mich gefährlich. Ich wirbelte meinen Bruder herum und griff nach seinem Hemd, bevor ich ihn gegen die Wand stieß. »Was zum Teufel machst du hier?«

Er schlug mir gegen die Schulter und stieß mich weg. »Gehst du nicht an dein Handy?«

Nein. Nicht, wenn die Anrufe nicht wichtig waren.

»Da waren Männer ... Männer, die uns zum Pfarrhaus zurückverfolgt haben.«

Alles andere fiel weg. »Was? Wer?«

»Ich weiß es nicht«, knurrte er. »Wir sind nicht geblieben, um es herauszufinden.«

Die Erkenntnis traf mich wie ein Schlag. »Ihr seid also hierher gekommen?«

»Wo hätten wir denn sonst hingehen sollen?«

Er durchsuchte meinen Blick und schaute dann den Flur entlang. »Warum bist du hier? Dieser Flügel ist geschlossen.«

Mein Puls überschlug sich, dann beschleunigte er sich. »Nichts.«

Er machte ein noch finstereres Gesicht. »Sag nicht *nichts*, Riven. Ich kenne dich zu gut.« Er drehte den Kopf und blickte zu der geschlossenen Tür.

Hitze stieg mir in die Wangen. »Tu es nicht«, warnte ich ihn.

Er warf mir nur einen Blick zu, bevor er sich bewegte. Ich stürzte mich auf ihn und packte seinen Arm. »Ich sagte *nicht!*«

Aber es war zu spät, denn er schlug seine Karte gegen den Scanner und drückte die Klinke herunter ... und stieß die Tür auf.

»Warte!«, zischte ich.

Er schritt hinein. Ich hatte keine andere Wahl, als ihm zu folgen. Helene stand da und drehte sich zu uns um.

»Wer zum *Teufel* ist das?«, knurrte Kane.

Langsam drehte sie sich um und begegnete den Blicken meines Bruders.

Die Welt stand still. Ich wusste nicht, was ich tun sollte. Der Gedanke, meinen Bruder zu verprügeln, kam auf, bevor ich ihn verdrängte. »Es ist nicht ...«

»Helene?« Seine Augen wurden groß vor Schreck. »Was zum *Teufel* machst du denn hier?«

FÜNFZEHN

Helene

MEIN ATEM BRANNTE MIR EIN LOCH IN DIE MITTE MEINER BRUST. Alles, was ich sah, waren Rivens dunkle Augen, die sich auf mich verengten.

»Warte«, sagte er und warf seinem Bruder einen gefährlichen Blick zu. »Du *kennst* sie?«

Kane trat näher und strich mir eine Haarsträhne aus dem Gesicht, und wie so oft, wenn er sich an mich heranmachte, kämpfte ich gegen das Bedürfnis an, zurückzuweichen. »Sie kennen?«, antwortete er und musterte mich. »Das kann man wohl sagen. Sie ist eine meiner Kundinnen.«

Ich schluckte schwer, denn ich war mir jeder von Rivens Bewegungen bewusst.

»*Deine verdammte Kundin?*«, knurrte er.

Eifersucht stieg in ihm auf, als er seine Lippen kräuselte und die Fäuste ballte. Ich sah den Moment, in dem dieser zerbrechliche Halt zerbrach, und Kane spürte es auch. Er drehte sich um, um dem mörderischen Blick seines Bruders zu begegnen.

Eine Gänsehaut breitete sich auf meinen Armen aus. Augenblicklich stürzte Riven sich auf seinen Bruder, packte ihn am Hemd, riss ihn nach hinten und stieß ihn gegen die Wand. »Wehe, du lügst mich an!«, bellte er. »Woher zum Teufel kennst du sie?«

Aber Kane war genauso brutal und stieß ihn mit einem Schlag gegen die Schulter weg. »Lass mich in Ruhe!«

Sie kämpften direkt vor meinen Augen, grunzten, knurrten und versuchten, die Oberhand zu gewinnen. Das war keine Rivalität unter Geschwistern, das war kalte, kaum kontrollierte Wut.

»Du verdammter Bastard«, knurrte Riven und schlug Kane auf die Schulter. »*Du verdammter Mistkerl.*«

Aber er war auf die falsche Person wütend. In dem Moment, als ihm das bewusst wurde, erstarrte er und schaute seinem Bruder in die Augen, dann drehte er sich zu mir um und atmete schwer.

Ding.

Sein Handy läutete. Mit zusammengebissenem Kiefer hob er es an, runzelte die Stirn und murmelte: »Scheiße.«

»Was ist los?« Kane schnappte schwer nach Luft, zupfte an seinem Hemd und riskierte einen Blick in meine Richtung, bevor er seinen Bruder wieder anschaute.

»Wir haben ein Problem.« Riven riss seinen Blick von seinem Handy los. »Harmons Männer übernehmen das Gelände ...

und in diesem Moment zieht sein verdammter Kommandant in Hales Büro ein.«

»Seine Männer?«, schnauzte Kane. »Welche verdammten Männer?«

Aber Riven antwortete nicht, er schaute nur in meine Richtung. »Das ... das ist noch nicht vorbei. Noch lange nicht, verdammt noch mal. Ich kümmere mich darum ... und dann, Helene Montgomery, komme ich zurück, um mich um dich zu kümmern.«

Ich schluckte und sah, wie er sich umdrehte. »Kane, komm mit mir«, befahl er, als er zur Tür ging.

Aber sein Bruder rührte sich nicht, Verwirrung und Schmerz waren in seinem Blick eingebrannt, als er mich ansah.

»Jetzt, Bruder«, beharrte Riven.

Sie gingen und schlossen die Tür hinter sich ... und nahmen den ganzen Sauerstoff im Raum mit. Meine Knie zitterten, als das Schloss einrastete, und mein Puls raste, bis ich nur noch das Pochen in meinen Ohren hören konnte.

Was zum Teufel hatte ich getan?

Ich schloss meine Augen.

WAS ZUM TEUFEL HATTE ICH GETAN?

Der Schrei hallte wider. Meine Knie gaben nach und knickten unter mir ein. Ich riss die Augen auf, als ich auf dem Boden aufschlug und mir die Schienbeine prellte, bevor ich mit den Handflächen auf die kalten Fliesen schlug. Aber ich stand nicht auf, ich konnte mich nicht bewegen. Meine Haare fielen wie ein Vorhang und verdeckten mein Gesicht, als ein erschrockener Laut von meinen Lippen kam.

Panik ergriff mich.

Ich hatte versagt.

Ich hatte versagt …

Tränen trübten meine Sicht. Ich hatte sie im Stich gelassen. In einem verdammten Sekundenbruchteil hatte ich sie im Stich gelassen. Warum war ich einfach so auf die Straße gegangen? Wenn ich doch gewusst hatte, dass es in Strömen regnete? Ich hätte ihn aufhalten sollen. Ich hätte ihn aufhalten sollen …

Hätte es einen Unterschied gemacht?

Ich schnappte nach Luft, um das Feuer in meinen Lungen zu unterdrücken, und hob meinen Blick langsam zur Tür, wo die einzige Hoffnung, die ich hatte, Hale zu finden, verschwunden war und seinen Bruder mitgenommen hatte.

Du kennst sie?

Ich konnte die Wut in diesen Worten immer noch spüren.

Das kann man wohl sagen. Sie ist eine meiner Kundinnen. Ich schüttelte den Kopf, als alle Sitzungen mit Dr. Kane Cruz in meinem Verstand auftauchten.

Wir haben heute gute Fortschritte gemacht, Helene. Aber ich glaube, wir könnten noch mehr erreichen, wenn wir einige der Sitzungen nach der Stunde machen würden, von denen ich gesprochen habe … Das könnte bei der Distanzierung helfen, die du spürst, wenn du dich ritzt.

Ich konnte immer noch das Gewicht seines Blicks auf meinem Körper spüren, als er mir gesagt hatte, dass ich kurz davor sei, herauszufinden, wie tief meine Ängste bezüglich des Verlassenwerdens waren. Er hatte mir deutlich zu verstehen gegeben, welche Art von zusätzlichen Sitzungen er mir anbieten könnte und wie sehr wir beide davon profitieren würden.

Er könnte mir helfen, mehr zu fühlen als nur die Erlösung.

Und ich könnte ihm helfen, mich zu fühlen ...

Aber das hatte mir nicht geholfen, oder?

Denn er hatte keine Ahnung, wer ich war ...

Damals nicht.

Aber jetzt wusste er es.

Ich schloss die Augen und senkte den Kopf, bis meine Stirn die kalten Fliesen berührte. Ja, er fing zumindest an, es zu wissen. Es würde nicht lange dauern, bis sie den Rest wüssten, und dann ... was dann? Würden sie mich dann töten?

Ich versuchte, nach einer Antwort zu suchen, versuchte, mich vom Instinkt leiten zu lassen. Was würden sie tun? Sie konnten mich nicht einfach gehen lassen, wenn sie herausgefunden hatten, dass ich Ryths und Viviennes Schwester war. Sie könnten mich töten oder mich benutzen.

Wenn sie wüssten, dass mein Nachname King war.

Ich hob meinen Kopf und mein Atem stockte. Wenn sie wüssten, dass ich eine King war, würden sie mich vielleicht gehen lassen oder mich als Köder benutzen. Das könnte funktionieren ... das ... könnte funktionieren ... *oder?*

Ich saß da, starrte die Tür an und wartete auf eine Stimme in meinem Kopf, die mich tröstete. Aber sie kam nicht und als die Stille in meinem Kopf zu viel wurde, stand ich auf. Es war die einzige Chance, die ich noch hatte. Die einzige, die mir etwas nützte ... *abgesehen von meinem Körper.*

Ich senkte meinen Blick und hasste es, dass meine Haut schon bei dem Gedanken daran rot wurde. Ich hasste ihn. Ich hasste sie alle ... aber trotzdem. Ich schluckte, als mein Gehirn zugab, dass ich ihn wollte. Ich wollte seine grausamen, verdammten Hände auf meiner Haut. Ich wollte seine wilde, brutale Art.

Bei ihm gab es kein Verstecken.

Keine dunklen Räume, in denen ich mich verkriechen konnte.

Keine Kleidung, die meine Haut bedeckte.

Er wollte mich nackt und roh.

So verdammt roh, dass mich schon die Berührung seiner Finger zum Erschaudern brachte.

So roh, dass ich mich nach seiner Berührung sehnte.

Ich schüttelte den Kopf, als mein Bauch aufheulte.

Diese Wände würden mir zum Verhängnis werden. Ich ging in den abgesperrten Bereich, wo es eine Toilette und ein Waschbecken gab, und zog meine Hose herunter. Dieser Ort könnte genauso gut ein Gefängnis sein, aber hier gab es keine Strafe, oder? Ich konnte keine anderen Insassen sehen, um mir die Zeit zu vertreiben. Ich wischte mich ab, dann stand ich auf und ging zum Waschbecken, um mir die Hände zu waschen und Wasser zum Trinken abzuschöpfen.

Eine kalte Spur tropfte an meinem Kinn herunter. Ich wischte sie mit dem Handrücken ab und starrte die Tür an. Das war alles, was ich tat, auch als ich wieder anfing, auf und ab zu gehen. Ich lief und starrte vor mich hin, ohne meinen Blick von der Glasscheibe und dem leeren Gang draußen abzuwenden.

Wenn ich sterbe, bevor ich zu Hale komme, habe ich sie im Stich gelassen.

Die einzigen beiden Menschen, die mir je etwas bedeutet hatten.

Die einzigen beiden, für die es sich lohnte, sich zu opfern.

Die Zelle verschwamm, selbst die verdammte Tür existierte nicht mehr.

Überleben.

Das war alles, was ich tun musste.

Überleben ... auf jede erdenkliche Weise.

Meine Beine taten weh und mein Verstand verlangsamte sich. Hier drin stand die Zeit still. Es gab weder Sonne noch Mond, um die Zeit zu messen. Trotzdem sagte mir etwas in mir, dass es schon spät war. Ich hatte einen ganzen Tag in dieser Zelle verloren.

Mein Bauch heulte erneut auf. Ich zuckte zusammen, presste eine Faust in den Schmerz und warf einen Blick auf die Pritsche in der Mitte des Raumes. Ich konnte es nicht riskieren, einzuschlafen, nicht jetzt, nicht hier. Nicht, wenn alles von ihren Launen abhing. Ich machte mich auf den Weg zum anderen Ende des Raumes und rutschte die Wand hinunter, bis ich saß. Das war genau wie bei Ryth und ihrem Stiefbruder, Caleb.

Sie hatten genau so dagesessen und gewartet, während draußen die Hölle losbrach.

Wenigstens hatte sie Gesellschaft.

Bumm ... bumm ... bumm ...

Der heftige Klang meines Pulses verschluckte das Geräusch. Aber das Klicken des Schlosses ließ mich zusammenzucken.

Die Tür öffnete sich.

Riven trat ein.

Ich richtete mich langsam auf, als er mich mit seinem furchteinflößenden Blick fixierte ... dann hob er die Hand.

Ein Sandwich ...

Ein verdammtes Sandwich.

Ich stürzte mich auf ihn und rannte durch den Raum, während mein Magen eine Tirade aus Knurren und Meckern ausstieß. Ich riss die Verpackung auf und meine Finger waren viel zu langsam, als ich die fein säuberlich geschnittenen Dreiecke auseinander riss und in meinen Mund schob.

»Das war die einzige, fleischlose Packung, die ich finden konnte.«

Ich hörte auf zu kauen und hob meinen Blick zu ihm. Er schenkte mir nichts, keinen Trost, keine Sanftheit. Aber das war auch egal, solange er mir Essen gab. Ich kaute, schluckte und biss noch einmal in die dicken Brotscheiben.

Er sah mir beim Essen zu und schaute sich dann im Raum um. »Du hättest mir sagen sollen, dass du meinen Bruder kennst, Helene.«

Der große Brocken ließ sich nicht herunterschlucken. Ich schluckte wieder und wieder und wieder. »Du hättest mich nicht gefangen nehmen sollen.«

Er suchte meinen Blick. »Dein Name ist nicht Helene Montgomery, das weiß ich ganz sicher. Du hast über deinen Namen gelogen, wahrscheinlich hast du über viele Dinge gelogen. Sag mir, warum du draußen im Regen warst. Sag mir, dass du ein Date mit dem Mann hattest, den ich getötet habe. Na los ... *sag es mir!*«

Ich zuckte zusammen, als sein Gebrüll ertönte.

Schwere Atemzüge.

Wilde Augen.

Er war kurz vor dem Abgrund.

Ein Mann, der reagierte.

Er schritt vorwärts. Instinktiv stolperte ich zurück und versuchte immer noch, das dicke Brot in meiner Kehle herunterzuschlucken. Meine Stiefel schlugen augenblicklich gegen die Wand, bevor mein Kopf nach hinten krachte und mit einem stechenden Schmerz aufprallte.

Seine Hand lag um meine Kehle, seine Finger waren gekrümmt, als ich den Brocken endlich loswurde und spürte, wie er den ganzen Weg nach unten schmerzte.

Sein Körper presste sich an mich und sein Kopf neigte sich nach unten, bis er mir ins Ohr murmelte: »Die einzige Frage ist: Was machen wir jetzt mit dir?«

Ich wusste es.

Vielleicht hatte ich es schon immer gewusst.

Vielleicht war das Schicksal eine grausame Schlampe, die mich unbedingt loswerden wollte.

Ich schloss meine Augen.

Vielleicht war ich das Schicksal?

SECHZEHN

Riven

DAS KRACHEN VON ZERBRECHENDEM GLAS ZERRISS DIE STILLE. Ich zuckte zusammen, als ich in der Tür von Hales Büro stand und zusah, wie das neue Arschloch den Scotch aus dem obersten Regal schob. An die Stelle der Karaffe traten stapelweise Akten und ein nettes Waffenarsenal.

»Das wird ihm nicht gefallen«, warnte ich und betrachtete das einst saubere Büro, das nun in Trümmern lag.

»Wem?« Coulter blickte nicht einmal auf.

»Hale.«

Dann blieb der Bastard stehen und hob langsam den Kopf. Seine zusammengekniffenen Lippen sagten alles. »Wie kommst du darauf, dass er noch lebt und sich einen Dreck schert?«

Er wusste es.

Sie *alle* wussten es, verdammt.

Hale war mehr als nur am Leben.

Wahrscheinlich hatte er die ganze Sache inszeniert.

Trotzdem machte sich Coulter wieder daran, Hales Büro mit einer Grausamkeit zu zerstören, die ich fast bewunderte. Das würde mich zwar nicht davon abhalten, ihm eine Kugel in den Kopf zu jagen, aber es war verdammt unterhaltsam.

Ich machte einen Schritt rückwärts. »Also, wenn du mich nicht brauchst ...«

Das war keine Frage. Wir wollten von hier verschwinden, bevor uns das alles um die Ohren flog.

»Dich nicht *brauchen*?«, unterbrach Coulter mich und seine Lippen kräuselten sich, als er meinen Blick erwiderte. »Siehst du, genau da liegst du falsch. Wir wollen *euch*, Riven. Wir wollen dich und dein Blut genau hier. Dort, wo ihr schon immer wart ... um das Gesicht von all dem zu sein. Bis zum bitteren Ende.«

Die Welt hörte auf, sich zu drehen.

Der Boden schien mir unter den Füßen wegzufallen.

Ich machte ein finsteres Gesicht, das war keine Schadensbegrenzung oder Vertuschung.

Das war, als würden sie den Notschalter betätigen und uns zum Teufel jagen. Ich musterte ihnk, während die Kälte tiefer wurde.

Das Klicken der sich öffnenden Türen ertönte hinter mir. Schwere Schritte kamen näher. Meine Schulter wurde von hinten gestoßen, sodass ich stolperte, bevor ich mich wieder fing.

Ich wirbelte herum und die Wut brannte in mir, als der Wachmann in meine Richtung grinste und das große Bündel zusammengerollter Landkarten auf den Schreibtisch warf. Karten, die ich sehr gut kannte. »Was ist hier los?«

Keiner antwortete. Niemand zuckte auch nur mit der Wimper und das eisige Gefühl machte sich in mir breit.

Es ging um mehr als nur darum, mit dem verdammten Schiff unterzugehen, das wusste ich.

Es ging darum, dass sie es in Schutt und Asche legten.

»Was haben wir sonst noch?«, murmelte Coulter.

»Hier sind wir jetzt.« Der Bastard, der mich gestoßen hatte, zeigte auf die Karte. »Aber dieser ganze Flügel hier ist frei. Hier müssen wir sie hinbringen.« Dann fuhr er mit dem Finger über den Raum, in dem ich sie untergebracht hatte.

Mist.

Ich sah zu, wie Coulter seinen Blick verengte und die Karte drehte, um einen besseren Überblick zu bekommen. Ich warf ebenfalls einen Blick auf die Karte, als mir etwas klar wurde. Ich war an diesem Ort gefangen ... wie eine Ratte in einem verdammten Käfig ... nur dass ich jetzt meine Brüder und eine verdammte Lügnerin mitgeschleppt hatte.

Ich drehte mich um und ging. Ich bezweifelte, dass sie überhaupt bemerkt hatten, dass ich weg war.

Panik trieb mich durch die hellen Flure. Ich steuerte auf die Verbindungstür zu, die mich in mein persönliches Quartier bringen würde, das ich mit meiner Familie teilte. Alles, was ich sah, war der Finger dieses Bastards, der direkt auf den Raum zeigte, in dem ich Helene untergebracht hatte.

Gedanken an sie und Kane schossen mir durch den Kopf. Ich drückte meine Karte gegen die Scanner und ging hindurch. Es war nicht nur, dass sich seine Augen in dem Moment, in dem er sie gesehen hatte, geweitet hatten, sondern auch, wie schnell sich dieses Aufflackern der Überraschung in einen Blick der Begierde verwandelt hatte.

Er wollte sie.

Nein.

Er sehnte sich nach ihr.

Ich musterte das dunkle, holzgetäfelte Innere meiner Wohnung, als Kane aus der Tür zu Thomas' Zimmer trat. Er wischte sich die Hände an einem Handtuch ab und krempelte die Ärmel seines Hemdes hoch. Ich musterte den verdunkelten Raum hinter ihm. »Schläft er?«

»Im Moment noch«, antwortete mein Bruder in einem knappen, genervten Ton.

Er sah mir zu, wie ich an der Küche vorbei auf die voll ausgestattete Bar zusteuerte. Hier gab es zwar keine Designermöbel, aber wir hatten, was wir brauchten, und das war im Moment Alkohol, und zwar jede Menge. Ich musste betäubt werden, um diesen verdammten Tag zu vergessen ... zumindest für eine Sekunde. Ich schnappte mir eine Flasche, schraubte den Deckel ab und goss mir ein halbes Glas ein.

»Willst du darüber reden?« Kane betrachtete das Glas, als er näher kam.

»Nicht wirklich.« Ich hob das Glas an meine Lippen und nahm einen tiefen Schluck.

Es brannte den ganzen Weg hinunter. Trotzdem war es nicht genug.

»Ich wusste es nicht.«

Ich nahm einen weiteren, schweren Schluck.

»Wenn sie dir so viel bedeutet, kann ich ...«

Ich griff ihm sofort in den Nacken. »Dann kannst du *was, Bruder? Weggehen? Sie vergessen? Glaubst du wirklich, du kannst das tun?*«

Mit einem Knall Schubste ich ihn gegen die Wand. Trotzdem wehrte er sich nicht. Nicht dieses Mal. Nicht so, wie er es zuvor vor ihr getan hatte. Ich sah ihm in die Augen und beobachtete, wie sein berechnender Verstand nach einem Weg in meinen Kopf suchte.

Diesmal nicht.

Nicht ... dieses Mal.

Ich ließ meine Hand fallen.

»Ich hatte keine Ahnung, dass du mit ihr zusammen bist«, begann er. »Hätte ich es gewusst, hätte ich nicht ...«

Hätte ich nicht. .. hätte ich nicht was? Sie gefickt?

Ist es das, was passiert war?

War mein Bruder ... war er Michael DiAngelo?

»Warst du es?«, fragte ich in einem gefährlichen Ton. »Warst du es, den sie treffen wollte?«

»Treffen?« Er runzelte die Stirn. »Nein, wir hatten frühestens in zwei Wochen wieder einen Termin. Wir wollten uns monatlich treffen.«

»Treffen.« Er war also nicht das Arschloch, zu dem sie in der Nacht gegangen war, als ich sie mit meinem Auto angefahren hatte.

»Ja.« Er stieß sich von der Wand ab und trat näher heran. »Sie ist eine Kundin.«

Ich kannte meinen Bruder und wusste, wie er tickte. »Hast du sie gefickt?«

Er leckte sich über die Lippen und da war es. Dieses Bedürfnis. Dieses Verlangen. Er hatte sie vielleicht nicht gefickt ... aber er wollte es. Oder er hatte es zumindest versucht.

Ich wollte darüber nachdenken. Bestimmt hatte sie sich nicht vor seinen Berührungen gescheut. Ich wette, sie hatte ihm direkt in die Augen gesehen und ihm gesagt, er solle seine verdammten Hände bei sich behalten, genau wie sie versucht hatte, es mir zu sagen ... zumindest für eine Weile, bis dieses kranke Bedürfnis in ihr einen Vorgeschmack auf den Hunger bekommen hatte, mit dem sie auf die Welt gekommen war.

Jetzt konnte sie nicht genug bekommen.

»Das spielt keine Rolle«, antwortete ich und erinnerte mich daran, wie dieser verdammte Wächter vor mir auf die Karte gezeigt hatte. »Nichts davon spielt eine Rolle. Nicht sie. Nicht das hier. Nicht einmal wir. Sie haben vor, diesen Ort mit so vielen Töchtern wie möglich zu füllen ... und ihn dann anzuzünden und uns gleich mit.«

Er erstarrte. »Was soll das heißen?«

Ein Teil von mir war erleichtert, die Last zu teilen. »Es bedeutet, dass wir nicht gehen können. Wenn wir es auch nur versuchen, werden wir in diese verdammten Zellen gesperrt, zusammen mit all den Frauen, die wir dort hingeschoben haben.«

Das Blut wich aus seinem Gesicht. »Warum?«

»Was glaubst du denn?« Ich hob mein Glas.

Seine Augen suchten meine, als es mir langsam dämmerte. »Sie werden uns benutzen.«

»Ja, das werden sie ... und im Moment können wir nichts dagegen tun, solange wir nicht wissen, wo das Versteck ist. Wenn wir jetzt gehen, sind wir raus. Wenn wir jetzt gehen ...«

»Ist unsere Schwester für immer verloren.«

Ich nickte langsam. »Ja, das ist sie. Deshalb müssen wir sie jetzt glauben lassen, dass sie die Oberhand haben. Wir müssen das Spiel mitspielen, während sie so viele Lieferungen wie nötig heranschaffen, aber wir können weder weggehen, noch uns einmischen. Sie wollen uns nur aufgrund unseres guten Rufs. Einem Ruf, den wir uns durch all die grausamen Dinge aufgebaut haben, die wir hier getan haben. Sie werden sie alle töten, jede Tochter, jeden Wächter, und dann werden sie uns holen.«

»Nein.« Er schüttelte den Kopf.

Ich brachte es nicht übers Herz, ihm dabei zuzusehen, wie er all die verdammten Stadien durchlief, bis er auf die Akzeptanz stieß. Aber da musste er hin, wenn wir eine Chance haben wollten, das hier lebend zu überstehen. Ich wandte mich von ihm ab und widmete mich wieder dem Scotch, während ich mein Glas leerte.

Nur dass ich diesmal nicht für mich einschenkte.

Die bernsteinfarbene Flüssigkeit plätscherte in ein frisches Glas, das neben den Flaschen stand. Ich schraubte den Deckel zu und hielt es ihm hin. »Hier, das hilft gegen den ranzigen Geschmack von dem, was du gerade geschluckt hast.«

»Ich dachte, es wäre Gier«, sagte er langsam und schaute mich fassungslos an. »Ich hätte nie gedacht, dass sie ...«

»Tja, da hast du dich geirrt.«

Seine Hand zitterte, als er das Glas anhob. Die Flüssigkeit glitzerte im Licht. Er schluckte und wischte sich über den Mund, bevor er einen Blick in das dunkle Schlafzimmer warf. »Vielleicht können wir ihn rausholen?«

»Wenn wir versuchen zu gehen, werden wir erschossen. Das weiß ich ganz genau.«

»Scheiße«, flüsterte mein Bruder und schaute in Thomas' Zimmer.

Verdammt, fünf Sekunden in einem Raum mit Coulter und jeder würde das erkennen. Wir waren nur aus einem Grund hier, und es gab keine Chance, dass sie ihre Sündenböcke entkommen lassen würden.

Ding.

Ich schaute auf mein Handy.

Coulter: Du wirst im Besprechungsraum gebraucht. Unverzüglich.

»Wenn man vom Teufel spricht«, knurrte ich, drehte mich um und schritt auf die Verbindungstür zu, bevor ich stehen blieb. »Sie werden die Räume übernehmen, in denen ich sie zurückgelassen habe. Wenn sie sie finden ...«

»Das werden sie nicht«, antwortete Kane augenblicklich. »Dafür werde ich sorgen.«

Ich nickte langsam. Vor ein paar Stunden hätte ich ihm das Wissen über sie noch gar nicht anvertraut, aber jetzt hatte ich keine andere Wahl. Ich ließ meinen Bruder zurück und machte mich auf den Weg durch die Verbindungstüren ... um meinem verdammten Ersatz zu begegnen.

SIEBZEHN

Kane

Ich konnte es nicht erwarten zu gehen und verließ unser Quartier in dem Moment, als mein Bruder ging. Meine Schritte waren leise, kaum mehr als ein Flüstern auf dem harten, gefliesten Boden. Ich drückte meine Karte gegen die Scanner und ging hindurch, wurde aber langsamer, als ich ihre Tür sah.

Er hatte sie.

Die Frau, die jedem meiner Verführungsversuche widerstanden hatte.

Jetzt war sie hier.

Ich hob meine Karte, drückte sie gegen das Schloss ihres Zimmers und öffnete die Tür. Aber ich ging nicht hinein, sondern blieb in der Tür stehen und sah zu, wie sie sich umdrehte.

»Kane«, murmelte sie und ihre Pupillen weiteten sich vor Angst.

Ich kämpfte gegen den Drang zu lächeln an. Stattdessen verschränkte ich die Arme und lehnte mich gegen den Türpfosten. »Was für ein Spiel spielst du hier, Helene?«

Ihre Augen verengten sich, bevor sie den Kopf schüttelte. Ich stieß mich vom Türpfosten ab, trat ein und umrundete ihre Seite, bevor ich an ihrem Rücken stehen blieb. Ich berührte sie nicht, strich ihr nicht einmal eine Haarsträhne aus dem Gesicht. Diesmal nicht. Sie hatte mich schon einmal überrumpelt und mich vergessen lassen, wer ich wirklich war. Es war so einfach, in das Versprechen einer anderen Person zu verfallen. Die Falschheit. Die Maske. Die Ärztin.

Aber jetzt nicht mehr.

Helene würde jetzt mein wahres Ich kennenlernen. Den Mann, den ich zu verstecken versucht hatte.

»Wenn ich eines weiß, dann ist es die Tatsache, dass es so etwas wie Zufälle nicht gibt. Also, lass mich dich noch einmal fragen. Was für ein Spiel treibst du?«

Dieses Mal schüttelte sie nicht den Kopf.

»Ich ...«, begann sie. »Ich wollte die Straße überqueren.«

»Lüge.«

Sie erstarrte.

»Es war Schicksal, nicht wahr?«

Sie senkte den Kopf.

Da.

Genau das war es.

Ich strich ihr Haar zur Seite und starrte ihren Nacken an. »Sag mir, bist du gerade in diesem Moment der Verzweiflung, Helene? Fühlst du diese Schwärze, diesen unkontrollierbaren Drang, dich zu ritzen und zu verbrennen?«

Ihr Kopf sank weiter nach unten. »Ja.«

Ich starrte die perfekte Linie ihres Halses an und kämpfte gegen das Bedürfnis an, mir über die Lippen zu lecken. Ich konnte fast spüren, wie weich sie war, wie verdammt süß sie schmecken würde, so kaputt und ruiniert. »Ich habe dir bereits gesagt, dass ich dir eine bessere Form der Erlösung bieten kann. Den Rausch der Hingabe. Die Macht, deinen Körper als Waffe zu benutzen.« Ich senkte meinen Blick über ihre Schultern bis hin zu ihren Brüsten. »Indem du deinen Verstand loslässt und einfach nur fühlst.«

Sie drehte sich um und begegnete meinem Blick. Noch immer sagte sie nichts, während sie mich musterte. Ich sah jetzt den gleichen Hunger, den ich in unseren Sitzungen gesehen hatte. Ihre Atemzüge wurden tiefer, ihre Augen wanderten zu meinem Mund. Sie wollte das ... sie wollte mich.

Sie musste nur noch nachgeben.

Kein Wunder, dass mein Bruder besessen war. Ein Blick in seine Augen und es war offensichtlich gewesen.

Jetzt saß Helene Montgomery in der Falle ... und war unter unserer vollständigen Kontrolle.

Dieser Gedanke ließ meinen Puls rasen. Ich lehnte mich näher zu ihr und flüsterte ihr ins Ohr. »Du hättest da draußen Ja sagen sollen. Dann hättest du mich in einem viel besseren Licht gesehen.«

»In einem falschen«, flüsterte sie zurück. »Also, wer ist jetzt der Lügner?«

Ich lächelte nur.

Ding.

Ich hob mein Handy und schaute auf den Bildschirm.

Riven: Verschwinde sofort von dort. Sie sind auf dem Weg.

Ruckartig hob ich den Blick, musterte den Raum nach Hinweisen darauf, dass sie hier gewesen war, und packte sie am Arm. »Wir gehen jetzt.«

Sie wehrte sich und riss ihren Arm aus meinem Griff. »Wohin?«

Ich blieb stehen, als ich die Panik in ihren Augen sah. »Es werden Männer kommen, denen du nicht begegnen willst. Verstehst du?«

Sie schluckte, warf einen Blick zur Tür und nickte dann.

Ich zerrte sie aus der unverschlossenen Tür und schaute den Weg zurück, den ich gekommen war. Etwas bewegte sich durch den Glasabschnitt der Türen. Es waren Männer auf dem Weg zu uns, und zwar schnell.

»Hier entlang.« Ich zog sie mit mir und ging auf die andere Seite des Flurs zu einem Ausgang, den wir selten benutzten. Kaum hatte sich die Tür mit einem dumpfen Geräusch hinter uns geschlossen, öffneten sich auf der anderen Seite die Türen. Ich lehnte mich gegen die Tür und lauschte angestrengt.

Tiefe Stimmen murmelten.

Sie hatten uns nicht gehört.

Ich drehte mich um, packte sie und schob sie an der Putzkammer vorbei zur Ausgangstür. Mein Puls dröhnte, als wir in den heulenden Wind der Nacht hinaus traten. Sie stolperte rückwärts und schlang ihre Arme um sich.

Die Kälte bahnte sich ihren Weg unter die aufgerollten Ärmel meines Hemdes. Ich warf einen Blick auf ihr T-Shirt und ihre Jeans und wusste, dass sie fror.

»Komm schon«, murmelte ich und bedeutete ihr, weiterzugehen. •

Sie schaute zu den Bäumen. Ich konnte fast sehen, wie sie ihre Möglichkeiten abwog. Sollte sie sich aus dem Staub machen? Würde sie es schaffen? Würde ich sie gehen lassen? Ich war fasziniert, als sie sich von der Hoffnung auf Flucht abwandte und stattdessen begann, an der Außenseite des Gebäudes entlang zu gehen.

Sie rannte nicht.

Ich runzelte die Stirn und hörte das Bellen von Hunden in der Ferne. Vielleicht hatte sie sie vor mir gehört. Ja, genau so könnte es sein. Sie wollte das Risiko nicht eingehen. Stattdessen hatte sie das größte Risiko überhaupt auf sich genommen ... sie hatte ihr Leben in unsere Hände gelegt.

Wir gingen um die hintere Ecke des Gebäudes und hielten vor dem Eingang zu unserem privaten Flügel. Ich trat heran, drückte meine Karte gegen den Scanner, öffnete die Tür und signalisierte ihr, einzutreten. Sofort wurde es um uns herum warm.

Ich erschauderte und schloss leise die Tür hinter uns, während sie sich umsah. »Was ist das für ein Ort?«

»Unser privater Wohnbereich.«

Sie drehte sich um. »Deiner und Rivens?«

Ich warf einen Blick in Richtung des dunklen Türrahmens, wo unser Bruder schlief. »Und unser Bruder, Thomas.«

Sie folgte meinem Blick und runzelte die Stirn. Ich machte einen Schritt auf sie zu und sie bewegte sich augenblicklich. Sie richtete ihren Blick wieder auf mich und machte noch einen Schritt zurück, bis sie an der Tür ankam.

»Willst du das überleben?«, murmelte ich und hob meine Hand, um mich neben ihr an der Wand abzustützen. Ich musterte ihre dunklen Augen.

»Ja.«

Das war die Antwort, die ich brauchte und die mich dazu brachte, mich zu bewegen. Ich hob die Hand und umschloss ihre Brust mit einem grausamen Griff. Sie zuckte zusammen, bevor ihr der Atem stockte. »Wie weit bist du bereit zu gehen?«

Ihr Kinn hob sich, als ich meinen Kopf senkte und mich an ihren Hals schmiegte, während ihre Wärme so perfekt auf meiner Handfläche lag.

Sie stieß ein Stöhnen aus, als sie schließlich antwortete: »So weit wie ich muss.«

Tiefe Atemzüge verzehrten mich und dieser heimtückische Hunger stürzte sich auf mich. Ihr Puls beschleunigte sich und die Adern zuckten unter der Berührung meiner Lippen. »Ich hatte gehofft, dass du das sagen würdest.«

All die Sitzungen, die wir gehabt hatten, kamen mir wieder in den Sinn. Ihre Zähne streiften die weiche Haut, als sie sich auf die Lippe biss und mich mit diesem gierigen Blick ansah.

Bisher hatte sie mir nicht nachgegeben. Vielleicht würde sie es jetzt tun?

Schwere Atemzüge pressten meine Brust gegen ihre. »Du *brauchst* das. Du *willst* es. Du willst die Hingabe und den süßen Rausch der Befreiung. Du hast also die Wahl: Geh auf deine verdammten Knie oder lass es bleiben ... und ich höre sofort auf.«

Sie versteifte sich, dann drehte sie den Kopf.

Sie verstand in diesem Moment nur zu gut.

Ihr Leben lag in meiner Hand ... und ihre Brust auch.

Ich sah zu, wie ihr diese Erkenntnis dämmerte. Dann sank sie langsam auf die Knie. Ich bewegte mich nicht, sondern hielt ihrem Blick den ganzen Weg nach unten stand. Mein Schwanz verhärtete sich, als sie vor der Tür zum Zimmer meines Bruders auf den Boden sank, bis es sich anfühlte, als würde ich gleich explodieren.

»Bitte«, flüsterte sie.

Verdammt, wie sie bettelte. Ich griff nach ihrem Mund, schob meinen Daumen hinein und umfasste ihr Kinn. Rosa wartete, weich und feucht. »Glaubst du, du bist irgendetwas anderes als ein Spielzeug, das ich benutzen kann, wie ich will?«

Ihr Atem strich über die Rückseite meines Daumens. Die Funken sprühten. Das gefiel ihr. Die Erniedrigung ... und das Lob. Ich nahm ihren Mund in die Hand und zog sie näher an meinen schmerzenden Schwanz heran, bis ihre Lippen gegen den prallen Umriss pressten.

Wärme breitete sich durch ihr Keuchen aus, bis ihre vollen Lippen den dicken Schwanz berührten.

Verdammt noch mal.

»Dein Mund gehört mir. Deine Muschi gehört mir.« Ich öffnete meine Augen und blickte nach unten. »Du hättest die bessere Version von mir nehmen sollen, Helene. Aber das hast du nicht, du hast mich hungrig zurückgelassen ... du hast mich verdammt hungrig zurückgelassen, und jetzt ... jetzt ändert sich das alles. Ich werde dich ficken, verstehst du das? Ich werde dich benutzen und immer wieder benutzen. Ich werde mich in diese Muschi zwingen, genau wie ich mich in deinen Kopf zwingen werde. Ich werde mich so tief vergraben, dass es kein Entkommen mehr gibt.«

Sie stieß ein Wimmern aus, ein gequältes, ersticktes Geräusch.

»Nimm ihn raus«, forderte ich. »Nimm ihn heraus und steck ihn in deinen Mund.«

Ihr Körper zitterte und bebte, als sie nach dem Reißverschluss meiner Hose griff und ihren Mund wegzog.

Ich liebte nicht.

Ich gehorchte nicht.

Aber als sich der Reißverschluss langsam öffnete und sie hinein griff, dachte ich eine Sekunde lang, dass ich es könnte. Ich könnte ... Perfektion erleben. Ihre Finger griffen durch den Spalt meiner Boxershorts und zogen die Länge heraus. Mein Schwanz sprang hervor und traf sie an der Wange.

Diese dunklen Augen waren endlos, als sie in meine blickten. Hohle, leere Tiefen, die immer so verzweifelt wirkten. Wie oft hatte sie mir schon am Schreibtisch gegenüber gesessen und mich mit demselben Blick angestarrt? Sie öffnete den Mund, als ihre Finger die Länge meines Verlangens erfassten, und ein Schaudern durchfuhr mich.

»Weiter.« Das Wort war ein ersticktes Zischen.

Sie gehorchte und öffnete ihre Lippen, bis sie sich weit spreizten. Ich stemmte meine Hand gegen den Türrahmen, als die Eichel an ihren Lippen entlang und in ihren Mund glitt. Meine Hüften schaukelten vorwärts, verzweifelt darauf bedacht, einen weiteren Zentimeter zu bekommen.

»Genau so. Genau so.« Sie saugte und nahm mich ganz in sich auf, bis ich spürte, wie sich ihre Kehle zusammenzog und mich wie eine Faust festhielt. »Ganz, bis zum Anschlag, Helene ... ganz ... verdammt ... *gottverdammt*.« Ich stieß meine Hüften nach vorne und drückte ihren Kopf gegen die Kante des Türrahmens.

Ich konnte mich nicht beherrschen, weder dieses unwiderstehliche Verlangen, sie zu haben, noch diese heftige, unkontrollierbare Lust. Meine Hand griff nach ihrem Hinterkopf, während ich ihren Kopf fickte.

»*Atme*«, grunzte ich und starrte auf sie herab. Ihre großen Augen waren vor Angst geweitet, die Lippen so straff gezogen.

So. Verdammt. Straff.

Ich schloss meine Augen, als die dicke Ader, die darunter verlief, zuckte.

Nein.

Ich versuchte, es aufzuhalten.

Aber ich konnte es nicht ... nicht mit ihr. Ich stieß ganz hinein, bis sie ihre Hände gegen meine Oberschenkel presste und verzweifelt nach Luft rang.

Fast ... geschafft.

Ein kehliges Grunzen und ich stieß ein Stöhnen aus. Mein Körper zuckte und krampfte, als ich ihren Mund füllte und mich zurückzog.

Sie keuchte und schluckte meinen Samen. Tiefe Atemzüge verzehrten mich, als ich sah, wie die Spucke aus ihrem Mund tropfte.

»Äh-äh.« Ich fuhr mit dem Daumen durch die wunderschöne Sauerei und drückte ihn hinein. »Jeden verdammten Tropfen, Helene. Jeden. Tropfen.«

In ihrem Blick brodelte die Wut. Ihre Wangen blähten sich mit verzehrenden Atemzügen auf. Doch sie hatte keine andere Wahl, als sich mir zu beugen und sich wieder zu öffnen.

Ding.

Mein Handy vibrierte in meiner Tasche. Aber ich wandte mich nicht von ihr ab. Noch nicht. Nicht bevor ich fertig war. Dieser Gedanke stieg in mir auf, als sie die letzte Spur aus meinem Daumen saugte und ihren Kopf wegzog.

»Gut.« Ich strich mit den Fingerspitzen über ihre Wange. »Sehr gut.«

»Fick dich«, zischte sie.

Ich lächelte. Alles zu seiner Zeit.

Ding.

Ich zuckte zusammen, weil ich die Aufdringlichkeit hasste, und steckte mich wieder in meine Hose, als ich wegging. Ein Blick in das abgedunkelte Zimmer meines Bruders und ich griff nach meinem Handy und musterte die Nachricht.

Riven: Du wirst jetzt hier gebraucht.

»Fantastisch«, murmelte ich und die letzten Spuren von Erregung verflüchtigten sich.

Ein Blick in ihre Richtung und ich blieb stehen. »Bleib hier und verhalte dich ruhig. Du bist eine kluge Frau, Helene. Ich muss dir wohl nicht sagen, was passiert, wenn diese Männer herausfinden, dass du hier bist, oder?«

Sie schüttelte leicht den Kopf.

Ich nickte nur, bevor ich mich auf den Weg zur Tür machte.

ACHTZEHN

Helene

Mein Körper zitterte, als ich Dr. Kane Cruz lässig zur Tür hinausgehen sah, als hätte er mich nicht eine Sekunde zuvor fast erwürgt. Meine Knie waren schwach und hielten kaum stand, als ich mich aufrichtete und mir verzweifelt den Mund abwischte, um seinen Geschmack loszuwerden.

Als das Klickgeräusch der Tür ertönte, explodierte die Wut in mir.

»Du Arschloch!« Ich stolperte rückwärts, hielt mich am Türrahmen fest und schnappte nach Luft. »Du gottverdammter *Wichser*.«

Die dunklen Ränder der Wohnung verengten sich. In meinem Kopf drehte sich alles, weil ich nicht genug Sauerstoff hatte. Die tiefen Atemzüge halfen mir kaum. Es war dieses kranke, verdammte Verlangen, das mich festhielt. Dieses schmerzende Pochen zwischen meinen Beinen, das mich einsperrte. Ich konnte mich nicht bewegen, konnte es nicht riskieren, mich *zu reiben*.

Ich war feucht, völlig nass. Jede Gewichtsverlagerung verstärkte nur das Bedürfnis, das zu beenden, was er mit seiner Grausamkeit begonnen hatte.

Sag mir, bist du gerade in dieser Verzweiflungstrance, Helene? Ich schloss meine Augen, als diese Worte in meinem Verstand auftauchten. *Fühlst du diese Schwärze, diesen unkontrollierbaren Drang, dich zu ritzen und zu verbrennen?*

Ritzen und verbrennen? Ich schüttelte den Kopf und spürte, wie er sank.

Nein. Ich verspürte nicht den Drang, zu ritzen und zu verbrennen. Nicht mehr.

Eine neue Übelkeit beherrschte mich und brachte mich dazu, meine zitternden Finger zu senken, bis ich zwischen meinen Schenkeln rieb. Nass. Das war ich. Abscheu überkam mich, als ich wieder rieb und meine Finger tiefer hineingrub, um das schmerzende Zentrum in mir zu finden.

Wie weit bist du bereit zu gehen?

Ich schüttelte den Kopf, als mein Kitzler pulsierte und bebte, während mein Orgasmus immer näher rückte. Mit dem Geschmack seines Samens in meinem Mund rieb ich mich fester und spreizte meine Schenkel. Mit einem Stöhnen riss ich an Knopf und Reißverschluss meiner Jeans und schob meine Finger ganz hinein.

Wie weit?

Wie weit bist du bereit zu gehen?

Weiße Funken sprühten hinter meinen Augen auf, als meine Antwort folgte. *So weit ich muss.*

Mein Körper bebte. Ich schloss die Augen und unterdrückte einen Schrei der Erlösung, als die Welle der Euphorie über mich hereinbrach. *Oh, Gott ... oh, GOTT.* Es folgten Wärme und Nässe. Ich öffnete meine Augen und starrte durch die Wohnung meiner Peiniger. Ich hasste sie. So sehr.

Warum zum Teufel bist du dann gerade so heftig gekommen wie noch nie in deinem ganzen Leben?

Ein Stöhnen entwich mir. Ich ließ meinen Kopf beschämt hängen. Das war nicht möglich. Nicht jetzt ... nicht mit mir.

Nein.

Es passierte ... aber es hatte einen Grund.

Es war für die, die ich liebte.

Ich hob meinen Kopf, verdrängte den brennenden Ekel und drehte mich um. Ein Ziel durchfuhr mich. Ich musste mich zusammenreißen und die *beiden da rausholen*. Ein Blick zur Tür und ich zwang mich, mich zu bewegen. Sie würden jeden Moment zurückkommen und im Moment war ich allein.

Ich musterte die Wohnung, die ich bisher nur auf Karten gesehen hatte, und machte einen Schritt nach vorne. Sie war kleiner, als ich erwartet hatte, und auch wärmer. Das komplette Gegenteil von der Penthouse-Wohnung, in der Riven mich gefangen gehalten hatte. Mein Blick fiel auf das Regal mit den Karaffen, die mit Alkohol gefüllt waren, und auf das gebrauchte Glas, das neben dem Scotch stand.

Ich griff nach dem Glas, schenkte ein, ließ gerade so viel hineinfließen, dass ich seinen Geschmack nicht mehr wahrnahm, und trank. Das berauschende Brennen traf mich hart und brachte mich dazu, zu husten und zu stottern. Ich war es nicht gewohnt, reinen Alkohol zu trinken. Aber im Moment würde ich alles nehmen.

Der maskuline Duft der beiden war überwältigend und traf mich hart. Ich schluckte den Rest des Getränks herunter und stellte das Glas wieder ab. In der Küche gab es keine Geheimnisse, also wandte ich mich den beiden anderen Türen zu. Es mussten ihre Schlafzimmer sein.

Das gleiche Zittern überkam mich, als ich näher trat. Ich musste mich beeilen. Das wusste ich. Trotzdem war es, als würde ich noch einmal vor das Auto treten. Nur dass ich diesmal wusste, worauf ich mich einließ.

Wie weit bist du bereit zu gehen?

Seine Stimme hallte in meinem Kopf wider, tief und hypnotisch, und kroch mir unter die Haut. Ich schüttelte den Kopf, um mich aus seinem Griff zu befreien, machte einen Schritt nach vorne und öffnete die Tür.

Die Finsternis wartete auf mich.

Und der verführerische, scharfe Duft von Dr. Cruz.

Bring es einfach hinter dich. Ich zwang mich, einzutreten und das Licht anzuknipsen. Der Raum war spärlich eingerichtet. Aber es war genau so, wie ich es erwartet hatte. Gefühllos. Leer. Kein einziges Foto, kein einziger persönlicher Gegenstand war zu sehen. »Du bist ein eiskalter Mistkerl, nicht wahr?«

Ich ging weiter, umrundete das ordentlich gemachte Bett in der Mitte des Zimmers und blieb vor dem kahlen Nachttisch stehen. Ich riss die Schublade auf und fand darin eine Pistole und ein paar Papiere, nichts, was mich interessierte. Der schwarze Stahl glitzerte und lenkte meine Aufmerksamkeit auf sich. Ich könnte sie nehmen, allen dreien eine Kugel verpassen und bis zum Morgen hier raus sein.

Aber würde mich das näher an Hale heranbringen?

Und wer zum Teufel hatte den Orden übernommen?

Ich brauchte Antworten. Mehr als das, ich brauchte Zeit.

Zeit, um ihnen unter die Haut zu gehen und sie gegen alles und jeden aufzubringen.

Du willst sie.

Ich erstarre. Ein Kopfschütteln und ich wusste, dass der Satz eine Lüge war. Mein Puls raste und meine Kehle schmerzte noch immer von der Brutalität, die ich nur wenige Minuten zuvor erlebt hatte. Trotzdem hatten sie mir nie etwas getan. Nicht wirklich. Wenn überhaupt, hatten sie ihr eigenes Leben riskiert, um meines zu retten.

Die einzige Frage war ...

Warum?

Ich senkte meinen Blick, als mich der Hunger nach Verständnis wieder packte. Ohne sie war ich genauso verloren wie ich es immer gewesen war. Ich schloss die Schublade und machte einen Schritt nach hinten. Mein Blick wanderte ein letztes Mal zum Bett, bevor ich mich der Tür zuwandte.

Ich konnte mich nicht überwinden, das zweite Zimmer zu betreten. Ich erstarrte mit der Hand an der Klinke und die Angst hielt mich fest im Griff. Rivens kontrollierende Faust war immer noch um meine Kehle geschlungen, sein krankes Verlangen rauschte immer noch durch mein Blut. Ich sollte ihn nicht wollen. Ich sollte mich nicht nach ihm sehnen.

Aber ich tat es und ich hasste mich jetzt mehr denn je. Ich umklammerte die Türklinke und zwang mich, sie zu drehen, bevor ich eintrat. Das Licht von draußen weigerte sich, hereinzukommen und überließ den Raum der Dunkelheit.

»Okay, du Mistkerl«, flüsterte ich, als ich um das Bett herumging und auf seinen Nachttisch zusteuerte.

Nur seine Pistole lag oben drauf, ebenso wie ein einzelnes Foto in einem Stahlrahmen. Ich hob es auf und betrachtete zwei Kinder, einen Jungen und ein Mädchen, das wie seine jüngere Schwester aussah. Er hatte seinen Arm schützend um sie gelegt und dieselben dunklen Augen, die mich verfolgten, sahen hier fast normal aus.

Der Raum schien zu zittern, oder vielleicht lag es auch nur an mir. Das ... das war wichtig. Innerhalb eines Atemzugs hatte ich das Gefühl, aus meinem Körper herausgetreten zu sein und nun in diese Szene hineinzuschauen.

Seine Schwester.

Irgendwie hatte sie etwas mit all dem zu tun.

Ich musste verstehen, warum.

Vielleicht, nur vielleicht, war Riven bereit, mit mir zusammenzuarbeiten, wenn das alles etwas mit Hale zu tun hatte.

Und was dann?

Werdet ihr dann Freunde?

Hast du vergessen, was er deinen Schwestern angetan hat?

Hast du vergessen, was er dir angetan hat?

Ich stellte das Foto zurück auf die Kommode. Nein, ich hatte es überhaupt nicht vergessen. Ich konnte es nicht vergessen. Niemals. Ich würde dieses Wissen wie eine eitrige Wunde für den Rest meines Lebens mit mir herumtragen. Aber der Schmerz gab mir nicht die Antworten, die ich brauchte. Der Schmerz drückte mich nur nieder, bis ich so schwer war, dass ich mich nicht mehr bewegen konnte.

Ich musste mich jetzt bewegen und richtete meine Aufmerksamkeit auf die Kommode. Ich riss die oberste Schublade auf und fand eine weitere Waffe auf einem Stapel Papiere. Aber es waren die drei Wegwerfhandys, die meine Aufmerksamkeit erregten. Das war etwas, das ich gebrauchen konnte.

Die Aufregung summte in meinen Adern, als ich mir eines davon schnappte. Mit einem Knopfdruck erwachte der Bildschirm zum Leben. Ich warf einen Blick über die Schulter und wählte dann die Nummer, die ich mir gemerkt hatte, dieselbe, die ich schon einmal angerufen hatte.

Sie nahm schon nach dem zweiten Klingeln ab. Im Hintergrund hörte ich das hektische Herumfummeln von Laken, als meine Schwester antwortete. »Ja?«

»Ich bin's.«

»Helene?«

Ich lächelte. Sie klang fast erleichtert. »Ja«, antwortete ich, während sich ein Gefühl der Angst in mir breitmachte. »Ich habe nicht viel Zeit. Aber irgendetwas ist im Gange. Jemand will den Orden übernehmen. Jemand namens Harmon.«

»Was?«, fragte sie mit scharfer Stimme, als wäre der Schlaf vergessen.

»Harmon«, wiederholte ich eilig. »Das gleiche Arschloch, das London als Geisel genommen hat, glaube ich. Du musst ihm sagen, dass das der Mann ist, auf den er sich konzentrieren muss. Ich habe nicht viel Zeit. Aber seine Männer ... seine Männer sind ...«

»Hör auf«, flehte sie. »Hör einfach auf. Du musst mir sagen, wo du bist. Du musst mir sagen, dass du in Sicherheit bist.«

Ich schluckte schwer und schloss meine Augen. »Ich bin in Sicherheit.«

»Du lügst.« In ihrer Stimme war Schmerz zu hören. Die Art von Schmerz, die man nicht vortäuschen konnte. »Du lügst und du bist in Schwierigkeiten.«

Ich antwortete nicht, nicht weil ich nicht wollte, aber die Worte wollten einfach nicht kommen, gefangen hinter dem Kloß in meinem Hals. »Ich will ja keine Vermutungen anstellen, aber es hört sich fast so an, als würdest du dir Sorgen machen, Schwester.«

Es folgte Schweigen, dann: »Ich sorge mich. Ich sorge mich sehr und Ryth auch. Komm zurück, Helene. Komm zurück und ...«

Sie hielt inne, weil sie nicht wusste, was folgen würde. Aber ich wusste es. Ich sah alles. Ich fühlte es.

Es würde noch mehr gebrochene Frauen geben.

Mehr zerstörte Familien.

Ich starrte den Bilderrahmen an, der neben Rivens Bett stand.

Noch mehr Schwestern, verkauft an grausame, kontrollierende Männer.

»Ich muss gehen«, flüsterte ich. »Ich rufe an, sobald ich kann. Vergiss nicht, was ich gesagt habe: Sag London, dass Harmon jetzt das Sagen hat. Er wird wissen, was zu tun ist, und Vivienne ... es war wirklich schön, deine Stimme zu hören.«

Ich wartete nicht auf ihre Antwort.

Ich glaubte nicht, dass mein Herz es aushalten würde.

Mein Finger tippte auf den Bildschirm und beendete den Anruf. Aber ich legte das Handy nicht zurück in die Kommode, sondern verstaute es in der Garderobe, schloss die Schublade und ging schnell aus dem Raum. Ich spielte mit dem Feuer, ohne zu wissen, dass ich mich gleich verbrennen würde. Die leere Wohnung wartete, als ich die Tür schloss, aber es gab noch ein weiteres Schlafzimmer, das ich nicht durchsucht hatte. Ein letztes Schlafzimmer, das ich mit Schrecken betrachtete.

Die Erinnerungen an das Lagerhaus wurden wach. Die Schreie des Priesters verfolgten mich, als ich mir den Weg zurück durch die Wohnung bahnte. Dunkelheit, dort hatte ich gestanden, als ich London dabei zugesehen hatte, wie sie ihn gefoltert hatten, und das war es, was mich jetzt erwartete.

Ich stand in der Tür und spähte in die Finsternis.

Stetige, raue Atemzüge erfüllten den Raum. Ich wusste, wie er damals ausgesehen hatte, blutig und gebrochen, als er seinen Kopf gedreht und versucht hatte, mich durch ein blutiges, geschwollenes Auge zu sehen.

Ich machte einen Schritt nach drinnen und wartete, bis meine Augen sich an das schwache Licht gewöhnt hatten. Die verhüllte Silhouette auf dem Bett hob und senkte sich mit jedem Atemzug. Ich unterdrückte ein Schaudern, als ich ihn beobachtete. Er war verletzt ... aber wie schwer? Wie lange war er schon so gewesen?

Ich machte einen Schritt auf ihn zu und stellte mich über ihn. Das erstickte Zischen sagte mir, dass er noch am Heilen war. Hatte London ihm ein paar Rippen gebrochen? Hatte er tiefere Schäden verursacht? Ich war mir nicht sicher. Aber eines wusste ich: Der Priester würde mir jetzt nicht helfen. Ich wandte mich ab und machte einen Schritt auf die Tür zu, als ein leises Gemurmel den Raum durchdrang.

»Ich kenne dich.«

Kälte schoss durch mich hindurch. Ich versuchte, das Zittern aus meiner Stimme zu halten, als ich mich umdrehte. »Nein, das glaube ich nicht.«

Er setzte sich mühsam auf. Ich konnte nicht anders, als mich zu versteifen. Vielleicht war er doch nicht so verwundet, wie ich gedacht hatte?

»Doch ... ich kenne dich.« Seine dunklen Augen verengten sich auf mich. »Ich muss mich nur daran erinnern, woher.«

NEUNZEHN

Riven

Schrille, entsetzte Schreie schallten durch den Flur. Ich zuckte bei dem durchdringenden Geräusch zusammen, als eine Tochter durch die Tür geschleift und in den Versammlungsraum gestoßen wurde.

Sie stolperte und fiel dann vor mir auf Hände und Knie. Ihr Haar hing herunter und verdeckte ihr Gesicht.

»So.« Coulter atmete schwer und seine Augen glühten.

Auf seiner Wange leuchtete ein roter Handabdruck. Er sah aus, als hätte er sich einen Kampf geliefert ...

Langsam hob sie ihren Kopf. Ihre aufgeplatzte Lippe war eine verdammte Katastrophe und der Rest, den seine Faust hinterlassen hatte, schwoll bereits auf ihrer Wange an. Wenn ihr Gesicht so aussah, wollte ich nicht wissen, wie der Rest von ihr aussah.

Ein Flackern von Helene drängte sich auf. Ihre Kraft. Ihre Wut. Der Zorn durchfuhr mich bei dem Gedanken an sie.

Wenn jemand die Hand gegen sie erhob, würde er sie nicht mehr lange haben.

Coulter zeigte mit dem Finger auf sie und richtete einen tödlichen Blick auf die Frau, die vor mir kauerte. »Mach deinen verdammten Job. Ich will diese Schlampe ... ich will sie *brechen*.« Er begegnete meinem Blick. »Ich will alles sehen. Alles. Ich will alle deine Prozesse sehen. Wie sie trainiert werden.« Er sah meinen Bruder an. »Und was wir erwarten können, wenn sie fertig sind.«

Hass machte sich in mir breit. Langsam beugte ich mich hinunter, strich ihr die schmutzigen, fettigen Haare aus dem Gesicht und richtete ihren Blick auf mich. Sie zuckte zusammen und ihre braunen Augen leuchteten vor Angst. Ich musterte den bernsteinfarbenen Blick der Frau. Aber innerlich geriet ich in Panik. Das Gesicht der Tochter verblasste, bis ich nur noch das von Helene sah. Bei dem Gedanken, jemand anderen zu berühren, bekam ich eine Gänsehaut.

Ich hatte das noch nie gefühlt.

Aber jetzt spürte ich es, und als mich dieses ekelhafte Gefühl überkam, wurde mir bewusst, dass ich in der Falle saß.

Ich war gefangen zwischen Überleben und ... *was war das ... Liebe?*

Nein.

Nicht Liebe.

Ich ließ ihr Gesicht los und stand auf, um mich dem Bastard zuzuwenden. »Nein.«

Sein Kiefer verkrampfte sich. »Nein?«

»Richtig. Nein.« Ich trat einen Schritt näher und begegnete seinem Blick. »Du bist vielleicht an kauernde Straßenprostituierte gewöhnt, Coulter, aber das ist nicht das, was wir hier produzieren. Die Töchter des Ordens sind hochqualifiziert und sorgfältig ausgebildet. Sie sind jeden Millionen-Dollar-Preis wert, der mit ihnen verbunden ist. Die Männer ficken sie vielleicht nach Strich und Faden, aber diese Frauen lächeln und hecheln, während sie es tun. Um meine Antwort zu erweitern: Nein, ich werde ›diese Schlampe‹ nicht ›brechen‹. Stattdessen erwarte ich, dass ihre Wunden behandelt und ihr Körper geschrubbt wird. Dann erwarte ich, dass sie zu essen und zu trinken bekommt und nicht wie ein verdammter Hund kauert, wenn sie mir wieder gegenübersteht.«

Er verstummte.

Mein Puls dröhnte und füllte meinen Kopf mit dem pochenden Geräusch.

Nimm die verdammte Antwort an.

Er drehte sich zu ihr um und beobachtete, wie sie verzweifelt die Schultern zusammenzog, um wegzukommen. »Gut«, sagte er vorsichtig und begegnete dann meinem Blick. »Wenn du sie baden und füttern willst, dann mach es, wie du willst. Aber wenn das erledigt ist, will ich einen Anfang sehen. Du hast noch viele dieser Frauen vor dir und ich will, dass so viele wie möglich verkauft und verschifft werden.«

Er ging einen Schritt näher, bis wir uns fast berührten. »Aber wenn du auch nur eine Minute denkst, dass ich dir nicht auf der Spur bin, dann irrst du dich. Du verheimlichst mir etwas, Cruz. Du und deine verdammten Brüder.« Sein Blick glitt zu

Kane hinüber. »Und ich werde herausfinden, was das ist. Also spiel deine Spielchen ... Ich liebe Herausforderungen.«

Er ging weg und nickte den anderen Männern im Raum zu. Jeder Einzelne von ihnen verschwand und ließ meinen Bruder und Walker zurück.

Es fühlte sich an, als hätte mir jemand in die Eier getreten. Mein Magen verkrampfte sich, als ich Walker ansah und ihm zunickte. »Nimm sie mit und mach sie sauber. Ich will, dass sie alle so schnell wie möglich untersucht und bearbeitet werden.«

»Wirst du sie beaufsichtigen?«, fragte er.

Das letzte Mal, dass ich das getan hatte, war es bei Ryth Castlemaine gewesen. Und sieh sich nur einer an, was daraus geworden war. Nicht nur, dass ihr verdammter Vater und ihre Stiefbrüder fast das ganze Gebäude zerstört hätten, um sie rauszuholen, es hätte auch fast mein Leben gekostet. Ich schüttelte den Kopf. »Nein. Das werde ich nicht.«

Ein Nicken war alles, was er von sich gab. Er trat hinter mich, ergriff den Arm der geschlagenen Frau und zog sie sanft hoch. »Komm mit. Wir machen dich erst mal sauber.«

Sie versuchte, sich gegen ihn zu wehren und sich aus seinem Griff zu befreien. Aber es war sinnlos, sodass er sie grob packte und zur Tür zerrte. »Mach es nicht noch schwerer, als es ohnehin schon ist«, warnte er sie.

Bis sie gegangen waren und nur noch wir beide übrig waren.

Ich drehte mich zu meinem Bruder um und beobachtete, wie sein steinerner Blick meinen musterte. Er machte einen Schritt auf mich zu und blieb neben mir stehen. »Sie ist in deinem Kopf, Bruder. Nimm dich in Acht.«

Ich warf ihm einen finsteren Blick zu. »Und sie ist nicht in deinem? Ich sehe doch, wie du sie ansiehst.« Ich drehte mich zu ihm um und drückte meine Brust gegen seine. »Wie wäre es, wenn du dich darauf konzentrierst, uns aus diesem verdammten Schlamassel herauszuholen und dich weniger um die Frau in deinem verdammten Bett kümmerst?«

Seine hellgrünen Augen verdunkelten sich augenblicklich. Es gefiel ihm nicht, dass sie mir gehörte. Ganz und gar nicht. Das brachte mich fast zum Lächeln ... bis ich wirklich an sie dachte.

Ich sah den Moment, in dem ihm bewusst wurde, was mich gerade wie ein Schlag getroffen hatte.

Sie war allein ... mit unserem Bruder.

Er drehte sich im selben Moment wie ich um. Wir machten beide einen langsamen Schritt auf die Tür zu, nur war er mir einen halben Schritt voraus und stieß mich nach hinten, als er hindurchtrat.

Verdammter Mistkerl.

Ich warf ihm einen hasserfüllten Blick zu, als er seine Schritte verlängerte. Als wir die verschlossenen Türen erreichten, waren wir schon fast am Rennen.

Seine schweren Schritte donnerten. Ich richtete meinen Blick auf die Verbindungstür zu der Wohnung und stürmte vorwärts. Aber der Mistkerl wich nicht zurück. Stattdessen schubste er mich und drängte mich aus dem Weg, während er seine Karte gegen den Scanner schlug und die Tür aufriss.

Wir stürmten durch die Tür, schoben und drängten, stolperten dann hinein und warfen uns stechende Blicke zu.

»Ich ... Ich kenne dich!«, ertönte das panische Knurren von vor uns.

Ich hob den Blick und sah, wie unser Bruder Helenes Hemd festhielt und sie gegen den Türrahmen vor seinem Zimmer drückte. Sie lehnte mit dem Rücken an den Türrahmen und starrte Thomas' geschwollenes Gesicht mit großen Augen an.

»Lüg mich nicht an, verdammt!« Er drängte sich an sie heran und starrte ihr in die Augen. »Sag es mir!«

Kane warf einen Blick in meine Richtung, dann streckte er seine Hand aus. »Ganz ruhig, Thom ... *ganz ruhig*. Was zum Teufel ist hier los?«

Er drehte sich nicht von ihr weg, sondern drückte sie mit einer zitternden Faust noch fester gegen den Türpfosten.

Ich packte seine Faust und zerrte ihn weg. *»Thomas, hör auf!«*

Aber mein Bruder war wie ein gottverdammter Bluthund und starrte sie durch die Schlitze seiner Augen an. Ich zog ihn weg und zwang ihn, mich anzusehen. »Was zum Teufel ist in dich gefahren?«

Er schüttelte nur den Kopf und blickte in ihre Richtung, bevor er einatmete. »Nichts. Nichts ist in mich gefahren.«

Aber irgendetwas war da, und was immer es war, es hatte Helene zum Zittern gebracht.

Ich konzentrierte mich auf das Zittern ihres Körpers. Mit einem sanften Kopfschütteln wandte sie ihre dunklen Augen zu mir.

»Was soll ich davon halten, Helene?«, fragte ich und ließ meinen Bruder zurück, als ich einen Schritt auf sie zuging.

»Erst springst du vor mein Auto und dann erfahre ich, dass du die Klientin meines Bruders bist.« Ich warf Thomas einen Blick über meine Schulter zu. »Willst du mir die Wahrheit sagen?«

Sie warf einen panischen Blick in Richtung der Tür, die nach draußen führte.

Ich kam ihr zuvor, stürzte mich auf sie und packte sie um die Taille, als sie losrennen wollte. »Ganz ruhig ...«

Sie trat, kämpfte und warf ihren Kopf nach hinten. Ich war so verdammt gut mit ihr im Einklang, dass ich jede ihrer Bewegungen sah, bevor sie überhaupt passierte. Ich wich mit meinem Gesicht aus und zerrte sie rückwärts durch das Wohnzimmer, um sie auf das braune Ledersofa zu werfen.

Sie huschte vorwärts. Verdammt, sie war schnell und stürmisch.

»Du *wirst* bleiben!«, brüllte ich, packte sie und warf sie zurück.

Sie starrte mich nur mit diesem mörderischen Blick an. Mein Körper bebte. Hitze durchströmte mich, als ich über ihr stand. Mein Gott, sie beeindruckte mich mehr als jede andere Frau, die ich bisher getroffen hatte, und als Kane näher kam und uns beide beobachtete, wurde mir bewusst, dass sie auch ihn beeindruckte.

»Du wirst bleiben«, keuchte ich und zeigte mit einem Finger auf sie. »Und dieses Mal wirst du uns die verdammte Wahrheit sagen. Woher zum Teufel kennst du meinen Bruder?«

Sie blickte in Richtung Thomas. Er rückte näher und stellte sich neben mich. »Es ist ihre Stimme. Ihre Stimme ... Ich ...« Er runzelte die Stirn und durchsuchte sein Gedächtnis.

»Ich kenne dich nicht«, fauchte sie.

Lüge.

Ich wusste es, bevor sie ein Wort sagte. Es war mehr als ein Verrat, mehr als ein Zucken ihrer Schläfe. Sie war unter meiner Haut und in meinem Kopf. Ich beugte mich hinunter und stemmte meine Hände auf das Sofa neben ihr. »Du lügst, Helene. Du lügst und du wirst gleich erwischt werden.«

»Eine Möglichkeit ...«, sagte Thomas und seine Stimme war distanziert. »Eine Möglichkeit, ein Feuer zu löschen.« Augenblicklich kam er in die Gegenwart zurück und sein Blick verengte sich auf sie. »Das hat sie gesagt, eine Möglichkeit, ein Feuer zu löschen.«

Ihre Augen wurden groß. Sie schüttelte den Kopf. »Nein ... nein, du kannst unmöglich ...«

Da ... sie hatte es gesagt.

»Du warst in der Kirche mit diesem *Bastard, St. James.*«

Kälte durchströmte mich, als sie meinen Blick erwiderte.

»Und im Lagerhaus«, fügte er hinzu. »Sie war in dem verdammten Lagerhaus. Ich habe sie gesehen.«

»Du bist ein Lügner«, stotterte sie.

Ich griff nach unten und legte meine Hand um ihre Kehle. »Das glaube ich nicht, Helene. Die Einzige, die wir bisher als Lügnerin entlarvt haben, bist du.« Ich drückte ihre Kehle fester zusammen, nicht genug, um ihr die Luft abzuschnüren. Aber genug, damit sie wusste, dass ihr Leben auf dem Spiel stand. »Wie wäre es, wenn wir dieses Mal mit der Wahrheit beginnen? Wer zum Teufel *bist* du?«

Ich spürte das panische Flattern ihres Pulses unter meiner Hand, als sie meinem Blick standhielt und antwortete. »Helene King.«

ZWANZIG

Helene

»Helene King.«

In dem Moment, in dem mein Name meinen Mund verließ, wusste ich, dass es ein Fehler war, einer, den ich nie wieder rückgängig machen konnte, und die Wirkung war wie eine Bombe.

»Du bist ... wer?«, knurrte Riven und seine dunklen Augen funkelten vor Wut.

Aber ich konnte nicht aufhören. Ich war ein unkontrollierbarer Güterzug, angeheizt von Angst und schierer Genugtuung. Ich stemmte mich nach oben und knurrte zurück: »So ist es, du Wichser. Mein richtiger Name ist Helene King. Du weißt schon, derselbe King, den dein verdammter Anführer seit einem Jahrzehnt jagt. Nun«, ich stemmte mich gegen seinen Griff um meine Kehle. »Hier bin ich.«

Meine Atemzüge waren flach und schnell. Mein Körper schrie mir zu, dass ich kämpfen oder weglaufen sollte. Aber ich konnte nicht fliehen, nicht jetzt ... nicht, wenn ich schon so weit drin war. Also blieb mir nur die Möglichkeit zu kämpfen, und das konnte ich ... auf die einzige Art, die ich kannte. *Dreckig.*

Rivens Griff um meine Kehle lockerte sich und er warf Kane einen finsteren Blick zu. »Hast du davon gewusst?«

Die Augen des Doktors waren voller Angst. »Nein.«

Riven löste seinen Griff und konzentrierte sich nur noch auf seinen Bruder. »Bist du dir da sicher? So etwas fällt doch unter das Ärztegeheimnis.«

Das soll wohl ein Scherz sein, oder? Ich brach in schallendes Gelächter aus. »Ich bezweifle, dass einer von euch rücksichtslosen Mistkerlen auch nur einen verdammten Eid einhalten würde.« Ich starrte den Priester an. »Nicht einmal einen, den ihr Gott gegenüber geleistet habt. Also nein, Kane wusste es nicht, weil ich es ihm nie gesagt habe.«

Riven drehte sich wieder zu mir um. »Warum erzählst du es uns dann jetzt?«

Ich reckte mein Kinn in die Luft. »Weil ihr im Moment genauso viel zu verlieren habt wie ich.« Ich bewegte meinen Kopf in Richtung der Verbindungstüren. »Die Männer da draußen sind meine Feinde, nicht ihr, zumindest nicht mehr. Und ich bin auch nicht eure. Wir können zusammenarbeiten.«

»Zusammenarbeiten?« Er griff mir erneut an die Kehle. »Ich arbeite nicht mit meiner Beute zusammen.«

In mir brannte die Wut und wenn ich ehrlich war, auch das Verlangen. Wie konnte jemand, der so abscheulich war, so verdammt heiß sein? »Ist das alles, was ich für dich bin?«

Seine Lippen kräuselten sich, als er meine Augen musterte. Doch ich sah die Wahrheit, auch wenn er zu feige war, sie zuzugeben. Ich sah es an der Art, wie er mich ansah, vor allem, wenn sein Bruder mich genauso ansah. Er war so verdammt eifersüchtig, dass er nicht mehr klar denken konnte.

Seine Lippen kräuselten sich, bevor er aufstand. »Wie kommst du darauf, dass ich dich nicht töten werde?«

»Das könnte ich dich auch fragen«, murmelte ich. »Schließlich hatte ich schon viele Gelegenheiten. *Falls* du dich erinnerst.«

Eine finstere Miene setzte ein. Sterne leuchteten auf. *Da war es ... das Verständnis.*

»Du hast das geplant?«

Ich lächelte, zumindest für eine Sekunde. Bis er seinen Griff verstärkte und mir die Luft abschnürte. Panik stieg tief in mir auf. Ich strampelte und schlug um mich, bevor er losließ und mir stattdessen den Mund zuhielt. Ich keuchte, stammelte und versuchte, meinen Kopf wegzureißen, als er mir seinen Daumen in den Mund drückte und meinen Kiefer aufzwang.

Er beugte sich herunter. »Glaubst du, dass du dadurch die Oberhand gewinnst? Das ändert nichts zwischen uns. Wenn überhaupt, macht es dich zu Freiwild.«

Etwas bewegte sich hinter ihm. Rivens grausamer Griff hielt mich fest. Ich konnte Thomas nicht verfolgen, als er auf einen Schrank zuging.

»Bist du dazu bereit, Helene *King*?«, fragte Riven.

Ich schaute Riven an, als er hinter sich griff. Stahl glänzte, als er mein Handgelenk packte und mir eine Handschelle umlegte.

Nein!

»Was zum Teufel?« Ich riss mich aus seinem Griff.

Alle drei kamen näher, wie Raubtiere, die ihre nächste Beute in die Enge trieben. Riven riss an der Handschelle und zerrte mich nach vorne. »Kane, fessle sie an die Heizung, bis wir entschieden haben, was wir mit ihr machen.«

Ich stürzte mich auf sie, schwang meine Faust und zielte genau auf den Schwanz des Bastards. Ich erreichte ihn nicht. Riven packte mein Handgelenk und stoppte meinen Schlag. »Sei vorsichtig mit ihr.« Er starrte mir in die Augen. »Die macht nur Ärger.«

Kane griff nach der Handschelle, die sein Bruder hielt. »Überleg dir, was du tust«, begann er mit diesem tiefen, sanften Ton, der mich einlullte. »Wir könnten dich betäuben und du wärst hilflos. Das willst du doch nicht, oder?«

Ich richtete meinen Blick auf ihn.

Und gab mich geschlagen.

Sie hatten gewonnen ... und sie wussten, dass sie gewonnen hatten.

Mein Hintern rutschte vom Sofa, als ich an die gegenüberliegende Wand der Wohnung gezogen wurde.

»Setz dich«, forderte Kane mich auf.

Ich betrachtete die Heizung.

»Sie ist nicht an, keine Sorge. Du wirst dich nicht verbrennen.«

Hass erfüllte mich, als ich ihn anfunkelte und mit meiner anderen Hand den kalten Stahl berührte. Er zog mich auf den Boden, führte das andere Ende der Handschelle hinter das aus der Wand ragende Rohr und ergriff meine freie Hand, um sie auf der anderen Seite zu fesseln.

»Du musst das nicht tun«, drängte ich. »Ich bin auf eurer Seite.«

Als er sich erhob, schenkte er mir ein kühles Lächeln. »Irgendwie bezweifle ich das, Helene.«

Ich riss an der Handschelle, als er aufstand. »Gib mir eine Chance, es zu beweisen.«

Er betrachtete den Stahl, der gegen mein Handgelenk biss. »Wir geben dir jetzt eine Chance.«

Riven und der Priester traten näher, bis alle drei vor mir standen.

»Wir müssen sie zum Schweigen bringen.« Rivens tödlicher Blick wanderte an meinem Körper hinunter. »Jeden Tag und die ganze Nacht lang.«

»Sie bleibt bei mir«, murmelte Thomas und starrte mich mit demselben kalten Blick an. »Wenn ihr geht.«

Mein Körper reagierte.

Er verkrampfte sich und wurde wärmer.

»Das wolltest du doch, oder, Helene?« Riven ließ seine Hand sinken und öffnete seinen Gürtel. »Wir werden gleich sehen, wie sehr.«

»Fick dich«, flüsterte ich und begegnete seinem Blick.

Er lächelte nur. Trotzdem raste mein Puls, als er seine Hose aufknöpfte und auf die Knie sank. »Ich glaube, es ist dir lieber, wenn ich dich ficke.« Er griff nach meinen Beinen und zog mich mit einem Ruck über den Boden, bis meine Arme nach hinten rissen und ich fiel. »Wenn ich mich richtig erinnere, hat es dir sogar verdammt gut gefallen.

Er fuhr mit seinen Händen an der Außenseite meiner Oberschenkel entlang und griff dann nach dem Knopf meiner Jeans. »Sag mir, was war dein Plan? In unser Leben einzudringen, uns so zu verführen, damit wir ... was tun? Damit du uns benutzen kannst? War das der Plan?«

Er leckte sich über die Lippen, als er auf mich herabblickte, die ich hilflos unter ihm lag, die Arme über den Kopf gestreckt, die Brüste gegen den Stoff meines Hemdes gepresst. Ich brauchte nicht hinzusehen, um zu wissen, wie hart er bei diesem Anblick wurde. Er sah so verdammt verzweifelt aus.

Panik wallte in mir auf und brachte mich dazu, mich unter ihm zu winden.

Seine Stimme war heiser, als er sprach. »War es das? Du dachtest, du wärst diejenige, die uns benutzt?« Er zuckte kurz zusammen, bevor er sich auf mich stürzte und meinen Kiefer mit seinen grausamen Händen packte, während er mir in die Augen starrte. »Ich frage mich, ob es Teil deines Plans war, es zu genießen?«

Fick dich!

Ich ballte meine gefesselten Fäuste und wand mich, als ich versuchte, meinen Blick von ihm loszureißen. Ich würde nicht zulassen, dass er mir unter die Haut ging ... *ich würde ihn nicht unter die Haut gehen lassen.*

»Die Geräusche, die du gemacht hast, als ich dich gefickt habe, waren zu echt, um gespielt zu sein.« Er packte mich fester und riss meine Beine auseinander, als er sich zwischen sie schob. »Und du hasst dich dafür, nicht wahr?«

»*LASS MICH LOS, VERDAMMT!*« Ich kochte vor Wut, als er den oberen Teil meiner Jeans packte und innehielt.

»Du brauchst nur das Wort zu sagen, dann kann das alles aufhören«, sagte er vorsichtig.

Ich schnappte nach Luft, saugte tiefe Atemzüge ein und hörte auf zu kämpfen. Er testete mich und drängte mich ... wozu? Dem Druck nachzugeben und ihnen alles zu geben, was sie wollten? Sie würden mich ausnutzen. Das war es, was Männer wie Riven taten. Sie nutzten einen aus und ließen einen dann im Regen stehen.

Ich sagte nichts, während er wartete, und dann langsam den Reißverschluss meiner Jeans herunterzog.

»Letzte Chance, Helene.« Er griff mir an den Hintern und zog meine Jeans bis zur Mitte meiner Oberschenkel herunter. »Sprich, und das alles hört auf.«

»Damit du mich an den Nagel hängen kannst?«

Dieses kalte Grinsen war gefühllos. »Warum sollten wir so etwas tun?«

Ich wich zurück. Ich traute ihm nicht. Ich warf einen Blick auf die anderen. Ich traute keinem von ihnen.

Aber sie hatten mich doch beschützt, oder nicht?

Meine Jeans rutschte unter mir weg und mein Höschen wurde mir ausgezogen. Hitze stieg mir in die Wangen, als ich dem Blick des Priesters begegnete, während Riven erst den einen und dann den anderen Stiefel auszog.

Innerhalb eines Herzschlags war meine Jeans weg und ich lag auf dem kalten Kachelboden. Panik erfüllte mich ... die Art, die mich erstarren ließ.

Er sah mich.

Er starrte auf mich herab.

Er sah es.

Seine Hände erstarrten. Das Grinsen verschwand augenblicklich.

»Sag die Worte, Helene.« Sein Blick wanderte über meine Narben. »Sag mir, dass ich aufhören soll.«

Komm nach Hause, Helene. Viviennes Worte hallten in meinem Kopf wieder. Sie war der Grund, warum ich hier war. Ohne sie hatte ich nichts. Ich leckte mir über die trockenen Lippen und flüsterte: »Nie im Leben.«

Seine Mundwinkel verzogen sich zu einem Grinsen. Sein Daumen strich über eine Narbe auf meinem Oberschenkel und zog seinen Blick an. Er starrte diese Narbe an, bevor seine dunklen Augen weiter nach oben wanderten. Ich schluckte schwer, als ich begriff, was in seinem Blick lag. Seine dunkle Aufmerksamkeit wanderte nach oben zu den winzigen, weißen Linien, die ich mir selbst angetan hatte, und dann zu der dicken, rosafarbenen Narbe, die die Bombe hinterlassen hatte.

»King«, flüsterte er und leckte sich über die Lippen. »Derselbe King, der das Gebäude bombardiert hat. Derselbe King, der fünf meiner Männer getötet hat, um Ryth Castlemaine und ihren Vater zu befreien.«

Ein eiskaltes Schaudern lief mir über den Rücken.

Er richtete seinen gefährlichen Blick auf mich, dann löste er sich langsam von mir und richtete sich auf.

Ich sagte nichts, sondern sah nur zu, wie er sich umdrehte und zur Tür ging.

»Wo willst du hin?«, bellte Kane.

Aber Riven antwortete nicht, sondern knöpfte seine Hose wieder zu, ging dann durch die Verbindungstür und verschwand.

»Was zum Teufel ist gerade passiert?« Kane drehte sich wieder zu mir um.

Ich wollte antworten, aber der eisige Griff in mir krampfte sich zusammen und erstickte die Worte in meiner Kehle. Ich hätte wissen müssen, dass das gefährlich war. Ich hätte wissen müssen, dass ich mein Leben in ihre Hände legen würde, wenn ich ihnen die Wahrheit sagte.

Aber ohne sie war mein Leben sowieso verloren.

Und das meiner Schwestern auch.

Der Knallen der Tür ertönte und Rivens schwere Schritte wurden leiser, bis sie verschwunden waren.

Wo zum Teufel willst du hin, Riven?

Und was hast du vor?

EINUNDZWANZIG

Riven

Du hast das geplant? Meine Worte hallten in meinem Kopf wider.

Aber es war dieses kalte, berechnende Lächeln, das mich verfolgte.

Das Lächeln, das sagte, dass ich *gewonnen* hatte.

Verflucht sei sie ... Verflucht sei sie!

Ich schritt auf mein Büro zu, knallte die Karte gegen den Scanner und trat ein. Meine Hände zitterten vor Wut und mein Kiefer verkrampfte sich, als ich um den Schreibtisch herumging und den Stuhl herauszog. Sie war es gewesen ... alles war sie gewesen. Meine Knöchel schmerzten von der Anspannung, als ich meine geballte Faust entfaltete und nach der Maus griff.

Kaum drei Klicks später hatte ich das Video von der Nacht, in der die Bomben explodiert waren, auf meinem Bildschirm. Diese Nacht ... dieses *Scheitern* war nie weit von mir entfernt.

Er steckte wie ein Dorn in meiner verdammten Seite, der sich jedes Mal, wenn ich ihn ansah, ein bisschen tiefer grub. Ich starrte das Schwarz-Weiß-Bild des Korridors an, Minuten vor der Explosion, und beobachtete den Countdown des Timers.

Ich kannte das alles.

Die Stille. Die Leere.

Dann das verschwommene Bild des Eindringlings mit der Maske.

Wie oft hatte ich den Einbrecher angestarrt und mir den finsteren, berechnenden Blick eingeprägt, als er in die Kamera geschaut hatte? Hundert Mal? Oder tausend? Ich hob meine Hand und drückte auf den Knopf, um die Aufnahme ein weiteres Mal abzuspielen.

Die Sekunden zählten. Der Korridor war leer, bis er es nicht mehr war. Ich verlangsamte die Wiedergabe und sah in Zeitlupe, wie der Bewaffnete auftauchte und sich umdrehte, um seine Waffe abzufeuern. Allein diese Kugel hatte einen meiner engsten Vertrauten ausgeschaltet ... kurz bevor er sich umdrehte und den Blick hob.

Dunkle Augen fanden die Kamera eine Sekunde, bevor sie aus der Aufnahme verschwanden. Ich drückte den Knopf und änderte die Kameraansicht. Blendendes, weißes Licht explodierte in den Aufnahmen. Ich zählte die Sekunden, bis nichts mehr zu sehen war. Nur Leere ... nur ein riesiges, verdammtes Loch, genau dort, wo dieser Teil des Gebäudes gewesen war.

Es war jetzt fast wie ein Instinkt, als Ostkamera 6 den Eindringling wiederfand. Nur war er diesmal nicht allein. Jack Castlemaine hatte die Arme um seine Schultern gelegt, als sie ihn aus dem gesprengten Gebäudeteil und durch den Wald zu einem Auto führten.

Jetzt wusste ich es.

Sie war es gewesen.

Ich betätigte den Regler, kehrte zu dem Moment zurück, als diese dunklen, vorsichtigen Augen die Kamera getroffen hatten, drückte auf Pause und starrte sie an. Es waren dieselben Augen, die ich in dem Moment gesehen hatte, als ich auf die Bremse getreten hatte und mein Leben aus dem Ruder gelaufen war. Jeder Blick, den sie mir seit diesem Moment zugeworfen hatte, kehrte in meine Erinnerung zurück.

Ihr ganzer Zorn.

Ihr ganzes Verlangen.

Ihr ganzer Schmerz.

Die Narben an ihrer Seite waren wieder da. Gezackt und rosa. Überreste der Explosion.

Sie hatte mit mir gespielt.

Diese Frau ... Sie hatte mich verarscht.

Mein Kiefer schmerzte unter der Anstrengung.

Mein Atem brannte und blieb in meinen Lungen stecken.

Nein. Sie hatte *uns alle* verarscht.

Knack!

Die Maus knickte in meiner geballten Faust ein, eine Seite war nun gespalten. Aber es war nicht nur Wut, die mich verzehrte, oder?

Ich ließ meinen Blick wieder zu den großen, braunen Augen schweifen, und dieser heftige Hunger tobte in mir. Ich wollte sie. Nein, ich sehnte mich verdammt noch mal nach ihr. Ich wollte sie erwürgen und ficken, ihre verdammte Brust aufreißen und ihr Herz für meine eigenen, schwachen Bedürfnisse erobern.

Sie hatte mich dazu gebracht, etwas Gefährliches zu fühlen.

Mehr als ich je zuvor gefühlt hatte.

»Ich wette, dieser Tag verfolgt dich.«

Ich schluckte das Zusammenzucken hinunter und hielt still ... so still, dass ich mich kaum bewegte, bis ich langsam den Kopf drehte. Derselbe *Mistkerl*, der mich in Hales Büro überfallen hatte, stand jetzt in meinem Büro – direkt hinter mir – und ich hatte nichts gehört.

Er schaute nur auf den Bildschirm vor mir und das Standbild von Helene, die in die Kamera schaute. In meinem Augenwinkel zuckte ein Nerv. Es gefiel mir nicht, dass er sie ansah. Kein. Eins. Bisschen.

»Komm mit«, forderte er und wandte sich ab, um zur Tür zu gehen, bevor er stehenblieb. »Sofort.«

Was zum Teufel?

War ich etwa ein verdammter Hund, dem man befehlen konnte, bei Fuß zu gehen?

Ja.

Genau das war ich.

Mit einem Knurren erhob ich mich von meinem Platz, drückte auf den Knopf und beendete das Video. Zurück blieb das wilde

Verlangen, die verdammte Welt in Stücke zu reißen, angefangen mit diesem Arschloch. Ich folgte ihm aus meinem Büro und ging den Korridor entlang in Richtung der Zimmer der Töchter.

Kaum war ich durch die letzte Tür gegangen, hörte ich die Schreie. Das kehlige, furchterregende Gebrüll der neuen Wachen wurde von den schrillen Schreien der Töchter übertroffen. Mein Kiefer verkrampfte sich bei diesen Geräuschen. Wir waren vielleicht kalte, kontrollsüchtige Bastarde, aber wir waren keine verdammten Barbaren. Nicht wie diese Typen.

Walker war der erste, den ich sah, als ich in den Korridor einbog. Er stand vor der Tür zum Gemeinschaftsbad, sein Gesicht war aschfahl und seine Augen voller Wut. Der ekelerregende Knall einer Faust hallte wider, bevor das schwache, erbärmliche Wimmern in ein leises, eiskaltes Stöhnen überging.

Sie schlugen sie.

Diese verdammten Bastarde!

Sie. Schlugen. Sie.

Ich drängte mich an Walker vorbei und schritt in das helle Badezimmer. Erinnerungen stürmten auf mich ein: Ryth Castlemaine, wie sie verängstigt in einer Kabine gestanden hatte, während ich ihr suggeriert hatte, wir hätten ihren Stiefbruder als Geisel. Ich war ein verlogenes, manipulatives Arschloch, das stand fest. Ich schritt hinein und drängte mich an Coulter und seinen drei grinsenden Drecksäcken vorbei, als der Wachmann, der die kauernde Tochter bedrängte, erneut seine Faust hob.

Ich starrte in ihre verängstigten grünen Augen. Ihr Gesicht blutete und ihre Lippen waren geschwollen, wo er sie bereits geschlagen hatte. Sie hob ihre Hand, versuchte, sich vor seinen Schlägen zu schützen, und für eine Sekunde sah ich nur Melody.

Mein Puls raste. Wut erfüllte mich, als der Wachmann seine Faust ballte.

Das ist meine Schwester.

Die Worte dröhnten in meinem Kopf.

DAS IST MEINE VERDAMMTE SCHWESTER!

Ich stürmte vor und packte seine Faust, als sie durch die Luft flog. Sie hob ihren Blick zu mir und Melodys Gesicht verblasste. Doch die gnadenlose Wut blieb zurück, als ich mich an den Wachmann wandte. »Wenn du sie noch einmal anfasst, jage ich dir eine Kugel in den Kopf.«

Er hob den Blick und in seinen Augen glänzte eine bestialische Wut.

Die Tochter rollte ihren nackten Körper noch fester zu einer Kugel zusammen, falls das überhaupt möglich war. Er warf mir einen wütenden Blick hinterher, dorthin, wo sein Anführer stand. Aber ich rührte mich nicht.

»Malcolm«, murmelte Coulter.

Der Bastard verzog die Lippen, bevor er seinen ekelerregenden Hunger nach Blut in meine Richtung lenkte. Aus den Augenwinkeln sah ich, wie Walker sich näherte und langsam seine Waffe hob. Aber er zielte nicht auf die Tochter, sondern auf das Arschloch, das vor mir stand.

»Walker«, sagte ich deutlich. »Du wirst dieses Arschloch erschießen und jeden anderen, der eine Faust gegen diese Frauen erhebt, hast du verstanden?«

»Mit Vergnügen«, antwortete er.

Das würde er tun, auch wenn er dafür selbst eine Kugel abbekommen würde. Wir hatten Regeln, dass niemand diejenigen schlagen oder verletzen durfte, die wir beschützen und ausbilden sollten ... wir hatten Verantwortung.

Ich richtete meinen Blick auf den Verantwortlichen, der einfach nur dagestanden und zugesehen hatte, wie sich alles entwickelt hatte.

»Sie haben vierundzwanzig Stunden Zeit«, sagte Coulter und blickte von der kauernden Tochter zu mir. »Vierundzwanzig Stunden, in denen du sie ausbilden kannst.« Er trat einen Schritt näher. »Oder sie werden nicht die einzigen sein, die ich wieder in den Keller führe.«

Ich atmete schwer, als er die nackte Frau hinter mir mit diesem ekelhaften Blick anstarrte, bevor er sich umdrehte und mit seinen Männern hinausging. Eine Gänsehaut lief mir über die Arme, als das Stück Scheiße, das gerne Frauen schlug, hinter mir stehen blieb.

Ich wartete auf einen Schlag und sehnte mich geradezu danach, ihn zu bekommen. Alles, was mir eine verdammte Ausrede liefern würde. Dieser wilde Hunger brannte in meinem Bauch, als ich mich umdrehte und seinem Blick begegnete. »Tu es«, forderte ich ihn auf.

Verzweiflung brüllte in seinem Blick.

Er wollte es.

Aber eine winzige Bewegung von Walker und er grinste, bevor er sich umdrehte und mit dem schweren Poltern seiner Schritte hinausging. Ich atmete ein und mein Verstand raste, als ich Coulters Worte verstand. *Sie werden nicht die einzigen sein, die ich wieder in den Keller führe.*

Wieder.

Wieder.

Ich machte ein finsteres Gesicht, als die Tochter hinter mir immer noch weinte.

»Sie waren es«, flüsterte ich und begegnete Walkers Blick. »Das Killerkommando. Der Keller. Es war Coulter.«

Er zuckte zusammen, bevor er den Kopf schüttelte. Ich sah die Abscheu und die Wut. Ich erkannte die Wut und dann die Angst. Ich war mir sicher, dass sich die Angst in meinem Blick widerspiegelte.

»Was zum Teufel sollen wir tun?«, murmelte er.

Ich wusste es nicht. Wir waren in der Unterzahl, selbst mit den bezahlten Wächtern, die das Gelände schützten. Das wusste ich und er wusste es auch. Mein Magen verkrampfte sich. Abscheu trieb den bitteren Geschmack von Säure in meine Kehle zurück.

Ich musste nachdenken. Und nicht nur das, ich musste handeln.

Ich musste *irgendetwas* tun.

Ihr Wimmern rief nach mir und hallte durch meinen Kopf wie Glasscherben. »Kümmere dich um sie«, sagte ich zu Walker. »Sieh zu, dass sie auf der Krankenstation untersucht wird. Ich muss nachdenken.«

»Mache ich.« Er machte einen Schritt, dann blieb er stehen. »Sei vorsichtig, Riven. Ich habe das Gefühl, dass diese Männer nicht zum Spaß hier sind.«

Ich nickte und ließ ihn stehen. Das Gefühl hatte ich auch. Der gleiche faulige Gestank des Todes schien aus dem Keller zu wehen und den Korridor entlang zu mir zu schwappen. Ich hatte einen Verdacht, wer die Morde begangen hatte. Als ich gehört hatte, dass London und sein Sohn sie gefunden hatten, war ich auf eigene Faust losgezogen, um sie zu suchen.

Es hatte Leichen gegeben.

Die Töchter waren übereinander gestapelt worden.

Sie waren es gewesen ... *Coulter*.

Seine Männer waren das Killerkommando gewesen, die, die Harmon geschickt hatte, um aufzuräumen. Er war immer noch dabei, die anderen Töchter aus den Waisenhäusern und Geheimverstecken zu holen, in denen sie gefangen gehalten wurden. Aber er wollte, dass sie ausgebildet und verkauft wurden.

Aber warum?

Ich steuerte auf die Tür zu, die mich nach draußen führen würde, als mir ein Schaudern über den Rücken lief, das mich erstarren ließ. Ich spürte ihn noch bevor ich mich umdrehte und entdeckte das grausame Stück Scheiße, das es mochte, seine Fäuste auf weiche Haut zu schlagen. Er stand auf der anderen Seite der Doppeltür in der Ferne.

Er beobachtete mich.

Er beobachtete mich, als wäre er gefährlich.

Ich drehte mich um, drückte meine Karte gegen den Scanner und schritt nach draußen. Da waren Haie im Wasser. Haie, die verzweifelt nach einem Hauch von Blut suchten, bevor sie angriffen. Ich spürte, wie die Strömung mich gegen die Felsen schlug. Eine Schramme würde genügen. Ein winziger Schnitt und ich war für immer weg.

Sie werden nicht die einzigen sein, die ich wieder in den Keller führe.

Diese Wichser.

Diese *gottverdammten* Wichser.

Ich schritt vorwärts und versank im Wald, verzweifelt darauf bedacht, mich für eine Sekunde aus ihrem kontrollierenden Griff zu befreien. In dem Moment, in dem ich in der Dunkelheit versank, öffnete sich die Tür hinter mir und die Schreie der kauernden Tochter kamen mir wieder in den Sinn.

Wir mochten wilde Bastarde sein, die sie kontrollierten und manipulierten.

Aber wir würden sie nie schlagen.

Wir hatten ihnen *nie* wehgetan.

Zumindest nicht körperlich.

Aber diese ... unbarmherzigen, wilden Bastarde ware anders.

Bumm.

Das Geräusch der Tür erreichte mich durch die Bäume. Aber ich stürmte schon vorwärts, verzweifelt auf die Dunkelheit zu ... und zum Nachdenken. Ich musste einen Ausweg aus dieser Situation finden. Ich brauchte nicht nur einen Plan, um Hales geheimen Ort und unsere Schwester zu finden, sondern musste auch herausfinden, was ich mit der Frau machen sollte, die wir in unserer Wohnung versteckt hielten. Diejenige, von der Coulter nichts wusste.

Diejenige, die uns alle zu Fall bringen könnte.

Mit einem einzigen ... schrillen Schrei.

ZWEIUNDZWANZIG

Helene

»WIR GEHEN NIRGENDWOHIN, NICHT BEVOR ER ZURÜCK IST«, verkündete Kane und klang verärgert. »Das weißt du, also hör auf, dich wie ein verängstigtes Kind zu benehmen und werde endlich erwachsen.«

»Und was passiert, wenn das alles zum Teufel geht?« Thomas stolperte auf seinen Bruder zu, seine Augen waren voller Schmerz und Wut. »Was dann? Dann vergessen wir sie einfach? Wir vergessen unsere gottverdammte Schwester? Wenn wir jetzt gehen, haben wir vielleicht eine Chance mit dem Jäger. Wir finden jede Spur ... und wir ...«

Ich hatte ihnen stundenlang beim Streiten zugehört, auf dem Boden sitzend, die Hände über dem Kopf um das verdammte Stahlrohr gefesselt. Jedes Klirren der Stahlhandschellen lenkte ihre Blicke ab, aber nur für eine Sekunde, dann waren sie wieder dabei und zankten wie ... *Brüder*.

»Ich werde diese Bemerkung nicht einmal mit einer Antwort würdigen.« Kane starrte ihn an und in seinem Augenwinkel zuckte es. »Wenn du nicht so verletzt wärst, würde ich ...«

»Willst du mich *schlagen, Bruder?*« Thomas verzog das Gesicht. »Du hast noch nie die Hand gegen einen von uns erhoben. Nein, du machst dich gerne lächerlich, bis du deinen Willen bekommst. Du–«

Klick.

Die Eingangstür ging auf, als Riven eintrat. Er warf einen Blick über die Schulter auf den Wald, bevor er die Tür hinter sich zuzog.

Sein Gesicht war gerötet, seine Wangen glühten und er atmete keuchend, als wäre er gerannt.

»Was ist los?«, fragte Kane und warf einen Blick auf die Tür.

Aber Riven sagte nichts. Er schritt an seinen Brüdern vorbei, schnappte sich eine Flasche Scotch und schenkte sich einen Schluck ein. Kane machte ein finsteres Gesicht und Thomas sah noch nervöser aus als zuvor, als Riven den Drink herunterschluckte und sich mit dem Handrücken über den Mund strich.

»Morgen trainieren wir sie.« Er sah seltsam aus, konzentrierte sich auf eine Stelle auf dem Boden zwischen uns, als würde es ihn all seine Kraft kosten, meinen Blick nicht zu erwidern, als mich diese Worte wie ein Schlag in den Magen trafen.

»Morgen?«, flüsterte ich.

Erst dann hob er seine finsteren Augen und sah mich an.

Irgendetwas war anders an ihnen, eine Art Entsetzen, das in ihm aufschrie und das er nicht loslassen wollte.

Ich wusste genau, was er mit ›sie trainieren‹ meinte. Er würde sie in die Knie zwingen. Er würde sie zwingen ... sie zwingen ... sie zwingen, seinen Schwanz zu nehmen. Er würde sie ficken, sie benutzen. Sie alle würden es tun.

Ich zuckte zusammen und versuchte, meine Abscheu hinunterzuschlucken, während ich Kane anschaute. Er stand wie erstarrt da und seine Haut war blass. Ein Kopfschütteln von ihm sagte alles. »Das können wir nicht.«

»Wir haben keine verdammte Wahl«, antwortete Riven eiskalt.

»Wir gehen.« Thomas sagte die Worte, die ihm in der Kehle stecken blieben. »Mit den Informationen, die wir haben, gehen wir ein Risiko ein.«

»Thomas«, warnte Kane.

Aber es war zu spät. In Rivens Blick kochte die Wut, gefährlich und hungrig. Er warf Thomas einen ruckartigen Blick zu und ging auf ihn zu. »Du willst gehen?« Er packte ihn am Hemd und trieb ihn zur Tür, bevor er mit der Faust gegen die Klinke schlug und sie aufstieß. Kalte Nachtluft strömte herein, als Thomas an der Tür stolperte.

»Raus mit dir, verdammt«, forderte Riven.

»Riven.« Thomas versuchte, sich gegen seinen Griff zu wehren. »Hör auf. Ich will nicht gehen.«

Riven riss ihn näher an sich heran und blickte ihm in die Augen. »Wenn du das noch einmal sagst, bist du auf dich allein gestellt. Kapiert?«

Thomas schlug auf seinen Griff ein und riss ihn los, bevor er sein Hemd zurechtrückte und mir einen verwirrten und verlegenen Blick zuwarf. »Ich wollte nur ...«

Riven wandte sich ab. »Ich weiß genau, was du wolltest. Wir sind so verdammt nah dran, eine Spur zu finden.« Er hielt inne, drehte sich um, hob seine Finger und kniff sie zusammen, bis sie sich fast berührten. »So kurz davor, Melody zu finden. Wenn du es vermasseln und jetzt gehen willst, ohne es sicher zu wissen, dann mach das ruhig. Wir haben fast zehn verdammte Jahre gebraucht, um sie zu finden. Wir werden auf keinen Fall jetzt abhauen.«

Zehn Jahre, um ihre Schwester zu finden?

Es traf mich hart.

Diese Männer waren nicht die Monster, für die ich sie gehalten hatte. Sie waren gefährlich, ja. Sie waren beschädigt und grausam. Aber sie waren aus einem bestimmten Grund hier. Sie waren wegen ihrer *Familie* hier.

Riven warf mir einen vorsichtigen Blick zu und strich sich mit den Fingern durch die Haare. »Sie haben sie verprügelt. Eine Wache hatte sogar eine Tochter auf dem Badezimmerboden und schlug auf sie ein. Eine Sekunde lang dachte ich«, er schaute wieder in meine Richtung. »Eine Sekunde lang dachte ich, sie wäre es.«

»Mel?«, flüsterte Thomas. »Du dachtest, es sei Mel?«

Riven machte ein finsteres Gesicht, dann schüttelte er den Kopf. »Sie war es nicht.«

»Aber sie hätte es sein können«, fügte Kane hinzu. »Es hätte sein können, und das hat dir mehr Angst gemacht als alles andere. Die ganze Zeit über haben wir einen Geist gejagt. Aber in dem Moment war sie kein Geist mehr. Sie war echt.« Er rückte näher und packte Riven am Arm. »Sie war echter als die Erinnerung, die wir an sie haben.«

Ein Schmerz durchfuhr meine Brust. Ich wusste, wie sich dieses Gefühl anfühlte. Diese Verzweiflung, diese Isolation. Kein Wunder, dass sie kalt waren.

»Dann bleiben wir«, krächzte Thomas. »Und wir ziehen das durch.«

Riven begegnete seinem Blick. »Wir haben keine andere Wahl.«

»Dann müssen wir alle schlafen«, fügte Thomas hinzu und stolperte in Richtung seines Zimmers. »Ich habe das Gefühl, dass wir ihn benötigen werden.«

Riven nickte. Thomas warf einen Blick in meine Richtung. Ich konnte sehen, dass er etwas sagen wollte ... oder etwas tun.

»Ich kümmere mich um sie.« Rivens Tonfall klang besitzergreifend.

Kane nickte nur und wandte sich ab. »Du weißt, wo ich bin, wenn du mich brauchst.«

Aber Riven schaute nicht einmal in seine Richtung. Er brauchte ihn nicht. Nicht, wenn er etwas anderes hatte, um sich mit seinen Gedanken zu beschäftigen ... und mit seiner wilden Verzweiflung. Er kam langsam und lautlos näher, bis er an dem hohen Schrank stehen blieb und den Schlüssel für die Handschellen herauszog. Ich blickte zu ihm auf, als er sich bückte und den Verschluss öffnete, bevor er meine schmerzenden Arme fallen ließ.

»Du kommst mit mir, Ärgernis.«

Ich wartete, starrte zu ihm hinauf und versuchte herauszufinden, was genau sich zwischen uns verändert hatte. Er war nicht mehr so fordernd, besitzergreifend und grausam wie früher, sondern verzweifelt und bedürftig. Er hob seine Hand und sein verletzlicher Hunger brannte in seinen Augen.

Bitte.

Danach sah es aus.

Ich hasste ihn.

Tief in mir wünschte ein Teil von mir, dass er und seine Brüder tot wären. Trotzdem erhob sich meine Hand und nahm seine, als er mir half, aufzustehen. Ein Schmerz breitete sich in meinem Rücken aus und ließ mich zusammenzucken. Aber ich hatte keine Zeit, mich darum zu scheren, denn er zerrte an meiner Hand und führte mich durch die Wohnung und in sein Zimmer.

Lautlos.

Das waren wir auch, als ich hineinging und er die Tür hinter uns schloss und das Licht einschaltete. Ich war schon einmal in diesem Zimmer gewesen. Der Gedanke, in seinem Raum zu sein, hatte mir damals schon Angst gemacht, aber als er sich umdrehte und mich gegen die Wand drückte, hatte ich furchtbare Angst.

Er griff nach mir und ließ seine blutverschmierten Finger zwischen meine Schenkel gleiten. Ich schüttelte den Kopf, während er meinem Blick standhielt. Ich wollte ihn nicht. Ich wollte das nicht. Ich konnte es nicht. Trotzdem drangen diese Finger tiefer in mich ein und rieben mich durch meine Jeans.

»Öffne deine Beine, Helene King«, murmelte er. »Lass mich sehen, wie sehr du mich immer noch verachtest.«

Mein Körper reagierte wie von selbst und meine Schenkel zitterten, als sie sich öffneten. Ich schloss meine Augen und hasste ihn jetzt mehr als je zuvor. Nur hasste ich mich jetzt genauso sehr.

Das langsame Streichen über meine Jeans machte mich schwach. Mit jeder Berührung seines Daumens wurde mir heißer, bis er sich zurückzog, den Knopf öffnete und den Reißverschluss herunterzog. Ich öffnete meine Augen und entdeckte diese ausgehöhlte Verzweiflung in seinem Blick, als er langsam auf die Knie sank.

Wir sprachen kein Wort. Nur das Schaben des Jeansstoffs, als er mir die Jeans herunterzog, war zu hören. Ich hob jeden Fuß an und ließ zu, dass er sie mir abstreifte. Ich erschauderte unter seinem Blick, weil mich das gleiche Verlangen packte wie ihn. Ich fuhr ihm mit den Fingern durch die Haare und packte so fest zu, dass er seinen Blick zu meinem hob.

»Nicht«, flüsterte er, seine Stimme war rau und heiser. »Du musst mich hassen, Helene. Du musst jedes Mal zurückschrecken, wenn ich dich berühre. Denn wenn du das nicht tust ...« Seine Brust hob sich mit einem Atemzug. »Wenn du das nicht tust, bin ich für dich noch gefährlicher als vorher. Und das will ich nicht.«

Mein Puls raste und pochte in meinem Kopf.

Er wandte den Blick ab, aber seine Finger zitterten, als sie mein Höschen nach unten zerrten. Ein Höschen, das er mir gekauft hatte. Er wollte, dass ich es trug. Weil er etwas für mich empfand. Ich hatte es schon einmal gesehen, als er für mich gekocht hatte. Ich hatte es heute Abend wieder gesehen, als er gesagt hatte, sie würden die Töchter trainieren.

Ich krallte mich in seinem Haar fest und zog ihn fester an mich, sodass sein Blick wieder auf meinen gerichtet war. »Wirst du sie ficken?«. flüsterte ich. »Diese Töchter? Wirst du auf die Knie gehen, so wie jetzt?«

Schmerz huschte über sein Gesicht. »Nein. Ich werde nicht für sie auf die Knie gehen.«

»Aber du kniest für mich.«

Das war keine Frage. Ich wusste inzwischen, wie Riven Cruz funktionierte. Wenn keine direkte Antwort erforderlich war, vermied er es zu antworten.

»Ja.« Das finstere Gesicht vertiefte sich. »Ich tue es für dich.«

Ein Kloß wuchs in meiner Kehle. Ich wollte mehr sagen, aber ich konnte nicht. Ich lockerte nur meinen Griff um sein Haar und ließ mein Höschen ganz nach unten gleiten, bis es auf dem Boden lag. Wärme strich über meine Haut, als er sich näher zu mir beugte und meinen Oberschenkel küsste.

Mein Puls raste.

Oh, verdammt.

Oh ... verdammt.

Seine Lippen streiften weiter. Diese Finger schoben sich hinein und glitten über das empfindliche Nervenbündel. Er ergriff die Rückseite eines Beins, schob es über seine Schulter und drang in mich ein. Dann übernahm das warme Gleiten seiner Zunge und ließ mich in Vergessenheit geraten.

Das alles war für ihre Schwester gewesen.

Jede grausame, schreckliche Sache, die sie je getan hatten.

Ich wollte sie dafür hassen, aber die Wahrheit war, dass ich für meine Schwester noch Schlimmeres getan hatte.

Ich hatte gemordet. Ich hatte gefoltert.

Ich hatte Bomben gezündet und Gebäude dem Erdboden gleichgemacht.

Ich hatte unschuldigen Menschen tausend Dinge angetan, die ich nie wieder rückgängig machen konnte.

Und ich hätte alles wieder getan ... um die zu schützen, die ich liebte.

Ein Stöhnen riss mich aus meinen Gedanken. Ich blickte nach unten, wo er seinen Kopf zwischen meinen Schenkeln vergraben hatte, und tat etwas, womit ich nie gerechnet hätte. Ich streichelte seine Wange und lenkte seinen verzweifelten Blick nach oben. Die Grausamkeit war verschwunden. Weg war das gefühllose Verhalten. Der Mann, der mich an einen Stuhl gefesselt und mit seinen Fingern gefickt hatte, bis ich sein Sofa durchnässt hatte, war verschwunden. Obwohl ein kranker Teil von mir hoffte, dass dieser Mann noch nicht ganz weg war.

»Bring mich ins Bett, Riven«, forderte ich. »Und fick mich so richtig durch.«

Er löste mein Bein von seiner Schulter und stand schnell auf. Kräftige Hände umfassten meine Taille und hoben mich an, sodass meine Beine sich um seine Hüften schlangen. Er trug mich zum Bett und legte mich sanft hin, bevor er sein Hemd aufknöpfte und es sich über den Kopf zog.

Seine Schuhe zog er aus, bevor er an seinem Gürtel herumfummelte, seine Hose aufknöpfte und sie nach unten schob. Er kam nackt zu mir und ließ seine Hand unter meinen Oberschenkel gleiten, um meine Pobacken zu umschließen. Sein schwerer Atem strich wie eine Liebkosung über die Innenseiten meiner Oberschenkel.

Mit einem kehligen Stöhnen tauchte er seine Zunge tief in mich ein. Ich krümmte meinen Rücken und stieß einen Schrei aus. Meine Zehen krümmten sich, als er saugte und seine Finger tief in mich bohrte. Er wiegte mich in seiner Handfläche, meinen Körper, mein Verlangen, während er mein Innerstes verschlang.

»Riven«, rief ich.

Er hob den Kopf und sein kräftiger Griff umschloss meine Kehle, als wüsste er genau, was mein Körper brauchte. »Flehe mich an«, forderte er. »Flehe mich an, dich kommen zu lassen.«

Tränen stiegen mir in die Augen und schimmerten auf seinem Gesicht. »Bitte«, flüsterte ich. »Bitte, lass mich kommen.«

Er richtete sich auf, ließ sich zwischen meinen Schenkeln nieder und stieß seinen Schwanz tief hinein. »Du siehst so hübsch aus, wenn du bettelst, Helene. So schön, während ich dich würge und ficke.«

Das brutale Aufschlagen seiner Hüften brachte mich um den Verstand.

Ich konnte meine Knie nicht breit genug machen, so verzweifelt war ich nach jedem Zentimeter von ihm.

Sein Griff wurde fester, als ich meinen Kopf hin und her warf. Feuchte Geräusche drangen zwischen uns hervor.

»Sieh an, wie du kommst, während ich dich ficke. Sieh mir in die Augen, Helene. Sieh deinen Entführer an.«

Ich zwang meinen Blick zu ihm und umklammerte das Bettzeug neben mir, als mein Höhepunkt mich durchfuhr.

Ich schrie auf und gab mich ihm hin. Dieser gefährliche Blick aus Stolz und Raubtier erfüllte ihn.

Mein. Das war es, was er sagte. *Du gehörst jetzt mir.*

Er schenkte mir ein kaltes, berechnendes Lächeln, dann zog er sich unvollendet zurück, packte mich an der Taille und drehte mich um. Er hob meine Hüften an, bis ich auf den Knien lag, und stieß wieder zu, so stark, dass er meinen Körper anhob.

Mein pulsierendes Inneres verkrampfte sich, als er mich dehnte. Seine Hand in der Mitte meines Rückens schaukelte mich, während seine harten Stöße mich wieder in den Wahnsinn trieben.

»Ruiniere mich«, flehte ich. »Bitte, ruiniere mich einfach«.

Er stieß noch tiefer in mich hinein, sodass ich mich an den Laken festhielt, als mein Höhepunkt noch höher stieg. Ein tiefes, kehliges Stöhnen ertönte und er hob seine Hüften an, sodass ich mit dem Gesicht voran in die Matratze gedrückt wurde. Er war ein Tier, das mit wilden Stößen in mich eindrang, bis er zum Stillstand kam und stöhnte. »*Fick mich.*«

Wärme strömte heraus. Ich stemmte mich gegen ihn und wollte unbedingt, dass er mich ausfüllte.

»Ich will sie nicht anfassen«, stöhnte er und schnappte schwer nach Luft. »Ich will sie nicht einmal ansehen. Aber sie lassen mir hier keine Wahl ...« Er strich mir die Haare zur Seite, weil er mich unbedingt sehen wollte. »Alles, was ich will, bist du, Helene King ... *alles, was ich will, bist du.*«

Qualen durchfuhren mich, als er sich von mir löste. Ich sackte auf dem Bett zusammen, unfähig, mich zu bewegen oder zu denken.

Aber ich fühlte.

Oh, verdammt, ich *fühlte*, wie ein unsichtbarer Dolch meine Brust aufriss und mir das Herz heraushackte.

Bei den Worten, die in meinem Kopf aufstiegen, kamen mir die Tränen: Ich will dich auch.

DREIUNDZWANZIG

Riven

DU HAST VIERUNDZWANZIG STUNDEN …

Die Worte fanden mich in dem Moment, als ich die Augen öffnete. Der Raum war immer noch dunkel, geküsst von dem Versprechen des Sonnenlichts, aber ich schloss meine Augen noch einmal. Vierundzwanzig Stunden … bis ich wieder zu dem Monster wurde.

Ein leichtes Schnarchen kam von hinten und lenkte meine Aufmerksamkeit auf sie. Mein Puls beschleunigte sich und vertrieb den Schlaf noch weiter. Ich öffnete die Augen, drehte meinen Kopf und entdeckte die dunkle Silhouette neben mir. *Helene King.* Der King, den wir gejagt hatten, der King, der entkommen war.

Sie war seine verdammte Tochter?

Ich atmete ein und ließ meinen Blick über das Laken gleiten, das kaum ihren nackten Körper bedeckte. Ich leckte mir über die Lippen und mein Körper erwachte zum Leben. Mein

279

Schwanz wurde augenblicklich hart, bis ich mich an die letzte Nacht und die Veränderung zwischen uns erinnerte.

Der sadistische Hunger nach Kontrolle war verschwunden. Eine andere Sehnsucht erfüllte mich jetzt, eine, die verdammt beängstigend war. Ich griff nach ihr und strich mit meinen Fingern sanft über ihre Wange. Eine Erinnerung meldete sich, dieselbe Berührung, nur dass es letzte Nacht ihre Finger und meine Wange gewesen waren.

Sie öffnete ihre Augen bei der Berührung und sagte nichts. Sie starrte mich nur an.

Alles, was ich will, bist du, Helene King.

Diese Worte hielten mich immer noch fest im Griff und schlossen sich um mein Herz.

Bis mich die Realität einholte und mich zwang, mich von ihr zu lösen.

»Riven«, flüsterte sie, als ich mich wegrollte und aufrichtete.

Ich saß auf der Bettkante, sah zu, wie das Sonnenlicht immer näher kam und hasste jede Sekunde der Dinge, die ich heute zu tun hatte. Kälte erfasste mich, als ich aufstand und das Laken um meinen Körper fallen ließ. Das Bett bewegte sich, als sie sich aufsetzte. Ich kannte jede ihrer Bewegungen, jeden ihrer Atemzüge, jeden Blick aus diesen dunklen, eindringlichen Augen. Aber ich konnte ihnen nicht begegnen. Nicht heute.

Ich öffnete meine Zimmertür und ging hinaus in das Badezimmer, das ich mit meinen Brüdern teilte. Ich zuckte zusammen, als das grelle Licht von den weißen Fliesen reflektiert wurde. Ein Blick in den Spiegel und ich schaute weg.

Meine Augen waren rot unterlaufen und fühlten sich trüb an. Ich sah schrecklich aus. Und ich fühlte mich auch so.

Das Zischen der Dusche ertönte, als ich den Wasserhahn aufdrehte. Ich trat ein und ließ mich vom heißen Wasser mitreißen, bevor ich nach dem Duschgel griff. Als ich fertig war, war ich ein anderer Mensch, steinern und gefühllos. Ich trat heraus und trocknete mich mit dem Handtuch ab. Im Spiegel sah ich keine blutunterlaufenen Augen und keinen gequälten Blick mehr. Da war einfach nichts mehr.

Der Mann war verschwunden.

Jetzt gab es nur noch den Direktor.

Ich warf mein Handtuch zur Seite und machte mich auf den Weg ins Schlafzimmer, wo sie schon wartete. Ich schaute sie nicht an, als sie in den Klamotten von gestern auf der Bettkante saß. Stattdessen ging ich zum begehbaren Kleiderschrank und schnappte mir Boxershorts, eine marineblaue Hose und ein schwarzes Hemd mit offenem Kragen, bevor ich sorgfältig meinen Gürtel, meine Uhr und meine Stiefel aussuchte.

Das war meine Rüstung.

Meine Maske.

Ich zog mich schweigend an, machte die Knöpfe und Reißverschlüsse zu und zog dann meine Stiefel an. Als ich angezogen war, erhob ich mich und schaute ihr in die gequälten Augen.

»Willst du das wirklich durchziehen?«, krächzte sie.

Tränen schimmerten in ihren Augen.

Ich wandte mich ab und ging zur Tür, ohne ein Wort zu sagen. Aber innerlich brüllte ich vor Wut und schlug mit blutigen

Fäusten gegen den Käfig um mein Herz. Tiefe Atemzüge brachten mich nur noch näher an den Abgrund, mein rasender Puls geriet fast außer Kontrolle.

Hinter mir hörte ich Schritte.

Ich drehte mich um und sah Kane auf mich zukommen.

Er war geduscht, angezogen und hatte den gleichen leeren Blick in seinen grünen Augen, den ich in meinen gesehen hatte.

»Bist du sicher, dass du dafür bereit bist?«, fragte er.

Eine Bewegung hinter ihm lenkte meinen Blick auf sich. Helene rückte näher und schlüpfte um ihn herum.

»Nein«, antwortete ich und ging auf den Schrank zu, um die Handschellen zu holen. »Helene.« Ich drehte mich zu ihr um und hasste den kalten, gefühllosen Ton in meiner Stimme. »Wir können nicht zulassen, dass du deine Nase in Dinge steckst, die dich nichts angehen. Nicht jetzt, wo wir wissen, wer du bist.«

Bei diesen Worten wich sie zurück. Ihre verdammte Lippe zitterte. Ich wandte den Blick ab.

»Fick dich«, zischte sie.

Ich nickte. *Fick mich in der Tat.*

Sie wehrte sich nicht einmal, sondern ging einfach zur Heizung, drehte sich und starrte mich an, während sie auf den Boden sank und ihre Arme hob. Ich legte ihr Handschellen an, ohne ihren Blick zu erwidern.

In dem Moment, in dem ich ihr den Rücken zudrehte, murmelte sie: »Feiger Bastard«.

Ich zögerte und hasste es, dass sie mich allein mit Worten verletzen konnte. Ich zwang mich, mich zu bewegen und ließ sie und ihren hasserfüllten Blick hinter mir, als ich allein aus der Wohnung ging. Ich drückte meine Karte gegen die Scanner und machte mich auf den Weg zu der neuen Lieferung von Töchtern.

Je näher ich kam, desto mehr spürte ich die Anspannung. Ich bekam eine Gänsehaut, als ich um die Ecke des Ganges bog und stehen blieb. Walker stand da, umringt von fast allen Wachen, alle bis auf die Zähne bewaffnet.

»Walker.« Ich ging langsam auf ihn zu und spürte, wie die Spannung mit jeder Sekunde zunahm. »Alles in Ordnung hier?«

»Alles bestens«, antwortete Walker und wandte nicht einmal den Blick ab.

Sie waren alle ein Molotow-Cocktail, der nur auf das Streichholz wartete. Die Räume der Töchter hinter Coulters Männern waren offen, aber es gab keine Bewegung.

»Ich habe David gerade erklärt, dass wir einen Prozess für die Einweisung haben«, erklärte Walker. »Die Frauen baden und essen, erst dann fangen sie an.«

Coulters Männer blickten in meine Richtung. Ich hatte etwas übersehen. Etwas, das Walker wütend gemacht hatte.

»Das geht schon seit Jahren so«, fügte ich hinzu. »Männer, die viel klüger sind als wir, haben das Verfahren sorgfältig entwickelt. Wir haben bewiesen, dass jede Abweichung vom Programm katastrophale Auswirkungen haben kann. Und das willst du doch nicht.«

»Das stimmt«, sagte mein Bruder in einem kühlen, sanften Ton. »Wenn er von klügeren Männern spricht, meint er mich. Ich habe das Programm bis auf die Sekunde genau geplant. Ich kenne diese Frauen besser als jeder andere. Ihre Bedürfnisse, ihren Hunger. Ich weiß, wann sie kämpfen werden und wann nicht. Ich weiß das alles, *weil ich der Programmierer bin.*« Er trat näher heran und sah Coulters Mann an. »Wenn *du* diese Programmierung änderst, ändert sich alles. Willst du schreiende und hysterische Frauen an denjenigen ausliefern, der jetzt das Sagen hat? Oder möchtest du lieber, dass wir das tun, was wir bisher erfolgreich getan haben, und die beste Versorgung bieten?«

Der Bastard sagte nichts. Kane nickte langsam, dann trat er vor und begegnete seinem Blick. »Also, wenn du nichts dagegen hast.« Er nickte Walker und seinen Männern zu. »Geh uns bitte aus dem Weg.«

Coulters Mann verzog die Lippen und warf mir einen Blick der puren Wut zu. Einer seiner Männer griff nach unten und schob die Umrisse seines Schwanzes zur Seite. Ich wusste augenblicklich, was Walker unterbrochen hatte. Wichser.

»Walker, bring sie in die Cafeteria und sorge dafür, dass sie etwas zu essen bekommen, bevor du sie für die erste Runde des Programms in den Medienraum bringst«, sagte ich und hielt ihrem Blick eine ganze Sekunde lang stand, bevor ich einen Schritt machte, mich vorbeidrängte und in den ersten Raum ging.

»Ihr habt den Direktor gehört«, befahl Walker seinen Männern.

Grunzen ertönte, Drohungen wurden gemurmelt. Kane ging weiter den Gang hinunter, als ich in die dunkle Zelle trat und die junge Frau auf der Pritsche zusammengerollt vorfand, die Knie an der Brust, während sie mich anstarrte.

»Es ist okay.« Ich hob meine Hand für sie. »Du bist jetzt in Sicherheit.«

Bei diesen Worten krampfte sich mein Magen zusammen. Es war eine Lüge. Eine schreckliche, ekelerregende Lüge. Sie war nicht in Sicherheit. Niemand war es, nicht hier. Sie war dabei zu erfahren, wie unsicher sie war.

»Komm«, befahl ich.

In ihren Augen tobte ein Kampf, als sie versuchte, die Konditionierung in ihrem Unterbewusstsein zu bekämpfen und sich noch weiter von mir zu entfernen. Aber ich bewegte mich nicht. Ich sah sie einfach nur an, während meine Hand in der Luft schwebte. Schließlich entfaltete sie ihren Körper und rutschte langsam auf die Seite des Bettes.

Sie hatten sie dazu gezüchtet, zu gehorchen.

Sie hatten sie dazu gezüchtet, alles zu tun, was Männer wie ich wollten.

Bei dem Gedanken daran überkam mich Abscheu. Meine Schwester war jetzt eine von ihnen. Gepflegt. Benutzt. Gezüchtet.

Die Tochter kam näher und ließ mich ihren Arm ergreifen, um sie aus dem Raum zu führen. Walker stand immer noch im Flur und beaufsichtigte den Rest seiner Männer, während sie die Frauen aus ihren Zellen führten.

Coulters Männer blieben an der Seite stehen und sahen zu ... alle bis auf den Bastard, der auf mich scharf zu sein schien. Er war verschwunden. Das jagte mir erneut ein kaltes Schaudern der Angst über den Rücken.

»Das Arschloch, das gerade hier war. Wo ist er jetzt?« Ich sah mich nach den anderen Töchtern um, die nach und nach aus ihren Zimmern traten.

»Hat er nie gesagt«, antwortete Walker. »Er ist einfach gegangen. Warum?«

Mein Puls raste und füllte meinen Kopf. Irgendetwas stimmte nicht ... *etwas stimmte ganz und gar nicht.*

Ich schüttelte den Kopf. »Nichts«, antwortete ich, aber in meinem Kopf schrie der Instinkt. »Kümmere dich um sie.«

Ich schaute Kane an, als er aus dem letzten Raum trat und seinen Blick auf mich richtete. Er blieb stehen und runzelte besorgt die Stirn.

Ich konnte nicht erklären, was ich fühlte, ich konnte nur handeln. Ich wandte mich ab und machte mich auf den Weg in mein Büro, mit dem dringenden Bedürfnis, diesen Wichser zu finden. Er führte etwas im Schilde. Ich *wusste* es einfach.

VIERUNDZWANZIG

Helene

----

*B*UMM.

Ich zuckte zusammen, als sich die Tür schloss, Kane hinausging und mich mit dem Priester allein ließ. Er stand da, starrte mich an und warf mir diesen Blick zu, der mir sagte, dass er sich mit mir anlegen wollte.

Aber nicht jetzt.

Der Schmerz erfüllte mich und das Stechen war brutaler als alles, was ich je in meinem Leben gespürt hatte. Das war der Grund, warum ich mich nicht mit Männern einlassen wollte. Deshalb ... Tränen drohten das Arschloch vor mir verschwimmen zu lassen. Stattdessen richtete ich meinen Blick auf die Tür. Deshalb hätte ich nicht im Regen auf die verdammte Straße gehen sollen.

Das Wetter war an allem schuld.

Hätte ich nur auf mein Bauchgefühl gehört.

Dann wäre ich nicht hier. Ich wäre nicht einmal in der Nähe.

Ich hätte sie zu Hause in sicherer Entfernung an der Nase herumgeführt.

Nicht hier, gefesselt an eine verdammte Heizung und einem Herzen, das ... *Was war mit meinem Herzen?* Sag mir nicht, dass du verliebt bist, verdammt! Ich schloss meine Augen und stieß ein Stöhnen aus.

Verdammt noch mal.

Ich war verliebt.

Vielleicht nicht verliebt.

Aber es war etwas.

Etwas, das mich dazu brachte, mich ... *verletzt zu fühlen.*

Thomas kam näher und stand drohend vor mir. Ich starrte ihn an und hielt seinem Blick stand. Sein rechtes Auge war blutig und wurde nur von der dunkelbraunen Augenfarbe durchbrochen, die sich auf mich richtete. Ich zuckte bei diesem Anblick zusammen und betrachtete das Chaos in seinem Gesicht, denn ich wusste, dass das, was ich sah, nichts im Vergleich zum Rest von ihm war.

Ich wandte den Blick ab.

»Nicht«, krächzte er und trat noch einen Schritt näher. »Ich will, dass du mich ansiehst. Ich will, dass du siehst, was dieser Bastard getan hat.«

Noch ein Schritt.

»Du warst dabei, nicht wahr? In der Kirche und später im Lagerhaus.«

Ich richtete meinen Blick auf die Kommode.

»*STIMMT'S!*«

Ich zuckte zusammen und riss meinen Blick zurück zu dem Wahnsinn in seinem grausamen Blick.

»Du warst da«, wiederholte er.

»Ja.« So. Ich hatte es gesagt. Ich hatte ihm gesagt, was er wissen wollte. »Ich war da.«

Aber er ging nicht weg, sondern sank auf die Knie, packte meinen Kiefer und umklammerte ihn mit grausamen Fingern. »Hat es dir Spaß gemacht zuzusehen, wie er mich gequält hat?«

Ich riss mein Gesicht aus seiner Umklammerung. Wut und Schmerz erfüllten mich. Aber er war noch nicht fertig und grub seine Finger tief hinein, als er mich erneut packte.

»*Und?*«, bellte er. »*Hast du es genossen?*«

»*JA!*«, brüllte ich, während der Schmerz durch meine Brust schoss. »Ja, ich habe es *genossen.*«

Er verstummte und ein rauer, wilder Atemzug strömte zwischen uns hindurch. Ein Feuer explodierte mitten in meiner Brust. Sein Griff wurde fester, bis ich nicht mehr atmen konnte. Ich schlug um mich und zerrte an meinen Händen, bis die Handschellen wehtaten. Doch unter der Verzweiflung brodelte die Wut.

»Feuer«, keuchte ich.

Er machte ein finsteres Gesicht, lockerte seinen Griff, verlagerte sein Gewicht und starrte mich an. »Was?«

»Feuer«, keuchte ich. »Ich kann immer noch den Geruch deiner Haare riechen, als er dich in die Flammen schubste.«

Diese Erinnerung schoss mir durch den Kopf. Der Geruch des Feuers. Der Klang seiner Schreie. Mehr noch, die pure Wut, die London St. James ausgestrahlt hatte.

Ein gefährliches Geräusch kam von dem Priester. Meine Augen tränten. Ich hörte auf zu kämpfen. Mein Herz raste so laut, dass es meinen Kopf ausfüllte, während mich ein ekelhaftes, verzweifeltes Verlangen erfüllte. Ich sehnte mich nach dieser Kraft, nach diesem Bedürfnis. Das war schlimmer als das Stechen eines Rasiermessers oder der Alkohol. Es war ein Bedürfnis, das in mir aufblühte wie eine berauschende Blume.

Ich blickte in dieses blutige Auge. Einem Mann ausgeliefert zu sein, gab mir das Gefühl, machtlos und leer zu sein.

Benutze mich.

Die Worte stiegen in mir auf.

Bitte, nimm mich, verdammt noch mal.

»Das gefällt dir«, zischte er und suchte meinen Blick. Er leckte sich über die schorfigen Lippen und blickte auf die Stelle hinunter, an der meine Brustwarzen gegen mein Hemd drückten, dann weiter nach unten, zwischen meine Beine. Sein Griff lockerte sich gerade so weit, dass Luft hereinströmen konnte. »Gefällt es dir, wenn mein Bruder dich würgt?« Er beugte sich hinunter, seine andere Hand griff zwischen meine Schenkel und drückte sie weiter auseinander.

Etwas bewegte sich hinter ihm. Die Eingangstür ging auf ...

»Magst du es, wenn Riven dich nimmt, während du schreist?«

Ich zuckte zusammen, als ein Wächter eintrat. Sein wilder Blick war auf den Priester gerichtet, dessen Griff sich fester um meine Kehle verkrampfte und mir die Luft abschnitt.

»Ich wette, es gefällt ihm auch. Sein verdammtes Spielzeug ... sein ...«

Ich strampelte und zuckte mit dem Kopf, als ich versuchte, mich zu befreien.

Der Wachmann hinter ihm hob seine Waffe und trat näher. Ich konnte alles sehen, bevor es passierte. Den Schuss, das Blut ... und den Priester, der tot auf mir zusammensackte. Bis ich es schaffte, meinen Kopf gegen seinen zu stoßen und mit einem verzweifelten Atemzug zu schreien: »*HINTER DIR!*«

Er fiel rückwärts und drehte sich im letzten Moment um. Ich wusste nicht, wie er es fertig brachte ... aber er reagierte und schleuderte seinen Arm in einem perfekten Bogen nach hinten, sodass die Waffe aus dem Griff des Wachmanns fiel. Der Wachmann stürzte sich auf den Priester und schlug ihn.

Ich zerrte an den Handschellen, als der Wachmann seine Faust hob, sein schwarzes T-Shirt packte Thomas an der Wange traf.

»NEIN!«, schrie ich. »*LASS IHN VERDAMMT NOCH MAL LOS!*«

Aber der Wachmann hörte nicht auf und landete einen weiteren Schlag, der den Priester genau auf die Nase traf.

Knirsch.

Sein Kopf kippte nach hinten und seine Augen rollten in seinem Kopf. Ich sah nur noch das Weiß, als der Bastard ihn mit einem Knall auf den Boden schleuderte. Dann richtete er seinen Blick auf mich ... und lächelte.

»Er hat ein Spielzeug, mit dem er spielen kann, aber er steht uns im Weg.«

Ich schüttelte den Kopf und zum ersten Mal in meinem Leben überkam mich die Angst. Echte Angst. Ich schüttelte den Kopf, als er über den zusammengesunkenen Körper des Priesters trat und langsam auf mich zukam.

»Ich wusste es, verdammt.«

»Nein.« Ich zwang mich zu einem Krächzen, als er über mir stand. »*Nein*.«

Er griff nach dem Knopf seiner Hose und öffnete seinen Hosenschlitz.

»Ich habe gehört, dass ihr Schlampen euch alles gefallen lässt. Wir können mit euch machen, was wir wollen.« Er griff nach unten, packte mich an den Haaren und riss meinen Kopf nach hinten. Meine Augen tränten von dem Brennen.

Ich konnte nichts tun. Gefesselt. Alleine.

Ich kam da nicht mehr raus.

»Ist es nicht so?« Seine Augen funkelten, als er auf mich herabstarrte. »Du wehrst dich nicht einmal, wenn ich dich so hart ficke, dass du Sterne siehst. Vielleicht bringe ich dich zurück zu den Jungs, was hältst du davon? Mal sehen, wie viele von uns du auf einmal ertragen kannst.«

»*Fick. Dich.*«

Er hielt inne und blickte finster drein. »Was hast du gesagt?«

»Sie hat gesagt ... *fick dich*«, murmelte der Priester, als er auf die Füße taumelte und sich dann eine Pistole vom Schrank schnappte. »*Du darfst sie nicht anfassen!*«

Meine Haarsträhnen trübten meine Sicht. Aber es war nicht die Waffe in seiner Hand, die mich interessierte ... es war der Schlüssel, der verdammte Schlüssel, den Riven eine Sekunde bevor er sich umgedreht hatte und gegangen war, fallen gelassen hatte.

Feuer peitschte über meine Kopfhaut, als der Wächter mein Haar losließ und sich mit einem Brüllen auf Thomas stürzte. Die Fäuste flogen. Sie prallten mit wildem Gebrüll und Schmerzensschreien aufeinander ... die von dem einzigen Mann kamen, der mir helfen konnte.

Bumm!

Das Geräusch erschreckte mich und mein Blick wanderte von der Waffe in der Hand des Priesters zu seinem Körper. *Wer hatte wen erschossen? WER HATTE WEN ERSCHOSSEN?*

Der Wachmann stolperte rückwärts und blickte dann nach unten. Seine Finger waren blutig, als er seine Seite berührte. Alles geschah in Zeitlupe. Der Priester drehte sich um, als der Wachmann seine Waffe hob und sich auf die Kommode stützte. Die, auf der der *Schlüssel* gelegen hatte.

Bumm!

Das Holz splitterte unter seiner Hand. Er drehte sich mit einem Brüllen um. Metall glitzerte, als der Schlüssel auf mich zuflog. Mein Herz schlug heftig gegen meine Brust, während ich meine Füße ausstreckte und so weit wie möglich rutschte. Der Schlüssel schlug gegen meinen Körper und landete auf meinem Bauch.

Der Priester schrie auf.

Kehlig und verzweifelt.

Wie ein Mann, der um sein Leben kämpfte.

Eines, das er zu verlieren drohte.

Ich richtete meinen Blick auf den Schlüssel und meine Atemzüge wurden immer schneller. Ich versuchte, sie zu verlangsamen, aber mein ganzer Körper spannte sich an, als ich die Handschellen umklammerte und mein Gewicht nach hinten lehnte. *Komm schon ... Komm schon!*

Meine Knie zitterten, als ich meine Füße unter mich schob.

Der Priester und der Wächter kämpften immer noch.

Aber es würde nicht mehr lange dauern.

Bitte ...

BITTE ...

Ich stemmte mich nach oben und drehte meine Hand in den Handschellen. Aber es gab keine Möglichkeit, sie zu erreichen. Stattdessen griff ich nach meinem T-Shirt und hielt es fest, bis der Stoff straff gezogen war und den Schlüssel anhob. Er rutschte ab und purzelte mit auf mich zu. Ich tat das Einzige, was ich konnte. Ich öffnete meinen Mund, riss meinen Kopf nach vorne und biss zu.

Meine Zähne knirschten gegen das kalte Metall. Ich riss meinen Blick zu ihnen herum, als der Priester stolperte und zu Boden ging. Ich sah nur noch die Waffe in der Hand des Wächters, als ich meinen Kopf zur Seite riss und mich wieder darauf konzentrierte, mich zu befreien.

Ich betete, vielleicht heftiger, als ich je zuvor gebetet hatte, drehte mich um und drückte den Schlüssel in meinem Mund gegen das Schloss. Er rutschte hinein, sodass ich zubeißen und meinen Kopf zur Seite drehen konnte.

Klick.

Die Handschelle schnappte auf.

Ich war noch nie in meinem Leben so aufgeregt gewesen, als der Wachmann seine Waffe hob und auf mich zielte. Ich zog den Schlüssel heraus und meine Bewegungen liefen automatisch ab. Ehe ich mich versah, stürmte ich vorwärts, bis ich gegen die Beine des Wachmanns prallte und ihn zur Seite stieß.

BUMM!

Die Waffe ging los.

Ich versuchte, mich nach oben zu stemmen, aber meine Knie gaben nach. Der Wachmann drehte sich um, als ich mich hochstieß und schrie: *»Lass ihn verdammt noch mal in Ruhe!«*

Er brüllte, schwang seine Faust und rammte mir seine Waffe mit einem Knall gegen den Kopf.

Blendende, weiße Lichter explodierten hinter meinen Augenlidern.

Dann war da nur noch Dunkelheit, als ich fiel.

Ich schlug auf dem Boden auf. Schmerzen durchzuckten meinen Schädel. Ich stöhnte und wälzte mich, als der Wachmann über mich trat und dann nach unten griff.

Panik stieg in mir auf und ich versuchte, wegzukrabbeln ... aber meine Gedanken waren langsam ... zu langsam. Er packte mich an den Haaren und zerrte mich hoch.

Brennendes Feuer peitschte über meine Kopfhaut. Ich schrie auf und krallte mich in seine verkrampfte Faust, bis er mein

Haar losließ, aber stattdessen mein Handgelenk packte und mich fest an sich riss.

»Du sollst dich nicht gegen mich wehren, weißt du noch?« Seine Augen funkelten, als er meine andere Hand packte und meine Arme hinter meinem Rücken verschränkte.

Schmerz durchzuckte meine Muskeln. Ich wehrte mich gegen ihn. Aber er war stark ... wirklich stark und hielt meine beiden Handgelenke in einer Hand.

Ich warf meinen Kopf nach vorne, strampelte und heulte.

»*STOPP!*«, brüllte er und griff mir mit der anderen Hand an die Kehle.

Nur war er nicht wie die anderen. Es gab keinen leichten Druck, kein Spielen und Necken. Seine quetschenden Finger verkrampften sich um meine Luftröhre und schnitten mir die Luft ab.

Ein Zischen ertönte, aber es gab kein Keuchen.

Nur blendendes Weiß ...

Bis er mich losließ.

Ich stürzte nach vorne, schlug gegen ihn und spürte, wie der Stoff meines Hemdes zerriss. Seine andere Hand wanderte über meine Brüste, bevor er die weichen Satinkörbchen des BHs, den Riven mir gekauft hatte, umschloss ... und verstummte. »Was zum Teufel?«

Ich hatte nicht einmal die Kraft, nach unten zu schauen. Ich wusste, dass er die dünnen, weißen Linien betrachtete, die meine weiche Haut verunstalteten.

»Du bist ruiniert, verdammt.«

Ich keuchte und schlug um mich, als er nach meiner Jeans griff.

»Das ist mir egal, eine Muschi ist immer noch eine Muschi«, grunzte er und riss meinen Reißverschluss auf.

»*NEIN!*«, schrie ich und versuchte, mich zu befreien. »*NEEEEIN!*«

Er packte meinen Mund und presste meine Wangen gegen meine Backenzähne. Seine Augen waren wild vor Verzweiflung und Wut. »*Du wirst verdammt noch mal die Klappe halten. Hast du mich verstanden?*«

Seine Finger schoben sich in meinen Mund. Der salzige Geschmack von ihm ließ mich würgen.

»Verdammte Schlampe. Solltet ihr Huren nicht einfach daliegen und es hinnehmen? Dich muss man erst noch trainieren, Töchterchen, und ich werde es genießen. Es ist sowieso besser, wenn sie sich wehren. Also wehre dich. Schrei. Lass mich spüren, wie du strampelst und kämpfst, wenn ich meinen Schwanz bis zum Anschlag in dich reinramme. Mal sehen, wie du diesem Bastard gefällst, wenn du vom Arschloch bis zur Fotze gespalten bist.«

Ich bäumte mich auf, aber der Widerstand in mir schwand, bis seine Augen groß wurden.

Das Grau fraß sich an den Rändern des Raumes fest ... aber Rivens Gesicht war das blendende Licht, das ich brauchte, als er seinen Arm um den Hals des Wachmanns schlang und ihn nach hinten zerrte.

Die finsteren Augen warfen einen Blick auf seinen Bruder, der bewusstlos auf dem Boden lag, bevor sie mich auf mein zerrissenes Hemd und meine aufgerissene Jeans fixierten. Aber es war mein Mund, auf den er sich konzentrierte, und meine geschwollenen Lippen pulsierten. Sein Geschmack lag mir immer noch auf der Zunge.

Riven sagte nichts, er umschloss die Kehle des Wächters nur fester. Sein Brustkorb hob sich durch heftige Atemzüge, als wäre er gerannt. Aber jetzt gab es kein Weglaufen und kein Loslassen.

Nur.

Reiner.

Eisiger.

Zorn.

Der Wachmann schlug mit den Händen auf den Boden und seine Augen quollen hervor.

Ich war wie hypnotisiert von Rivens Rücksichtslosigkeit, als der kranke Bastard seine Hand nach oben schwang und mit den fetten Fingern, die noch immer von dem Speichel aus meinem Mund schimmerten, nach Halt suchte.

Riven wich dem Schlag aus, verkrampfte sich noch mehr, bis sich die Muskeln in seinen Armen abzeichneten und die Sehnen in seinem Nacken deutlich hervortraten, aber er wandte seinen Blick nicht von mir ab.

Mit einem erstickten Zischen sackte der Wächter in seinem Griff zusammen.

Ich erwartete, dass Riven ihn loslassen würde. Aber das tat er nicht. Er verkrampfte sich noch fester.

Mit einem ekelerregenden Knirschen kräuselten sich seine Lippen und entblößten mir das wahre Raubtier.

Ich hielt ihrem Blick stand und mein Herz dröhnte in meiner Brust.

Er hatte den Wachmann für seinen Bruder getötet.

Aber er hatte ihn für mich vernichtet.

Bis er schließlich losließ.

Der Körper des Wachmanns fiel seitlich auf den Boden und sein Kopf rollte unnatürlich zur Seite.

»Keiner rührt an, was mir gehört.« Rivens Tonfall war eiskalt. »Und du, Ärgernis, gehörst mir.«

FÜNFUNDZWANZIG

Helene

Du gehörst mir.

Ein Blick in diese gnadenlosen Augen und ich wusste, dass es die Wahrheit war. Er trat über die ausgebreiteten Arme des toten Wachmanns und streckte seine Hand aus. Die Angst zitterte immer noch und ließ mich einen Moment zögern, bevor ich nach vorne stürmte und gegen ihn prallte.

Diese mörderischen Hände glitten über mein ruiniertes Hemd und zerrten meinen BH wieder an seinen Platz, bevor sie sich nach oben bewegten und meinen Kiefer packten. Er neigte meinen Kopf von einer Seite zur anderen und sein Daumen strich sanft über meine pochende Lippe. »Hat er dir wehgetan?«

Ich wusste, was er fragen wollte. *Hatte er mich vergewaltigt?*

Ich schüttelte den Kopf und hasste, wie sein Gesicht verschwamm. Der Priester stieß ein Stöhnen aus und zog damit Rivens Blick auf sich, als die Wohnungstür zuschlug und Kane hereinkam. Hastig musterte er die Wohnung, bevor sein Blick auf uns landete.

Seine tiefen Atemzüge verstummten schlagartig, als er die Leiche des Wächters sah, dann trat er schnell ein, schloss die Tür und verriegelte sie augenblicklich.

Riven ging zum Priester, während Thomas hustete und keuchte.

»Was zum Teufel ist passiert?«, fragte Kane, als er auf uns zuging. Er warf einen Blick auf den Priester, bevor er zum Körper des Wachmanns zurückkehrte.

»Er wollte ihr wehtun«, keuchte der Priester, als er sich nach oben drückte und seine Wange berührte. »Wer zum Teufel ist er?«

»Einer von Coulters Männern«, antwortete Riven. »Er hatte es auf mich abgesehen, wie es scheint.«

»*Scheiße*«, bellte Kane, als er sich umdrehte und durch das Wohnzimmer lief. »Was zum Teufel machen wir jetzt?«

Ich starrte das tote Arschloch an und mein Puls raste. Aber ich erlag nicht der Angst, denn alles, woran ich denken konnte, war Riven ... Riven, wie er die Töchter trainierte.

Ich habe gehört, dass ihr Schlampen alles einsteckt. Dass ihr euch nicht wehrt, wenn man euch fickt ...

Ich zuckte bei dem stechenden Schmerz zusammen und knurrte: »Er ... er dachte, ich sei eine von ihnen – eine Tochter.«

»Was?«, schnauzte Riven kalt.

Ich drehte mich zu ihm um und musterte seine finsteren Augen, bevor ich seine Kleidung überprüfte. Hatte er schon angefangen? Hatte ihn das unterbrochen?

Mein Magen verkrampfte sich, als Abscheu aufkam. Der Gedanke, dass er sie anfassen würde, selbst unter diesen widerlichen Umständen, reichte aus, um mich außer Kontrolle geraten zu lassen. »Er ...« Ich drehte mich wieder zu dem toten Wachmann um. »Er dachte, ich sei eine Tochter.«

Riven knurrte: »Das bist du verdammt nochmal *nicht*.«

Verzweiflung erfüllte mich jetzt. »Dann mach mich zu einer.«

»Nein«, sagte er augenblicklich und seine Augen funkelten vor Wut, als sie mich fixierten. »*Auf keinen Fall!*«

Aber ich ließ das nicht auf sich beruhen. »Du musst deine Schwester finden, richtig?« Ich schaute zu den anderen. »Du *brauchst* einen Weg hinein ... lass mich dieser Weg sein.«

Riven schüttelte den Kopf. *Dieser verdammte Sturkopf.* Sah er denn nicht, was ich hier tat? Sah er nicht, warum ...

Das Bild stürzte auf mich ein. Finster. Erotisch. *Verzweifelt.*

Er und ich und all die dunklen Dinge, die er getan hatte.

»Es ist nicht die verrückteste Entscheidung«, bot Kane an.

»Nein.« Riven machte ein finsteres Gesicht, diesmal mit einem Kopfschütteln. »Ich werde sie nicht der Gnade dieser Bastarde ausliefern.«

»Aber ich wäre es nicht«, flüsterte ich und machte einen Schritt auf ihn zu. »Ich würde bei dir sein.«

Das finstere Gesicht verschwand.

»Du musst doch jemanden ausbilden, oder?«, murmelte ich und suchte seinen Blick. »Dann bilde mich.«

»*Mein Gott*«, flüsterte Kane.

Aber ich konzentrierte mich auf Riven. Riven war derjenige, der die Entscheidung treffen würde. Sein Gesicht wurde blass und er schüttelte den Kopf. »Du weißt nicht, was du da sagst.«

»Ach nein?« Langsam sank ich vor ihm auf die Knie.

In meinem Kopf sah ich all die Frauen, die er berührt hatte, ihre Münder, Lippen, Brüste, seine Finger tief in ihren Muschis, während er sie zwang, seinen abartigen Launen zu gehorchen. Das wollte ich für ihn sein. Ich starrte auf das schwarze Hemd an, dann die glänzende Schnalle seines Gürtels. Ich hob meinen Blick und blickte zu ihm hinauf wie zu einem Gott.

Denn das war er in diesem Moment.

Ein dunkler, mörderischer Gott.

Ich beugte mich vor, schloss die Augen und rieb meine pochende Wange an seinem Schwanz. Die Wärme meines Atems erwärmte den Stoff. Es dauerte nicht lange, bis er reagierte, zuckte und dicker wurde.

»Helene ...«, krächzte er und stieß einen bestialischen Laut aus, als ich meinen Mund öffnete und meine Lippen an seiner Kontur rieb.

Ich zog mich zurück, griff nach oben, zerrte an seinem Gürtel und bearbeitete die Schnalle. »Benutze mich. Trainiere mich. Lass mich dir ausgeliefert sein.«

Er packte mich am Kinn und hielt mich auf. In seinem Blick loderte die Angst. »Du verstehst nicht. Es wird andere geben.

Alle, und nicht nur die, die hier sind. Es wird gestreamt werden. Jeder könnte zusehen.«

»Dann lass sie zusehen.« Es war mir egal. Alles, was ich wollte, war er. Ich öffnete meinen Mund und drückte ihn auf seine Eichel. »Willst du es mit einer von denen da draußen machen oder mit mir?«

So einfach war das.

Er bewegte sich schnell, packte meine Arme und zog mich nach oben, bis ich ihm in die Augen starrte. »Sag es mir noch einmal. Sag mir, dass du das tun willst.«

Da waren wir nun ...

Kein Nein.

Er hatte es sich überlegt.

»Wenn du jemanden anfassen musst, jemanden zwingen musst ... jemanden trainieren musst. Dann lass es mich sein.«

Ein gequältes Bedürfnis füllte diese dunklen Augen. Ich hob die Hand und strich mit dem Daumen über seine Wange. Das war nicht richtig ... aber nichts von alledem war richtig. Ich sollte mich in der Nähe eines Mannes wie Riven Cruz nicht atemlos fühlen – ich warf einen Blick auf den Lehrer, Kane, und den Priester, Thomas. Vor allem nicht in ihrer Nähe.

Doch das tat ich.

»Und wenn wir gezwungen sind, die Macht zu übernehmen, was dann?« Kane trat näher heran. »Wirst du uns die gleiche ...«, er warf einen Blick auf Thomas, dann drehte er sich um. »Hingabe liefern.«

Ich schluckte schwer.

»Es ist nicht nur einer, Ärgernis«, drängte Riven mit heiserer Stimme. »Denk gut nach, bevor du dich darauf einlässt. Wir müssen alle drei dabei sein und es wird auch nicht nur Sex sein. Es geht um Gedankenkontrolle und Glaubenskontrolle. Wir werden dir die Person nehmen, für die du dich hältst, und dich unserem Willen unterwerfen. Bist du darauf vorbereitet?«

Ich versuchte zu Atem zu kommen und begegnete jedem Blick.

Hier stand nicht nur das Leben meiner Schwestern auf dem Spiel. Es ging um meins. Meine Existenz. Meine Vernunft. Ich begegnete Rivens intensivem Blick ... und auch dem meines Herzens. Denn egal, wie schrecklich das hier war, ich wollte ihn. »Ja«, antwortete ich. »Ich bin darauf vorbereitet.«

Aus dem Augenwinkel sah ich, wie Kanes Lippen sich verzogen.

»Die Gedankenkontrolle, die wir ausüben, ist ziemlich heftig«, warnte Riven.

Ich begegnete dem abschätzigen, hungrigen Blick von Dr. Cruz. Er war kurz davor, endlich das zu bekommen, was er die ganze Zeit gewollt hatte ... mich. »Dann habe ich wohl Glück, dass ich den besten Doktor habe, der sich um mich kümmert.«

Das Lächeln wurde noch breiter.

»Was machen wir mit ihm?«, krächzte Thomas und rieb sich mit einer Hand die Wange, während er mit der anderen auf die Leiche deutete.

Die Leiche stand dem Ganzen im Weg.

»In den Wald«, antwortete Riven. »Wir verstecken die Leiche und holen sie bei der ersten Gelegenheit wieder heraus.«

»Und wie sollen wir das anstellen?«, murmelte Thomas. »Wir können sie ja nicht einfach in eine Decke einwickeln und in den Kofferraum packen.«

Riven knurrte und augenblicklich änderte sich die Spannung zwischen uns. Wir kämpften nicht mehr darum, einen Plan zu entwerfen. Wir hatten jetzt einen, den wir ausführen mussten. Ich warf einen Blick zurück auf die Leiche. Wenn es etwas gab, das Riven gut konnte, dann war es das.

»Lass mich rausgehen und mich vergewissern, dass alles in Ordnung ist.« Thomas ging auf die Eingangstür zu.

»Wartet«, sagte ich und hielt sie auf. Sie drehten sich alle zu mir um. »Wir haben ein kleines Problem.«

»Und das wäre?«, fragte Riven.

»Wenn wir mich als Tochter brauchen, muss ich den Platz von jemandem einnehmen.«

»Oder wir ändern die Buchhaltung«, bot Kane an und wandte sich an Riven. »Können wir das tun? Ein weiteres Gut hinzufügen?«

Bei diesem Wort verkrampfte sich mein Magen. *Gut.*

»Wenn dieser Bastard es nicht unter Kontrolle hat, könnten wir es versuchen.«

»Der Jäger?«, bot Thomas an. »Er könnte es tun.«

»Ich habe ihn schon seit Tagen nicht mehr kontaktiert.«

Kane nickte. »Dann tu das, Bruder. Die Zeit läuft uns davon.«

Riven begegnete meinem Blick, wandte sich dann ab, zog sein Handy aus der Tasche und begann zu tippen.

»Los geht's.« Thomas humpelte vorsichtig zur Eingangstür, schloss sie auf und öffnete sie vorsichtig.

Das Tageslicht strömte herein, zusammen mit dem berauschenden Duft des Waldes. Ich ging einen Schritt näher, angezogen von der Verlockung der Freiheit.

»Okay«, murmelte Riven. »Es ist erledigt.«

»Er hat es schon gehackt?«, fragte ich.

Riven schüttelte nur den Kopf. »Nein. Ich schicke eine Nachricht und wir warten.«

Mein Magen verkrampfte sich. »Woher wissen wir, dass dieser Jäger tatsächlich in der Lage sein wird, das zu erledigen?«

Kane warf einen Blick auf Riven. Zwischen den beiden ging etwas vor.

»Wir wissen es nicht.« Riven schritt auf die Leiche zu. »Kane, du nimmst die Arme.«

»Warum zum Teufel bekomme ich das schwere Ende?«

»Darum.« Riven schenkte seinem Bruder ein wildes Grinsen. »Das hast du davon, wenn du mich so ärgerst.«

Ich machte ein finsteres Gesicht und ließ meinen Blick zwischen den beiden hin und her wandern. Kanes Lippen zuckten, bevor er mir einen Blick zuwarf und murmelte: »Gut, dann trage ich eben das beschissene Ende. Aber sei nicht sauer, wenn du den kürzeren ziehst, wenn es um Helene geht.«

In Rivens Augen flackerte ein Hauch von Wut auf.

Oh, scheiße.

Daran hatte ich gar nicht gedacht. Rivalität und Wut waren dabei, sich zu vereinen … und ich war mittendrin.

Riven packte die Knöchel des toten Wächters. Kane hob seinen Oberkörper vom Boden auf. Ich machte unbeholfene Bewegungen mit meinen Händen und wollte helfen, als Kane stolperte und den kranken Bastard fast fallen ließ, bis er sich wieder aufrichtete.

In Wahrheit machte es aber zu viel Spaß, ihnen dabei zuzusehen, wie sie einander schubsten und anfauchten, während sie zur offenen Tür taumelten. Ich folgte ihnen nach draußen, trat aus dem Seiteneingang des Ordens und machte mich auf den Weg in den Schutz der Bäume.

Wir kamen so weit, wie wir uns trauten, bis sie ihn mit einem dumpfen Aufprall neben einer großen Esche fallen ließen. »Merk dir, wo wir ihn hingelegt haben«, keuchte Riven atemlos und warf Thomas einen Blick zu. »Oder du wirst derjenige sein, der sein gebrochenes Genick erklärt, wenn man ihn findet.«

Thomas zuckte zusammen und starrte die Leiche an. »Hoffentlich fressen ihn die Wölfe, dann brauchen wir uns keine Sorgen mehr zu machen.«

Riven schnaubte und drehte sich um, wobei sein Blick den meinen fand. »Lass uns gehen, Ärgernis. Du musst duschen und dich anziehen.«

Anziehen.

Er meinte damit Kleidung, die für eine Tochter geeignet war.

Er beobachtete jede meiner Reaktionen und testete mich.

»Du besorgst mir die Klamotten, Direktor, und ich ziehe sie an.«

Sein Blick verfinsterte sich bei der Verwendung seines Titels.

Aber genau das war er jetzt ... zumindest für mich.

Der Direktor.

Der Lehrer.

Der Priester.

Und jetzt auch noch eine Tochter.

Wir alle hatten eine Rolle zu spielen. Die Frage war nur, ob wir es schaffen würden. Ich hoffte, dass wir es konnten. Denn jetzt stand nicht nur das Leben unserer Schwestern auf dem Spiel ... sondern auch unseres.

»Warte.« Kane hielt uns auf.

Ich drehte mich zu ihm um und hob meinen Blick. Sein Starren durchdrang mich und trieb ein Zittern der Angst in meine Eingeweide. Er trat näher und blieb erst stehen, als er mich überragte. »Wenn wir das tun wollen, dann müssen wir es richtig machen.«

Er griff nach dem Saum meines Hemdes und zerrte daran. Das Bedürfnis, seine Hand wegzuschlagen, war überwältigend. Stattdessen ergriff ich seine Hand und hielt ihn auf. »Was zum Teufel glaubst du, was du da tust?«

Sein Grinsen machte mich wütend. »Ich suche nach der perfekten Stelle.«

»Wofür?«

Er sah zu Riven und drehte sich dann wieder zu mir um. »Um einen Peilsender zu implantieren.«

Mein Blut gefror. Eine Sekunde lang konnte ich nicht atmen. *Wenn du das tust, gibt es kein Entkommen mehr.* Die Worte ergriffen mich.

»Du willst es doch, oder, Helene?«, drängte Kane und trat noch einen Schritt näher. Sein Griff um mein Hemd drehte sich, bis er meine Brust umschloss.

»Ja.« antwortete ich mit einem leeren Ton.

»Gut.« Er lächelte und seine grünen Augen funkelten. »Ich werde versuchen, vorsichtig zu sein.«

Er war führte mich zum Küchentisch. Riven stand daneben und sah zu, wie sein Bruder mich hochhob. Er griff um mich herum und öffnete meinen BH mit einer einzigen Handbewegung.

»Leg dich hin«, befahl er und ein Schaudern lief mir über den Rücken, als er das sagte. »Ich bin gleich wieder da.«

Er verschwand in seinem Schlafzimmer. Ich tat wie mir geheißen und ließ meinen Kopf auf die harte Oberfläche sinken. Leise Geräusche waren zu hören, als sich Badezimmerschubladen öffneten und schlossen, bevor das Rauschen von fließendem Wasser folgte. Ich lauschte dem Geräusch des Schrubbens, bevor das Wasser wieder rauschte, und als er zurückkam, waren seine Hände sauber und trugen Gegenstände, die ich nicht sehen konnte.

Ich reckte meinen Hals, als er eine kleine Packung Wattebällchen, eine Flasche Jod, einen Einweg-Skalpell und ein kleines Gerät in einem winzigen, durchsichtigen Behälter neben mich legte.

»Du weißt sicher schon, dass das eine kleine Narbe hinterlassen wird«, murmelte Kane und öffnete die Packung mit den Wattebäuschen.

Ich schaute nur an die Decke und mein Herz raste. »Mach einfach weiter.«

Ich sah wieder dieses Grinsen. Er zerrte mein Hemd hoch, als Riven näher kam.

»Hey.« Riven griff nach meinem Kinn und drehte meinen Kopf zu ihm. »Verdammt noch mal, bist du schön«, flüsterte er und starrte mich an.

Mein Puls stockte, als er seinen Kopf senkte und mich vorsichtig küsste. Mein Verstand war so sehr mit der Wirkung seines Mundes beschäftigt, dass ich das Stechen zuerst kaum spürte.

»Aua«, zischte ich und wich zurück, um den Blick nach unten zu richten.

Kane konzentrierte sich auf seine Hände, als er sich zu meiner Seite bewegte und eine Pinzette nahm, um das winzige Gerät in den kleinen Schnitt zu schieben, den er gemacht hatte.

»Eine ... kleine ... Naht.« murmelte er und arbeitete schnell und sorgfältig.

Seine Fähigkeiten würden jeden Chirurgen stolz machen. Ich wusste, dass er eine Art Psychodoktor war, aber die Art, wie er arbeitete, machte mir bewusst, dass er so viel mehr war.

»So.« Er gab mir einen winzigen Ruck, der mich zusammenzucken ließ, bevor er den Kopf hob. »Alles fertig.«

Erledigt? Für ihn vielleicht ... aber für mich war das erst der Anfang. Ich sollte nicht nur der brutalsten Art von

Gedankenkontrolle unterzogen werden, sondern auch für den Rest meines Lebens geortet werden, zumindest so lange, bis ich dieses Ding aus mir herausbekommen würde.

Und ich wollte es loswerden.

Fast so sehr, wie ich wollte, dass das alles vorbei war.

SECHSUNDZWANZIG

Helene

ICH TRUG ROT. ROT, DAS AUSSAH WIE BLUT, WELCHES AUF meine Haut gespritzt war. Ich hatte mir geschworen, es niemals zu tragen, nicht nach dem, was meine Schwestern durchgemacht hatten.

Und doch war ich hier, gekleidet in denselben abscheulichen Dessous, am selben Ort des Schreckens und im Begriff, mich in die Hölle zu begeben, die sie durchgemacht hatten – und zwar freiwillig.

Die Tür zum Badezimmer öffnete sich und Riven trat ein. Seine grüblerischen Augen richteten sich augenblicklich auf mein Spiegelbild, bevor er einen finsteren Blick aufsetzte und sich abwandte.

Er konnte mich nicht einmal ansehen.

Wie zum Teufel sollte er das durchziehen?

Doch dann drehte er sich wieder um und die tiefe Falte auf seiner Stirn passte zu seinem gequälten Blick. Ein Schritt und er stand hinter mir. Es gab keine Worte zwischen uns. Er strich nur mit den Fingern unter die Satinbänder auf meinem Rücken und streichelte meine Haut bis zu meiner Schulter. Ich erschauderte bei seiner Berührung.

»Verzeih uns«, flüsterte er und begegnete meinem Blick. »Für das, was wir tun werden.«

Mein Puls raste und mein Magen sank auf einmal. Ich hatte das Gefühl, in Ohnmacht zu fallen, bevor ich überhaupt angefangen hatte, bis sich die Tür erneut öffnete.

»Es ist soweit.« Kane schaute mich an, dann seinen Bruder.

In seinem Tonfall lag Bedauern, das er herunterschluckte, als er durch die Tür verschwand.

Riven ließ seine Hand fallen, atmete aus und folgte ihm, während ich es ihnen gleichtat.

Thomas war da, er trug seinen schwarzen Anzug und den weißen Kragen eines Geistlichen. Sein Gesicht war immer noch geschwollen und sein Auge blutig, als er mich mit seinem kalten Blick anschaute. »Nach dir.« Er winkte mich weiter.

Meine nackten Füße machten kein Geräusch, als ich den anderen wie ein Geist durch die Wohnungstür und den Flur entlang folgte. Riven ging voran, Kane wurde langsamer und fiel mit Thomas zurück, alle drei schlossen mich ein.

Die Sicherheitstüren wurden eine nach der anderen aufgeschlossen, als wir uns auf den Weg zu den Töchtern machten, bis ich durch die Glasscheibe einen Wachmann entdeckte.

Riven wirbelte herum, packte mich und drückte mich gegen die Wand. Sein Blick war voller Wut und seine Stimme voller

Angst. »Sie können uns nicht hören«, murmelte er. »Sie sehen uns nur.«

Mein Blick wanderte augenblicklich zu den Kameras über uns.

»Weißt du, was du tun musst?« Riven suchte meinen Blick.

Es war der letzte Moment, in dem er für mich Riven sein würde.

Irgendwie wussten wir das beide.

Ich unterdrückte ein Schaudern und nickte.

Er schluckte, packte mich am Arm und zog mich in Richtung der Türen. »Wir sehen uns auf der anderen Seite, Ärgernis.«

Ich stolperte vorwärts und erreichte kaum die Tür, bevor das Schloss einrastete und sie sich öffnete. Schwere Schritte näherten sich mir. Ich wurde im Nacken gepackt und nach vorne gestoßen, an den Wachen vorbei in die Cafeteria, bevor ich von hinten gestoßen wurde.

Mein Kopf schnellte nach hinten und meine Knie knickten ein, sodass ich zu Boden stürzte.

Aber er war noch nicht fertig. Nein, der Direktor packte mich am Kiefer und riss meinen Blick zu sich. »Versuch noch einmal wegzulaufen, Tochter, und du wirst sehen, was passiert.«

Seine Augen wurden groß. Seine Pupillen waren so dunkel, dass sie zu endlosen Tiefen wurden.

Er war verängstigt.

Nein.

Er war entsetzt.

Funken sprühten in seinem Blick. Seine Brust bewegte sich in flachen, panischen Atemzügen. Es gab keine Chance, dass er das durchstehen würde, nicht ohne dass ich die Führung übernahm. Ich riss meine Hände hoch. »*Bitte*, schlag mich nicht noch einmal.«

Das schwere Poltern von Stiefeln ertönte. »Du hast sie gefunden.« Der Mann, den ich als Walker kannte, schritt auf mich zu.

»Wir haben sie gefunden.« Der Direktor ließ meinen Kiefer los, richtete sich auf und blickte auf mich herab.

»Ich werde besser auf sie aufpassen«, sagte Walker, als er mich am Arm packte und auf die Beine zog.

»Das werden wir alle«, fügte Riven kalt hinzu und beobachtete, wie ich zu den anderen Töchtern geschleppt wurde, die dort saßen.

Sie starrten mich mit entsetzten Gesichtern an. Einige waren rot gekleidet, andere weiß. Sie kümmerten sich mehr um die Wachen auf der anderen Seite des Raumes als um eine Heuchlerin.

»Setz dich.« Walker schob mich zu einem Platz und nickte den Mitarbeitern der Cafeteria zu.

Abscheu stieg in mir auf, als sie mir einen Teller mit Eiern und einen Plastikbecher mit einer Art Saft vor die Nase schoben.

»Iss«, befahl Walker. »Du hast zehn Minuten Zeit.«

Zehn Minuten?

Mir war ganz mulmig zumute, als ich die ganze Aufmerksamkeit im Raum spürte und alle Augen auf mich gerichtet waren. Aber das war es, was wir brauchten, nicht wahr? Wir konnten nur überleben, wenn sie glaubten, dass sie mich brauchen konnten. Meine Finger zitterten, als ich nach der Plastikgabel griff, in etwas von der gummiartigen Masse stach und sie langsam in meinen Mund steckte.

Mein Magen verkrampfte sich, als ich kaute. Das konnte alles Mögliche sein. Ich hob meinen Blick zu den Töchtern, die vor mir am Tisch saßen. Ihre niedergeschlagenen Augen bewegten sich nicht, als ich mich zwang, den widerlichen, matschigen Bissen hinunterzuschlucken. Das könnten Pfannkuchen sein. Heiße, buttrige, goldbraune Pfannkuchen, die besten, die ich je gegessen hatte.

Wie sind sie?

Rivens Stimme drang in meinen Kopf ein.

Das ist jetzt nicht der richtige Zeitpunkt dafür. Überhaupt kein guter Zeitpunkt, um an ihn zu denken.

Ein bisschen trocken ehrlich gesagt.

Mein Puls beschleunigte sich, als ich schluckte und den Moment für eine Sekunde erneut erlebte, bevor er verschwunden war.

»Okay«, dröhnte Walkers Stimme und ließ die Töchter zusammenzucken. Er musterte sie alle und sein Blick blieb auf mir haften. *»Macht euch alle fertig. Ihr werdet in den Medienraum begleitet.«*

Niemand rührte sich, alle waren verängstigt. Trotzdem gingen mir die Gedanken durch den Kopf. Medienraum? Ich versuchte herauszufinden, was gleich passieren würde, ließ meine Gabel fallen und nahm einen Schluck Saft, um das Essen hinunterzuspülen, als die Wachen von der anderen Seite des Raumes kamen. Es war fast so, als könnten sie es kaum erwarten, uns in die Finger zu bekommen und uns auf die Füße zu zerren.

Solltet ihr Huren nicht einfach daliegen und es hinnehmen?

Die Erinnerung an diesen Bastard tauchte in meinem Verstand auf, aber es war Walker, der auf mich zuging, mich am Arm packte und mich nach vorne in die Reihe der anderen zerrte. »Beweg dich.«

Und einfach so war ich eine von ihnen.

Eine Tochter, die gezwungen wurde, sich aufzustellen und wie ein Stück Fleisch an Riven und den anderen vorbeizugehen.

»Augen nach vorne«, bellte mich einer der Wächter an und sein Blick glitt über die durchsichtige Spitze, die ich trug.

Mit hämmerndem Herzen richtete ich meinen Blick nach vorne und folgte den anderen langsam aus der Cafeteria und den Flur entlang.

Nackte Füße klatschten auf kaltem Boden. Panische Blicke trafen auf meine, als wir an drei Türen vorbeigingen und an einer offenen Tür anhielten.

»Du wartest hier.« Der Wachmann hob seinen Arm und versperrte uns den Weg. Er wandte seinen Blick ab. »Lehrer.«

Dann war Kane da und trat um mich herum, um sich dem Rest der Schlange zu stellen. Er schaute nicht in meine Richtung, begegnete meinem Blick nicht. »Ihr werdet hineingeführt und bekommt eure Plätze zugewiesen. Einer der Sanitäter wird kommen und euch sichern. Jeder Versuch, sich zu entziehen, wird mit Gewalt beantwortet, habe ich das verstanden?«

Keiner sagte ein Wort.

Uns sichern? Was zum Teufel sollte das bedeuten?

Ein Nicken zu den Mitarbeitern hinter mir und die Krankenschwestern schritten voran.

»Los geht's.« Eine Schwester nahm den Arm einer Tochter und führte sie in einen schwach beleuchteten Raum.

Ich kannte diesen Ort, kannte ihn genau, jeden Korridor, jeden Plan. Ich kannte Bilder und Grundrisse, aber als ich hier stand, wurde mir bewusst, dass ich diesen Ort überhaupt nicht kannte.

Nicht wirklich.

Nicht so wie jetzt.

»Du.« Die nächste Krankenschwester schnappte sich die Töchter vor mir.

Eine nach der anderen wurden sie hineingeführt, bis eine zu mir kam.

»Lass uns gehen.« Die ältere Frau nahm mich am Arm und zog mich zur Tür.

Ich begegnete Kanes emotionslosem Blick, als ich vorbeiging. Er zuckte nicht einmal mit der Wimper, auch nicht, als ich in die Dunkelheit stolperte und an Sitzreihen entlanglief, die wie Theaterplätze aussahen. Ich warf einen Blick auf die dunkle Leinwand. Aber das hier war anders als jedes andere Theater, in dem ich jemals gewesen war. Ich wurde sanft eine Reihe entlang geschoben und gezwungen, in die Mitte zu rücken.

»Hier«, befahl die Krankenschwester.

Das stumpfe Glänzen von Metall fiel mir auf, als sie mich auf den Platz führte. Eine andere Krankenschwester kam von der anderen Seite auf mich zu, packte meinen Arm und hielt ihn fest, während sie ihn festschnallten.

»Warte.« Ich wehrte mich gegen ihren Griff und erntete einen bösen Blick.

Mein anderer Arm war als Nächstes dran, festgeschnallt und gesichert.

»Autsch«, schrie ich auf, als etwas in meinen Arm gestochen wurde.

Mit dem Herausziehen einer Nadel kam die Angst an die Oberfläche.

»Was ... was war das?«

»Nur etwas, das dir hilft, dich zu entspannen«, drängte die Krankenschwester mit der Spritze.

Ihr Gesicht verschwamm, als sie sich aufrichtete, und auf der Leinwand flackerte eine Aufnahme auf.

Ich wusste, dass die anderen um mich herum auf die Plätze gedrängt wurden und das gleiche Mittel bekamen. Ich schüttelte den Kopf und versuchte mein Bestes, um mich zu konzentrieren. Aber mein Verstand schwankte und meine Kräfte wurden schwächer. Auf dem Bildschirm flackerten Wörter auf, die sich weiß abhoben.

GEHORCHEN.

LOSLASSEN.

BESESSEN WERDEN.

Mein Puls beschleunigte sich. *Bumm! Bumm! BUMM!* Das plötzliche Dröhnen der Musik war ohrenbetäubend.

Ich hatte einen Fehler gemacht ...

Ich hatte einen *schrecklichen* Fehler gemacht.

BUMM!

BUMM!

BUMM!

VERBOTEN.

VERLANGEN.

MEIN.

Ich wand mich und kämpfte gegen die Fesseln um meine Handgelenke. Aber meine Bewegungen waren langsam und schwach ... und die grellen Worte auf dem Bildschirm riefen mich.

GEHORCHE.

GEHORCHE.

GEHORCHE ...

Ich wollte weg von hier. Ich wollte raus ... ich wollte raus.

Ich öffnete meinen Mund, um zu schreien, aber es kam kein Ton heraus.

Da waren nur Worte.

Worte, die meinen Kopf erfüllten.

Worte ... die *mich* erfüllten.

SIEBENUNDZWANZIG

Helene

KÄLTE FRASS SICH DEN GANZEN WEG IN MICH HINEIN.
Eine Kälte, wie ich sie noch nie gefühlt hatte. Zumindest nicht,
dass ich mich daran erinnern könnte. Meine Gedanken waren
träge. Meine Erinnerungen waren verschwommen und
kämpften gegen den eisigen Luftzug an. Einer, der meine
Knochen schmerzen und meine Zähne klappern ließ.

Ich schlang meine Arme um mich und spürte das Stechen in
meiner Armbeuge.

Wer bist du?

Die Worte schwebten von irgendwoher. Ich suchte nach einer
Antwort, bis sich die Angst wie ein Nebel um meine
geisterhaften Gedanken legte. Ich drehte meinen Kopf zu
einem Meer aus Rot. Reihen von Frauen in Spitzenkleidern
starrten mit leeren Mienen. Sie reihten sich wie Soldaten auf,
bis zu dem Punkt, an dem sie vor der verdunkelten Kulisse am
Rand des Raumes verschwammen.

Wer bist du?

Diese Worte kamen wieder. *Denk nach ... komm schon ... du kannst es schaffen. Denk nach.* Eine neue Welle eisiger Luft schlug mir entgegen und das Stechen in der Mitte meines Ellbogens zwang mich, den Arm zu verdrehen.

Dort waren Nadelstiche.

Die roten Nadelstiche leuchteten neonfarben auf den feinen, weißen Narben auf meinen Armen.

Es gab viele davon. Der Anblick dieser Punkte war beängstigend.

Oh, Scheiße ... oh, Scheiße ...

Ich hob meinen Blick, als sich etwas in meinem Blickfeld bewegte. Ein finsterer Fleck kam näher und schwebte knapp außerhalb meines Blickfeldes.

»Wer bist du?« Das tiefe Knurren wurde von einem leisen Gemurmel begleitet. Eines, das ich nicht ganz verstehen konnte.

Ich richtete meinen Blick auf die kleinen roten Punkte in meiner Haut, während Angst und Panik in mir tanzten.

»Wer bist du?«

Ein Murmeln ... das ich fast hören konnte.

Bumm. Bumm. Bumm.

Ich hob meinen Kopf, als die Dunkelheit näher kam. Eine Dunkelheit, die ein Gesicht mit sich brachte, das ich irgendwie kannte.

»Wer bist du?«, fragte er und ich öffnete meinen Mund, um zu sprechen.

Ich wusste, wer ich war ... ich wusste ... ich wusste ...

Ich sehe dich auf der anderen Seite, Ärgernis.

Ich starrte in diese endlosen Augen. Mein Puls pochte wie eine verkrampfte Faust in meiner Brust, während ich den Mann anstarrte.

»Ich sagte, *wer bist du?*«, verlangte er.

Die Worte waren grausam und hasserfüllt. »Niemand«, antwortete ich.

Er nickte und seine Augen waren voller Verzweiflung, bevor er sich abwandte und verschwand.

Niemand.

Das war ich.

Niemand, der einen Namen hatte.

Niemand Wichtiges.

Ich versuchte mich zu erinnern, wie ich hierher gekommen war und wo ich mich befand.

War dies eine Art Krankenhaus? Ich riskierte einen Blick auf die Männer, die am Rande des Raumes standen. Männer, die nicht wie die Ärzte aussahen, die ich kannte.

Kämpfe.

Kämpfe ...

KÄMPFE.

Ich zuckte zurück und machte einen Schritt nach hinten, als Einzige, die jetzt aus der Reihe tanzte. »Lasst mich hier raus.« Die Worte kamen mir kaum über die Lippen. Aber die Panik nahm überhand, ich schrie und heulte innerlich auf, als ich meinen Kopf drehte, das blutrote Meer anstarrte und schrie: *»LASS MICH VERDAMMT NOCH MAL HIER RAUS!«*

Das Geräusch brach den Bann.

Zähnefletschend wirbelte ich herum und suchte nach der Tür.

»Riven!« Ein Gebrüll ertönte irgendwo im Raum.

Aber das war mir egal. Alles, was ich sah, war die Tür.

Lasst mich raus!

Lasst mich raus!

LASST MICH HIER RAUS!

Ich rannte, knallte gegen die rot gekleidete Frau vor mir und schubste sie aus dem Weg. Ich sah nur noch die Türöffnung. Ich sah nur mein Überleben und das Ende, das Ende von all dem hier.

Bis die Dunkelheit auf mich zukam und wie ein Orkan auf mich zustürmte.

»Ich habe sie!«, brüllte die Dunkelheit und riss mich zu Boden.

Die Kälte wartete und drückte gegen mein Gesicht, während ich am Boden gehalten und meine Arme hinter mich gerissen wurden.

Ich schrie, trat und holte zu panischen Schlägen aus. Aber ich bewegte mich zu langsam und meine Schläge waren schwach, zu schwach, um etwas zu bewirken.

»Ruhig!«, brüllte die Dunkelheit und packte meine Handgelenke, während ich meinen Kopf nach hinten warf. *»Ich sagte: Ruhig jetzt!«*

»Lass mich *los!*«, schrie ich und starrte die offene Tür in der Ferne an. »*LASS MICH LOS!*«

»Wir eine Kämpferin«, sagte eine gefährliche Stimme, die von irgendwo oben kam.

Etwas bewegte sich wieder, als er meinen Arm packte und das Stechen noch einmal passierte. »Aua!«

»Auf die müssen wir aufpassen«, murmelte der tiefe, sanfte Ton des Teufels.

Ich hob den Blick und sah ihn an, während er über mir aufragte.

»Ich stimme zu«, sagte der Mann, dessen schwerer Atem an mein Ohr drang, während er meine Arme festhielt. »Ich denke, wir sollten an diesem Exemplar ein Exempel statuieren.«

»Fiii ...« Ich versuchte, die Worte auszusprechen. Aber der Raum schwankte und flimmerte, wie eine Illusion. »*Fick dich!*«

Die Finsternis drückte näher an mich heran und seine Worte drangen wie ein Flüstern an mein Ohr. »Das ist der Plan, Ärgernis. Das ist der verdammte Plan.«

Ich wollte sie bekämpfen. Ich *versuchte*, mich zu wehren, aber ich hatte nichts, keine Kraft, keinen Willen. Ich war nichts weiter als klappernde Zähne und ein leerer Blick. Starke Hände packten meine Arme und zogen mich nach oben.

»Du kämpfst gegen die Programmierung«, rief er. »Also sind wir hier, um dafür zu sorgen, dass die Programmierung gewinnt.«

Er blickte auf mich hinunter und musterte meinen Körper. Sein Mund verzog sich zu einem Knurren. »Wer bist du?«

Ich schnappte schwer nach Luft.

Er bewegte sich schnell und packte meinen Kiefer. »*Ich sagte, WER BIST DU?*«

Schmerz schoss durch meinen Kiefer, als er meine Wangen gegen meine Zähne presste und ich schrie: »Niemand.«

Seine Brust hob und senkte sich heftig, als er seinen Blick nach unten richtete. »Das ist richtig. Du bist niemand. Niemand mit *eigenen* Bedürfnissen. Dein Bedürfnis ist mein Bedürfnis. Verstehst du mich?«

Ich nickte durch seinen erdrückenden Griff hindurch.

»Dann wirst du auf die Knie gehen«, forderte er. »Du wirst auf die Knie fallen und um Vergebung betteln.«

Das wollte ich nicht. Jede Körperzelle schrie aus Trotz, selbst als meine Knie nachgaben und auf den Boden schlugen.

GEHORCHEN.

LOSLASSEN.

BESESSEN WERDEN.

Die Worte blitzten in meinem Kopf auf.

Er benutzte keine Worte. Nicht mehr. Mit einem Blick ließ ich die Arme auf den Rücken gleiten.

Du bist mein Eigentum.

Die Worte hallten irgendwo in meinem Hinterkopf wider.

Gut so. Jetzt spreize deine Beine.

Seine Lippen bewegten sich nicht. Trotzdem wusste ich, was er dachte. Was er wollte. Wonach er sich sehnte.

Seine Brust hob sich mit einem schweren Atemzug. Sein Blick wanderte augenblicklich zu meinem Oberschenkel, der sich langsam öffnete.

Weiter.

Die Haut meiner Knie quietschte auf dem Boden. Ich konnte den Blick nicht von seinen Augen abwenden. Augen, die mir so vertraut vorkamen. Meine Finger zuckten und wollten die rote Spitze an meinen Oberschenkeln berühren. Ich glaube, die sind zu eng. Die Worte hallten in meinem Kopf wider, als hätte ich sie schon einmal gesagt ... irgendwie ... irgendwo.

Nein, das heisere Knurren kam. *Ich weiß, dass es perfekt passt.*

Er wollte mich. Dieser Mann, der nach unten blickte, wollte mich mehr als alles andere in seinem ganzen Leben ... *und ich wollte ihn.* Ich leckte mir über die Lippen. Ich wollte ihn.

»Bitte«, flüsterte ich ihm zu. »Es tut mir leid.«

»Was tut dir leid?«, fragte er.

Mein Kiefer verkrampfte sich. Doch ein Teil von mir strampelte innerlich, als ich antwortete. »Dass ich versucht habe zu fliehen.«

»Willst du fliehen?«

Ich schüttelte langsam den Kopf.

Er beugte sich hinunter und packte meinen Kiefer, nur dass er diesmal sanfter war. »Dann öffne deinen Mund.«

Meine Lippen bebten und öffneten sich langsam. Er sah mich mit einem gefährlichen Blick der Zufriedenheit an. Eine kräftige Streicheleinheit seines Daumens und er drückte die weiche Haut meiner Lippe gegen meine Zähne.

»Weiter.«

Mein Kiefer schmerzte, er zuckte und zitterte und kämpfte gegen die Kälte. Er schob seine Finger in mich hinein und an meiner Zunge entlang.

»Lutsch«, befahl er.

Ich schloss meine Augen, als mich die Scham erfüllte.

»Habe ich dir gesagt, du sollst deine Augen schließen?«, knurrte er.

Ich riss sie auf.

»Ich sagte, du sollst *lutschen.«*

Ich tat es und saugte seine Finger tiefer in meinen Mund.

Er blickte nach unten. »Du ritzt gerne, *Tochter?* Ist es das? Du magst es zu schneiden, zu bluten und leer zu sein?«

Tränen füllten meine Augen, als er zustieß, sich wieder zurückzog und mit jeder Bewegung tiefer in mich eindrang. Das war kein Vorspiel, das war ein gewalttätiger Übergriff. Einer, der mich nicht mit Lust erfüllte ... sondern mit Angst.

»Du bist nichts weiter als meine Bedürfnisse. Verstehst du das?« Er schob seine Finger ganz hinein, bis sich meine Kehle um ihn schloss, bis er seine Knie auf den harten Boden sinken ließ und meinen Hinterkopf mit einem brutalen Griff packte. *»Du bist niemand.«*

Meine Augen tränten. Meine Kehle verkrampfte sich, bis er meinen Kopf losließ und stattdessen wild an den Trägern meines Bodys riss, ihn herunterriss ... und meine Brüste entblößte.

»Du bist nichts weiter als meine Unterhaltung.« Mit einer Hand packte er meine Brust, während seine Finger immer noch in meinem Hals steckten. »Du bist nichts weiter als eine Saite, an der ich zupfen kann.«

Ich zuckte zusammen, als er mir in die Brustwarze zwickte. Der Schmerz flammte auf, der grausame, blendende Rausch war mir vertraut. Er kniff erneut zu, diesmal fester, bis ein leiser, animalischer Laut aus mir hervorbrach.

»Ich bin jetzt deine Klinge, Tochter. Ich bin die geschliffene Rasierklinge, nach der du dich sehnst, und die Droge, der du nie entkommen kannst.«

Speichel rann ihm über die Finger, als er sie herauszog, bevor er seine Hände fallen ließ, sich erhob und auf mich herabblickte.

»Du wirst jetzt mit den anderen gehen. Du wirst nicht treten, schreien und auch nicht versuchen zu fliehen. Hast du mich verstanden?«

Meine Schultern zitterten und drohten, sich zu krümmen.

Ein Teil von mir wollte das.

Aber dies war ein Test.

Und mehr als ein Test für mich.

Die *Dunkelheit* erhob sich.

»Walker«, rief er einer der Wachen am Rande des Raumes zu. Augenblicklich gehorchte der Mann und schritt näher. Mir wurde bewusst, dass alle Augen auf mich gerichtet waren. Es waren mehr Männer hier, als ich erwartet hatte, und jeder von ihnen beobachtete mich mit einem gefräßigen Blick. »Ich möchte, dass du oder einer deiner Männer sie auf Schritt und Tritt beobachtet. Du rufst mich sofort an, wenn sie aus der

Reihe tanzt, oder wenn eurer Meinung nach etwas nicht stimmt. Habe ich mich klar ausgedrückt?«

Der Blick des Wächters wanderte zu mir und er nickte. »Verstanden.« Er drehte den Kopf und winkte seinen Mann heran.

»Ich will sie nicht aus den Augen lassen«, befahl er und hob seinen Blick auf das Meer von Frauen hinter mir. »Das sollte euch allen eine Lehre sein. Ihr könnt nicht mehr über eure Körper verfügen. Sie gehören jemandem, der viel mehr Macht hat als ihr.«

Er senkte seinen Blick auf den meinen. Es lag etwas Unausgesprochenes darin. Eine Bitte ... ein Gebet. Eines, von dem er wollte, dass ich es verstand, bevor er sich entfernte. »Geh.« Er wandte seinen Blick ab. »Dein Unterricht geht morgen weiter.«

Dann drehte er sich blitzschnell um und ging in Richtung der Männer am Rande des Raumes.

»Schlaf gut, Ärgernis«, ertönte der sanfte, verführerische Ton des Teufels hinter mir. »Du wirst es brauchen.«

Ich wollte, dass er mit dem anderen Mann wegging. Meine Brust schmerzte bei jedem Herzschlag.

Irgendetwas war hier los. Etwas, das ich nicht verstand ... oder an das ich mich nicht erinnern konnte.

»Geh zurück in die Reihe«, befahl der Wachmann, Walker.

Meine Arme zitterten, als ich mich langsam nach oben stemmte. Ich hätte nicht gedacht, dass mein Körper mein Gewicht halten würde, aber er tat es, als ich mich umdrehte und mich langsam zurück in die Reihe stellte. Die Frau, die ich zur Seite geschubst hatte, blickte mich nicht einmal an, sondern trat einfach zur Seite und ließ mich passieren.

Das war nicht richtig.

Das wusste ich.

Trotzdem war ich hilflos, als ich meinen Platz neben den anderen einnahm und jeden Blick vom Rand des Raumes spürte.

Wer bist du?

Die Worte schallten mir entgegen.

Wer zum Teufel bist du?

MEIN.

BESESSEN.

TOCHTER.

Niemand. Das war ich ...

Ich war niemand.

Nicht mehr.

ACHTUNDZWANZIG

Riven

»Das ... was du heute getan hast, war ... *verdammt beeindruckend.*«

Langsam hob ich meinen Blick von der Kante des großen Schreibtisches in der Kommandozentrale vor mir und begegnete Coulters hässlichem Blick. Seine Augen funkelten und glitzerten vor dem Hunger, den Männer wie er an einem Ort wie diesem verspüren.

Zerstörung.

Er wartete, während der Raum um uns herum still wurde und ein kleiner, finsterer Blick war das einzige Zeichen dafür, dass ich etwas sagen musste.

»Ich bin froh, dass es dir gefallen hat«, antwortete ich.

Mein Ton war hohl, so verdammt hohl, dass ich mich wie betäubt fühlte, als würde ich in einem Fass der Verderbnis existieren. Gedanken an Gewalt kursierten in meinem Kopf. Meine Handfläche sehnte sich nach einer Pistole oder einem

Messer ... oder nach irgendetwas anderem. Ich wollte mich durch diesen Raum kämpfen, schießen und alles und jeden töten.

Dann wollte ich diesen ganzen Ort niederbrennen.

Und all die verdammt grausamen Dinge tun, die ich hier bereits getan hatte.

Und mich gleich mit umbringen.

Ich bin jetzt deine Klinge, Tochter. Ich bin die geschliffene Rasierklinge, nach der du dich sehnst

... und die Droge, der du nie entkommen kannst.

Niemals. Entkommen.

Ich hatte ihren Verstand zerrüttet.

Ich hatte ihn in tausend winzige Teile zerbrochen, um meinen Willen durchzusetzen.

Was ich ihr angetan hatte, jemandem, der so voller Wut, Leben und Kraft war, konnte ich mir nie verzeihen.

Meine Faust verkrampfte sich an meiner Seite.

Und das alles nur ihretwegen.

Wegen dieses verdammten Ungeziefers.

»Marks ist immer noch nicht zurück.« Einer der Wächter blickte von seinem Handy auf und meldete sich zu Wort. »Und er antwortet nicht auf meine Anrufe.«

Coulter machte ein finsteres Gesicht und schüttelte den Kopf. »Das sieht ihm gar nicht ähnlich. Ich will, dass er gefunden wird, und zwar sofort.«

Knirsch.

Das Geräusch eines gebrochenen Genicks stieg in meinem Kopf auf. Das schwere Gewicht seines Körpers. Sie würden Marks nicht finden ... egal, wie sehr sie suchten, es sei denn, sie konnten mit den Toten kommunizieren.

»Wenn er nicht auf meine verdammten Nachrichten antwortet, werde ich das Ortungsgerät benutzen.«

Ich warf ihm einen raschen Blick zu. »Ortungsgerät? Welches Ortungsgerät?«

Er antwortete nicht, sondern nahm vor seinem Computer Platz, den er im großen Konferenzraum aufgestellt hatte. Er und seine Männer waren wie Heuschrecken, die in jeden Bereich dieses verdammten Ortes eindrangen und uns langsam aussaugten.

»Ich werde ihn finden«, murmelte Coulter, während er tippte.

Ich ging einen Schritt näher, so nah, wie ich mich traute. Er rief einen GPS-Bildschirm auf dem Monitor auf und brachte die Karte des Geländes mit ein paar Mausklicks dazu, winzige, grüne Punkte anzuzeigen.

Wenn er mit der Maus über einen Punkt fuhr, zeigte er den Namen und den letzten bekannten Aufenthaltsort des Wächters an. Mein Puls beschleunigte sich und ich geriet in Panik. Ich machte einen Schritt zurück, drehte mich um und ging auf die Tür zu.

Meine Finger zitterten, als ich meine Schritte verlängerte. In meinem Kopf spielten alle möglichen Szenarien durch, während ich meine Nachrichten abrief und tippte: *Sie haben ein verdammtes Ortungssystem für die Wachen. BEWEGT DIE LEICHE, SOFORT!*

Ich schob mein Handy zurück in die Tasche, meine verdammte Hand zitterte und ich verkrampfte sie zur Faust, während ich weiterlief. Das alles glitt mir durch die Finger, und das innerhalb weniger Tage.

Tage für mich.

Aber eine Ewigkeit für sie.

Ich ging weiter, knallte meine Karte gegen den Scanner und ging durch die Tür.

Du bist nichts weiter als meine Unterhaltung ...

Nichts als eine Saite zum Zupfen.

Ich bog um die Ecke und fand Walker, der vor ihrer Tür Wache hielt. Er warf mir einen kurzen Blick zu. Die halbautomatische Waffe in seiner Hand hatte nichts mit einem Fluchtversuch zu tun, sondern mit ihrem Schutz.

Nach dem heutigen Tag hatte sie eine Zielscheibe auf dem Rücken ... und auf ihrem Körper.

»Boss«, murmelte Walker.

Ich warf einen Blick in den abgedunkelten Raum und drehte mich dann zu ihm um. »Gibt es Probleme?«

Mit Problemen meinte ich die mit den Wachen.

»Ein paar kamen vorbei, um nach ihr zu sehen. Ihnen wurde gesagt, sie sollen sich gefälligst *verpissen*.«

Ich nickte und konzentrierte mich wieder auf den dunklen Raum. Sie hatte beim Abendessen nichts gegessen und auch nichts getrunken. Sie hatte einfach nur da gesessen und mit demselben glasigen Blick gestarrt. *Ich hatte ihr gesagt, sie solle das nicht tun ... Ich hatte es ihr gesagt ... Ich hatte es ihr verdammt noch mal gesagt ...*

»Ich übernehme ab hier«, sagte ich, während mein Herz schmerzte.

»Hier.« Walker reichte mir seine Waffe. »Ruf mich an, wenn du mich brauchst.«

Ich nahm die Waffe und wartete lange genug, bis er weg war, bevor ich es wagte, näherzukommen. Drinnen bewegte sich nichts, nichts als verdammte Dunkelheit.

Ich versuchte, den Schmerz in meiner Kehle hinunterzuschlucken, als ich die Tür aufschloss und eintrat. Das Licht drang tiefer in den Raum ein und fiel auf den zusammengerollten Körper in der Mitte ihrer Pritsche. Sie lag mit dem Gesicht zur Wand.

Das Schloss rastete ein, als ich die Tür hinter mir schloss. Ich wartete auf eine Reaktion. Es gab keine.

»Helene?«

Sie bewegte sich nicht. War sie eingeschlafen?

Ich trat näher heran und hasste das Gewicht der Waffe in meiner Hand.

»Ich habe versucht, dich zu warnen, Ärgernis«, murmelte ich.

Sie drehte ihren Kopf und ihre leeren Augen trafen meine. *Ich hatte ihr das angetan.* Ich hatte ihr das angetan. Meine Finger zitterten, als ich über ihre Wange strich. »Aber du wolltest nicht hören, oder?«

Sie bewegte sich auf der Pritsche und drehte ihren Körper zu mir.

Aber das war nicht sie ... nicht mehr.

Es waren die Programmierung und die Samen, die ich tief in ihr Gehirn gepflanzt hatte.

Samen, die irgendwann zu Reben heranwachsen und alles ersticken würden, was zwischen uns hätte sein können.

Ich hatte es jedenfalls nicht verdient.

Ich strich ihr mit dem Daumen über die Wange und starrte in ihre leeren Augen. Trotzdem konnte ich mich nicht zurückhalten. Nicht, dass ich das jemals gekonnt hätte ... wenn es um sie ging.

Ich beugte mich hinunter, schloss die Augen und strich mit meinen Lippen über ihre. Wärme traf auf meine. In meinem Kopf sah ich sie immer noch an mein Bett gefesselt in dem Haus in der Stadt, wie sie Worte voller Gift und Wut spuckte.

Ärgernis. Schmerz durchfuhr meine Brust, die Art, die einen Mann wie mich schwach machte. Denn ich *war* schwach, wenn es um sie ging. Ich hatte gewusst, dass sie mein Verderben war, als sie vor mein Auto getreten war. Meine Hand wanderte nach unten und umschloss ihre Brust. Sie stieß ein leises Stöhnen aus, das sich aus ihrer Kehle in meinen Mund ergoss.

Ich schluckte dieses Geräusch hinunter, wie ein Mann, der am Verdursten war. Der Kuss vertiefte sich. Meine Berührung wurde verzweifelter und glitt zu ihrer Brustwarze. Ich löste mich von ihrem Mund und senkte meinen Kopf.

»Spreizen«, befahl ich.

Sie gehorchte augenblicklich. Es gab keinen Widerstand, kein ›Fick dich‹«, nur *Unterwerfung.* Ich konnte mich nicht zurückhalten, konnte nicht langsamer werden. Ich griff in die weiche Haut ihrer Schenkel, als ich mein Gesicht zwischen sie schob und durch die Spitze ihrer Unterwäsche leckte.

Nur ein Vorgeschmack.

Um zu wissen, dass sie echt war.

Meine Eier verkrampften sich. Mein Schwanz schwoll an.

Ich fuhr mit meinem Daumen an ihren Schamlippen entlang und rieb ihren Kitzler.

Das leise Stöhnen wurde lauter und ich verlor mich in ihrem Geschmack. In das Gefühl ihrer Berührung, als ihre Finger durch mein Haar glitten, und in den Klang ihres kehligen Hungers. Meine Finger zitterten nicht mehr, als ich den Saum zur Seite zog und ihre Schamlippen entblößte.

Ich brauchte sie.

Als würde mein Leben *davon* abhängen.

Als wäre mein ganzes Leben für sie gemacht worden.

Ich blickte auf und starrte in ihre leere Miene, als sie auf mich herabblickte.

Ein Teil von mir wusste, dass das falsch war, dass *das* nicht sie war.

Aber ich war ein Mistkerl.

Das wusste ich.

Ein egoistisches. Wildes. Monster. Nicht geeignet für etwas so verdammt Perfektes wie sie.

Nicht wirklich.

Die Gerechtigkeit hatte meine Seele schon erfasst ... und aus der Hölle gab es kein Zurück mehr. Das wusste ich ... Trotzdem ... als ich in diese dunklen, leeren Augen starrte, wünschte sich ein Teil von mir mehr.

»Willst du ...«, krächzte ich und versuchte, meinen Mund zu befeuchten. »Willst du, dass ich aufhöre?«

»Niemals«, flüsterte sie. »Ich will nie, dass du aufhörst.«

Ihre Finger berührten mich träge und wanderten zu meinem Hinterkopf, bevor sie mich wieder nach unten drückte. »Mach mit mir, was du willst. Befiehl, was du willst. Gehorchen. Loslassen. Besessen werden. Das ist es, was ich bin ... ich gehöre dir.«

Ich zuckte zusammen und riss meinen Kopf weg. Meine Finger glitten aus der Wärme ihrer Muschi, als ich rückwärts stolperte.

Sie beobachtete die Bewegung, machte ein finsteres Gesicht und rappelte sich auf. Der Bund schnitt in die weiche Haut ihrer Muschi. Ich starrte das an, was ich wollte und leckte mir über die Lippen.

»Bitte«, murmelte sie. »Verlass mich nicht.«

Eine Sekunde lang flackerte die Leere in ihren Augen auf. Ihre Mundwinkel zitterten, als sie sich in dem dunklen Raum umsah, als würde sie ihn zum ersten Mal wahrnehmen. »Riven?«

Verzweiflung stieg in mir auf und zwang mich dazu, mich nach vorne zu stürzen. Ich packte sie und zog sie an mich. »Mein kleines Ärgernis.«

»Wo ... wo zum Teufel bin ich?«

Und schon war sie wieder da und erwachte mit einem Hauch von Verachtung in ihrem Tonfall zum Leben. Ich lächelte und zog sie näher zu mir. »Bei mir. Du bist in Sicherheit, Baby. Du bist in Sicherheit.«

Sie griff nach meinem Hemd, hielt sich fest und hob ihren Blick zu mir. Ich spürte, wie ihr Körper zitterte. Ich spürte alles mit ihr ... vielleicht ein bisschen zu viel.

»Geh nicht«, flüsterte sie. »Ich brauche dich.«

Mein Wille knickte ein und beugte sich unter der Einsamkeit in diesen dunkelbraunen Augen. Ich senkte meinen Kopf und zog sie nach oben. »Ich werde dich nicht verlassen.«

Tränen schimmerten in ihren Augen. Ich wusste, dass es an der Konditionierung lag. Doch sie in ihrem Schmerz zu sehen, war wie ein Messer, das sich in meine Brust hackte.

Sie hob ihren Kopf, küsste mich und der gleiche Hunger kam zurück, gefährlicher als je zuvor. Ich hob sie hoch und drückte sie mit dem Rücken gegen die kleine Pritsche. Ihre Beine quietschten auf dem Boden, aber das war egal, alles war egal.

»Leg dich zurück«, drängte ich. »Lass mich für dich sorgen.«

Sie ließ sich zurück auf die Liege sinken. Ich tat das Einzige, was ich konnte ... Ich wurde zu dem Monster, das sie brauchte. Zu dem, das sie von diesem Ort wegbringen würde ... wenn auch nur für einen Moment. Meine Finger wanderten an ihrem Körper hinunter und fuhren über ihre Brust, bis sie weiter nach unten glitten.

Nässe traf auf meine Fingerspitzen, als ich gegen die Spitze zwischen ihren Beinen stieß. Ich brauchte ihr nicht einmal einen Befehl zu geben. Stattdessen öffnete sie ihre Beine und winkelte ihre Knie an, um einen zusätzlichen Zentimeter zu gewinnen. Sie wollte sich für mich öffnen, gespreizt und triefend.

Ich blickte nach unten, um meine Finger in ihrem Körper verschwinden zu sehen. Ich konnte nicht verhindern, dass sie nach oben wanderten, um die Kapuze ihrer Klitoris zu finden. »So geschwollen«, murmelte ich und erwiderte ihren Blick.

Feuchtigkeit tropfte zwischen ihren Schenkeln hervor. Verdammt, sie war feucht. Meine kreisenden Bewegungen ließen sie erschaudern.

»Bitte«, keuchte sie und hielt sich an meinem Unterarm fest. »*Bitte.*«

»Bitte was, Ärgernis?« Ich bewegte mich und beugte meinen Hals, um meinen Kopf zwischen ihre Schenkel zu stecken.

Ihr Hintern verkrampfte sich und ihre Sehnen spannten sich an, sodass sie ihre Beine so weit wie möglich spreizte. So ein bedürftiges kleines Ding. »Du willst gefickt werden, stimmt's?«

Ihre Finger fuhren durch mein Haar, als ich den durchweichten Saum zur Seite zerrte.

»Weiter«, befahl ich ihr und griff unter ihr Knie, um es anzuheben.

Ich neigte meinen Körper zur Seite und spreizte sie mit meinen Fingern, während ich über ihren Schlitz leckte.

»Oh, Gott. Hör nicht auf.« Sie stöhnte und trieb ihre Hüften noch höher.

Ich saugte an ihrer Klitoris und zog sie sanft in meinen Mund. »Mach dir keine Sorgen.« Ich spießte sie mit zwei Fingern auf und drang ganz in sie ein. »Das habe ich auch nicht vor.«

Mein Schwanz zuckte und brachte mich dazu, mich verzweifelt gegen die Pritsche zu stemmen. Ich zog meine Finger heraus und griff nach meinem Gürtel. Feuchte Finger glitten über das Leder, als ich daran herumfummelte und meine Hose öffnete.

Mit einem Ruck an ihrem Oberschenkel zog ich sie halb von der Pritsche. Ein gekrümmtes Bein hielt sie fest, während ich meine Boxershorts herunterschob und ganz in sie eindrang.

Verdammt ...

VERDAMMT ...

Schweißperlen liefen mir über die Stirn. Ich konnte nicht langsamer werden, konnte nicht aufhören, selbst wenn ich gewollt hätte.

Und ich wollte es nicht.

Nicht mehr.

»Du gehörst mir.« Ich stöhnte und begegnete ihrem Blick, während ich bis zum Anschlag in sie eindrang.

Ich war wie ein besessener Mann.

Ein Mann mit einem Hunger, der viel stärker war als Geld oder Gier.

Ich wollte sie.

Alles von ihr.

Ihren Körper.

Ihren Verstand.

Ihre Seele.

Ich wollte sie ganz.

»Sag es mir.« Ich stöhnte und riss mich verzweifelt von ihr los, um meinen Kopf fallen zu lassen. »Sag mir, dass du mir gehörst.«

Ich leckte und saugte, meine Zunge streichelte, bis sie wimmerte. »Ich gehöre dir. Bitte, ich gehöre dir.«

Ich brüllte wie ein Tier und stemmte meine Hüften in die Höhe, bis sich ihre Wärme um mich schloss. »Komm für mich, Ärger nis ... komm ... für ... mich.«

Ihre Augen waren wild, voller Panik und Lust. »Bring mich dazu, etwas zu tun.« Sie wimmerte. »Bitte, Direktor. Mach, dass ich komme.«

Ein letztes Mal stieß ich zu.

Sie klammerte sich fest an mich.

Ich war schon zu erregt, selbst als ich den Namen registrierte.

Sie hatte mich Direktor genannt. Ich stöhnte auf, als ich tief eindrang und erstarrte. *Sie hatte mich ... Direktor genannt.*

Ich schloss meine Augen und ergoss mich in ihr.

Es spielte keine Rolle. Nichts davon spielte eine Rolle. Nur das ... nur sie ... nur wir.

Aber was, wenn sie reden würde?

Ich öffnete meine Augen und fand ihren leeren Blick und ihre geöffneten Lippen vor.

Ich stieß ein leises Stöhnen aus. Daran hatte ich gar nicht gedacht. Ich hatte nicht einmal gedacht, dass sie jetzt so konditioniert sein könnte, dass sie jedem alles erzählen würde.

Ich zog mich aus ihr zurück und griff sanft nach ihrem Kinn. »Du wirst niemandem etwas davon erzählen. Hast du das verstanden?«

Sie starrte mich an und nickte dann langsam mit dem Kopf.

Ein Teil von mir glaubte ihr nicht. Ich blickte nach unten, wo mein Sperma an den Innenseiten ihrer Oberschenkel glänzte. Verdammt noch mal, sie stank nach Sex ... *unserer Art von Sex.* Ich zog mich wieder an. Mein Verstand raste und versuchte, eine Lösung zu finden. Aber ich war ein hinterhältiger Mistkerl und ich wusste, dass ich sie auf keinen Fall allein lassen konnte.

Ich wollte sie ficken.

Und sie immer weiter ficken.

Bis ich vergaß, was für ein Mistkerl ich war.

Und was ich ihr angetan hatte.

»Sprich mir nach. Ich werde niemandem erzählen, was wir tun.«

»Ich werde niemandem erzählen, was wir tun«, flüsterte sie.

Ich lehnte mich zurück und zog ihr rotes Dessous wieder an seinen Platz.

Ich musste besser aufpassen. Sie mehr beobachten. Verdammt wachsam sein.

Ding.

Mein Handy klingelte und unterbrach den Bann.

Ich griff danach und las die Nachricht.

Alles erledigt. Wir müssen vorsichtiger sein.

Das waren wir. Ich begegnete ihrem verzweifelten Blick und wusste, dass ich das nicht allein schaffen konnte.

Sie zuckte zusammen, als ich mich näher zu ihr beugte und ihre Stirn küsste. »Meine Brüder und ich werden uns um dich kümmern, Ärgernis. Hast du das verstanden? Niemand wird dir hier etwas tun. Dafür werden wir sorgen. Hast du mich verstanden? Wir werden dafür sorgen.«

NEUNUNDZWANZIG

Helene

»Du bist ein Genussmittel.«

Ich zuckte zusammen und versuchte mein Bestes, um den Zauber seiner Worte zu unterdrücken. Aber dieser Teufel, der mit der geschmeidigen Zunge, hatte einen Zugang zu den dunklen Nischen meiner Gedanken. Er war überall um mich herum und drang in meinen Kopf ein, während ich mit verbundenen Augen zwischen den anderen stand.

Besessen werden. Loslassen ... Tochter.

Die Worte blitzten weiß in meinem Kopf auf.

Ich war hier. Aber ich konnte mich nicht erinnern, wo hier war.

Mein Name?

Ich versuchte, den Gedanken heraufzubeschwören.

Wie war mein Name?

»Du bist leibhaftiges Verlangen.«

Ich kämpfte gegen die Verlockung der Befreiung an, sträubte mich gegen die Strömung, die mich nach unten zog. Mein Körper zitterte. Meine Gedanken kämpften verzweifelt gegen den überwältigenden Drang, einfach *loszulassen*.

»Kämpfe nicht dagegen an«, murmelte der Teufel und seine Stimme war so sanft, dass sie kaum zu hören war. »*Das* ist deine Bestimmung.«

Ein Schaudern lief mir über den Rücken. Ich ballte meine Fäuste.

»Jede von euch wurde mit der Tochter neben euch gekoppelt. Erlaubt ihnen, euch zu berühren. Ich möchte, dass ihr euch den Empfindungen hingebt, die Wärme ihrer Hände, Lippen und Zungen spürt. Lasst sie durch euch hindurchfließen und euch mitreißen. Vergesst eure Hemmungen. Das ist euer Ziel. Ihr existiert für dieses Gefühl und nur für dieses Gefühl.«

Mir stockte der Atem. *Mich berühren?* Die einzigen Menschen im Raum waren wir ... *die Töchter.* Ich wartete auf die sanfte Berührung einer Frau und kämpfte gegen den überwältigenden Drang an, mir die Augenbinde vom Kopf zu reißen und wegzurennen. Aber ich wusste, was das letzte Mal passiert war, als ich das versucht hatte.

Du bist nichts weiter als meine Unterhaltung.

Diese Worte hallten in mir nach.

Und die Ereignisse, die darauf gefolgt waren, kamen hinzu.

Sprich mir nach ... Ich werde niemandem erzählen, was wir tun.

»Ich werde niemandem erzählen, was wir tun.« Die Worte schienen mir von selbst über die Lippen zu kommen.

»So ist es, Helene«, flüsterte der Teufel in mein Ohr. »Du wirst auch nicht zulassen, dass dich jemand anderes berührt. Du gehörst mir.« Und dann sagte er so laut, dass es der Rest des Raumes hören konnte: »Konzentriert euch auf das Gefühl der Berührung, egal ob sie sanft oder unsanft ist. Lasst es durch euch hindurchfließen.«

Ich wartete ...

Und wartete, während mir der Atem in der Brust brannte.

»Bist du bereit?«, flüsterte er und sein Atem war warm an meinem Ohr. »Du hast doch nicht geglaubt, dass ich dich von jemand anderem verwöhnen lassen würde, oder?«

Seine große Hand umschloss meine Brust und seine Finger zwickten in meine Brustwarze. Ich zuckte unter der Berührung zusammen.

»Nein«, säuselte er in mein Ohr. »Du wirst dich selbst vergessen. Du existierst nur zu meinem Vergnügen.«

Bei diesen Worten stockte mir der Atem.

»Und für alles, was ich jemals mit dir machen wollte.« Er zerrte den Träger meines BHs nach unten. »Du willst das ... du sehnst dich danach.«

Ein kleines Kopfschütteln war die einzige Trotzreaktion, die ich zustande brachte.

»Nein?«

»N–Nein«, flüsterte ich. »Ich will ... ich w–will ...«

Seine Hand glitt nach unten und umfasste mein Geschlecht. »Sieh dich an, du bist so warm und feucht, wenn du meine

Stimme hörst. Früher warst du so mutig, jetzt stotterst du. Na los, kämpfe gegen die Verlockung an.«

Ich schloss meine Augen unter der Augenbinde und hob die Hand, um seinen Arm zu ergreifen – diese kräftigen Muskeln, die ich schon einmal gespürt hatte.

»Was willst du, *Tochter*?«, drängte er und sein Atem streifte gegen mein Ohr, während er zwischen meine Beine vordrang. »Willst du vor mir auf die Knie sinken? Ich kann dir sagen, dass du noch nie so schön warst, wie wenn du mich mit tränenden Augen anschaust und meinen Schwanz in deinem Mund hast.«

Ich schüttelte den Kopf.

Trotzdem blieb diese Stimme.

Die Worte dieser Schlange drangen in meinen Kopf ein. Mein Griff um seinen Arm lockerte sich.

»Genau so«, murmelte er. »Gib nach.«

Seine großen Finger rieben meine Muschi von außen.

Du bist nichts weiter als meine Unterhaltung.

Nichts.

Nichts.

Nichts ...

Ich riss meine Hand weg und griff nach der Augenbinde, bis mein Handgelenk eingeklemmt wurde. Meine Muskeln spannten sich an.

»Du bist ganz schön stark, was?«, murmelte er. »Es gibt immer eine, die gegen die Programmierung ankämpft. *Das reicht jetzt! Ihr könnt eure Augenbinden abnehmen.*«

Meine Hand zitterte, als ich die Abdeckung abnahm. Ich musterte den Raum und entdeckte Töchter, die Töchter küssten. Eine hatte ihre Hand in den Haaren einer anderen vergraben und ihre Hand bewegte sich zwischen ihren Beinen. Hitze stieg mir in die Wangen, so dass ich den Blick abwandte.

Das war nicht ich.

Nichts davon war ich.

Aber die Strömung an diesem Ort war viel zu stark und als ich meinen Blick auf den Teufel vor mir hob, spürte ich, wie mein Halt nachließ. In meiner Armbeuge war ein frischer Nadelstich zu sehen. Ich wusste nicht, wann es passiert war, nur, *dass* es passiert war.

»Walker«, rief der Teufel und aus der Dunkelheit trat der Wächter hervor. »Bring sie auf ihre Zimmer. Sorge dafür, dass sie zu essen bekommen, aber bis morgen sollen sie isoliert werden.«

»Wird gemacht«, murmelte er, dann machte er einen Schritt auf mich zu.

»Nein.« Der Teufel hielt ihn auf. »Nicht diese eine. Sie gehört mir.«

Ich richtete meinen Blick auf ihn und kämpfte gegen den Schleier der Verzerrung an. Sein Gesicht verschwamm, dann wurde es schärfer. Hellgrüne Augen schimmerten, als sie mich ansahen. Er machte ein finsteres Gesicht, bevor seine Augen größer wurden. »Das ist alles«, murmelte er.

Walker drehte sich um und deutete in die Luft.

Die Wachen kamen wieder.

Wie sie es immer taten.

Wie oft noch? Ich kämpfte gegen das Delirium an, trat gegen die dunkle, Strömung an, die sich wie ein Stein um meinen Knöchel legte und mich ganz nach unten zog.

Kämpfe.

Das Wort brüllte in mir.

Aber ich wusste nicht mehr genau, wofür ich kämpfte.

Ich schüttelte den Kopf und sah, wie die großen Augen des Teufels noch größer wurden. Er warf einen Blick auf den Rand des Raumes, dann zuckte er zurück und stürmte auf mich zu, um meinen Arm zu packen.

Ich stolperte unter der Wucht nach vorne. Panik stieg in mir auf, als ich zum Rand des Raumes blickte, wohin er vor einer Sekunde noch geschaut hatte. Irgendetwas war passiert. Etwas, bei dem sich mein Magen vor Angst verkrampfte.

»Willst du das hier komplett ruinieren?«, zischte er und seine grünen Augen wurden noch finsterer. »Beweg dich ... Ich sagte, *beweg dich.*«

Meine Füße funktionierten nicht so, wie sie sollten. Meine Knie knickten ein und sein schraubstockartiger Griff um meinen Arm war das Einzige, was mich aufrecht hielt, als ich von den anderen weggezogen und durch den großen Raum geschleift wurde. Nur wusste ich nicht mehr, wie ich hierher gekommen war ... oder *wo* ich war.

»Warte«, flüsterte ich und warf einen Blick über meine Schulter.

Der Rest der Töchter war weg, sie wurden durch die Türen auf der anderen Seite des Raumes geführt.

»Ich habe deine verdammte Dosis erhöht und trotzdem kämpfst du weiter gegen mich«, zischte er. »Du bist nur eine verdammte Aussage davon entfernt, alles zu ruinieren, weißt du das?«

Er warf mir einen wütenden Blick zu, als wir in der Dunkelheit verschwanden. Er schob die schweren, schwarzen Vorhänge beiseite und schlug mit der Hand gegen das Schloss.

Ding.

Ein Schubs und wir waren durch. Aber als wir draußen waren, wurde ich nach hinten gerissen und herumgewirbelt.

»Du warst diejenige, die das wollte, erinnerst du dich?« Der Teufel machte einen Schritt nach vorne.

Ich konnte nur noch rückwärts gehen, bis meine Fersen egen die Wand stießen.

»Du wolltest das. Du hast darum gebettelt«, knurrte er.

Ich schüttelte den Kopf. Der Nebel in meinem Kopf war so dicht. »Nein«, flüsterte ich.

Du warst diejenige, die das wollte.

Sein Griff um meinen Arm lockerte sich und ließ die pochenden Spuren seiner Finger zurück. »Dein Geist zersplittert und formt sich zu einer anderen Person. Wir haben versucht, dich zu warnen, dass das passieren würde. Aber du wolltest nicht hören, Helene. Du hast deine Schwestern über deine eigene Vernunft gestellt.«

Helene?

War das mein Name?

Ich versuchte, mich zu erinnern.

»Meine Schwestern?«, flüsterte ich.

Das leise Geräusch von Stimmen lenkte seine Aufmerksamkeit auf sich. Sein Kiefer verkrampfte sich, bevor er einen Schritt zurücktrat und mich mit sich riss. »Komm mit mir. Ich muss sicher sein, dass du das aushalten kannst.«

Durch den plötzlichen Ruck wurde mein Kopf nach hinten geschleudert. Ich taumelte vorwärts und wurde von ihm mitgeschleift, als er sich umdrehte und mit mir einen Korridor entlangging. »Was aushalten?«, drängte ich und versuchte, so gut es ging, meine Hand aus seiner zu reißen.

Er antwortete nicht, sondern zog mich durch eine weitere Tür zu einer Tür am Ende des Ganges. Hier unten gab es keine Oberlichter, nur schwache weiße Bodenlampen, die den Weg beleuchteten.

»Was aushalten?«, fragte ich lauter, als er die verschlossene Tür öffnete und mich hindurchschob.

Ich stolperte in die Dunkelheit. Das Klatschen meiner nackten Füße war das einzige Geräusch, bis auch das verschwunden war. Da war nichts als totale Dunkelheit und dieses unheimliche Gefühl.

Das Klicken des Schlosses war viel zu laut und erschreckte mich, bevor das tiefe, kehlige Rumpeln kam. »Keiner kann dich hier hören. Aber sie können dich sehen.«

Ich wirbelte herum und suchte in der pechschwarzen Dunkelheit nach ihm. »Ich kann nichts sehen ...«

»Das ist ein sogenannter sensorischer Raum, der dazu dient, die Reize der normalen Welt zu begrenzen.«

Ich drehte mich um und suchte in der Dunkelheit nach ihm. »Wo bist du?«

»Hier.« Das Flüstern war in meinem Ohr.

Ich drehte mich um, streckte meine Hand aus und fand nichts als Luft.

»Ich habe versucht, dich zusammen mit den anderen zu programmieren, aber du bist fest entschlossen, dich auf Schritt und Tritt gegen mich zu wehren, stimmt's?«

Mein Puls raste. Mit jedem Flüstern wuchs die Panik. »Wer bist du?« Ich durchsuchte den Raum. »Was ist das hier für ein Ort?«

»Du weißt, wo wir sind, Helene, und du weißt, warum du hier bist.«

Aber ich wusste nicht ... Ich wusste nicht ...

Ich wurde von hinten gepackt und nach hinten gezogen, bis ich gegen seine warme, harte Brust knallte. Seine Hand legte sich um meine Kehle. »Ich habe Lust nie verstanden, bis ich hier drinnen Hände gespürt habe«, murmelte er. »Bei jedem Zusammentreffen, das wir hatten, habe ich es mir vorgestellt, und jetzt ... jetzt bekomme ich es nicht mehr aus meinem Kopf.« Seine andere Hand hob sich und hielt eine kleine Fernbedienung in der Hand. »Du weißt doch, was ich gesagt habe. Sie können dich sehen, aber sie können dich nicht hören.«

Er drückte einen Knopf und ein kleines rotes Licht ging vor mir an.

In dem verwaschenen, blutroten Licht konnte ich eine Kamera erkennen. Eine, die auf mich gerichtet war.

»Du brauchst nicht zu lächeln«, murmelte die beruhigende Stimme und heißer Atem streifte über meinen Hals. »Aber du musst mitspielen. Immerhin ist es das, was du wolltest, nicht wahr, Helene? Für deine Schwestern. Du erinnerst dich doch an deine Schwestern, nicht wahr? Ryth und Vivienne. Du willst sie beschützen. Du willst, dass sie in Sicherheit sind und weit weg von diesem Ort, nicht wahr? Deshalb tun wir das hier.«

Erinnerungen prallten aufeinander.

Gesichter, die mir bekannt vorkommen sollten.

Tiefbraune Augen, die wie meine aussahen und vor Wut glühten. Der Rausch in mir nahm Fahrt auf, raste und rannte. Das *Bumm ... Bumm ... Bumm* meines Pulses war panisch, als die vertrauten braunen Augen durch andere ersetzt wurden. Nur waren es die traurigen, verwaschenen, grünen Augen einer jungen Frau, die schwanger war.

Eine Frau, die ich kannte. »Ryth.«

»Ja.« Er murmelte und sein Griff um meinen Hals wurde fester, als wir in die Kamera blickten. »Du wolltest das, dich den Wölfen zum Fraß vorwerfen, um sie zu beschützen.«

Mein Körper zitterte. Ich kannte diesen Mann ... ich kannte seine Stimme. »Kane.«

»Ja, Süße. Ich bin's.«

Ich schloss meine Augen. »Doktor Kane Cruz ... der Bruder von Riven Cruz, dem Direktor. Mein Hauptziel.«

Er versteifte sich, dann gluckste er und fuhr mit dem Finger über meinen Nacken. »Ja, das ist er wohl. Wir mussten dich wie die anderen betäuben, um keinen Verdacht zu erregen.

Aber wir passen auf dich auf.« Die Berührung ging weiter nach unten. »Aber nicht so ausführlich, wie ich es gerne hätte. Wirst du das Spiel jetzt mitspielen, Helene? Willst du unser kleines Spielzeug sein?«

Er ließ seine Hand von meinem Hals fallen und umschloss meine Brust.

»Immerhin bist du rot gekleidet.« Ich starrte in die Kamera, als er den Träger meines BHs weiter nach unten zog, bis die Spitze an meiner Brustwarze rieb. »Siehst du deine Schwestern, Helene?«

Sie waren alles, was ich sehen konnte. »Ja.«

»Sag es, sag, was du tun wirst, um sie zu beschützen.«

»Alles«, flüsterte ich.

»Würdest du dich von mir ficken lassen?«

Mein Innerstes verkrampfte sich, mein Atem ging tiefer. die Vorstellung von ihm und mir war unausweichlich. »Ja.«

Er stieß ein leises Knurren aus und umschloss meine Brust. Meine Brustwarzen wurden steif. Das Verlangen explodierte in mir.

»Würdest du dich von meinen Brüdern ficken lassen?«

Ich schloss meine Augen, als ihre Gesichter in meinen Gedanken aufleuchteten. Diese dunklen Augen, die ich so gut kannte. Meine Wirbelsäule krümmte sich und mein Körper erwärmte sich bei der Erinnerung an seinen wilden Hunger. *Sag es mir.* Seine Stimme erfüllte meinen Kopf. *Sag mir, dass du mir gehörst.*

»Ich gehöre dir«, flüsterte ich, während das hektische Geräusch meiner Atemzüge meine Ohren erfüllte.

»Wir könnten uns abwechseln, die ganze Nacht und den ganzen Tag. Deine Muschi füllen, bis du überläufst. Würdest du uns deine enge Möse dehnen lassen?«

Bei diesen Worten stöhnte ich auf.

Es war nicht nur das, was er sagte, sondern auch die Art, wie er es sagte. Ich öffnete meine Lippen, als er meinen BH auf den Boden fallen ließ.

»Hände auf den Rücken, Tochter, und auf die Knie.«

Ich gehorchte augenblicklich. Meine Knie knickten ein und ließen mich auf den Boden sinken.

»Knie auseinander, Helene.«

Ich tat, was er sagte, und drückte sie weit auseinander, als er mein Haar in die Hand nahm und es nach hinten zog. Tiefgrüne Augen starrten auf mich herab. »Du existierst für mich«, murmelte er.

Diese Stimme. Sie war so verdorben, aber sie glitt in mich hinein, bis sie mich erfüllte. Ich starrte ihm in die Augen, als er ganz nach unten griff. Seine Faust in meinem Haar war das Einzige, was mich aufrecht hielt.

»Jetzt lass uns schön für die Kamera spielen. Schließlich schauen meine Brüder zu.«

Der Gedanke daran brachte mich zum Zittern. Seine Finger strichen über die Außenseite meines Höschens und drückten die Spitze gegen meine Haut.

»Schau, wie feucht du bist. Ich werde dich behandeln, als wärst du ein Objekt, das mir gehört.« Er rieb meinen Schlitz und bearbeitete meine Verzweiflung, bis ich stöhnte, dann packte er den Saum und riss ihn mit einem wilden Ruck auf. »Ein sehr geschätztes Objekt.«

Ich griff wieder nach seinem Arm, nur dieses Mal aus Verzweiflung.

Die Muskeln spannten sich unter meinem Griff an. Seine Finger sanken hinein, streichelten und stießen.

»So ist es richtig«, drängte er. »Gib ihnen, was sie wollen.«

Ich drehte meinen Kopf und entdeckte das blinkende rote Licht.

Hitze stieg mir in die Wangen. Ich wandte den Blick ab.

»Nein, schau nicht weg.« Er stöhnte und seine Stimme war heiser. »So siehst du perfekt aus. Schau nach unten. Schau dir an, wie meine Finger in deiner perfekten Muschi versinken. Verdammt noch mal, ich will dich ficken.«

Meine Knie spreizten sich weiter, als das Verlangen in mir aufkam. Seine Finger glitten glänzend wieder heraus.

»Das ist ein braves Mädchen. Ein sehr braves Mädchen.«

Ich stöhnte auf und hielt seinen Arm fester umklammert. Das köstliche Verlangen vermischte sich mit der Verlockung seiner Stimme. Ich umklammerte seine Hand fester und zwang seine Finger ganz hinein.

»Sieh mich an, Helene«, befahl er.

Ich hob meinen Blick zu ihm.

»Du gehörst mir.«

Gegen diese Worte gab es keinen Widerstand mehr, kein Schwimmen gegen den Strom. Es gab nur noch ihn ... *und das hier.*

»Ich gehöre dir«, krächzte ich, während meine Muschi bebte und sich fest um seine Finger verkrampfte. *»Oh, Gott. Oh ... Gott. Ich gehöre dir.«*

Seine Finger bewegten sich wie im Rausch. »Komm für mich, Helene. Genau so ... *komm.«*

Ich schrie auf, umklammerte seine Hand und drückte sie immer noch tiefer hinein ...

MEIN.

OBJEKT.

LOSLASSEN.

TOCHTER.

Und mit einem leisen, heiseren Stöhnen ... glitt ich in die Strömung dieser Männer und wurde mitgerissen.

DREISSIG

Riven

———

Ihr Mund war weit aufgerissen, genau wie ihre Beine, zwischen denen sich die Hand meines Bruders tief vergraben hatte. Kanes Finger wurden feucht, als er ihre Muschi fingerte und ihre Klitoris umspielte, bevor er erneut in sie eindrang.

»Verdammt noch mal«, krächzte einer der Wärter und starrte das Live-Video an.

In der Tat. Verdammt noch mal.

Ihr Blick war auf Kane fixiert. Das verzweifelte, gequälte Bedürfnis, zum Höhepunkt zu kommen, loderte in diesen dunklen Augen. Er hatte ihr Haar im Griff und seine Lippen bewegten sich zu Worten, die wir nicht hören konnten.

Braves Mädchen. Das murmelte er.

Sie war ein verdammt braves Mädchen.

So ... *verdammt ... brav.*

Und mein Bruder benutzte sie genau so, wie eine Tochter benutzt werden sollte. Ihre Sinne waren abgestumpft, bis es nur noch ihn gab und das, was er mit ihr machte.

Meine Nasenflügel blähten sich auf und mein Kiefer verkrampfte sich, als ich die Zähne fletschte.

Ich hätte sie geheim halten und an mein Bett fesseln sollen. Ich hätte der einzige sein sollen, der Spuren auf ihrer Seele und Sperma in ihrer Fotze hinterließ. Ich wollte sie ... ich *wollte sie.*

Fester, murmelte sie. *Bitte ... bitte, benutze mich.*

Ihr Haar wurde von seiner anderen Hand festgehalten. Aber wir starrten alle ihre schöne Muschi an. Das Glänzen ihrer Flüssigkeit leuchtete so hell auf der Kamera, als sie ihren Arsch anhob und seine Finger noch tiefer in sich aufnahm. Bis sie mit einem leisen Schrei erschauderte ... und zusammenbrach. Sie gab sich der Welle der Euphorie hin, die ich fast um meinen harten Schwanz herum spüren konnte. Und wenn ich das spürte, war ich mir verdammt sicher, dass jeder andere Mann in diesem Raum das auch tat.

Aber mein Bruder war noch nicht fertig. Nein, er zog seine Finger aus ihrer Möse und öffnete den Knopf seiner Hose. Sein Schwanz kam zum Vorschein ... hart wie eine verdammte Eisenstange, und sie wusste genau, was zu tun war.

Er drang bis zum Anschlag in sie ein und benutzte ihren Mund. Speichel tropfte von ihren Lippen, bis sich der Hunger in den überwältigenden Drang zu atmen verwandelte.

Sie zuckte, wollte sich befreien und schlug gegen seine Oberschenkel, bis er sich zurückzog.

Hektische Atemzüge verzehrten sie. Sie blickte mit einer Mischung aus Angst und Lust zu ihm auf.

Es war dieser Blick, der alles besiegelte.

Er ließ den Jäger in uns allen an die Oberfläche steigen.

Er wusste, dass sie alle zusahen.

Und das war die einzige Möglichkeit, die wir hatten, um ihre Position bei den anderen zu sichern und sie dorthin zu bringen, wo wir sie brauchten. An dem dunklen Ort, an dem Hale wartete.

Schwere Atemzüge waren die einzigen Geräusche im Raum. Alle Augen waren auf sie gerichtet ... und das gefiel mir kein bisschen. Meine Finger sehnten sich danach, den kalten Stahl einer Waffe zu spüren, die ich auf alle gierigen Blicke in diesem Raum richten würde. Ich verkrampfte mich und biss die Zähne zusammen, als ich meinen Kopf drehte.

Ein Wachmann versuchte, seinen Schwanz in seiner Hose zu justieren, und wandte sich ab. Aber es war Coulters stählerner Blick, der auf den Bildschirm gerichtet war, der mich noch wütender machte.

Dreh deinen Kopf, du Wichser ... solange du noch einen Kopf zum Drehen hast.

Wäre es ein anderer gewesen, hätte ich den Bastard an die Wand gestellt und ihm kalten Stahl zwischen die Zähne geschoben. Aber er war nicht irgendjemand, und je länger ich Coulter beobachtete, desto tiefer wurde diese Verzweiflung. Seine Haut sah im Schein des Bildschirms fast weiß aus. Er war wie hypnotisiert und wandte seinen Blick nicht ein einziges Mal von der Anzeige ab.

»Ich will sie«, sagte er leise.

Mein Magen verkrampfte sich.

Was zum Teufel hatte er gesagt?

Ich verzog das Gesicht.

Verdammter Wichser.

Gedanken an Gewalt füllten meinen Kopf. Mein Körper zitterte und ich kämpfte gegen das Bedürfnis an, mich quer durch den Raum zu stürzen und ihm die verdammten Augen herauszureißen. In diesem Moment drehte er seinen Kopf und starrte mich mit seinem steinernen Blick an.

»Mach es möglich.« Er befahl es mir, als wäre ich sein verdammter Hund.

Meine Stimme zitterte vor Wut. »So *funktioniert* das nicht. Es gibt Verträge und Geld. Nur Hale gibt sein Einverständnis ...«

Er drehte sich um und kam näher, um mich zu unterbrechen. »Falls du es noch nicht mitbekommen hast, der Hale-Orden steht unter neuer Leitung ... *unter meiner*. Wenn ich also sage, dass ich etwas will ...« Er drehte seinen Kopf und starrte Helene an, die nackt und keuchend auf dem Boden saß. »Ich will sie.«

Er drehte sich wieder zu mir um und begegnete meinem Blick. »Also, kümmerst du dich um die Vorbereitungen, oder muss ich das selbst machen?«

»Ich werde es tun.« Ich zwang mich, die Worte durch die verkrampften Zähne zu sagen, während mein Verstand auf Hochtouren lief. »*Nachdem* die Tochter die Ausbildungsanforderungen erfüllt hat.«

Seine Nasenlöcher blähten sich auf. Hass funkelte. »Gut«, antwortete er. »Aber nicht eine Sekunde länger.«

Er blickte noch einmal zu dem Bildschirm, auf dem sie wartete, bevor er sich umdrehte und aus dem Raum schritt.

Das war noch nicht vorbei. Das wusste ich. Noch lange nicht.

Ich schaute zu Thomas, der das Geschehen beobachtete. Sein blutiger Blick folgte Coulter und sah zu, wie seine Männer mit ihm gingen, aber nicht bevor zwei von ihnen Helene auf dem Bildschirm ansahen.

»Wir haben ein Problem«, murmelte Thomas. »Ein sehr großes Problem.«

Ich musste dafür sorgen, dass sie als Tochter durchging, aber ich hätte nie gedacht, dass irgendjemand den Vertrag brechen würde. Trotzdem hätte ich es wissen müssen. Sie hatte etwas an sich, und das war mehr als nur Trotz. Es war Macht, ein tödliches Chaos, das berauschend war.

Ich hätte es wissen müssen.

Ich hatte es schon einige Male probiert.

Ein Nerv zuckte in meinem Augenwinkel. Auf keinen Fall wollte ich ein Stück Scheiße wie Coulter in ihre Nähe lassen. »So sieht es aus«, antwortete ich meinem Bruder, bevor ich mich umdrehte und aus dem Raum schritt.

Verdammte Scheiße ...

Verdammte Scheiße. Verdammte Scheiße.

Ich schnappte mir mein Handy, als ich den Flur entlang zurückging. Meine Finger strichen mein Haar zurück. Ich war verzweifelt, verzweifelt genug, um mit den Fingern über das Display zu streichen und eine Nachricht zu tippen:

Du solltest besser etwas für mich haben.

Dann drückte ich auf ›Senden‹.

Der Drang, meine Faust durch die verdammte Wand zu schlagen, war überwältigend.

Ich will sie.

Diese Worte wirbelten in meinem Kopf herum, bis ich nur noch an sie denken konnte. Sie fühlten sich an wie Kieselsteine, die man in einen Brunnen geworfen hatte, und die Wellen hallten in meinem Kopf wider, bis alles andere verstummte.

Ich will sie. Ich. Will. Sie.

Mein Puls beschleunigte sich.

Ihr geöffneter Mund und ihr stummer Schrei der Erlösung waren alles, was ich sehen konnte.

Ding.

Ich zuckte bei dem Geräusch zusammen und blickte auf mein Handy hinunter.

Sie haben den Befehl erhalten, sie zu verlegen.

Sie verlegen? Panik und Angst machten sich breit. Meine Finger zitterten, als ich tippte: *Wann?*

Ich wartete.

Und wartete.

Und ... wartete.

Doch es kam keine Antwort, bis ...

Ding.

Das musst du selbst herausfinden.

»Scheiße«, flüsterte ich und meine Gedanken rasten.

Ich brauchte einen Zugang. Irgendetwas. Ich ging den Korridor entlang, bis ich zu meinem Büro kam und schloss die Tür.

Sie waren dabei, sie zu verlegen. Es war nicht der richtige Zeitpunkt ... Sie kannten die Struktur der Programmierung. Gehirnwäsche war eine sehr empfindliche Technik. Ein verpasster Schritt, eine überstürzte Erfahrung konnte katastrophale Folgen haben.

Erst brachen wir sie, dann bauten wir sie wieder auf.

Vielleicht war ihnen das egal?

Es würde ihn zumindest nicht egal sein, wenn wir ihnen eine Ladung Güter lieferten, die seelisch zerrüttet und bereit waren, den Mann zu töten, der gerade eine Million Dollar für seine ganz persönliche Hure bezahlt hatte.

Ein Lächeln umspielte meine Lippen. So verlockend diese Vorstellung auch sein mochte, die Realität sah ganz anders aus, vor allem jetzt, wo Helene involviert war.

Ich will sie.

Das Lächeln erstarb.

Falls du es noch nicht mitbekommen hast: Der Hale Orden hat eine neue Leitung ... mich.

»Das wollen wir doch mal sehen, oder?«, murmelte ich und begann zu tippen, um in die Datenbank zu gelangen.

Irgendetwas musste es hier geben. Irgendeine Information, die mir weiterhelfen würde.

Ich fuhr mir mit den Fingern durch die Haare, während ich mich in jede neu aufgelistete Datei einloggte und die Daten der protokollierten Transporte musterte. Nichts.

Jede Tochter war hier aufgelistet, zusammen mit ihrem Herkunftsort. Alles, nur nicht, wohin sie gehen würden. Ich scrollte, bis ich den Namen fand: Helene.

Ihr Name, ihre Geschichte. Auch wenn sie gefälscht war.

Jeder Schritt, von ihrer Kindheit bis zu dem Zeitpunkt, als sie hier angekommen war. Ich starrte die Details an und wusste sofort, was der Jäger getan hatte.

Ich hatte darum gebeten, dass sie in das System aufgenommen wurde.

Ich hatte darum gebeten, dass sie versteckt wurde.

Und er hatte es getan.

Ich starrte auf den Bildschirm und das Bild der Frau, die fast genauso aussah wie Helene King ... das sollte sie auch, schließlich war sie ihre Schwester.

Vivienne.

Verdammt noch mal, diese ganze Sache war ein verdammtes Chaos.

Wir hätten nie hier sein dürfen ... und unsere Schwester auch nicht.

Ich riss meinen Blick von Helenes Bild los, das über den Details ihrer Schwester schwebte, und fuhr fort.

Der neue Orden.

Ich hielt inne und runzelte die Stirn. Was zum Teufel?

Ich klickte.

Zugang verweigert.

Mein Kiefer verkrampfte sich. Ich versuchte es erneut.

Verweigert.

Falls du es noch nicht mitbekommen hast: Der Orden hat eine neue Leitung ... mich.

»Einen Scheißdreck.« Ich zwang die Worte durch verkrampfte Zähne und erhob mich.

Die Wut kochte in mir hoch. *Niemand wird es wagen, ihr auch nur ein Haar zu krümmen.*

Beschütze sie.

Derselbe wilde Hunger erfüllte mich jetzt, genau wie damals, als ich in die Wohnung gestürmt war und sie in den Händen dieses verdammten Wachmanns gesehen hatte.

Ich hatte schon einmal für sie getötet.

Und ich würde wieder töten. Ich würde sie alle töten, wenn es sein musste ... bis nur noch sie und meine Brüder übrig blieben.

Kane

»ICH WILL DICH.« ICH HAUCHTE GEGEN IHR Schlüsselbein und ließ meine Finger aus ihr herausgleiten. »Verdammt noch mal, ich will dich.«

Ihr Kitzler zitterte unter meiner Berührung und pulsierte stärker, als ich über das winzige Nervenbündel strich. Sie stieß ein Wimmern aus, als sie mein Handgelenk packte und ihre Beine zusammenpresste.

So geschwollen ... und so verdammt empfindlich.

Mein Schwanz zuckte. Der Drang, sie zu ficken, war überwältigend.

»Öffne deine Beine, Helene«, forderte ich.

Sie richtete ihren Blick auf mich. Panik und Begierde flammten in ihren Augen auf, bevor diese perfekten Schenkel sich öffneten. Das war nur die Programmierung, versuchte ich mir einzureden. Nur die Drogen und die Konditionierung. Aber je länger ich ihrem Blick begegnete, desto deutlicher wurde, dass es um mehr ging.

Ihr Verstand war stark. Wahrscheinlich einer der stärksten, die ich je gesehen hatte ... Sie könnte dagegen ankämpfen, wenn sie wollte. Sie könnte sich gegen die Stimme wehren, die ich ihr in den Kopf gesetzt hatte, die ihr sagte, sie solle gehorchen. Sie hätte sich mir leicht widersetzen können, aber sie tat es nicht.

Die dunklen Augen sahen im Schein des roten Blinklichts schwarz aus, als sie meine fixierten. Sie runzelte die Stirn, bevor sich der animalische Hunger durchsetzte, und ich wusste sofort, dass dies mehr war als die Techniken, die ich bei ihr und den anderen angewandt hatte.

Das hier war echt.

Verdammt!

Mein Puls raste und dröhnte in meinem Schädel. Ich senkte meinen Kopf und berührte ihren Hals mit meinen Lippen. Ich wollte sie küssen ... mehr als das ... ich wollte alles von *ihr* ... und es ging nicht nur um Sex. Ich hob meinen Blick zu ihr, als ich in Vergessenheit geriet.

Das hätte nicht passieren dürfen.

Ich richtete meinen Blick auf das blinkende rote Licht der Kamera und atmete den verführerischen Duft ihrer Lust ein. Ehe ich mich versah, erhob ich mich vom Boden und ihr einst warmes Verlangen kühlte auf meinen Fingerspitzen ab.

Sie saß nackt auf dem Boden, die Beine gespreizt, ihre Möse zur Schau gestellt. Ich hob die Hand und drückte auf den Schalter an der Kamera, um die Aufnahme zu beenden. Sie hatten genug gesehen ... und sie sollten auf keinen Fall sehen, was jetzt passieren würde.

»Kane«, flüsterte sie und ihr Tonfall war von Angst geprägt.

»Es ist okay.« Ich streckte die Hand aus und ging auf die andere Seite des stockdunklen Raums zu. »Bleib einfach, wo du bist.«

Die spezielle Isolierung verschluckte meine Schritte, denn sie war darauf ausgelegt, jedes Geräusch zu absorbieren und den Raum völlig still zu machen. Sie war so konzipiert, dass sie die Sinne betäubte, einen verwirrte und verletzlich machte.

Es funktionierte sogar bei mir. Ich streckte meine Hand aus und suchte zaghaft die Luft ab, bis ich die Kante meines Schreibtisches berührte. Das Licht ging an und verbreitete ein sanftes Glühen im Raum. Eine Sekunde lang wollte ich mich nicht umdrehen, um sie zu sehen. Ich wollte ihr nicht in die Augen schauen.

Denn wenn ich das täte, könnte sie den Kampf sehen, der in mir tobte.

Ich war dabei, mich in sie zu verlieben.

In dieselbe Frau, in die mein Bruder verliebt war.

Die Frau, die unsere zerbrechliche Existenz in ihrer Hand hielt.

Ein falsches Wort, eine falsche Bewegung, und wir würden alle vor Waffen knien, die auf unsere Köpfe gerichtet waren.

Es stand zu viel auf dem Spiel.

Kühle Luft drang durch mein aufgeknöpftes Hemd, als ich einen Schritt auf sie zuging. Sie saß auf dem Boden und drehte sich zu mir um, als ich näher kam. Ich streckte die Hand aus und streichelte ihre Wange.

»Das ... sollte nicht passieren«, sagte ich.

Sie schloss die Augen und schnurrte fast, als sie ihre Wange an meiner Handfläche rieb. »Vielleicht ... schon.«

Vielleicht schon?

Ich dachte darüber nach und über die vielen Male, die ich mich auf der anderen Seite meines riesigen Schreibtisches vor ihr und meinen anderen Patienten verbarrikadiert hatte. Ich hatte sie in den letzten Monaten als Therapeut kennengelernt, und obwohl das Verlangen, sie zu ficken, da gewesen war, war es nur ein oberflächliches Gefühl. Besessenheit, nicht mehr.

Aber das ...

Das war etwas anderes.

»Ich empfinde etwas für dich«, flüsterte sie und öffnete ihre Augen. »Und das macht mir Angst.«

Sie hob ihren Kopf und unsere Blicke trafen sich. Mein Herz verkrampfte sich, als Panik in mir aufstieg. Ich fühlte so viel, wenn ich mit ihr zusammen war. Erinnerungen kamen hoch, all die Male, in denen ich ihr Abendsitzungen in meiner Wohnung vorgeschlagen hatte, in der Hoffnung, dass sie damit enden würden, dass ich ihre Kehle fickte, bis sie fast ohnmächtig wurde.

Mein Schwanz bewegte sich und wurde bei dem Gedanken daran immer steifer. Sie umschloss die Beule mit ihrer Hand und schaute mich an. Ich stöhnte auf und schloss meine Augen. Die Wärme ihrer Hand, die meinen Schwanz umschloss, brachte mich fast zum Orgasmus.

Sie zog sich zurück, ließ den Reißverschluss herunter und griff hinein. Ich öffnete meine Augen wegen der Hitze ihrer Hand und blickte nach unten, als sie mein Glied herauszog. Die schimmernde Eichel zuckte, als sie auf die Knie ging, ihren Mund öffnete und zu mir aufblickte.

Mir stockte der Atem. Ich wollte alles sehen, jede verdammte Sekunde von dieser Frau. Ich schob ihr Haar beiseite, als sie ihre Lippen um mich schloss und ganz nach unten sank.

»*Verdammt*«, stöhnte ich, fasziniert davon, wie sich ihr Mund ausdehnte.

Aber das hatte ich schon gehabt ... und ich wollte mehr.

Nein.

Ich wollte *alles*.

Ich griff nach unten, umschloss ihren Kiefer und zog mich langsam zurück.

Sie wartete, dann bewegte sie sich langsam nach hinten und setzte sich wieder in ihre kniende Position. Es gab kein Zurück mehr. Sie und ich ... *das war Schicksal*. Sie spreizte ihre Schenkel und ließ mich zwischen sie. Ich knöpfte meine Hose auf und öffnete den Reißverschluss.

»Bist du sicher?« Meine Stimme war heiser.

»Ja.« Sie packte mich am Arm und zog mich an sich.

Ich blickte nach unten, zu den rosafarbenen Narben an ihrer Seite, und ihre eigenen Worte kamen mir wieder in den Sinn. *Ich war diejenige, die den Orden in die Luft gejagt hat.* Sie war nicht nur skrupellos ... sie war auch eine Überlebende. »Traue niemals einer Überlebenden«, flüsterte ich und beugte mich vor, um ihre Lippen mit meinen zu berühren. »Bis du herausgefunden hast, was sie getan hat, um zu überleben.«

Sie lehnte sich zurück und führte mich vorwärts, bis ich eindrang. Die schweren Atemzüge verstummten, als die Energie zwischen uns knisterte. Mein Puls überschlug sich, flatterte und geriet in Panik.

»Verdammt noch mal«, stöhnte ich und stieß mit einem brutalen Ruck zu.

Sie wimmerte, umklammerte meinen Arm und spreizte ihre Knie weiter. »Fick mich hart.«

Mein Mundwinkel zuckte. Ich zog mich zurück und stieß dann mit aller Kraft hinein.

Ihr Hintern rutschte auf dem Boden und es war, als würde ein Schalter in mir umgelegt. Ich packte ihre Hüften und zog sie zurück, als ich wieder in sie eindrang.

»Ja ... Oh, Gott ... ja.«

Ihre Schreie waren die einzige Ermutigung, die ich brauchte. Ich öffnete meinen Mund und machte mich an die Arbeit, indem ich meinen Schwanz immer tiefer in sie stieß. Meine Hand legte sich um ihre Kehle. Sie starrte mich an und ihre Augen waren vor Verzweiflung groß.

»Braves Mädchen.« Ich stöhnte. »Verdammt, du nimmst das so gut auf. Sieh uns an. Sieh nur, wie gut du deine Strafe annimmst.«

Denn genau das war es.

Du hättest mich dich ficken lassen sollen.

Du hättest dich nicht in meinen Bruder verlieben sollen.

Ich versuchte, die Gedanken zu verdrängen und konzentrierte mich auf die Wärme ihrer Fotze, als ich in sie eindrang. Der

Geruch von Sex lag in der Luft. Ich saugte ihn in mich hinein und wollte unbedingt mehr.

»Du fickst sogar wie er«, sagte sie und ihre Stimme vibrierte gegen meine Hand. »Grob und wild.«

Bei diesen Worten fühlte ich mich nur noch gefährlicher.

Ich griff ihr an die Kehle, fest genug, um ihr zu zeigen, wer das Sagen hatte. »Gefällt dir das?«, grunzte ich. »Gefällt es dir, von meinem Bruder und mir gefickt zu werden?«

Sie wölbte ihren Rücken und wehrte sich nicht ein einziges Mal gegen meinen Griff, als ich noch einmal in sie stieß. »Ja.«

Ich drückte meinen Daumen gegen ihre Kehle, als die Vorstellung davon in mir aufkam.

Riven.

Sie.

Ich.

Wie wir sie beide benutzten. Sie beide schmeckten. Ich stieß ein Stöhnen aus, gefangen von der Erinnerung. Mein Hunger war entfacht und es gab kein Zurück mehr. Sie biss sich auf die Lippe und ihr Körper verkrampfte sich um mich. Einfach so war ich fertig. Ich stöhnte, erstarrte und vergrub mich in ihrer Hitze, während mein Schwanz zuckte und die Wärme tief in ihre freisetzte.

»Genau so, mein Lehrer«, flüsterte sie. »Füll mich aus.«

Ich stöhnte auf und mein Schwanz zuckte bei diesen Worten heftig. Ich wollte sie ausfüllen. Ich wollte sie so dringend ausfüllen. Ich packte ihre Kehle und riss sie zu mir. Panik überkam mich, als ich mich in ihren Blicken verlor. Dann, ohne Vorwarnung, küsste ich sie.

Ich stürzte kopfüber in den Abgrund der Dunkelheit.

Ich schloss meine Augen und küsste sie noch inniger, während ich sie festhielt. Sie stöhnte verzweifelt. Genau so fühlte ich mich auch. Ich löste mich von ihr und war wie gebannt von ihrer Kraft. »Das ... ändert alles.«

»Ich stimme zu«, antwortete sie. »Jetzt steht für uns beide etwas auf dem Spiel.«

Was bedeutete das?

Bedeutete es, dass ... *sie* ...

In diesen tiefbraunen Augen sah ich die Wahrheit.

Scheiße ...

Ich löste meinen Griff und zog mich zurück. Ich blickte auf sie herab, bevor ich aufstand. Ihre Schenkel waren feucht und das Sperma glitzerte auf ihrer Mitte. Der Anblick ließ mich erstarren.

»Ich vertraue dir«, flüsterte sie und rappelte sich auf. »Mit meinem Körper und jetzt auch mit meinem Herzen.«

Spielte sie mit uns?

Ein stechender Schmerz durchfuhr meine Brust. Verdammt noch mal, ich hatte das Gefühl, ich würde einen Herzinfarkt bekommen.

»Zieh dich an«, drängte ich in einem etwas schroffen Ton. »Ich möchte dich in deine Zelle begleiten, um sicherzustellen, dass du in Sicherheit bist.«

Die Wahrheit war, dass ich von ihr weg musste, weg von diesen Augen und der Versuchung, auf die Knie zu fallen und sie noch einmal mit meinem Schwanz auszufüllen. Denn die Wahrheit war, dass ich sie nicht gehen lassen wollte.

Sie zuckte zusammen, dann bewegte sie sich langsam und erhob sich vom Boden.

Ich hasste, wie kalt ich war. Aber es gab nichts, was ich sagen konnte, nichts, was ändern konnte, was wir waren ... und wo wir waren. Dies war kein Ort der Liebe. Egal, wie sehr sich das schmerzende Pochen in meiner Brust das wünschte.

Sie zog sich ihr rotes Dessous an und drehte sich um. In ihren Augen war eine Leere zu sehen. Eine, die mich in die Eier traf. Du verdammtes Arschloch. Ich wandte den Blick ab, steckte meinen Schwanz ein und machte mich auf den Weg zur Tür.

Coulter hatte eine Show gewollt, und die hatte er auch bekommen.

Wir hatten so getan, als ob, und jetzt ging es darum, Helene zu Hale zu bringen. Davon hing alles ab, ohne Rücksicht auf mein Herz.

Eine Bewegung zog meinen Blick auf sich, als Helene zur Tür schritt und wartete. Sie sah mich nicht mehr an. Nicht, dass ich es ihr verübelt hätte. Ich holte meine Karte heraus und ging zur Tür, wobei ich das Licht anließ. Ich würde später zurückkommen und die Ergebnisse der anderen Töchter für heute überprüfen.

»Komm, wir bringen dich zurück in dein Zimmer.« Ich streckte die Hand aus, schloss die Tür auf und wartete darauf, dass sie hinausging.

Sie sagte kein Wort und schaute auch nicht in meine Richtung. Sie ging einfach durch den Zuschauerraum und auf den Flur hinaus. Aber das brauchte sie auch nicht, denn in meinem Kopf drehte sich bereits alles.

Wir erreichten den Korridor zu ihrem Zimmer und bogen um die Ecke. Walkers Mann schaute in unsere Richtung, bewaffnet mit einem Scharfschützengewehr, während er Wache hielt. Ich trat vor, schloss ihre Tür auf und wartete, bis sie eintrat, bevor ich sie schloss.

Sie drehte sich im letzten Moment um und entdeckte mich in der Glasscheibe der Tür. Schmerz und Verwirrung zeichneten sich in ihrem Gesichtsausdruck ab, bevor sie sich abwandte.

»Du darfst diesen Raum nicht verlassen«, murmelte ich und blickte dann langsam zu Walkers Wächter. »Habe ich mich klar ausgedrückt?«

»Glasklar.« Er blickte in Richtung des Raumes. »Keine Sorge, meine Anweisungen sind eindeutig.«

Ein Blick in meine Richtung und ich wusste Bescheid. Er war sich des Kampfes bewusst, der tobte ... und mehr noch, er wusste, wie wichtig Helene war. Dieser Schmerz füllte meine Brust und breitete sich aus wie Gift.

»Gut.« Meine Stimme war heiser. »Ruf mich sofort an, wenn es ein Problem gibt.«

»Mache ich«, antwortete er, als ich mich umdrehte. »Gleich nachdem ich den Direktor angerufen habe.«

Meine Schritte stockten, bevor ich mich zwang, mich zu bewegen. Natürlich riefen sie zuerst Riven an. Es war immer Riven. Das hatte mir noch nie etwas ausgemacht – ich knallte die Karte auf den Scanner – bis jetzt.

Jetzt machte es mir sehr viel aus.

Dem Schmerz in meiner Brust wuchsen Krallen, die sich bis in mein Herz bohrten. Ich zuckte zusammen und schlug mit der Faust gegen die erdrückende Qual, aber sie hörte nicht auf. Wenn überhaupt, wurde sie nur noch stärker. Die Lichter über mir wurden heller.

Verdammt! Ich zuckte zusammen und musterte den Korridor, als ich in der Ferne Bewegungen von Coulters Wachen sah. *Ich musste hier raus.*

Ich stolperte zur Eingangstür und drückte meine Karte gegen den Scanner, bevor ich hinausstürzte. Die kalte Nachtluft umspülte mich und drang mit jedem keuchenden Atemzug tief in mich ein.

Ich steuerte auf die Sicherheit der Bäume zu und meine Stiefel knirschten auf dem Kies, bis ich auf das Gras traf. Was zum Teufel war mit mir los? *Was ... zum Teufel ...*

»Ich möchte, dass du das für dich behältst.«

Die Worte drangen durch die Bäume zu mir. Ich hob den Kopf und musterte die Dunkelheit, während ich darauf wartete, dass sich meine Augen an die Dunkelheit gewöhnten.

»Sie wissen nicht, dass wir Marks gefunden haben. Also tun wir, was Coulter gesagt hat und halten es geheim.«

Marks?

Der Name hallte in meinem Kopf wider ... bis sich der eisige Griff der Angst verkrampfte.

Die Leiche.

Sie hatten sie gefunden.

Der Boden schien mir unter den Füßen wegzufallen.

»Und was auch immer wir tun ... wir behalten diese Cruz-Bastarde im Visier.«

Die dunklen Gestalten bewegten sich. Einer drehte seinen Kopf und musterte die Bäume in meiner Nähe. Mein Herz schlug mir bis zum Hals, als ich darauf wartete, dass er mich entdeckte, aber das tat er nicht. Stattdessen wandte er sich wieder dem anderen zu und sagte noch etwas, das ich nicht ganz verstehen konnte, bevor sie weggingen.

Sie hatten die Leiche gefunden?

Das konnte nicht sein.

Es war unmöglich.

Ich hatte dem Mistkerl, der Helene und meinen Bruder fast umgebracht hatte, alles abgenommen. Seine Kleidung, seine Waffen ... *alles.*

Ich drehte meinen Kopf und musterte die Dunkelheit. Ich musste mich vergewissern, dass die Leiche genau dort lag, wo ich sie zurückgelassen hatte ... und dann musste ich Riven finden. Die Nacht wurde kalt ... *zu kalt.* Ein unheimliches Gefühl durchflutete mich. Mein Magen verkrampfte sich, als ich in Panik geriet. Das würde schlimm werden ... Ich wusste es einfach.

Stiefel knirschten auf dem Kies und zogen meinen Blick auf sich. Ich stand in der Dunkelheit, versteckt hinter den Bäumen, und beobachtete, wie Coulters Männer im Gebäude verschwanden. Verzweiflung erfüllte mich und zwang mich dazu, mich umzudrehen, mich zu orientieren und loszurennen.

ZWEIUNDDREISSIG

Riven

ICH WILL SIE.

Diese Worte hallten in meinem Kopf wider, bis ich nur noch sie hören konnte.

Ich. Will. Sie.

»Riven.«

Langsam hob ich meinen Kopf von dem Glas Scotch. Thomas stand vor mir und starrte mich mit seinem grausamen, blutigen Blick an.

»Du machst mir Sorgen«, sagte er vorsichtig.

»Tue ich das nicht immer?« Ich nahm einen Schluck und genoss das Brennen, als er meinen Bauch traf.

Klick.

Mein Blick richtete sich augenblicklich auf die Tür der Wohnung. Ich griff schon nach der Waffe, die ich unter meinem Gürtel trug, als sie sich öffnete und Kane eintrat. Er war rot, panisch und schloss die Tür hastig, bevor er sich umdrehte und mich mit einem verzweifelten Blick fixierte.

Mein Magen verkrampfte sich augenblicklich. Er sah Thomas nicht einmal an, sondern verlängerte seine ohnehin schon langen Schritte, als er in meine Richtung eilte. Wir hatten uns nie nahegestanden. Keiner von uns, aber die Kluft zwischen dem Doktor und mir wurde immer größer.

Aber das spielte in diesem Moment keine Rolle.

Er kam direkt auf mich zu, packte an dem Arm, mit dem ich den Alkohol hielt und zog mich dicht an sich heran ... so dicht, dass seine Worte ein leises Zischen in meinem Ohr waren. »Sie haben die Leiche gefunden.«

Die Kälte drang ganz tief in mich ein und verdrängte die Hitze, die ich zuvor genossen hatte. Langsam drehte ich meinen Kopf und begegnete dem hellen Grün seiner Augen, die in meine starrten. Ich kämpfte mit meinen Gedanken und versuchte, alle Konsequenzen zu durchdenken. »Bist du sicher?«

Er nickte nur, während Thomas zusah.

Sie hatten die Leiche gefunden.

Sie hatten die verdammte Leiche gefunden.

Das verdammte Ortungsgerät. Aber wie? »Du sagtest doch, du hättest das im Griff?«

»Hatte ich auch.«

Meine Lippe kräuselte sich. »Offensichtlich nicht.«

Er zuckte zusammen. Aber ich scherte mich nicht um seine Gefühle. Jedenfalls nicht mehr ... nicht, wenn ich ... *involviert* war.

Ich leerte den letzten Schluck meines Glases und wandte mich ab.

»Hey.« Er hielt mich auf.

Ich drehte mich wieder um.

»Ich stecke da auch tief drin.«

»Das bezweifle ich«, murmelte ich.

Aber kaum hatte ich gesprochen, sah ich, wie falsch ich lag. Seine Wangen brannten und er atmete immer noch schwer. Er war gerannt, und nicht nur gerannt, er hatte sich den Arsch aufgerissen. Das war nicht Kane. In all den Jahren, in denen er mein Bruder gewesen war, hatte ich nicht erlebt, dass er sich für jemanden eingesetzt hätte.

Nicht einmal, als unsere Schwester entführt worden war.

Allein die Tatsache, dass er weggelaufen war, nur um mit dieser Information zu mir zu kommen, war ... niederschmetternd.

»Du bist in sie verliebt?«, murmelte Thomas und starrte unseren Bruder aufmerksam an.

Kane schüttelte kurz den Kopf. Ich wandte mich ab, als ich ein leises, animalisches Glucksen ausstieß. »Das ist so verdammt typisch für dich, nicht wahr?«

»Ich will nicht ...«, begann er.

Ich wirbelte herum, als die Wut an die Oberfläche stieg. »Willst du mir wirklich ins Gesicht lügen?«

»Riven«, murmelte Thomas.

Ich ignorierte ihn und machte einen Schritt auf Kane zu. »Na los, gib es zu. Gib die Wahrheit zu, du liebst sie.«

»*Riven*«, drängte Thomas erneut, etwas lauter.

Ich richtete meinen glühenden Blick auf ihn. »Was?!«

»Du hast sie entführt. Du hast sie unter Drogen gesetzt und sie benutzt. Wir sind hier nicht in einer märchenhaften, perfekten Romanze. Ich möchte, dass du dir dessen bewusst bist.«

Ich schnappte nach Luft, als mir alles klar wurde, jeder einzelne schreckliche Moment. *Und?* Ich wollte knurren wie ein bockiges Kind. Stattdessen sah ich dem Bastard in die Augen. »Warum musste es ausgerechnet sie sein?«

»Denkst du, ich wollte das?« Er schüttelte den Kopf und wandte sich ab. »Das bin nicht ich. Ich fühle mich nicht so verdammt ...« Er rang mit den Händen und die Bewegung zog meinen Blick auf sich. »Ekelhaft.«

Ich wusste genau, wie er sich fühlte. Sie brachte mich um den Verstand. Mörderisch. So fühlte ich mich auch. *Verdammt mörderisch.*

»Das ist alles nicht wichtig«, sagte ich. »Wir haben einen Job zu erledigen und sie auch. Wir beschützen sie und bringen sie auf diesen verdammten LKW. Wir geben ihr jede Möglichkeit, das zu tun, woran wir gescheitert sind: Mel zu finden. Was du oder ich für sie empfinden, spielt keine Rolle. Wenn das hier vorbei ist, werden wir herausfinden, ob irgendetwas davon überhaupt echt ist.«

Er wich zurück. »Für mich schon.«

Ein Schmerz erfüllte meine Brust. Allein bei diesen Worten wurde mir übel. Sie gehörte mir. Sie gehörte *mir*, weil ich sie … zuerst gehabt hatte.

»Es ist schon spät«, drängte Thomas. »Jetzt müssen wir noch vorsichtiger sein als sonst. Sie vermuten zwar, dass wir es waren, aber sie haben keine Beweise.«

»Woher willst du das wissen?« Kane warf ihm einen bösen Blick zu.

»Denn wenn sie es wüssten«, begann ich, »wären wir tot.«

So einfach war das. Wenn sie Beweise hätten, würden wir alle in den Lauf einer Waffe schauen. Trotzdem mussten wir vorsichtig sein, vor allem, wenn es um Helene ging.

»Geht schlafen.« Ich machte mich auf den Weg ins Schlafzimmer. »Morgen beginnt der Spaß.«

Ich ging in mein Schlafzimmer, schnappte mir saubere Boxershorts und nahm dann die erste Dusche. Als das heiße Wasser auf meine Haut traf, schossen mir Gedanken durch den Kopf, die sich alle um sie drehten.

Kane.

Coulter.

Und jeder andere verdammte Mann im Umkreis von hundert Meilen.

Ich senkte meinen Kopf und ließ das Wasser hinunterlaufen.

Sag es mir. Sag mir, dass du mir gehörst.

Meine eigenen verzweifelten Worte füllten meinen Kopf.

Ich gehöre dir … bitte, ich gehöre dir.

»Scheiße«, murmelte ich.

Meine Eier schmerzten. Mein Schwanz war steif. Ich griff nach unten und packte ihn.

Ich gehöre dir. Ich gehöre dir. Ich gehöre dir.

Ich umfasste ihn mit der Faust und pumpte langsam. »Da hast du verdammt recht.«

Ich war mit dieser Frau zu weit gegangen und das wusste ich. Ich hätte für sie getötet ... auch für meine Familie, wenn es so weit gekommen wäre. Die Frau gehörte mir ... und nur mir allein. Daran musste Kane denken.

Ich hob eine Hand, stützte sie an die Wand und lehnte mich dagegen, während ich mein Glied pumpte. Es war ein schlechter Ersatz für die echte Sache. Aber im Moment war ich zu aufgedreht, um mich darum zu kümmern. Ich brauchte sie, auch wenn es nur die Illusion von ihr war. »Mir«, krächzte ich, als die Gier in Liebe umschlug. *»Du gehörst mir.«*

Meine Stöße wurden härter, meine Faust drückte fester zu. Ich wollte mehr ... mehr ... *von ihr.*

Bring mich zum Kommen, Direktor. Bring mich zum Kommen.

Mein Schwanz zuckte. Wärme strömte aus mir heraus, bis ich stöhnte und die pulsierende Ader darunter immer noch fest umklammerte.

Du bist in sie verliebt?

Bei der Erinnerung daran zuckte ich zusammen und hob meinen Kopf. Mein Herz tat weh, viel mehr als es sollte. Ich schaltete die Brause aus und ging aus der Dusche, bevor ich mir das Handtuch um die Hüfte wickelte und mich auf den Weg zur Tür machte.

Aber als ich sie öffnete, war Kane da und sah mich mit seinen verräterischen Augen an.

Er sagte kein einziges Wort. Aber das brauchte der Bastard auch nicht.

Er trat zur Seite, *auf die falsche Seite.* Wir tänzelten herum wie zwei verdammte Idioten, bis ich ihn an den Schultern packte, ihn zur Seite schob und mich vorbeidrängte.

Arschloch.

Ich ging in mein Zimmer, trocknete mich ab und warf das Handtuch auf den Boden. Thomas hatte recht. Morgen würden wir vorsichtig sein müssen ... und wir alle brauchten Schlaf.

ES GAB KEINEN SCHLAF UND NICHT EINE SEKUNDE RUHE. Als ich endlich aufstand, nachdem ich mich die ganze Nacht hin und her gewälzt hatte, brannten meine Augen und meine Nerven lagen blank. Ich duschte erneut und beeilte mich dieses Mal. Als ich aus dem Schlafzimmer trat, fühlte ich mich immer noch schrecklich ... aber ich war bereit, diesen Tag zu beginnen.

Wir mussten genau wissen, was ihre Pläne waren. Außerdem mussten wir herausfinden, wann sie die Lieferung der Töchter zu Hale schicken würden. Wenn die Wölfe näher kamen, mussten wir darauf vorbereitet sein.

In der Wohnung war es still. Ich richtete meine Aufmerksamkeit auf Kanes Zimmer. Der Bastard schlief wohl noch. War ja klar.

Ich machte mich auf den Weg nach draußen und lief die Flure entlang, wobei ich meine Karte auf dem Weg zu meinem Büro auf einen Scanner nach dem anderen legte. Aber dort war es still ... totenstill. Ich blieb an der Tür stehen, drehte mich um und lauschte.

Kein Poltern, kein tiefes Gemurmel der Wachen. Ich drehte mich um und ging hinein, aber in dem Moment, als ich mich hinsetzte, erstarrte ich. Es fühlte sich nicht ... richtig an.

Meine Haut kribbelte, als ich die Maus anstarrte. Ich streckte die Hand aus und drückte sie, sodass mein Bildschirm zum Leben erwachte. Ich loggte mich ein und starrte. Die Datei über Helene war verschwunden und füllte den Bildschirm nicht mehr aus, wie sie es beim letzten Mal getan hatte. Jemand war hier gewesen.

Das Frösteln wurde noch stärker.

Ich will sie.

Coulters verdammte Forderung hallte in meinem Kopf wieder. »Verdammter Mistkerl.«

Ich erhob mich vom Platz und stieß meinen Stuhl zur Seite. Alles, woran ich denken konnte, war sie. Sie zu finden. Sie zu beschützen. *Sie zu lieben.* Ich verlängerte meine Schritte und ging durch die Tür.

Stille erfüllte die Gänge. Es war noch früh, viel zu früh, verdammt noch mal. Die Töchter würden noch schlafen und die meisten von Walkers Wachen würden noch auf dem Gelände patrouillieren.

Etwas bewegte sich durch den gläsernen Teil der Doppeltür, die in diese Richtung führte. Einen von ihnen erkannte ich als einen von Coulters Befehlshabern. Jemanden, den ich um diese Uhrzeit nicht erwartet hätte ... es sei denn, es gab einen Grund dafür.

Ich hielt inne und trat einen Schritt zur Seite. Instinktiv drückte ich die Zugangskarte gegen den Scanner und schlüpfte in eine Abstellkammer. Die Dunkelheit verschluckte den Raum. Aber ich ließ einen winzigen Spalt offen, als die Sicherheitstüren im Flur mit einem Klicken aufschwangen.

»Du musst nur sicherstellen, dass du bereit bist, loszulegen«, sagte Coulters Mann.

»Und was ist, wenn diese Bastarde sich wehren?«

Ich umklammerte den Griff fester und hörte angestrengt zu.

»Lass das mal meine Sorge sein. Zwei Tage, das ist alles, worüber du dir Sorgen machen musst. Zwei Tage, dann ziehen wir weiter.«

Zwei Tage?

Mein Herz schlug mir gegen die Rippen. Zwei verdammte Tage? Was hatten sie in zwei Tagen vor?

Mein Blut gefror und mein Magen sackte in sich zusammen. Ich wusste, was sie vorhatten ... sie wollten sie verlegen.

Zwei Tage waren nicht genug. Die Programmierung dauerte mindestens zwei Monate. Höchstens sechs Wochen, aber zwei Tage? Das war barbarisch.

Wenn sie sie jetzt mitnähmen, liefen sie Gefahr, das rückgängig zu machen, was wir getan hatten, oder ihren Verstand zu brechen. Sie waren im Moment sehr zerbrechlich. Die Drogen und die Hypnose machen sie zerbrechlich ... und das allein machte sie schon gefährlich.

Schritte polterten, dann wurden sie leiser.

Ich blieb in der Dunkelheit und versteckte mich ein paar Minuten lang im Abstellraum, bevor ich einen Schritt nach draußen wagte. Sie waren längst weg, aber die Worte waren noch da. *Zwei Tage, das ist alles, worüber du dir Sorgen machen musst.*

Meine Gedanken schweiften ab. Meine Bewegungen liefen auf Autopilot, als ich meine Karte auf den Scanner drückte und zu den Zimmern der Töchter ging.

In zwei Tagen würde sie weg sein. Verdammt noch mal, mir wurde schlecht bei dem Gedanken, nicht mehr auf sie aufpassen zu können, aber im Moment mussten wir tun, was wir konnten.

Denk nach ...

Kaum war ich um die Ecke gebogen, stand einer von Coulters Männern vor der offenen Zellentür einer der Töchter. Mein erster Instinkt war, mich umzudrehen und nach Walker zu suchen, um sicherzugehen, dass er die einzige Person, die mir etwas bedeutete, nämlich Helene, beschützte ... bis sich drinnen etwas bewegte und Kane hervortrat.

»Sie braucht mehr Wasser und Ruhe«, wies er den Wachmann an. »Weiter zur Nächsten, bitte.«

Er hob den Kopf und begegnete meinem Blick.

Ich war etwas verwirrt, bis ich den Ordner in seinen Händen sah. Er untersuchte sie, notierte ihre Vitalwerte und ihren geistigen Zustand. Er schaute in Richtung von Helenes Zimmer, aber er ging nicht dorthin, noch nicht. Er benutzte die anderen Töchter als Tarnung, um zu ihr zu gelangen.

Zwei Tage. Die Worte dröhnten in meinem Kopf. Wusste Kane davon?

Als sein Blick auf meinen traf, runzelte er die Stirn. Er wusste es nicht. Ich hätte fast Geld darauf verwettet, dass er gar nichts wusste.

Ich warf einen Blick auf den Ordner und die Liste der Töchter auf der Vorderseite. Mehr als die Hälfte war abgehakt. Das bedeutete, dass er schon über eine Stunde damit beschäftigt gewesen war ... lange bevor ich aufgestanden war und bevor Coulters Männer mit den Vorbereitungen begonnen hatten.

Wenn er nicht schon wusste, dass wir am Arsch waren, dann würde er es bald wissen. Seine Programmierung war dabei, zerstört zu werden, und wir konnten nichts dagegen tun ... nicht bevor Coulter etwas unternahm.

Bis dahin mussten wir mitspielen und zu Gott beten, dass wir den Bastard mit einer anderen als der Frau, in die wir beide verliebt waren, verführen konnten.

Um unser aller willen.

DREIUNDDREISSIG

Kane

RIVENS AUGEN WAREN GROSS VOR SCHRECK UND SEINE HAUT WAR ASCHFAHL. So sehr mich das auch erschreckte, ich wandte mich ab, tat so, als würde ich es nicht bemerken, und ging weiter zur nächsten Zelle.

»Raus«, wies ich den Wärter an.

Er kannte die Prozedur inzwischen, öffnete die Tür und blieb in Sichtweite, während ich auf die im Bett zusammengerollte Gestalt zuging. Die Drogen in den Systemen der Töchter ließen nach und jetzt waren sie anfälliger denn je.

Ich nahm die winzige Taschenlampe in die Hand und überprüfte ihre Lebenszeichen, bevor ich die gleichen Fragen stellte, die ich schon einmal gestellt hatte. »Wem gehörst du?«

»Dir«, flüsterte sie und blickte zu mir auf.

»Und was tust du, wenn dir etwas befohlen wird?«

»Gehorchen.«

Ich begegnete ihrem Blick. »Wer bist du?«

Die stumpfen Augen waren leblos, als sie antwortete: »Tochter.«

Ich blieb eine Weile und tat so, als würde mich diese genauso interessieren wie die andere. Aber das war nur gespielt. Ich nickte langsam, beendete meine Fragen und stand auf. Die nächste war die, die ich brauchte, *Helene*.

»Die Nächste«, befahl ich.

Die Türen schlossen sich. Schritte polterten. Aber Riven stand immer noch da, mit demselben blassen Teint und demselben gequälten Blick, und wartete auf mich, als wir uns ihrem Zimmer näherten. Er sah aus, als würde er gleich ohnmächtig werden. Als der Wachmann an ihm vorbeiging und Helenes Tür aufschloss, drehte er sich um.

»Ich brauche einen aktuellen Bericht«, murmelte Riven, sein Ton war hohl.

Ich nickte. »Natürlich.« Dann warf ich einen Blick auf den Wachmann und ruckte mit dem Kopf. »Du kannst draußen warten.«

Er musterte Riven und schüttelte den Kopf. »Wenn du reden willst, dann redest du hier.«

Was soll der Scheiß? Wut flammte auf. Doch ich schluckte sie hinunter und nickte stattdessen vorsichtig. »Wenn du darauf bestehst.« Ich wandte mich an meinen Bruder. »Einige haben erhöhte Vitalwerte. Wir haben uns angestrengt, um die Ziele zu erreichen. Sie brauchen Ruhe.«

Klick.

Helenes Tür öffnete sich. Dieselbe Finsternis wartete.

»Ich bin mir nicht sicher, ob das eine Option ist«, antwortete Riven vorsichtig. »Nicht mehr.«

Ich warf ihm einen Blick zu, bevor ich mich dem Zimmer zuwandte. Aber sie lag nicht zusammengerollt im Bett, wie es bei den anderen Töchtern der Fall gewesen war. Als ich das Zimmer musterte, fand ich sie in der Ecke auf dem Boden kauern.

»Helene?« Ich ging auf sie zu und kniete mich vor sie. »Kannst du mich hören?«

Sie richtete ihren unkonzentrierten Blick auf mich. Sie sah schlimm aus ... schlimmer als die anderen. Ich überprüfte ihre erweiterten Pupillen, während Riven neben mir stand.

»Wir müssen den Prozess vielleicht beschleunigen«, murmelte er.

Ich warf ihm einen Blick zu, damit er sah, wie wütend mich diese Bemerkung machte. »Beschleunigen?« Ich drehte meinen Kopf zu der Frau, um die wir uns beide sorgten, und zischte: *»Willst du, dass ich ihren verdammten Verstand breche?«*

Etwas bewegte sich durch die Tür. Der Wachmann steckte seinen Kopf herein, musterte uns und wandte sich dann ab. Riven wartete, bis er kaum noch zu hören war, bevor er sich bewegte, sich schnell bückte, mein Hemd packte und mir ins Ohr knurrte: »Sie bringen sie in zwei verdammten Tagen weg. Zwei Tage und wir verlieren sie. Wir müssen sichergehen, dass sie vorbereitet ist.«

Zwei Tage?

Augenblicklich wich die Wärme aus mir.

Ich drehte mich wieder zu ihr um. »Das ist nicht genug Zeit.«

»Dann solltest du dafür sorgen, dass es das ist«, knurrte Riven, dann richtete er seinen Blick auf sie.

Sie drehte sich um, um seinem Blick zu begegnen und in einem Moment der Schwäche löste Riven seinen Griff um meinem Hemd und streichelte stattdessen ihr Gesicht.

»Wir sind genau hier, Ärgernis«, murmelte er in einem heiseren Ton. »Wir werden alles tun, um dich zu beschützen.«

Sie starrte ihn nur an, schloss dann ihre Augen und drückte ihre Wange gegen seine Berührung. »Gehorchen«, flüsterte sie. »Ich gehorche.«

Sie gehorchte wirklich. Das einzige Problem war nur ... wem von uns beiden?

Eifersucht flammte auf, brodelte und verbrannte. Ich hatte mir in meinem ganzen Leben noch nie etwas so sehr gewünscht, wie ich mir sie wünschte.

»Dann habe ich wohl eine Menge Arbeit vor mir«, sagte ich vorsichtig. »Wir sollten besser anfangen.«

DIE LUFT KRATZTE WIE EINE KLINGE AUF MEINER HAUT, als ich den Trainingsraum betrat. Die Töchter standen in Reihen da und sahen ausgelaugt und leer aus, genau wie ich es erwartet hatte, wenn wir sie zu sehr unter Druck setzten. Die Krankenschwestern gingen zwischen ihnen hin und her und verabreichten ihnen die Drogen, die sie für unsere Techniken empfänglicher machen sollten. Sie zuckten nicht einmal mehr zusammen, als sie die Injektionen bekamen, sondern standen einfach unbeweglich da ... *sogar Helene.*

Coulter und seine Wächter standen im Dunklen und beobachteten sie mit ihren scharfen Blicken. Hale war nie so kontrollsüchtig gewesen und hatte mir im Grunde genommen die Herrschaft überlassen. Aber mit diesem Arschloch befanden wir unter einer verdammten Lupe.

Dann lenkte eine Lücke in der Reihe der Töchter meine Aufmerksamkeit auf sich. Ich steuerte darauf zu und musterte die blinzelnden Blicke, während die Panik stieg.

Ein Schrei kam aus dem Korridor, schrill und ängstlich. Ein Schrei, der immer lauter wurde, je näher er kam. Riven drehte sich augenblicklich um und ruckte mit dem Kopf in Richtung Walker, der aus dem Raum stürmte. Doch kaum war er außer Sichtweite, zerrte einer von Coulters Männern die verschwundene Tochter an einer Handvoll Haare in den Raum.

»Diese hier.« Er schubste sie, sodass sie auf mich zustolperte. »Sie hat sich geweigert, zu kooperieren.«

Ich packte sie an den Schultern und hielt sie fest, während ich den roten Handabdruck in ihrem Gesicht musterte. »Und musstest du sie zur Unterwerfung prügeln?«

Die Angst war das einzige Gefühl, das wir versuchten, nicht zu benutzen. Sie war unberechenbar ... und sie verbreitete sich wie die verdammte Pest. Das war der Hauptgrund, warum sie nach dem Einsetzen des Peilsenders so schnell wie möglich geduscht und gefüttert wurden. Diese Frauen waren bereits bis zu einem gewissen Grad konditioniert, wenn man dann noch zusätzliche Angstreize hinzufügte, konnte es schnell giftig werden.

Der Wachmann sagte kein Wort. Aber der Hass in seinen Augen sagte alles.

Ich senkte meinen Blick auf den heruntergezogenen Träger ihres BHs, dann auf den gedehnten Gummizug ihres Slips. Es dauerte nicht lange, bis ich verstand, was passiert war. »Dir wurde ausdrücklich gesagt, dass die Töchter tabu sind.«

Ich warf ihm einen Blick zu ... »Es sei denn, du willst bezahlen?«

Er sagte nichts.

Dem Bastard musste eine Lektion erteilt werden.

Ich drehte mich zu der Tochter und ihrem panischen Blick um, bevor ich einer Krankenschwester bedeutete, nach vorne zu kommen.

»Ganz ruhig.« Ich strich mit dem Daumen über ihre Schulter, während die Krankenschwester ihren Arm sanft drehte, die Injektionsstelle abtupfte und die Nadel einführte.

Es dauerte nur wenige Sekunden, bis sich die Falten zwischen ihren Augen glätteten und ihre Atmung sich vertiefte.

»So ist es besser«, murmelte ich und strich mit dem Daumen immer wieder über dieselbe Stelle an ihrer Schulter.

Ich richtete meinen Blick auf sie, ignorierte den leuchtend roten Fleck in ihrem Gesicht und murmelte stattdessen: »Zieh dich aus.«

Ohne zu zögern, hob sie die Hand, um den Träger des BHs nach unten zu schieben, und zeigte eine Gehorsamkeit, die vor einer Sekunde noch nicht da gewesen war. Blasse, volle Brüste kamen zum Vorschein. Ich riskierte einen Blick zu Coulter, der im Dunkeln stand.

Alle anderen Männer konzentrierten sich auf die Tochter vor mir, nur er nicht.

Sein Blick war auf Helene gerichtet, die einzige Frau, die er nicht haben konnte.

Die Verzweiflung zitterte in mir, als ich mich wieder der Frau vor mir zuwandte. Sie war mir egal, weder ihr Schicksal noch ihr Glück. Sie war für mich nur ein Werkzeug. Eines, das ich benutzen würde, um die Frau, die ich liebte, in Sicherheit zu bringen.

»Weiter«, drängte ich. »Zieh alles aus.«

Sie tat es, schob ihre Daumen in den Bund ihres Höschens und schob es ganz nach unten. Ich konnte sie kaum sehen. Leere Augen, perfekte Titten, eine rasierte, enge Muschi.

»Knie dich hin«, befahl ich.

Sie ließ sich augenblicklich auf den Boden sinken.

»Hände auf den Rücken, Knie gespreizt.«

Der Blick des Wächters war fasziniert. Aber es war nicht er, den ich aus dem Augenwinkel beobachtete, es war Coulter. Der Bastard schaute kurz in unsere Richtung, aber es dauerte nicht lange, bis sein Blick wieder auf Helene fiel.

»Zeig sie ihm.« Mein Tonfall war heiser. »Dreh dich um, die Wange auf den Boden.«

Ich schluckte den Ekel hinunter, als sie sich auf die Knie drehte und dann ihr Gesicht auf den Boden senkte, verzweifelt gehorchend, wie eine Tochter es tun sollte.

»Spreize dich«, knurrte ich. »Zeig ihm, was ihm gehören könnte.«

Ihre Fingerspitzen gruben sich in die weiche Haut, als sie ihren prallen Hintern umfasste und sich weit spreizte. Ein leises, gequältes Stöhnen kam von dem Wachmann vor mir.

Mein Bruder hatte recht.

Es war keine Erregung, die ich beim Anblick dieser Frau empfand.

Es war Grausamkeit.

Ich wollte sie am Nacken packen. Ihr ins Gesicht brüllen, bis ihre Augen vor Tränen schimmern. Ich wollte sie zur Seite werfen, mitten hinein in das Rudel dieser gefräßigen Wölfe. Und während sie sie in Stücke rissen, wollte ich die Frau, die ich liebte, einfangen … und sie von hier wegbringen.

Mein Körper zitterte mit diesem Verlangen.

»Du willst sie?«, begann ich. »Wenn du sie ficken willst, bis du deine Probleme vergisst, kannst du das.«

Er warf mir einen erschrockenen Blick zu.

»Du willst deine Kumpels zu dir nach Hause einladen und sie sie ficken lassen? Auch das kannst du tun. Du kannst alles mit ihr machen, was du willst. Jede dunkle, animalische Begierde, die du je im Verborgenen gehegt hast, kannst du endlich ans Licht kommen lassen. Sie wird nicht schreien, wenn du sie brutal fickst … es sei denn, du willst das. Sie wird niemals ›Nein‹ sagen. Wie fühlst du dich dabei?«

»Wie ein Gott«, krächzte er.

Meine Mundwinkel zuckten. *Ganz genau.*

Er warf mir einen verzweifelten Blick zu. »Wie viel? Was immer es ist, ich zahle es.«

Ich schob mich an ihm vorbei und ging durch den Raum. »Du kannst es dir nicht leisten.« Es war Coulter, auf den ich zuging, den Mistkerl, der Helene in zwei verdammten Tagen zu Hale bringen wollte. »Aber du kannst es.«

Er wandte den Blick nicht von mir ab.

Du willst sie, du Mistkerl, du willst sie und nicht Helene.

Coulter schaute an mir vorbei, zu der Tochter, die immer noch für alle sichtbar gespreizt war, bevor er meinen Blick wieder erwiderte und lächelte.

Helene

DER RAUM SCHWANKTE VOR MIR. ICH BLICKTE NACH unten zu dem schwindenden Stechen in meinem Arm und versuchte, mich bei Sinnen zu halten. Reihenweise standen wir da und warteten.

GEHORCHEN.

TÖCHTER.

Die Worte hallten in meinem Kopf wider, bis ich nur noch aus den leuchtenden weißen Worten bestand. Ich war *Gehorsam*. Ich war *Kontrolle*. Ich war ›Tochter‹. Die lauten Schreie im Raum verschwanden, als wären sie nie da gewesen. Vielleicht waren sie das auch gar nicht? Vielleicht war das alles nur ein Traum?

Es fühlte sich wie ein Traum an.

Jemand schnappte nach Luft und durchbrach die Benommenheit in meinem Kopf. Ein ersticktes Wimmern lenkte meine Aufmerksamkeit auf sich. Langsame, gleichmäßige Atemzüge erfüllten mich. Ich konzentrierte mich darauf und lenkte meinen Blick auf die Tochter zwei Reihen vor mir.

Kämpfe.

Ich klammerte mich an dieses Bedürfnis, während der Raum um mich herum immer mehr verblasste. Die Tochter vor mir sank vor ihm auf den Boden ... dem Mann, den ich irgendwie kannte. Kane. Sein Name ertönte und als er mich erfüllte, blickte er in meine Richtung. Ich hielt diesem Blick stand, fand einen Anflug von Verzweiflung, bevor er wieder verschwand und er sich wieder der Tochter zu seinen Füßen zuwandte. Sie drehte sich um, schloss die Augen und drückte ihre Wange auf den Boden, wobei sie ihren Arsch und ihre Muschi zur Schau stellte.

»*Spreize dich*«, forderte der Lehrer. »*Zeig ihm, was ihm gehören könnte.*«

Was ihm gehören könnte? Ein Schmerzensschrei durchzuckte meine Brust. Mit dem Schmerz kam ein flammender Moment der Klarheit. *Bleib stark, Ärgernis.*

Aber es war nicht Kanes Stimme, die mich durchzuckte. Mein Blick wanderte zur Ecke des Raumes, wo er stand. Der Mann, dessen dunkler, unerschrockener Blick magnetisch war.

Kämpfe nicht dagegen an.

Seine Stimme ertönte.

Du willst doch nicht, dass diese schöne Fotze zerreißt, oder?

Meine Atemzüge wurden tiefer, mein Puls beschleunigte sich. Er war es, der mich mit seiner Anwesenheit fesselte, bis mir eine Gänsehaut über die Arme lief. Bis ein anderer Mann meine Aufmerksamkeit auf sich lenkte.

Langsam drehte ich meinen Kopf und riss meinen Blick von dem Mann los, der als ›der Direktor‹ bekannt war, zu einem anderen, der genauso gefährlich war.

Einem Mann, der mich nicht mit der Erregung erfüllte, die der Direktor auslöste ... nein, es war das Gegenteil. Mir wurde kalt

»*Das kannst du dir nicht leisten*«, murmelte Kane und ging quer durch den Raum auf den Mann zu, der mich aufmerksam beobachtete. »*Aber du kannst es.*«

Der tödliche Mann hielt seinem Blick stand, bevor seine Lippen sich zu einem kalten Lächeln verzogen. Er antwortete nicht, aber das war auch nicht nötig. Ich zuckte mit den Schultern, als er seinen Blick in meine Richtung lenkte.

Er sagte nichts, sondern ging einfach an Kane vorbei und kam auf mich zu.

Mein Atem stockte.

Mein Magen verkrampfte sich.

Der ganze Raum wurde lebendig, als er zwischen die Reihen der Töchter trat.

Riven war ein dunkler Fleck, der ihm dicht auf den Fersen war, als sie beide auf mich zusteuerten.

Beweg dich!

BEWEG DICH!

Die Angst packte mich. Der überwältigende Drang, rückwärts zu stolpern, ließ meine Knie zittern. Aber ich konnte mich nicht bewegen. Ich war wie festgenagelt, als der gefährliche Mann, den Riven hasste, vor mir stehen blieb.

Coulter.

Das war sein Name.

»Nein«, murmelte er und suchte meinen Blick. »Aber ich werde sie mitnehmen.«

Ein zerbrechlicher, verletzter Laut entkam meiner Kehle, als er die Hand hob und meine Brust umschloss, bevor er mir in die Brustwarze kniff, bis sie schmerzte.

»Nein.« Riven stürzte sich auf Coulter und packte ihn am Handgelenk, als er seine Hand zwischen meine Beine senkte.

Coulter sah ihn nicht an. Er musterte mich einfach nur, während er murmelte: »Sag mir nicht, dass es wieder um die *Programmierung* geht.«

Riven sagte nichts. Ich sah jedoch, wie sein Arm sich verkrampfte, bevor der Mann seine Hand wegzog und den Griff brach.

Die Spannung knisterte, als Coulter sich umdrehte und davonlief. Riven folgte ihm, aber erst, nachdem er mir einen verzweifelten Blick zugeworfen hatte. Die Luft wurde schwer, so schwer, dass jeder Atemzug anstrengend war. *Meister*, das Wort summte in mir, als er sich abwandte.

»Steh auf«, befahl Kane der Tochter, die immer noch vor ihm auf dem Boden kniete.

Sie gehorchte und richtete sich auf, um sich wieder nackt aufzustellen.

»Du musst lernen, gehorsam zu sein.« Kane schaute sich im Raum um und sein Blick glitt über mich hinweg. »Ihr werdet jede Aufmerksamkeit genießen, die euer Meister euch schenkt. Ihr müsst seinen Aufforderungen jederzeit nachkommen. Jede Art von Ungehorsam wird Konsequenzen nach sich ziehen.«

Seine Stimme wurde finster, als er den Raum musterte, dann begann er zu gehen und stellte sich zwischen uns. »Euer Körper wird reagieren. Die Luft wird eure Lungen verlassen und nicht mehr zurückkehren. Euer ganzer Körper wird von einem Schmerz erfüllt sein, der euch so sehr einschränkt, dass ihr euch nicht mehr bewegen könnt und keine andere Wahl habt, als seinen Forderungen nachzukommen.« Ich spürte das Gewicht seines Blicks, als er an mir vorbeiging. »Spürt ihr es jetzt? Diese Dunkelheit, diesen wartenden Hunger?«

Ich schloss meine Augen, als das Zittern der Angst in mir wuchs. Ich wusste jetzt ohne Zweifel, dass mir etwas Schreckliches zustoßen würde, wenn ich auch nur das Wort ›Nein‹ flüsterte.

Gehorchen.

Loslassen.

»Ja«, flüsterte ich und alle Töchter um mich herum wiederholten es.

Er schlenderte weiter. Das sanfte Streicheln seiner Finger berührte meine Hand. »Deshalb wirst du immer gehorchen«, murmelte er.

»Gehorchen.« Wir wiederholten es.

Der Morgen schien zu verschwimmen. Unzählige Male ging Kane zwischen uns umher und nährte die gleiche Angst in uns, bevor er unseren Gehorsam verstärkte. Jedes Mal, wenn er vorbeiging, berührte er mich. Er strich leicht über meine Hand. Seine Handfläche drückte sanft gegen meinen Rücken. Die Berührung lenkte mich von den dunklen Gedanken in meinem Kopf ab und gab mir etwas, an dem ich mich festhalten konnte.

Wir sind hier, Ärgernis. Rivens Stimme hallte wider. *Wir sind genau hier.* Wir waren ein Gefäß für die Unterhaltung unseres Meisters. Das Wort ›Nein‹ daurfte nicht benutzt werden.

Wir waren sein Eigentum.

Wir wurden kontrolliert.

Wir waren seine *Tochter*.

»Das ist genug für heute«, sagte er schließlich und ging langsam zwischen uns hindurch. »Ihr werdet zur Toilette und dann in die Cafeteria begleitet. Schlaft gut. Morgen werden wir uns mehr anstrengen.«

Mehr anstrengen? Meine Gedanken waren bereits verwirrt, selbst wenn Kane mich vorsichtig berührte. Etwas bewegte sich am Rande des Raumes, als einer von Walkers Wächtern Kane ein rotes Spitzendessous überreichte, wie wir es alle trugen.

Kane schnappte es sich und reichte es der immer noch nackten Daughter. »Zieh dich an.«

Sie gehorchte augenblicklich, zog das Kleidungsstück an und schob die Riemen zurecht.

»Walker«, murmelte Kane. »Sie gehören ganz dir.«

Meine Füße taten weh, weil ich so lange auf einer Stelle gestanden hatte. Aber sobald der Schmerz aufstieg, wurde er von dem nebligen Gefühl in meinem Kopf verschluckt. Meine Bewegungen waren langsam, als ich den anderen aus dem Trainingsraum in den Flur folgte.

Das Gemurmel der Wachen und das leise Poltern unserer nackten Füße waren die einzigen Geräusche, als wir in die Toiletten gingen, wobei jede von uns eine Kabine benutzte. In dem Moment, als ich den Slip noch unten schob und mich auf den kalten Sitz setzte, schloss ich die Augen.

Ich sollte nicht hier sein.

Ich zuckte zusammen und schlang meine Arme um meine Mitte.

Ich sollte hier nicht in der Nähe sein. Ich muss hier raus. Ich muss ...

Ryth.

Vivienne.

Die Erinnerung an ihre Gesichter tauchte in meinem Verstand auf. Sie waren der Grund, warum ich hier war. Der Grund für all das. Erinnere dich an deine Mission. Erinnere dich an Hale. Ich klammerte mich an sie, während ich mich abwischte, aufstand und die Toilette spülte. Die Wächter warfen mir vorsichtige Blicke zu, als ich aus der Toilette trat und zum Waschbecken ging.

Sie eskortierten uns schweigend in die Cafeteria. Sie marschierten wie Soldaten, damit wir an den Tischreihen Platz nahmen. Das Personal näherte sich und gab jeder von uns einen Plastikbecher mit Saft, bevor es weiterging. So trocken mein Mund auch war, ich griff nicht nach der Flüssigkeit. Stattdessen hob ich meinen Blick zur Tür, als weitere Wachen hereinkamen.

Nur waren es nicht die normalen.

Nein.

Diese Männer waren größer, muskulöser und trugen nagelneue Gewehre. Ich musterte ihre Waffen und irgendwo in meinem Hinterkopf stieg ein Gefühl der Vertrautheit auf. Meine Finger zuckten, als ich den kalten Stahl in meinem Griff spüren wollte.

Stattdessen begegnete ich den Blicken der Wachen, die ihre Augen auf Walker und seine Männer richteten.

Irgendetwas war hier los.

Etwas, das mir Angst einjagte.

Während die anderen Töchter um mich herum tranken und aßen, war ich wie gebannt von dem Machtspiel vor mir und betete, dass Riven und Kane tatsächlich auf mich aufpassen würden.

Denn ohne sie ...

War ich verwundbar.

Riven

Klirr. *Bumm.*

Knall. *Bumm.*

Krach–

Ich riss meinen Blick vom Monitor und der Warnung los, die über den Bildschirm flimmerte: *Zugriff verweigert.* Die Wut kochte bereits in meinen Adern, als das verdammte Geräusch durch den Flur schallte.

Bumm!

»Das war's.« Ich erhob mich von meinem Stuhl und drehte mich zur Tür.

Ich war drei verdammte Stunden lang hier gewesen, nachdem die Töchter für die Nacht in ihren Zimmern eingeschlossen worden waren, und hatte versucht, auf die Dateien zuzugreifen ... auf alle Dateien. Jedes Mal, wenn ich jetzt auf ein verdammtes Dokument klickte, erschien eine Warnung. Irgendetwas war im Gange. Etwas, das mir nicht gefiel.

Knall.

Bumm!

Dieses verdammte Geräusch machte mich wütend. Wollten sie in jedem verdammten Moment Panik schüren? Ich stürmte aus meinem Büro in den Flur und entdeckte einen Wachmann, der etwas an den Türen vorbeischleifte. Ich verlängerte meine Schritte, schlug meine Karte gegen den Scanner und ging hinter ihm her. Verdammter Mistkerl, er würde gleich eine Standpauke bekommen.

Diese Wut brauchte ein Ventil, und das war im Moment er.

Knall.

Bumm!

»Arschloch.« Ich knallte die Karte gegen die Tür und ging hindurch. Er schleifte den Kolben seiner Waffe an den Türen entlang.

»Hey!«, bellte ich und versuchte, ihn aufzuhalten.

Aber das Arschloch wurde weder langsamer, noch drehte er sich auf mein Kommando hin um. Nur Coulters Arschlöcher würden es wagen, mich so zu ignorieren.

Ich verlängerte meine Schritte wieder, als er sich der nächsten Doppeltür näherte und seine Karte gegen den Scanner drückte.

»Ich sagte: *Hey!*«, brüllte ich, als das Arschloch die Doppeltüren aufstieß.

»*Was zum Teufel! Hör auf damit! LEG DAS WEG!*« Kanes Gebrüll ertönte aus seinem Büro weiter hinten im Flur.

Das Arschloch mit der Waffe drehte sich um und hielt die Tür auf. »Was?«, bellte er.

Ich kochte vor Wut, als ich mich ihm näherte. Ich stürzte mich auf ihn, schnappte mir seine Waffe und riss sie schneller aus seinem Griff, als er erwartet hatte. Anschließend drückte ich ihm die Waffe ins Gesicht. »Wenn ich noch einmal höre, dass du das Ding gegen eine verdammte Wand schleifst, wirst du eine Kugel fressen, hast du verstanden?«

»*Ganz genau!*«, brüllte Kanes und lenkte meine Aufmerksamkeit auf sich.

Ich hatte keine Zeit für dieses Arschloch. Ich rammte dem Mann die Waffe mit einem brutalen Schlag gegen die Brust und ging durch die Tür, wobei ich den Wachmann zurückließ. Der verdammte Nerv in meiner Schläfe pulsierte, als ich zur Tür zum Büro meines Bruders eilte und das Blutbad sah.

Mein Magen verkrampfte sich, als ich den dunklen Raum musterte. Coulter stand an der Seite und sah zu, wie seine Männer Kanes Büro auseinander nahmen.

»Was zum Teufel ist hier los?«, bellte ich, als seine Männer die Kabel von der Rückseite des Computers abrissen und das gesamte System zur Tür brachten.

»Genau das, wonach es aussieht«, murmelte Coulter. »Wir übernehmen das System.«

Kane trat dem Wachmann mit großen Augen und zerzaustem Haar in den Weg und hielt ihn mit einer Hand auf. »Bekomme ich es wenigstens zurück?«

Der Wachmann schaute Coulter an, der nur den Kopf schüttelte. Augenblicklich hatten sie alles zerstört. Akten und Ordner lagen auf dem Boden verstreut. Die Kabel waren aus den Wänden gerissen worden ... und ich konnte nichts dagegen tun, verdammt noch mal.

»Hale wird verdammt wütend sein.« Ich zwang die Worte durch zusammengebissene Zähne und richtete meinen Blick auf Coulter.

Der Bastard war so dreist zu grinsen, als er einen Blick auf Kane warf, bevor er sich der Tür zuwandte. Aber Thomas stand mitten in der Tür und hielt ihn mit seinem ekelhaften, blutigen Blick davon ab.

Coulter sah meinem Bruder in die Augen und senkte seinen Blick dann auf seinen Pfarrerkragen. »Du bist der Nächste, Priester.«

Du bist der Nächste?

Mein Kiefer verkrampfte sich, doch ich tat nichts, als Coulter ging und seine Handlanger hinter sich ließ.

»Riven«, knurrte Kane.

»Ruhig«, warnte ich und sah diesen Männern hinterher.

Aber mein Verstand raste. Als wir allein waren, schaute ich mich in dem Chaos um. Es bestand kein Zweifel, dass das Büro verwanzt war. Ich bezweifelte, dass es in diesem verdammten Gebäude einen Ort gab, der nicht verwanzt war ... außer ...

Ich hob meinen Blick zu Thomas, der mich anstarrte.

»Das Pfarrhaus«, murmelte ich. »*Jetzt.*«

Es gab nichts, was wir jetzt für Kane oder seine Akten tun konnten. Zweifellos würde jeder Versuch, sich Zugang zu verschaffen, mit der gleichen Warnung quittiert werden, die ich schon seit Stunden erhielt: ›*Zutritt verweigert*‹.

Kane folgte mir, während ich hinter Thomas herlief. Wir gingen alle drei den Korridor entlang zurück und bogen links ab, um zu der verdammten Fassade des Ganzen zu gelangen: dem Pfarrhaus.

In dem Moment, in dem wir durch die hölzernen Doppeltüren gingen, schlug mir der erstickende Gestank der abgestandenen Luft entgegen. Aber das war mir egal.

»Was zum Teufel sollen wir jetzt machen?« Kane drängte sich an mir vorbei, drehte sich dann zu mir um und zeigte mit dem Finger auf die Tür. »Das läuft aus dem Ruder.«

Es lief *wirklich* aus dem Ruder. Und das war noch milde ausgedrückt. Aber im Moment hatten wir einen Plan, den wir nicht vermasseln konnten. »Nichts«, antwortete ich. »Wir tun nichts.«

»*Nichts?*«, knurrte Kane mit wildem Blick. »Das sind fünf Jahre meines verdammten Lebens.«

Ich trat näher heran und sprach leise. »Und ist das wichtiger als unsere Pläne?«

Er verstummte und seine hellgrünen Augen färbten sich vor Wut dunkel wie Smaragde.

»Wir müssen das klug angehen. Jeder verdammte Schritt, den wir machen, muss kalkuliert sein. Im Moment sind wir ratlos. Wir haben keine direkte Bestätigung, dass Hale hier die Kontrolle hat.«

»Ach nein?«, murmelte Kane und wandte angewidert den Blick ab. »Das hier stinkt nach ihm, verdammt noch mal. Auf keinen Fall hat er diesem ... Drecksack die volle Führung überlassen.«

Zumindest nicht freiwillig.

Die Worte tauchten in meinem Verstand auf, aber ich behielt sie für mich. Das Letzte, was ich brauchte, war, dass meine Brüder noch mehr in Panik gerieten.

»Und was machen wir jetzt?« Thomas blickte von mir zu Kane.

»Wir haben eine Deadline«, murmelte ich. »Aber wir können bis dahin gar nichts tun.«

»Eine Deadline?« Thomas machte ein finsteres Gesicht. »Welche Deadline?«

Verdammt, er wusste es nicht. Ich hob meine Hand und presste meinen Finger auf meine Lippen. Schh. Dann zeigte ich ihm zwei Finger.

»Wochen?«, murmelte er.

Ich schüttelte den Kopf.

Er runzelte die Stirn. »*Tage?*«

Mein Nicken überraschte ihn. Er stand unbeweglich da, seinen Blick fest auf meinen gerichtet. »Was dann?«

»Dann beten wir«, antwortete ich, denn ich wusste nur zu gut, dass wir unser Schicksal in die Hände einer Frau legen würden, die von den Drogen und der Programmierung halb verrückt geworden war.

»Das wird funktionieren«, drängte Thomas. »Es muss funktionieren.«

Das musste es auch ... Es gab keine andere Wahl.

»Verdammt noch mal, ich brauche einen verdammten Drink.« Thomas drehte sich um und ging auf und ab.

»Da kann ich nicht widersprechen«, murmelte Kane und ging auf die Tür zu.

Wir schienen alle dasselbe zu denken. Ich war so in Gedanken versunken, dass ich kaum spürte, wie meine Beine mich trugen. Trotzdem steuerte ich auf die Bar zu.

»Was zum Teufel?« Kane blieb in der Mitte der Wohnung stehen und starrte ins Wohnzimmer.

Ein kaltes, unheimliches Gefühl kroch mir über den Rücken, als ich näher trat.

Füße.

Das war es, was ich zuerst sah.

Nackte.

Hässliche.

Füße.

Als ich einen Schritt weiterging, kam noch mehr von seinem Körper zum Vorschein: nackte, haarige Schenkel, ein blasser, schlaffer Schwanz.

»Oh, Gott.« Thomas stöhnte und starrte nach unten. »Das ist er ... der Wachmann.«

Was zum Teufel?

Ich trat näher heran und sah die hässlichen, tiefvioletten Flecken um den geschwollenen, entstellten Hals. »Verdammte Scheiße.«

Verdammter Coulter.

»Das war er.« Kane starrte in meine Richtung. »Er muss es gewesen sein. Es war Coulter.«

»Ja.« Ich schnappte mir mein Handy. »Ich übernehme das.«

Ich wischte über den Bildschirm und drückte. Ich war fertig mit dem Spiel. Ich hatte es satt, darauf zu warten, dass dieser verlogene, hinterhältige Mistkerl seinen Zug machte. Ich wählte den Jäger an.

Kein Empfang.

Was?

Ich runzelte die Stirn, dann drückte ich erneut auf den Knopf.

Kein Empfang.

Ich überprüfte die Anzahl der Balken und schaltete dann in den Flugmodus, bevor ich es erneut versuchte.

Nichts.

»Scheiße.« Ich warf einen Blick auf Kane. »Versuch es bei ihm.«

Er hatte sein Handy schon in der Hand und drückte einmal, zweimal auf den Knopf. »Ich habe keinen Empfang.«

Thomas versuchte bereits seins und schüttelte den Kopf, während er tippte und tippte. »Ich auch nicht.«

Meine Atemzüge wurden immer heftiger. Das ekelhafte, eisige Gefühl, das in mir gefangen war, verwandelte sich in Wut. Man musste kein Genie sein, um herauszufinden, was hier los war. Trotzdem musste ich genau wissen, wie tief wir hier drin steckten. Ich schritt zum Tresen und nahm meine Schlüssel. »Wartet hier.«

»Wo willst du hin?«, fragte Kane, als ich auf die Eingangstür zuging.

Ich antwortete nicht, denn meine Gedanken schrien. Die kühle Nachtluft schlug mir entgegen und holte mich in die Realität zurück. Wenn er das Gelände übernommen und uns vertrieben hatte, steckten wir in Schwierigkeiten. Meine Gedanken drehten sich um Helene. Es spielte keine Rolle, ob wir draußen waren. Wenn überhaupt, dann freute ich mich … solange wir sie sicher zu Hale brachten.

Das war alles, was mich interessierte.

Aber als ich an der Rückseite des Gebäudes entlangging und mich auf den Weg zu meinem Auto machte, verflog die Aufregung und hinterließ den Geschmack von Asche in meinem Mund. Schatten bewegten sich durch die Bäume. Ich spürte sie mehr, als dass ich sie sah, und sie verschmolzen mit der Nacht, als sie näher kamen.

Ich nahm meine Schlüssel in die Hand und konzentrierte mich auf den Parkplatz neben dem Gebäude. Wenn unser Handydienst blockiert war und wir keinen Zugang zum Hauptrechner hatten, waren wir ganz allein und konnten niemanden anrufen. Wir konnten den Jäger nicht anrufen.

Ich nahm den Schlüssel in die Hand und drückte den Knopf, als mein Auto in Sicht kam. Orange Lichter flackerten auf, als sich die Verriegelung öffnete, aber noch bevor ich den Kofferraum öffnen konnte, kam eine Wache mit einem Scharfschützengewehr in der Hand in Sicht. Der Mann versperrte mir den Weg, aber ich schüttelte nur den Kopf und blieb stehen.

»Willst du mich ernsthaft daran hindern, zu gehen?«

»Ich habe meine Befehle«, antwortete er, während sein Griff um die Waffe fester wurde.

Ich warf einen Blick auf die Bewegung, dann wieder auf seine harte Miene. Ich war mir sicher, dass er diese hatte, und zweifellos bestand einer dieser Befehle darin, mich mit Gewalt am Wegfahren zu hindern. Ich drehte mich um, ließ das Auto unverschlossen stehen und ging zurück in die Wohnung.

Ich hatte wissen wollen, wie viel Ärger wir am Hals hatten ...

Wie es aussah, wusste ich es jetzt.

Eine ganze Menge.

SECHSUNDDREISSIG

Helene

WIR SOLLTEN SCHON LÄNGST DRAUSSEN SEIN.

Dieses nagende Gefühl drängte sich durch den Nebel in meinem Kopf. Ich richtete meinen Blick auf den Glasausschnitt in der Tür und schob mich langsam nach oben. Meine innere Uhr tickte ein wenig lauter und trieb mich dazu, vom Bett zu rutschen.

Normalerweise waren die Wachen jetzt hier und wiesen uns den Weg zum Bad, um zu duschen und uns umzuziehen, bevor wir in die Cafeteria gingen ... und dann ... *und dann in den Trainingsraum.*

GEHORSAM.

LOSLASSEN.

Die Worte drangen in meinen Verstand ein.

Aber vor meiner Tür waren keine Geräusche zu hören, keine bellenden Befehle der Wachen oder die leisen Schritte der Töchter. Instinktive Beunruhigung erfüllte mich, als ich näher an die Tür herantrat. Ich streckte die Hand nach dem Griff aus und zog daran.

Klick.

Sie gab nach und ließ mich im weißen Licht des Korridors stehen. Vor meiner Tür stand kein Wachmann. Ich bewegte mich langsam vorwärts und lugte hinaus. Vor keiner Tür stand ein Wachmann.

Es waren auch keine Töchter in Sicht. Ich warf einen Blick über meine Schulter in die Sicherheit meines Zimmers und drehte mich dann um. Der Drang, still und gehorsam zu sein, war überwältigend.

Kämpfe, Ärgernis.

Rivens Stimme erfüllte meinen Kopf.

So ist es gut ... Behalte die Kontrolle.

Ich wollte die Kontrolle behalten. Ich war verzweifelt danach. Doch der Nebel in meinem Kopf war, als würde ich durch Schlamm waten. Ich zwang mich, mich zu bewegen und trat aus dem Zimmer auf den Flur. *Beweg dich. Beweg dich.* Ich fuhr mit den Fingern an der Wand entlang, als ich zum nächsten Zimmer ging.

Ich griff nach der Klinke und betätigte sie.

Klick.

Die Finsternis wartete. Ich öffnete die Tür und hob meinen Blick zu der zusammengerollten Gestalt auf dem Bett. »Beeil dich«, krächzte ich. »Wir können gehen.«

Sie drehte sich um und starrte mich an, dann stieg sie langsam aus dem Bett. »Gehen?«

»Ja, komm schon.« Ich stieß die Tür weiter auf und ging in den nächsten Raum.

Bei jeder Tür, die ich öffnete, rief ich nach den Töchtern, aber sie gingen nicht hinaus, sondern blieben nur einen Schritt im Flur stehen. Sie waren nicht wie ich. Sie waren vorsichtig, kontrolliert ... *betäubt, das waren sie.* Sie waren betäubt.

Das Poltern schwerer Schritte ertönte. Ich wich zurück, rannte zur offenen Zimmertür, schloss sie und stürzte in die Schatten.

»Was zum Teufel?«, knurrte der Wachmann.

Das Herz schlug mir bis zum Hals, als ich die Tür öffnete und mich anstrengte, um etwas zu hören.

»Hast du die aufgemacht?«

Mein Puls dröhnte. Ich öffnete die Tür einen Spalt.

»Willst du hier rauskommen?« Die Stimme des Wachmanns klang jetzt energischer.

Ich lugte um den Türrahmen herum und sah, wie er sie an ihrem Arm herauszog. Er drückte sie gegen die Wand neben der Tür und seine Hand wanderte von ihrem Arm zu ihrem Hals. Ich war wie gebannt von diesem Anblick und erschrocken über ihre Unterwerfung. Er senkte seinen Kopf und krümmte seine Wirbelsäule, bis er sich an ihre Brust schmiegte. Ihr leerer Blick war auf die gegenüberliegende Wand gerichtet, als ein tiefer, kehliger Laut von ihr kam.

»Gefällt dir das?« Er biss in ihre Brustwarze.

»Ja«, flüsterte sie. »Es gefällt mir.«

Er biss fester zu, sodass sie zusammenzuckte. »Ich könnte dich hier ficken und du würdest dich nicht einmal wehren, oder?«

»Nein«, flüsterte ich und meine Stimme wurde lauter, als ich in den Korridor hinausging. »Aber ich würde es tun.«

Sie schaute nicht in meine Richtung, drehte nicht einmal den Kopf. Sie war nicht hier, zumindest nicht geistig.

Der Wachmann verengte seinen grausamen Blick auf mich. »Was zum Teufel glaubst du, was du da tust?«

Angst durchzuckte mich. Augenblicklich war mein Mund zu trocken für Worte.

»Hm?«, verlangte er.

»Ich–«, begann ich.

»Ich habe sie rausgelassen.«

Ich warf einen Blick auf Walker, der am Rande des Korridors stand und mich beobachtete.

»Du?«, knurrte Coulters Wächter. »Dir wurde gesagt, dass die Töchter tabu sind.«

Walker trat nur einen Schritt vor und musterte ihn, bis sie sich gegenüberstanden. »Der Tag, an dem ich Befehle von deinem Boss annehme, ist der Tag, an dem ich keine Befehle mehr annehme.«

Mir stockte der Atem, als beide Männer mich anstarrten, aber es dauerte nicht lange, bis der andere Wächter nachgab.

»Wie wäre es, wenn wir dich auf die Toilette bringen?«, murmelte Walker und wandte dabei nicht einmal den Blick von dem Arschloch vor mir ab. »Helene.«

Die bloße Erwähnung meines Namens versetzte mich in Aufruhr. Ich richtete meinen Blick auf ihn und mein Herz hämmerte in meiner Kehle.

»*Beweg dich, jetzt*«, knurrte Walker durch zusammengebissene Zähne. »Und nimm sie mit.«

Ich trat vor, ergriff den Arm der Tochter und zog sie mit.

»*Töchter!*«, rief Walker so laut, dass es durch den Flur hallte.

Eine nach der anderen traten sie in ihre Türen.

»Zeit zum Duschen«, drängte Walker, während der Hass aus dem Blick des anderen Wächters sprühte.

Die anderen Frauen gingen um sie herum, ohne die Situation zu bemerken, und mit einem vorsichtigen Blick auf Walker packte ich die Tochter und verschwand.

Es gab keine weiteren Zwischenfälle, nicht als wir duschten oder in die Cafeteria gingen. Aber die Spannung im Haus war spürbar. Walker und seine Männer standen auf der einen Seite des Raumes und Coulters Wachen auf der anderen. Wir saßen still an unseren Tischen, die Köpfe gesenkt, als die Teller mit Eiern und Toast vor uns standen.

Mein Magen verkrampfte sich bei diesem Anblick. Ich schnappte mir ein Stück Toast und knabberte an den Rändern, während ich die stille Schlacht aus dem Augenwinkel heraus beobachtete. Die anderen Töchter waren ahnungslos. Die Drogen und die Gedankenkontrolle machten sie fast zu Zombies. Sie aßen und tranken schweigend, mit gesenkten Blicken, konzentriert auf jeden Bissen.

Aber ich spürte, wie die Spannung stieg, vor allem als Riven, Kane und Thomas den Raum betraten, die Wachen auf beiden Seiten des Raumes musterten und dann einen Blick in unsere Richtung warfen. Kane trat vor und sein Blick überflog mich, während er den Rest von uns überprüfte.

»Heute gibt es kein Training.«

Ich lenkte meine Aufmerksamkeit auf einen von Coulters Wächtern, der vorgetreten war.

»Gibt es das nicht?« Kane warf ihm einen gefährlichen Blick zu, bevor er seine Aufmerksamkeit wieder auf uns richtete.

Zwischen den beiden hatte sich etwas verändert. Vorher war da eine gefährliche Spannung gewesen, jetzt war es etwas anderes, ein schauriger Krieg, der darauf wartete, begonnen zu werden.

»Esst auf«, befahl Kane und schaute in unsere Richtung.

Ich warf das Stück Toast auf den Teller, griff nach dem Saft und trank, bevor ich aufstand.

»Ihr folgt Walker in den Audio-Raum«, sagte Kane. »Jetzt.«

Die Töchter bewegten sich augenblicklich und schreckten beim bloßen Klang seiner Stimme auf. Er war der Meister hier. Der Mann, der uns mit einem Blick in die Knie zwang. Wir würden alles für ihn tun ... wenn er uns nur mit diesen perfekten Lippen zuflüsterte.

Meine Zähne strichen über meine Unterlippe, als ich ihn anstarrte. *Kane Cruz* ... Ich hatte ihn schon einmal *gesehen*, als ich eine Lügnerin gewesen war und ihm gegenüber gesessen hatte. Aber ich hatte ihn noch nie wirklich gesehen. Nicht so wie jetzt. Eine Welle des Verlangens durchfuhr meine Sinne und schnitt wie ein Messer in mein Innerstes.

Damals hatte ich ihn nicht gewollt, aber jetzt wollte ich ihn.

Gott, ich wollte ihn so sehr.

Das hätte nicht passieren dürfen.

Seine Stimme hatte gezittert, als er diese Worte gesagt hatte. Was wir hatten, war echt. Es lag nicht an der Programmierung oder an den Drogen. Es war echt genug, um ihm Angst zu machen. Ich klammerte mich daran, als die Töchter an ihm vorbei zur Tür gingen. Sie alle lächelten ihn an, alle sahen ihn mit verzweifelter Sehnsucht an.

Meine Wangen brannten, als ich mich einreihte, meinen Blick auf den Boden zwang und zur Tür ging. Er schaute nicht in meine Richtung und rief auch nicht meinen Namen. Ich hatte hier wichtigere Dinge zu tun ... wie zum Beispiel am Leben zu bleiben. Ich brauchte mein Herz ganz sicher nicht aufs Spiel zu setzen.

Trotzdem konnte ich nicht verhindern, dass sich meine Nasenflügel vor Eifersucht aufblähten, als eine der Töchter hinter mir rief: »Lehrer?«

»Ja?«, antwortete er.

»Ich–«, fing sie an.

Dieses wilde Gefühl wurde nur noch stärker und zwang mich, stehenzubleiben und einen Blick über meine Schulter zu werfen. Kane schaute augenblicklich in meine Richtung, als die Tochter vor ihm stehen blieb. Sie fing an zu reden, aber er hörte kein Wort von dem, was sie sagte. Er sah nur mich.

Unsere Blicke trafen aufeinander und plötzlich konnte ich aufatmen. Er machte ein finsteres Gesicht, als ich ihn anstarrte, dann richtete sich sein Blick auf meinen Mund und dasselbe elektrische Bedürfnis wuchs zwischen uns. Ich leckte mir über die Lippe und fuhr mit den Zähnen über die weiche Haut, bis Kane einen Schritt nach vorne machte.

»Tochter«, sagte er heiser und lenkte meine Aufmerksamkeit auf sich. »Gibt es ein Problem?«

Hitze stieg in meinen Wangen auf, als ich seinem Blick begegnete, dann schüttelte ich den Kopf. »Nein, tut mir leid.«

Ich zwang mich, mich umzudrehen und weiterzugehen, raus aus der Cafeteria und in den Flur. Die anderen warteten schon, angeführt von Walker.

»Wir warten«, sagte er vorsichtig und schaute hinter uns her. »Okay, lasst uns gehen.«

Ich brauchte nicht hinter mich zu schauen, um zu wissen, dass sie da waren. Der Druck zwischen meinen Beinen nahm zu, als sie an mir vorbeigingen. Wir gingen den Flur entlang in Richtung des Audio-Raums und hielten davor an. Als sich die Türen öffneten, wartete die Dunkelheit zusammen mit der flimmernden Leinwand.

»Geht alle rein«, drängte Riven, als Kane durch die Türen und in der Dunkelheit verschwand.

Ich folgte den anderen, trat ein und ging auf die Sitzreihen zu. Doch bevor ich dort ankam, wurde ich gepackt und zur Seite gerissen. Eine Hand legte sich auf meinen Mund.

»Sei still«, knurrte Kane gegen mein Ohr. »Wir wollen doch nicht, dass sie uns hören, oder?«

Ich kämpfte eine Sekunde lang dagegen an, dann hielt ich still und schüttelte meinen Kopf.

»Brave kleine Hure.« Er hauchte heiß gegen mein Ohr, dann trat er einen Schritt zurück und zog mich mit sich.

Ich konnte nichts sehen, aber das brauchte ich auch nicht. Ich vertraute ihm, als ich mich an seinem Arm festhielt und ihm folgte. Eine Hand berührte mich, während auf dem riesigen Bildschirm das Wort *GEHORCHEN* aufleuchteten. *LOSLASSEN*. Ich wurde entführt.

Aber nicht bevor die Tochter, die sie zuvor aufgehalten hatte, einen Blick in unsere Richtung warf und uns dabei erwischte, wie wir hinter die Bühne und in den hinteren Bereich verschwanden. Kaum waren wir außer Sichtweite, wurde ich herumgewirbelt und sanft gegen die Wand gedrückt.

»Ich mag ein Gentleman sein, Helene. Aber wenn du mich so ansiehst ... mit dem Teufel in den Augen, während du dir so auf die Lippe beißt, dann ficken wir gegen die nächstbeste Fläche, die ich finde.« Er ließ meinen Arm los und griff mir stattdessen sanft an die Kehle. »Hast du mich verstanden?«

Selbst in der Dunkelheit sah ich ihn.

Ich sah sie *alle*.

Kanes perfekten Mund.

Rivens besitzergreifenden Blick.

Und den weißen Kragen des Priesters.

»Ja«, hauchte ich.

Kane lehnte sich an mich und senkte seinen Kopf, um den Duft meiner Haut einzuatmen. Seine schweren Atemzüge berührten mich. Ich hob meinen Blick zu ihm und wusste, dass er mich genau hier haben wollte, an die Wand gepresst, mit seiner Hand um meinen Hals. Hitze blühte zwischen meinen Schenkeln auf. Ich wusste, dass der rote Body, den ich trug, bereits feucht war.

»Spreize sie«, knurrte Kane.

»Kane, wir haben keine Zeit«, warnte Riven.

Ich blickte in seine Richtung und mein Puls raste in meiner Brust. »Ich brauche euch«, flüsterte ich. »Bitte.«

Ein gequälter Blick erfüllte seinen Blick. Dann verkrampfte sich sein Kiefer. »Scheiß drauf«, knurrte er und stürmte auf mich zu.

Seine Hände waren nicht zärtlich, als er mein Kinn packte und meinen Mund auf den seinen presste.

Der Kuss war wild und verzehrend ... und erfüllte mich mit Panik und Verlangen zugleich. Harte Lippen eroberten meinen Mund und pressten meine Lippen gegen meine Zähne, bis er sich losriss und einen tiefen Atemzug nahm.

Rivens Augen funkelten im Dunkeln, als er mich musterte. »Ich kann es nicht ertragen, dich nicht mehr zu haben, Ärgernis.« Seine große Hand umschloss meinen Nacken und sein Daumen strich über meine Wange. »Aber jetzt wird es gefährlich. Das verstehst du doch, oder? Diese Drogen, sie sind nicht ...«

»Ich verstehe.«

Schmerz erfüllte ihn. Er warf einen Blick auf Kane und drehte sich dann wieder zu mir um. »Sie werden dich morgen mitnehmen. Ich weiß nicht, wann oder wie. Ich weiß nur, dass sie kommen ... und du musst bereit sein.«

»Morgen?«, flüsterte ich und schüttelte den Kopf. Das war zu früh ... zu ... *echt*. Ich schüttelte den Kopf. »Nein.«

»Hör mir zu«, knurrte Riven und suchte meinen Blick. »Wir werden dich holen kommen. In dem Moment, in dem wir entkommen können, werden wir dich finden.«

Er ließ seine Hand sinken und umschloss meine Brust, wobei sein Daumen über den kleinen Schnitt strich, den Kane gemacht hatte, als er den Peilsender eingeführt hatte.

»Glaubst du mir?« Sein Tonfall war verzweifelt.

»Ja.« Ich hob die Hand und strich mit den Fingern über seine Wange. »Das tue ich.«

Er gab einen wilden, hungrigen Laut von sich, als er mich küsste. Es war, als würde ein Damm zwischen uns brechen. Starke Hände zerrten an den Trägern meines Bodys und Finger schoben sich zwischen meine Beine. Ich konnte sie nicht weit genug spreizen.

Riven zog sich zurück und drehte dann seinen Kopf zu Kane. »Willst du sie anfassen?«

»Mehr als alles andere in meinem Leben«, antwortete Kane heiser.

»Dann fass sie an«, forderte Riven und machte einen kleinen Schritt zurück.

Kane atmete tief ein. Seine Berührung war zunächst vorsichtig und zaghaft, während sein Bruder ihn beobachtete.

»Geh auf die Knie«, forderte Riven. »Behandle sie besser, als ich es tun würde.«

»Was?« Kane warf Riven einen ruckartigen Blick zu.

»Ich *sagte* ...« Riven packte seinen Bruder im Nacken und zwang ihn in die Knie. »*Geh auf deine verdammten Knie.*«

Ich verstand nicht, was vor sich ging. Aber das hätte ich tun sollen. Von jemandem, der so gefährlich war, war das zu erwarten gewesen. Rivens Lippen verzogen sich zu einem wilden Grinsen, als er sich zu mir beugte und knurrte: »Du solltest dich besser gut anstellen. Oder du kannst zusehen, wie ich sie für mich beanspruche, verdammt noch mal.«

Das machte Kane wütend.

Seine Lippen kräuselten sich und das Funkeln in seinen Augen war genauso wütend wie das von Riven. Er leckte sich über die Lippen, als Riven den Blick seines Bruders zwischen meine Beine zwang.

»Also kümmere dich verdammt noch mal um sie«, drängte Riven. »Denn wenn du es nicht tust, werde ich es ganz sicher tun.«

Ich schüttelte den Kopf. »Nein ... warte.«

Aber es gab kein Warten, denn Riven schob den Kopf seines Bruders zwischen meine Beine. »Leck.«

Augenblicklich spürte ich die Wärme von Kanes Atem. Ich begegnete Rivens Blick. Das verzweifelte Bedürfnis, alles zu tun, was er wollte, heulte und pochte in mir.

»Öffne deine Beine für ihn, Ärgernis«, befahl Riven.

Ich wollte mich wehren, aber ich konnte nicht. Mein Körper gehorchte jetzt einem neuen Meister ... und das war nicht ich.

Meine Beine spreizten sich, als Kanes Kopf noch fester gegen mich gedrückt wurde. Aber Kane wehrte sich nicht, er stemmte sich nicht gegen den brutalen Griff. Stattdessen hob er seine Hand und ließ seine Finger an meinem Schlitz entlang gleiten.

»Tu es«, befahl er.

Riven drückte seinen Kopf noch fester gegen mich. Kane tauchte tiefer ein und öffnete seinen Mund.

»Helene«, krächzte Riven, als er mit seiner anderen Hand mein Kinn packte und mich nach vorne zog.

Kane packte meine Schenkel und spreizte mich, während er mehr kostete. Ich konnte nicht anders, als mich nach vorne zu beugen, um Rivens Lippen zu begegnen.

Diese harten Lippen nahmen alles auf, während Kanes Zunge zwischen meine Beine stieß. Ich stöhnte gegen Rivens Lippen. Er war so typisch für ihn: Er drückte das Gesicht seines Bruders noch fester gegen mein Inneres, während er mir den Atem raubte. Ich senkte eine Hand auf Kanes Kopf und griff mit der anderen nach Riven.

Das harte Lecken entlang meiner Schamlippen ließ nach. Riven konzentrierte sich auf mich und ließ seinen Bruder los. Er stöhnte in meinen Mund, als Kane tiefer in mich eindrang. Seine Hand glitt an der Rückseite meines Beins hinunter und hob es an, bis er sich alles nehmen konnte, was er wollte. So war das nicht vorgesehen. Ich sollte ihnen dienen.

Doch tief in mir wusste ein Teil von mir, dass es immer so sein würde.

Riven.

Kane.

Ich.

Das Verlangen explodierte mit einem Saugen, als Kane meinen Kitzler in seinen Mund zog. Ich stöhnte auf, krallte mich in sein Haar und wippte mit den Hüften. Riven unterbrach den Kuss und drückte meinen Mund auf den seinen. »Komm für uns, Ärgernis. Wenn dieser Moment alles ist, was wir dir jetzt geben können.«

Ich schloss die Augen, als ein schmerzhaftes Stechen durch meine Brust fuhr. Aber unter all dem Schmerz lag etwas Tieferes, etwas, das uns miteinander verband. Etwas, das aus der Täuschung geboren wurde ... und das von Lust durchdrungen war. Ich küsste Riven und packte seinen Hals fester, als mein Körper die Kontrolle übernahm.

»Komm«, befahl Riven.

Sanft. *Ausführlich.* Explosiv.

Ich schob meine Hüften nach vorne, als Kane meinen Arsch packte und seine Zunge in mich steckte. Ich stöhnte in Rivens Mund und kam so heftig, wie ich es noch nie in meinem Leben getan hatte. Mein Körper bebte. Wärme durchflutete jede Zelle, als Kane mich ein letztes Mal leckte und seinen Kopf hob.

Ich löste mich von Rivens Mund und blickte auf den Lehrer hinunter, der kniete und dessen Mund von meiner Lust glänzte.

»Das«, begann er und schnappte nach Luft. »Das ist nur ein Vorgeschmack auf das, was noch kommt.« Er rappelte sich auf und überragte mich. »In dem Moment, in dem wir dich von diesem Ort wegbringen, gehörst du uns, Helene. Ich möchte, dass du das verstehst.«

Er schaute seinen Bruder an.

Aber das brauchte er nicht.

Denn es war nicht zu leugnen, was zwischen uns war.

Eine tödliche Art von Liebe.

»Wir müssen dich zurück zu den anderen bringen«, krächzte Thomas, der hinter seinen Brüdern aufgetaucht war.

Er hatte alles beobachtet. Ich wandte meine Aufmerksamkeit wieder auf die anderen beiden, als er sich über die Lippen leckte und sich abwandte.

»Er hat recht.« Kane wischte sich mit dem Handrücken über den Mund und beugte sich dann vor.

Ich legte meinen Arm um seine Schultern und küsste ihn innig … und hielt ihn für eine letzte Sekunde fest, bevor der Moment vorbei war.

ICH HASSTE DIE LEERE, die folgte. Ich hasste es, sie zu beobachten, während ich in dem dunklen Kinosaal saß. Ich hasste es, dass sie außer Reichweite schwebten, als wir uns auf den Weg zurück in unsere Zimmer machten. Der Rest des Tages verging in diesem Schmerz. Jedes brutale Pochen meines Herzens erinnerte mich an all die Dinge, die ich geopfert hatte.

Ich liebte meine Familie.

Ich würde für sie sterben.

Und doch war das hier … fast unerträglich.

Das Schloss klapperte und der Wächter trat zurück. Ich beobachtete die Bewegung durch den Glasausschnitt der Tür. *Sie werden dich morgen mitnehmen.* Rivens Worte erfüllten mich, als ich mich mit dem Rücken gegen die Pritsche lehnte. Ich saß da und wiederholte jedes Wort, das er gesagt hatte. Er war verängstigt gewesen, vielleicht verängstigter, als ich ihn je gesehen hatte.

Das allein war schon erschreckend.

Die Lichter flackerten über mir, bevor sie verschwanden und mich in die Dunkelheit stürzten.

Die Angst folgte und rüttelte mich zurück in die Gegenwart.

Das passierte normalerweise nicht.

Nicht so und nicht so früh.

Ich machte einen Schritt auf die Tür zu. Das Geräusch schwerer Schritte folgte auf dem Flur. *Bumm ... Bumm ... Bumm ...*

Sie werden dich morgen mitnehmen.

Mein Magen verkrampfte sich. Etwas stimmte nicht ... etwas stimmte ganz und gar nicht.

Bumm!

Ich zuckte zusammen, als ich einen Schuss hörte. Ich stürzte mich nach vorne und sah, wie der Wachmann vor meiner Tür rückwärts in den Flur stolperte. Blut floss in der Mitte seiner Brust.

Ich knallte meine Hände gegen die Tür, als sich etwas bewegte. Zwei von Coulters Wachen schritten vorwärts, einer hob die Waffe und zielte.

Bumm!

Walkers Wächter sackte zu Boden und lag quer vor der Tür zu meinem Zimmer.

Aber es war der kalte Blick des anderen, der mich entdeckte, als beide auf mich zukamen.

»Schnapp sie dir«, befahl der mit der Pistole.

Der andere bewegte sich, schnappte sich die Schlüssel vom Gürtel des toten Wachmanns und griff nach der Tür.

»Nein.« Ich schüttelte den Kopf und stolperte rückwärts, als das Schloss mit einem Klicken nachgab. »Nein ... nein ... NEIN!«

Helene

»*Nein ... NEIN!*«, schrie ich und wich zurück.

Aber das hielt sie nicht auf.

Sie strömten durch die Tür und breiteten sich wie eine Plage aus, als sie auf mich losgingen. Einer hatte eine Spritze und eine Waffe in der Hand, der andere hatte beide Hände frei, als er nach mir griff.

»Jetzt wird nicht gekämpft«, grunzte er, bevor er sich auf mich stürzte.

Aber ich kämpfte, weil ich unbedingt überleben wollte. Er packte mich, ich ballte meine Faust und schlug mit aller Kraft zu.

Meine Knöchel trafen auf warme Haut, als der Schlag auf seine Wange prallte. Sein Kopf kippte zur Seite, sodass er leicht stolperte, bevor er sich wieder fing. Als er sich wieder umdrehte, war sein Blick brutal.

Der Schrecken packte mich. Ich schüttelte den Kopf und musterte den Raum, verzweifelt auf der Suche nach einer Waffe. Aber da war nichts, nur ein Plastikbecher und eine Tasse. Ich schnappte mir, was ich konnte und warf mein Kissen nach ihm, bevor ich ihm den Wasserbecher an den Kopf schleuderte.

Er duckte sich, der Becher flog an ihm vorbei und prallte gegen die Wand. Das Wasser tropfte herunter, als ich mich umdrehte und zur Tür rannte. Aber der andere war zur Stelle, um mich um die Taille zu packen und meine Füße vom Boden zu heben.

Mein Instinkt meldete sich und ich stieß einen Fuß nach hinten. Meine Ferse knallte gegen sein Schienbein. Mit einem Brüllen ließ er mich los und ich fiel auf den Boden. Nur dass ich diesmal nicht weglief. Ich drehte mich zu ihm um und schlug ihm mit der Faust auf die Nase.

Knirsch.

Sein Kopf zuckte nach hinten und die dunklen Augen waren benommen, als ich meinen Arm wieder zurückzog ... bis ein Stechen an meiner anderen Schulter einsetzte. Ich schwang mich herum und schlug mit den Händen durch die Luft wie ein verwundetes Tier. Denn genau das war ich in diesem Moment.

In die Enge getrieben.

Verängstigt.

Und allein.

»Ganz ruhig«, drängte der Wachmann mit der Spritze. »Sie haben uns schon gesagt, dass du kämpfen würdest.«

Ich schüttelte den Kopf, als er einen Schritt auf mich zukam und meine Sicht verschwamm. Mein Puls raste, während die Angst in mir aufheulte.

»Nein«, lallte ich. »Nein.«

Die Dunkelheit stieg auf und raubte mir die Bewegungsfreiheit, als der Wachmann, den ich geschlagen hatte, näher kam. Trotzdem zwang ich mich, meinen Kopf zu heben. Er strich sich mit dem Handrücken unter die Nase und schwang seinen Arm dann in einem Bogen durch die Luft.

Ich war zu schwach, um zu kämpfen.

Oder mich zu bewegen.

Klatsch!

Ich stolperte zur Seite, als der Schmerz durch meinen Schädel schoss. Meine Haare peitschten mir ins Gesicht und verdeckten die Bewegungen. Aber das war egal, denn die Droge, die sie mir injiziert hatten, vernebelte meinen Verstand. Wärme floss aus meiner Nase, als der Raum schwankte und ich nach vorne gerissen wurde.

»Nein!« Ich strampelte und versuchte mich zu wehren, als er mich hochhob und wie einen Sack über seine Schulter warf, um mich aus dem Raum zu tragen.

»Stopp!« Ich krallte mich an der Tür fest, aber wir waren schon weg und traten über den toten Wachmann.

Die Blutspritzer um mich herum waren leuchtend rot. Sie verunstalteten die Wände und den Boden, während Coulters Wache blutige Fußspuren hinterließ.

»Nein!« Ich strampelte, als er mich durch den Korridor trug. »NEIN!«

Ich wehrte mich, trat und schlug um mich, bis er mich herunterzog. Der Schmerz schoss durch meine Füße und spießte meine Beine auf, als sie auf dem Boden aufschlugen. Ich konnte nichts tun, als meine Knie einknickten und ich zu Boden fiel. Seine Hand packte meine Haare und zerrte mich nach oben.

Die Tränen kamen und trübten sein Gesicht zusammen mit der Droge.

»Wenn du dich noch einmal wehrst, schlage ich dich bewusstlos und mache mit dir, was ich will. Wie hört sich das an?«

Die Worte ließen mich bis auf die Knochen erschaudern.

Ich verstummte und hob meine tränenüberströmten Augen langsam zu seinen.

»Das habe ich mir gedacht.«

Meine brennende Kopfhaut pulsierte, als er mein Haar losließ und mich wieder über seine Schulter hob. Ich konnte mich nicht mehr gegen ihn wehren. Stattdessen hielt ich mich fest, als die Droge in mich eindrang und ich den Flur entlang in Richtung der Sitzungsräume getragen wurde.

Das Funkgerät knisterte und Walkers Gebrüll war ohrenbetäubend, bis der Wachmann nach unten griff und es ausschaltete. »Keiner wird dich mehr retten«, murmelte er und bog in einen kleinen Korridor ein.

Ein leises Stimmengewirr ertönte, als sich eine Tür öffnete und ich hineingetragen wurde. Doch die Stimmen verstummten bald, als mein Angreifer mich von seiner Schulter herunterzog und mich festhielt, als meine Füße den Boden berührten.

Sie saßen um den riesigen Tisch herum. Alle Wachmänner ... und Coulter selbst.

Es war derselbe ekelerregende Blick, mit dem er mich schon einmal betrachtet hatte, als er langsam die Tischkante umrundete und auf mich zukam.

Die Tür schloss sich mit einem Knall.

Mein Herz sank auf den Boden.

»Zieht sie aus«, forderte Coulter.

Ich konnte mich nicht wehren, denn sie waren zu viert, zerrten an den Trägern des roten Bodys und rissen an der Spitze, bis nichts mehr übrig war. Ich schrie, schlug ihre Hände weg und kratzte, was ich konnte, bis ich nackt war.

Bis nichts mehr übrig war.

Ich schlang meine Arme um meinen Körper und verdeckte so viel wie möglich, während Coulter seinen Blick senkte und jeden Zentimeter von mir musterte. »Du bist ein verdammtes Meisterwerk, nicht wahr?«

Ein ekelerregender, erstickter Laut entwich mir.

»Hältst du mich für dumm?«, murmelte er und trat noch näher. »Vielleicht für einen Idioten? Glaubst du, ich merke nicht, wie sie um dich herum sind? Die Blicke, die subtilen Berührungen.« Er sah mich an. »Er hat dich als sein Eigentum markiert, das weiß ich.«

Ich wich vor seiner Berührung zurück, als er mir eine Haarsträhne aus dem Gesicht strich.Seine Stimme war so ruhig. »Und allein dafür will ich dich vernichten. Legt sie auf den Tisch.«

Ich zuckte zusammen, als die Wachen mich packten und hochhoben.

»*NEIN! NEIN!*« Ich schrie, bis mir das Feuer in der Kehle peitschte und schlug dann mit den Füßen um mich, während ich hochgehoben und auf den harten Tisch geknallt wurde.

Sterne tanzten in meinen Augen, als ich zur Kante gezerrt wurde.

»Haltet ihre Hand- und Fußgelenke fest«, knurrte Coulter, als das Geräusch eines Reißverschlusses ertönte. »Ihr könnt alle haben, was übrig ist.«

Jubel erfüllte den Raum. Triumphierendes Gebrüll trieb mir die Säure in die Kehle.

»*Nein ... nein ... neinneinnein ...NEEEEIIIINNN!*«, heulte ich und starrte jeden einzelnen an, verzweifelt darauf bedacht, *irgendjemanden* zu finden, der dem Ganzen ein Ende bereiten würde. *Bitte ... bitte, tu das nicht!*

Aber es gab niemanden.

Ihr Grinsen.

Ihre Aufregung.

Die ekelerregende Euphorie war überall.

Ich war hier niemand, den es zu retten galt. Nicht wie ihre Ehefrauen, ihre Freundinnen oder ihre Mütter. Nein, ich war ein *Objekt*, das benutzt wurde.

Und ich konnte mich nicht gegen sie alle wehren.

Ihre Hände waren stählerne Fesseln um meine Handgelenke und zwangen meine Fäuste über meinen Kopf. Ich schlug mit den Füßen gegen den Tisch, als sie mich ganz nach unten zerrten, und schlug um mich, so gut ich konnte. Das Knallen meiner Schläge klang verzerrt und seltsam.

Gesichter bewegten sich in und aus dem Fokus. Der Tisch brannte auf meinem Rücken. Meine Sehnen schmerzten, als sie meine Beine aufzwangen.

Aber am meisten spürte ich das Licht über mir.

Das blendende Licht vibrierte und stach, während sich die Schatten um mich herum bewegten und die Innenseiten meiner Oberschenkel streiften. Hände berührten mich, streichelten meine Brüste und öffneten meinen Schlitz.

»Oh verdammt, das ist es, was wir wollen«, stöhnte einer von ihnen.

Aber die Lichter über mir summten laut und wurden immer eindringlicher, je weiter ihre Finger in mich eindrangen. Ich konzentrierte mich auf das Vibrieren, als es zu einem Brüllen wurde.

Wusch ... wusch ... wusch ... mein Puls wurde unruhig.

Ein Ruck kam.

Gefolgt von einem *Drücken.*

Die Lichter über mir hüpften ... stießen ... pochten ... und der Stoß wurde brutal. Schmerzen folgten, Schmerzen und die Bewegung meiner Beine, die sich hoben und streckten, so weit sie nur konnten ... aber die Lichter über mir zündeten und wurden blendend.

Grunzen begleitete die heftigen Bewegungen.

Aber es war leise.

So leise, dass ich es kaum hören konnte.

Etwas Kühles glitt meine Wange hinunter und die feuchte Spur wurde kalt. Ich verfolgte das Gefühl, als der Griff um meine Handgelenke sich fester verkrampfte, während die Nässe zu meinem Ohr strömte und hineinrutschte.

»Ich werde dafür sorgen, dass nichts mehr übrig ist, wenn der LKW morgen kommt«, sagte jemand.

Aber das war mir jetzt egal.

Denn ich war nicht hier.

Nicht in diesem Raum.

Oder in diesem Gebäude.

Oder in diesem Körper.

Ich war längst weg.

ACHTUNDDREISSIG

Riven

Ich schluckte den ersten Hauch von Hitze und schloss die Augen, als der Scotch meine Kehle hinunterlief und sich in meinem Körper ausbreitete. Scheiß auf Coulter. Scheiß auf ihn und Harmon und Hale und jeden anderen kranken Wichser, der es nicht verdient hatte, noch einen gottverdammten Atemzug zu tun.

Sobald Helene auf dem verdammten LKW saß, waren wir hier weg. Ich konnte endlich mit meinem Leben weitermachen ... zumindest mit dem, was davon übrig war. Meine Gedanken drehten sich um die Zukunft, um das, was ich nicht geplant hatte. Ein Anflug von Eifersucht flackerte auf, als ich meinen Bruder anschaute.

Ich wollte zurück in das Haus in der Stadt, dorthin, wo ich Helene am besten gekannt hatte. Würde sie zu mir zurückkommen, wenn das alles vorbei war? Oder würde ich die Tür zur Wohnung meines Bruders öffnen und sie dort vorfinden?

Ein Zucken durchfuhr mich.

»Meine ganze verdammte Arbeit ist *dahin*.« Kane stöhnte und verschluckte sich an seinem Drink.

Es war das Gleiche, was ich schon seit Stunden hörte.

Seine Arbeit.

Seine Daten.

Seine Jahre.

Das leise Knistern des Funkgerätes holte mich zurück in meinen Körper, aber die Lautstärke war niedrig und der Anruf verzerrt. Ich ignorierte ihn.

Ding.

»Was soll der Scheiß?«, murmelte ich und griff nach meinem Handy.

Worte tanzten über den Bildschirm. Worte, die ich nicht ganz verstand. Die Zeit verlangsamte sich, Sekunden wurden zu einer Ewigkeit, als ich mit dem Daumen über den Bildschirm strich und meine Nachrichten öffnete.

Walker: SIE HABEN HELENE! KOMMT SOFORT HIERHER!

»Sie haben ...«, begann ich und das Glas fiel mir aus der Hand.

Ich drehte mich bereits um, als das Glas auf dem Boden aufschlug. Ich stürzte auf den Tresen zu, um meine Waffe zu holen.

»Was zum Teufel?«, rief Kane. *»Was ist los? Riven ... RIVEN!«*

Meine Schritte waren zu langsam. Mein Puls war zu ruhig, als ich die Waffe ergriff und durch die Türen stürmte. Die hellen Gänge verschwammen.

Sie haben Helene!

SIE HABEN HELENE!

Mein Handy klingelte. Ich ging sofort ran und bellte in die Leitung, während ich durch die erste Reihe von Türen auf den Gang hinausging. »Die LKWs sollten *morgen* kommen!«

Ich legte meine Zugangskarte auf den Scanner und ging hindurch, bevor ich losrannte.

»Das ist nicht der LKW.«

An den nächsten Türen wurde ich langsamer, legte meine Karte noch einmal auf den Scanner und wartete darauf, dass sich das Schloss öffnete und ich durchgehen konnte.

Rot.

Instinktiv schlug ich gegen die Tür. Bumm! Das Schloss öffnete sich nicht. »*Scheiße!*« Ich trat zurück und knallte die Karte noch einmal gegen das Lesegerät.

Rot.

Schon wieder.

Rot.

»Was soll das heißen, *es sind nicht die LKWs?*«

»Es sind keine LKWs durch das Tor gekommen.« Walker grunzte, während er keuchte. »*Verdammt noch mal.* Stevens ist tot. Sie haben ihm eine verdammte Kugel ins Gehirn gejagt. Da ist ... Moment mal ...«

Das leise Knarren einer Tür ertönte, gefolgt von dem Poltern seiner Schritte. »Es gibt Anzeichen für einen Kampf in ihrem Zimmer.«

»Einen Kampf?«, wiederholte ich mit leiser Stimme.

Die Worte hallten in meinem Kopf wider … *einen Kampf.*

Ich wandte mich wieder dem Scanner zu und fuhr noch einmal mit meiner Karte dagegen.

Rot.

Rot.

Rot.

»Ich komme nicht rein.« Ich hob meinen Blick zu den Türen. *»ICH KOMME NICHT REIN, VERDAMMT!«*

»Was meinst du?«

Ich starrte die Türen an, als das Poltern von Schritten hinter mir zu hören war. »Sie haben mir den verdammten Zutritt entzogen«, antwortete ich und stürzte mich auf die Türen, wobei ich meine Schulter gegen sie warf. *»Sie haben mir verdammt noch mal den Zutritt entzogen!«*

»Riven!«, brüllte Kane. »Was zum Teufel ist hier los?«

Ich konnte nicht antworten, sondern stach nur mit dem Finger auf den Scanner. »Mach die verdammte Tür auf!«

Er schaute mich an und drückte dann seine Karte gegen das gleiche Gerät. Trotzdem leuchtete der Scanner rot.

»Walker.« Ich keuchte verzweifelt. »Wir kommen nicht rein.«

»Wartet.« Er stöhnte und schnappte schwer nach Luft. »Ich bin auf dem Weg zu euch.«

»*Riven!*«, bellte Kane. »Was zum *Teufel* ist hier los?«

Ich wollte es nicht sagen. Denn wenn ich es täte, würde es zur Realität werden. Stattdessen schüttelte ich den Kopf und nahm die Waffe in die Hand. »Wenn wir dort ankommen, geh mir verdammt noch mal aus dem Weg.«

Etwas bewegte sich durch die Glasscheiben der Türen vor uns. Walker war wie ein Fleck und stürmte durch die Türen, um sie aufzustoßen.

»Hales Büro. *Sofort!*«, brüllte ich.

Wir rannten alle los. Walker stürmte voraus, um die Türen zu öffnen, und wir folgten ihm. Aber als ich mich dem Bürotrakt näherte, spürte ich die Leere. Ich packte die Türklinke, als Walker die Schlösser öffnete. Die Tür flog auf und schlug mit einem Krachen gegen die Wand.

Aber es war leer und still.

»Sie sind nicht hier.« Ich drehte mich um und meine Gedanken rasten.

Bilder flackerten auf. Coulter und seine Männer, wie sie um den Konferenztisch herum saßen. Ein erstickter Laut entwich mir, als ich vorwärts schritt und Walker die Karte aus der Hand riss. Ich wusste augenblicklich, dass sie sich dort befanden.

Halte durch, Ärgernis, flehte ich. *Ich komme.*

Mein unregelmäßiger Puls verlangsamte sich, als eine unheimliche Ruhe über mich hereinbrach. Ich rannte los und steuerte auf den Konferenzraum zu.

»*Scheiße! Genau so!*« Ein Stöhnen drang zu mir durch.

»Ich bin der Nächste«, knurrte ein anderer, als ich in den Raum stolperte.

Mein Verstand erstarrte. Die Männer standen um den Tisch herum. Coulter stand an der Seite. Sein Hemd war offen, seine Hose auch. *Warum war seine verdammte Hose offen?*

Ein Wachmann stieß in etwas am Ende des Tisches und als er stöhnte, bewegte er sich … dann sah ich sie. Sie lag ausgestreckt da, ihre Hände wurden von zwei der anderen Wachen an den Tisch gedrückt.

Wut stieg in mir auf.

Eine Wut, wie ich sie noch nie in meinem Leben verspürt hatte.

Es gab keinen Platz für Gedanken. Nur Instinkt, als ich die Waffe hob, nach vorne trat und zielte.

Bumm!

Blut und Hirn schossen aus dem verdammten Tier heraus, das in ihrem Körper steckte und er fiel zu Boden.

Mir war kalt.

So verdammt kalt … als ich mich auf den Bastard stürzte, der eines ihrer Handgelenke festhielt. Meine Hände zitterten nicht, auch nicht, als ich ihm den Kolben der Waffe in die Nase rammte, fest genug, um ihn mit einem Knall zu betäuben. Sein Kopf kippte nach hinten und Blut spritzte über meine Hände, während ich seinen Kopf gegen den Tisch drückte.

»LASS SIE VERDAMMT NOCH MAL LOS!«, schrie ich.

Ich konnte nicht aufhören.

Das heulende Verlangen in mir war alles, was ich hatte.

Bumm!

Sein Körper zuckte und Blut spritzte auf den Tisch und ihre Arme.

Ich war schon dabei, meine Waffe auf das Stück Scheiße auf der anderen Seite zu richten, als um mich herum im Raum Gebrüll zu hören war.

Walker stürmte herein und prallte gegen einen von Coulters Wachen, während ich meine Waffe hob und auf den toten Mann zielte, der ihr anderes Handgelenk festhielt.

»Ich habe sie nicht–« Er schüttelte den Kopf und hob die Hände.

Bumm!

Es war mir egal.

Scheiß egal.

Denn er hätte sie … Ich atmete schwer und drehte mich, als Walker die Mündung seiner Waffe in das Gesicht von Coulters Wachmann stieß.

»Eine verdammte Bewegung und ich puste dir deinen verdammten Kopf weg«, versprach Walker.

»Du gehst verdammt noch mal weg von ihr!«, brüllte ich und zielte durch den Raum, um näher an die reglose Gestalt auf dem Tisch heranzutreten.

Sie war nackt, ihre Beine waren weit gespreizt, und da war Blut …

Abscheu brannte in mir, als ich meinen Blick abwandte. Ich konzentrierte mich auf Coulter. Er rührte sich nicht, sah nur zu, wie sich alles abspielte, als Kane durch die Tür kam.

»Verdammt noch mal«, knurrte Walker, als er sie auf dem Tisch fand, und blickte sich dann im Raum um. »*IHR HABT DAS GETAN, VERDAMMT? IHR GOTTVERDAMMTEN TIERE!*«

Nein.

Ich schnappte nach Luft, als ich das amüsierte Funkeln in Coulters Blick entdeckte.

Er tat es.

Er senkte seinen Blick auf sie, die nackt und ausgestreckt auf dem Tisch lag. »Sieht so aus, als wäre sie die zwei Millionen doch nicht wert.«

Meine Lippen kräuselten sich.

Alles, was ich sah, war schwarz.

Die Farbe seiner Augen.

Das kalte, harte Obsidian meines Herzens.

Das klaffende Loch in meiner Zukunft, in dem ich enden würde, nachdem ich jeden einzelnen dieser Bastarde umgebracht hatte. Das würde es wert sein.

Ich hob meine Waffe, machte einen Schritt und zielte.

Er schaute nicht einmal auf die Waffe, sondern war wie gebannt von meinem Schmerz, als wäre es unterhaltsam.

»Ich werde dich töten.« Meine Stimme klang wutentbrannt. »Ich werde jeden einzelnen von euch töten.«

»Riven.« Walker zerrte an meinem Arm. »Komm schon, wir müssen sie hier rausbringen.«

Er hatte recht. Er hatte ... recht.

Ich musterte den Raum und prägte mir jeden verdammten Blick ein, bevor ich zu der reglosen Gestalt auf dem Tisch ging.

Kane sprach bereits mit ihr, öffnete ihre Augen und stellte fest, dass sich ihre Pupillen langsam weiteten. Er zuckte zusammen, als er an ihr herunterblickte. Blut und Bisswunden zierten ihren Körper, aber ich konnte sie mir nicht ansehen.

Noch nicht.

Nicht ohne noch mehr Blut zu vergießen.

Das Sperma tropfte zwischen ihren Beinen. Das glitzernde Zeug schimmerte in meinem Augenwinkel, als ich unter ihre Beine griff. »Hol ihr eine Decke oder etwas anderes, verdammt noch mal«, schnauzte ich.

Walker drehte sich um, aber Kane war schon dabei, die Knöpfe seines Hemdes zu öffnen und es über sie zu ziehen. Ich begegnete seinem Blick kurz, bevor ich mich abwandte. »Sie muss in die Krankenstation.«

Sie brauchte viel mehr als nur die Hilfe der Ärzte und des Pflegepersonals, aber im Moment war das unsere einzige Option. Ich reichte Walker meine Waffe, bevor ich sie hochhob und ihren Körper an mich zog.

Sie hatte durchgehalten ...

Aber ich war nicht da gewesen.

Die Worte explodierten in mir, als ich sie aus dem Zimmer und zurück auf den Flur trug. Walker ging voraus und klatschte seine Zugangskarte gegen die Scanner.

Coulter hatte das von Anfang an so geplant.

Die Dateien auf dem Laufwerk.

Die verschlossenen Türen.

Alles nur, um uns nicht nur zu vertreiben ... sondern um uns von ihr zu trennen.

»Was auch immer danach passiert, ich will, dass dieser Wichser dafür bezahlt«, murmelte ich, als ich mich umdrehte und zu den Krankenbetten ging. »Und ich will derjenige sein, der es tut.«

Zwei der Krankenschwestern erhoben sich von ihren Plätzen in der Krankenstation und gingen auf uns zu. Aber Kane schüttelte nur den Kopf und drehte sich um. »Zeig mir einfach eure Desinfektionsmittel und Kittel.«

Eine hob die Hand und zeigte auf sie, was meinen Bruder zum Handeln veranlasste. Er beeilte sich und holte, was er brauchte, während ich meine Aufmerksamkeit wieder auf sie richtete.

Ich wollte sie nicht ablegen, noch nicht. Ich wollte sie für immer an mich binden, alles, damit ich nicht mehr in diese leeren Augen schauen und sehen musste, was diese Monster mit ihr gemacht hatten.

Monster wie ich.

Ich zuckte zusammen, hielt sie vorsichtig fest und meine Stimme war heiser, als ich sagte: »Du bist jetzt in Sicherheit. Hörst du mich, Helene? Du bist in Sicherheit.«

Sie reagierte nicht, stöhnte nicht einmal, als ich sie auf die kalten Laken legte. Hätte sich ihr Brustkorb nicht ständig gehoben und gesenkt, hätte ich gedacht, sie sei tot.

Vielleicht wollte sie das sein.

Die Worte blieben mir in der Kehle stecken, als ich mich von ihr löste. Sie starrte mich mit diesem ausdruckslosen Blick an und zuckte nicht einmal zusammen, als ich ihr die Haare aus dem Gesicht strich. »Mein kleines Ärgernis«, flüsterte ich. »Kannst du mich hören?«

Ich würde lieber ihre Fäuste ertragen als das hier.

Ihre Schreie.

Ihre kratzenden Nägel.

Nur nicht diese verdammte Stille.

Meine Hände ballten sich zu Fäusten. Ich schloss die Augen, als die Qualen mich innerlich zerrissen.

»Okay«, drängte Kane und kam näher. »Lass mich nach ihr sehen.«

Ich wollte sie nicht loslassen. Nicht einmal für ihn. Ich öffnete meine Augen und begegnete seinem Blick.

»Ich muss mich um ihre Verletzungen kümmern, Bruder«, sagte er leise.

Er wusste es. Er wusste, was sie mir bedeutete. Als ich seinen gequälten Blick musterte, wusste ich, dass sie ihm dasselbe bedeutete. Mit einem langsamen Nicken zog ich mich zurück und schaute über meine Schulter zu Thomas und Walker.

Sie sagten nichts, sondern sahen nur zu, bis Kane sein Hemd von ihrem Körper wegzog. Dann drehten sie sich beide um.

»Ich kümmere mich um Stevens«, murmelte Walker, bevor er über seine Schulter zu ihr blickte. »Dafür werden sie zur Hölle fahren.«

Dann verschwand er mit gesenktem Kopf. Das Spritzen von Flüssigkeit folgte dem Geräusch von reißendem Plastik. Es kam mir vor, als hätten wir erst gestern genau das getan, als wir ihr den Peilsender unter der Brust implantiert hatten.

Damals hatte ich sie im Arm gehalten und geküsst, um sie von den Schmerzen abzulenken.

Aber jetzt konnte ich sie nicht küssen.

»Oh Gott.« Kane stöhnte und zischte.

Mein Magen war wie ein Stein. Trotzdem zwang ich mich, mich zu ihr umzudrehen. Ich zwang mich, sie anzusehen.

Jede Bisswunde wurde mit Jod abgewischt. Jede Wunde wurde gesäubert und geklebt. Kane arbeitete leise, seine Hände waren sanfter, als ich es je zuvor gesehen hatte.

Eine Krankenschwester kam näher. »Kann ich Ihnen helfen, Doktor?«

»Nein.« Sein Tonfall war verbittert. »Diese gehört uns.«

Die Krankenschwester wich zurück, ich ging näher heran und griff nach ihren Händen.

»Sie hat abgebrochene Nägel«, begann er. »Innere Prellungen von ihren Fäusten.« Er schnappte nach Luft und bewegte sich zum Fußende des Bettes, bevor er ein Bein sanft anhob und es zur Seite schob. »Ganz ruhig«, murmelte er. »Ich muss nur nachsehen, Baby, das ist alles.«

Es war sinnlos, zu sprechen. Sie konnte uns nicht hören. Sie existierte kaum.

»Sie kann dich hören, weißt du«, sagte er vorsichtig. »Sprich mit ihr.«

»Und was zum Teufel soll ich sagen?«, schnauzte ich.

Er begegnete meinem Blick. »Du kannst mit der Wahrheit anfangen. Aber denk daran: Was immer du tust und sagst, wird den Verlauf eurer Beziehung bestimmen. Verdammt, es wird den Verlauf unserer Beziehung bestimmen. Sie wird sich für immer an diese Worte erinnern ... oder bis sie sie zerstören.«

Ich warf ihr einen kurzen Blick zu.

Sie zerstören?

Die Wut schoss durch mich hindurch. Wenn ich diese Bastarde noch einmal umbringen könnte, würde ich es tun. Ich würde sie alle umbringen. »Das ist zu viel«, krächzte ich und schüttelte den Kopf. »Es ist zu viel für sie.«

»Das ist es«, antwortete er. »Und was willst du dagegen unternehmen?«

Was sollte ich denn unternehmen? Ich trat einen Schritt näher und nahm vorsichtig ihre Hand in meine. »Was auch immer ich für sie tun muss.«

Kane sagte nichts, sondern untersuchte sie so sanft wie möglich. »Es gibt Risse, aber die sind minimal, wenn man bedenkt.«

Ich schluckte die aufsteigende Abscheu hinunter. »Wenigstens ist das etwas.«

Ich starrte sie an. »Ich bin genau hier, kleines Ärgernis. Ich bin für dich da, wenn du bereit bist.«

Eine Träne rann aus ihrem Augenwinkel und ihre Schläfe hinunter. Aber ich war da, um sie aufzufangen, und strich mit dem Daumen über die nasse Stelle.

»Ich werde sie für das bezahlen lassen, was sie dir angetan haben. Jeden. Einzelnen. Von. Ihnen«, flüsterte ich und starrte in ihre dunkelbraunen Augen.

Sie drehte ihren Kopf. Ihre Augen bohrten sich in meine. »Und was ist mit dem, was du getan hast? Welche Rache willst du an dir selbst üben?«

Ich konnte nicht antworten.

Ich konnte nicht atmen.

Weil ich innerlich zerrissen war.

Meine Seele zerfiel in eine Million kleiner Splitter.

»Ich werde bleiben«, krächzte ich. »Ich werde dir bei jedem Schritt in die Augen schauen. Ich werde deine zerschundenen Hände halten. Ich werde deine Wunden versorgen. Ich werde dich so sehr lieben, wie du es mir erlaubst.«

Ich wartete darauf, dass sie etwas sagte, das das klaffende Loch in mir lindern würde. Aber das tat sie nicht. Stattdessen schloss sie ihre Augen und ihre Atemzüge wurden langsamer.

Sie schlief.

Während ich wartete.

Ihr Griff um mich lockerte sich.

Trotzdem blieb ich an ihrem Bett und wich nicht von ihrer Seite.

Als sie eine Stunde später schreiend aufwachte, war ich da und streichelte ihr Haar. Ich sagte ihr, wie sehr ich sie liebte und nachdem ich sie eine Stunde lang an mich geschmiegt hatte, schlief sie wieder ein ...

Nur um wieder aufzuwachen und um ihr Leben zu kämpfen.

Sie weinte.

Sie schlug.

Sie strampelte und zappelte in meinen Armen.

Sie schrie, bis ihre Stimme heiser war und sie nur noch röchelnd Luft holte.

Trotzdem bewegte ich mich nicht.

Denn ich sah es endlich.

Ich sah die Verwüstung, die Zerstörung ... und den Kampf, den ich noch nie gesehen hatte.

Und ich hasste mich mehr denn je.

NEUNUNDDREISSIG

Helene

_____

Legt sie auf den Tisch.

Nein.

Nein!

NEIN!

RUNTER VON MIR. LASST MICH LOS!

WEGVONMIRWEGVONMIRWEGVONMIR!

Ich schreckte auf und schlug und trat mit aller Kraft um mich.

»Ganz ruhig.« Die vertraute, heisere Stimme drang an meine Ohren. »Ich bin's. Ich bin's, Riven. Ich habe dich, Ärgernis. Halt dich an mir fest. Ich habe dich.«

Das tat ich und krallte mich an ihn, bis ich nur noch seine Wärme spürte. Ich vergrub meinen Kopf in seinem Hals und atmete den schweren Geruch von Schweiß und Schmerz ein, der leicht mit seinem Parfüm vermischt war. Meine Kehle brannte und verbrühte bei jedem wilden Atemzug ... und ich spürte sie immer noch.

Ihre Hände überall auf meinem Körper.

Ihre Stöße zwischen meinen Schenkeln.

Ich schloss meine Augen. »Ich konnte sie nicht alle bekämpfen ... Ich habe es versucht, aber ich konnte sie nicht alle bekämpfen.«

Stille folgte, bevor er sagte: »Du hast überlebt und das ist alles, was zählt. Hast du mich verstanden? Du hast verdammt noch mal überlebt.«

Er griff sanft nach meinem Kinn und hob meinen Blick zu ihm. »Wenn ich sie alle noch einmal töten könnte, würde ich es tun.«

Verblasste Erinnerungen stiegen auf.

Sein erschrockener Blick. Seine hasserfüllt geschürzten Lippen.

Bumm!

Das Echo seiner Schüsse hallte wider.

Er hatte getötet ... für mich. Doch das war nicht genug, oder?

Ich hielt ihrem Blick stand und zog mich zurück.

»Bitte.« Er hielt mich fest und zog mich verzweifelt zu sich zurück. »Hasse mich. Schlag mich. Was auch immer du tun musst, um diesen Schmerz zu entfesseln, was auch immer du tun musst ... tu es mir einfach an.«

Ich schüttelte den Kopf, während mir neue Tränen in die Augen stiegen.

Trotzdem hielt er mich fest und löste den Schmerz, die Panik und die Abscheu in mir aus. Ich wehrte mich gegen seinen Griff und schlug gegen seine Wange. »*WO WARST DU?*«

Sein Kopf ruckte zur Seite, bevor er sich langsam wieder umdrehte. Es waren diese finsteren Augen, die ich hasste. Diese finsteren Augen, die mit so viel Schmerz gefüllt waren. Ich schlug ihn erneut und hämmerte meine Fäuste gegen seine Brust, bis ich keine Kraft mehr hatte.

»Hasse mich«, flüsterte er. »Aber du musst wissen, das ist nichts im Vergleich zu dem Hass, den ich auf mich selbst habe.«

Ich atmete schwer ein und starrte ihn an.

In seinem Blick wütete die Wahrheit.

Ich wusste, dass er es ernst meinte.

»Walker wird dich hier rausholen, koste es, was es wolle. Er wird dich zurück nach London oder zu den Banks bringen, was immer du brauchst.«

London.

Die Banks.

Meine Schwestern.

Ich schloss meine Augen, als mich die Realität einholte. Eine Zeit lang hatte ich vergessen, wer ich war. Ich hatte alles vergessen. Meine Familie, meinen Plan ... meine Bestimmung.

Riven strich mir die Haare aus dem Gesicht. »Niemand wird dich anfassen, Helene. Nicht mehr.«

Aber wenn wir das täten, wäre alles vorbei, alles, was meine Schwestern durchgemacht hatten ... und alles, was ich durchgemacht hatte, wäre nichts mehr wert. Sie würden gewinnen – die dunklen Augen und das grausame Grinsen von Coulter tauchten in meinem Kopf auf – so wie sie immer gewonnen hatten.

»Nein.« Das Wort entfuhr mir, bevor es mir bewusst wurde. »Nein.«

Er runzelte die Stirn. »Was?«

Ich erwiderte seinen Blick. »Ich sagte, nein. Ich werde nicht gehen.«

Wut stieg in seinem Gesicht auf. Diesmal war er derjenige, der sich von mir entfernte. Kane stand am Fußende des Bettes und starrte mich an. Doch er bot seinem Bruder keine Unterstützung an, als Riven ihm einen Blick zuwarf.

»Auf keinen Fall!« Er stand auf und ging durch den Raum. *»Das lasse ich nicht zu. Ich lasse nicht zu, dass du noch eine Sekunde länger mit ihnen hier bist.«*

Ich wartete, während er wütend die Hände in die Luft warf, durch den Raum stakste und seinem schweigenden Bruder böse Blicke zuwarf. Dann blieb er stehen und stand einfach nur da.

»Ich werde nicht gehen«, wiederholte ich und je mehr ich die Worte sagte, desto stärker wurde ich. »Ich werde nicht zulassen, dass das alles umsonst war. Wir bringen das zu Ende, ein für alle Mal.«

In seinem Blick lag Verwirrung, Wut und Verzweiflung, als er mir in die Augen schaute. Dann, ganz langsam, flackerte ein Hauch von Stolz auf. »Denk darüber nach«, bat er mich. »Willst du wieder reingehen und so tun, als wäre das nie passiert?«

»Nein«, flüsterte ich und meine Gedanken waren weit weg. »Ich werde ihm klarmachen, was er getan hat ... und was er nicht getan hat.«

Als ich wieder zu mir kam, griff ich nach unten und riss die Laken auf dem Bett zurück, bevor ich erstarrte.

Mein Körper war ein einziges Durcheinander aus Desinfektionsmitteln, winzigen Pflasterstreifen und unter all dem blauen Flecken und Bisswunden.

»Ich brauche eine Dusche«, flüsterte ich. »Bitte hilf mir.«

Riven wandte sich an Kane.

»Hinten in der Krankenstation gibt es eine.« Kane trat näher und riss das Laken vom Bett.

»Kannst du ihr etwas zum Anziehen besorgen?«, fügte Riven hinzu. »Und nicht diesen verdammten Bodysuit.«

Kane nickte vorsichtig. Seine blauen Augen trafen auf meine. Nach allem, was ich gestern Abend durchgemacht hatte, erinnerte ich mich immer noch daran, wie sanft er gewesen war.

Sie kann dich hören, weißt du. Sprich mit ihr.

Kanes Stimme hallte zu mir zurück.

Und was zum Teufel soll ich sagen?

Die Wahrheit.

Genau das hatte er gesagt. Riven könnte mit der Wahrheit anfangen ... und war das nicht alles, was wir je gewollt hatten?

Ich nahm das Laken aus Kanes ausgestreckter Hand. »Danke.«

Er schenkte mir ein sanftes Lächeln, das nicht von Kummer oder Mitleid geprägt war, zwinkerte mir zu, drehte sich um und verließ den Raum.

»Komm schon.« Riven war da und legte seine Hand um meine Taille, bevor er mir half, vom Bett aufzustehen und das Laken um meinen Körper zu wickeln.

»Dusche«, schnauzte er den Krankenpfleger an.

Der arme Kerl hob nur die Hand und wies auf einen kleinen Flur am Ende der Station. Die Krankenschwester beobachtete mich, als ich einen Schritt machte und zuckte bei dem tiefen Schmerz, der meinen Körper durchzog, zusammen. Ich stöhnte auf, taumelte und griff nach dem Geländer.

»Dreh deinen verdammten Kopf«, warnte Riven, während er mich festhielt und wir es erneut versuchten. »Solange du noch einen verdammten Kopf hast.«

Der Pfleger drehte sich augenblicklich weg und seine Wangen wurden rot.

»Du musst nicht damit drohen, jeden zu ermorden, der in meine Richtung schaut.« Ich stöhnte auf und umklammerte ihn, als er mir half, in den Flur zu gehen.

»Doch, das muss ich.«

Ein Lächeln erhob sich, fremd und grausam. Trotzdem war es ein Lächeln.

Er führte mich zu dem kleinen Block mit den Duschen und hielt mich fest, während er seine Stiefel auszog und seine Socken abstreifte. Das heiße Wasser kam nur langsam, aber schließlich dampfte es in der Kabine. Riven wickelte das Laken von meinem Körper ab und half mir sanft hinein.

Ich zischte beim Stechen des Wassers und knickte mit einem Knie ein, bis sich die Hitze ihren Weg durch alle meine Schmerzen bahnte.

»Halt dich an der Wand fest«, murmelte er. »Lass mich dich waschen.«

Ich gehorchte und drückte meine Hände gegen die kalten Fliesen. Sanft wusch er mit der medizinischen Seife auf dem Waschlappen erst meine Arme, meinen Rücken und dann langsam auch meine Vorderseite.

Das ist zu viel für sie.

Rivens schwache Worte hallten wider.

Und was willst du dagegen unternehmen?, fragte sein Bruder.

Was auch immer ich für sie tun muss.

Ich sah ihm in die Augen, als er mit dem Tuch über meine Brüste und meine Seiten strich und dabei sanft über die aufgerissene Haut und die tiefen Blutergüsse strich. Ein Bedürfnis stieg in mir auf, ähnlich wie die verzweifelte Sehnsucht, die ich nach meinen Schwestern hatte. Nur war es diesmal anders.

Meine Finger zitterten, ich wollte die Hand heben und ihn berühren. Aber das war nicht das, was er brauchte. Stattdessen schloss ich die Augen und ließ mir die Hitze über den Rücken laufen.

»Ärgernis«, murmelte er. »Ich muss zwischen deinen Beinen waschen.«

Legt sie auf den Tisch.

Scheiße, genau das wollen wir.

Ich schloss meine Augen, als mein Körper unkontrolliert zitterte. Ein leises Geräusch entwich mir, als er das Tuch vorsichtig gegen das Stechen drückte.

»Ist alles okay, kleines Ärgernis?« Er erstarrte, als das Zittern heftiger wurde. »Ich bin's. Ich bin's. Ich bin's. Ich werde dir nicht wehtun. Ich werde dir niemals wehtun. Kannst du mich hören, Baby?«

Er nahm seine Hand weg und erhob sich. Sanft strich er über meine Schulter und zog mich vorsichtig an seine Brust. Meine Zähne klapperten und knirschten.

»Ich habe über eine Reise nach Marokko nachgedacht, wenn das hier alles vorbei ist. Irgendwohin, wo es heiß ist. Vielleicht sogar Australien? Was hältst du davon?«

»Da gibt es Schlangen.« Ich öffnete meine Augen und blickte zu ihm auf.

»Und Spinnen, die größer sind als dein Kopf«, seine Augen bohrten sich in meine. »Und auch Krokodile und Haie, die dich aus dem Wasser reißen, bevor du es überhaupt mitbekommst. Aber ich dachte mir, dass Australien nach diesem Ort ein Kinderspiel ist.«

Meine Lippenwinkel bebten. »Du hast recht. Australien hört sich fast ein bisschen zu einfach an.«

Er grinste, auch wenn es ein bisschen traurig aussah.

»Da haben wir's«, rief Kane und wir zuckten zusammen.

Ich betrachtete seine Hände und sah die beige Jogginghose, die er bei sich trug, sowie ein rotes T-Shirt.

»Das ist das Beste, was ich finden konnte.«

»Es ist in Ordnung.« Schnell erwiderte ich seinen Blick.

Es war mir egal, was es war, solange es nicht aus Spitze und durchsichtig war. Riven betätigte den Wasserhahn, um den Strahl auszuschalten, schnappte sich ein Handtuch und reichte seinem Bruder ein weiteres. Es dauerte eine Sekunde, bis Kane nickte, das Handtuch nahm und seinem Bruder half, meinen Körper abzutrocknen.

»Nur damit du es weißt«, begann Riven. »Wir werden danach alle nach Australien gehen.«

Kane hörte auf zu rubbeln. »Wirklich?«

»Ja«, schnauzte Riven. »Werden wir, und an jeden anderen verdammten Ort, der uns töten will.«

Kane hob die Augenbrauen. »Was auch immer du brauchst.«

Ich glaube, das Bedürfnis war eher für Riven als für mich.

Ich brauchte nicht durch das Feuer zu gehen ... weil ich bereits aus der Asche auferstanden war.

»Okay.« Kane kniete sich hin und hielt mir die Jogginghose auf.

Ich zog sie und das T-Shirt an. Ich fühlte mich fast normal. Wären da nicht die pochenden Schmerzen in meinem Körper und das brennende Feuer in meiner Kehle gewesen, hätte ich so tun können, als wäre die letzte Nacht nicht passiert.

Aber das konnte ich nicht.

Keiner von uns konnte das.

Ding.

Riven griff nach seinem Handy und blickte nach unten. »Die LKWs kommen durch die Tore.« Er sah mich an. »Wenn die

Töchter in der Cafeteria fertig sind, beginnen sie mit dem Transport.«

Ich dachte, mein Herz würde mir gleich aus der Brust platzen. »Dann sollten wir wohl besser in die Cafeteria gehen.«

Er zuckte zusammen und blieb dann stehen. »Bist du dir da sicher?«

»Nein«, antwortete ich wahrheitsgemäß und drehte mich um. »Aber ich will verdammt sein, wenn ich ihnen die Genugtuung gönne, mir nicht in die Augen zu sehen.«

Riven trat vor und nahm mein Gesicht in beide Hände. »Ich habe schon viele Killer kennengelernt, aber du bist in diesem Moment bei weitem der stärkste Mensch, den ich je gekannt habe. Wenn du das zu Ende bringen willst, dann lass es uns zu Ende bringen. Ich werde bei jedem verdammten Schritt hinter dir sein.«

Er war vielleicht manchmal ein bisschen langsam.

Aber er hatte es endlich begriffen.

Ich nickte und kämpfte gegen den Drang an, zusammenzuzucken, als er sich nach vorne beugte und mir einen sanften Kuss auf die Lippen gab, dann ließ er mich los.

Ich begegnete Kanes Blick und erwiderte sein kleines Lächeln, bevor ich den größten Schritt meines Lebens machte und auf die Tür zuging. Meine Beine zitterten, aber sie hielten, als ich langsam aus dem Krankenzimmer und zurück in den Flur ging.

Als ich mich mit der Hand an der Wand abstützte und um die Ecke bog, ertönte leises Stimmengewirr.

Sowohl die Töchter als auch die Wachen drehten sich zu mir um, als ich eintrat. Walker war da und machte sich nicht die

Mühe, sein Grinsen zu verbergen, als er sah, wie ich meine Wirbelsäule aufrichtete.

Die Menschen sprechen von Hoffnung, als wäre sie etwas Zerbrechliches, etwas, das aus Gedanken und verdammten Gebeten besteht. Aber es wird nicht viel über Gehässigkeit gesprochen. Nein, Gehässigkeit wischte sich das Blut mit dem Handrücken aus dem Gesicht und konzentrierte sich auf den Angriff.

Genau das tat ich und zwang mich mit jedem Schritt, den ich durch den Raum machte, vor Coulter stehenzubleiben, der mit verschränkten Armen zwischen seinen Männern stand. Jede Zelle in meinem Körper schrie, ich solle weglaufen.

Aber ich tat es nicht.

Ich hob meinen Blick und begegnete seinen kalten, amüsierten Augen. »Du warst genau so, wie ich es mir vorgestellt habe«, murmelte ich. Ein Stechen durchfuhr mich, da meine Lippe von der Anspannung erneut aufriss. »Klein und unbedeutend. Ich habe kaum etwas gespürt.«

In seinem Augenwinkel zuckte es, die Belustigung verflog und offenbarte die kalte, steinerne Wut, die er in sich trug.

Es gab kaputte, verzweifelte Männer wie Riven und seine Brüder ... und dann gab es wahre Monster, Männer, deren Seelen vom Schicksal aus ihren Körpern gerissen wurden, kurz bevor sie in diese Welt geboren wurden. Diese Männer waren ein Magnet für die Verdorbenen, Jäger der Schwachen, Süchtige der abscheulichen Lust.

Und das war es, was ich in diesem Moment sah.

»Tochter«, rief Walker vorsichtig und erinnerte nicht nur mich an seine Anwesenheit, sondern auch Coulter. »Dein Essen wird kalt.«

Ich warf dem Wachmann einen Blick zu, nickte langsam und drehte mich um.

Die Wut lebte in mir.

Sie tobte.

Sie heulte.

Und sie überlebte.

VIERZIG

Riven

———

Verdammt noch mal, sie war unglaublich. Ich stand in der Tür der Cafeteria, als sie den Bastard anstarrte. Es kostete mich all meine gottverdammte Kraft, nicht hinzugehen und seinen Kopf vor ihr in den Boden zu rammen ... bis sein Blick noch leerer war, als er ohnehin schon schien.

Ich wollte das ...

Mehr als alles andere in meinem Leben.

Ich konzentrierte mich auf sie, meine Fäuste verkrampften sich an den Seiten. Ein Blick von ihm ... mehr brauchte es nicht. Ein verdammter Blick und ich hätte alles in Schutt und Asche gelegt und ihn gleich mit. Alles, was ich sah, war sein Grinsen in meinem Kopf. Dieses bösartige Grinsen, das er mir zugeworfen hatte, nachdem ich sie letzte Nacht gefunden hatte.

Sieht so aus, als wäre sie die zwei Millionen doch nicht wert.

Seine Worte hallten in mir wider.

Abscheu kroch wie Säure in meine Kehle, als ich mich auf den Trotz in ihren Augen konzentrierte. Sie bewegte ihren Mund, spuckte und ließ einen glitzernden Schwall Speichel auf seine Wange prasseln. Ich hätte das Feuer in ihren Augen den ganzen verdammten Tag bewundern können. Dann drehte sie sich um, ohne dem Bastard eine weitere Sekunde zu geben, und humpelte langsam zu dem freien Platz an einem der Tische. Sie hatte Schmerzen. Verdammt, sie hatte Schmerzen.

Walker stand da und starrte den Mistkerl an.

Die zwei Millionen nicht wert?

Da lag er völlig falsch.

Sie war viel mehr wert als das.

Sie war alles wert.

Ich machte einen Schritt und lenkte Coulters Aufmerksamkeit auf mich. Seine Augen glühten vor Wut, als er sich den Fleck von der Wange wischte und ich wollte fast lachen. Er dachte, er hätte sie gebrochen. Er dachte, er hätte gewonnen. Aber er hatte es nicht annähernd geschafft. Ich schaute mich im Raum um, als sich eine der Töchter von ihrem Platz erhob und Helene anstarrte, bevor sie Coulter und den anderen einen kurzen Blick zuwarf.

Je länger ich starrte, desto mehr sah ich. Es war nicht nur eine der Töchter, die von dem betroffen war, was sie Helene angetan hatten. Sie hatten es alle gesehen. Stille, brodelnde Wut brannte in ihren Augen. Es war eine Sache, sie zu verführen und sie ihrem Verlangen auszuliefern, aber Gewalt? Das würde jede Verbindung zerstören, die wir begonnen hatten.

Die Programmierung war noch nicht abgeschlossen und sie würde auch nicht in ihren Köpfen bleiben.

Coulter war im Begriff, eine Ladung tickender Zeitbomben auf seinen LKW zu laden und diese zerstörten ›Güter‹ zu Hale zu bringen.

Ich konnte es nicht erwarten.

Ich lenkte meine Aufmerksamkeit auf Helene, die sich eine Gabel voll Eier in den Mund schob und dann ein Stück Toastbrot verschlang. Eier hasste sie, Butter auch. Trotzdem aß und trank sie.

Ding.

Ich machte ein finsteres Gesicht und blickte nach unten. Ein Schaudern kroch mir über den Rücken, als ich das *H* sah.

Mir stockte der Atem, als ich über das Display wischte und die Nachricht anstarrte.

»Lasst uns gehen, esst zu Ende«, bellte einer von Coulters Befehlshabern.

Aber ich war auf die Nachricht auf dem Bildschirm fixiert.

H: Danke, dass du die ganze Drecksarbeit gemacht hast, Direktor.

Stühle scharrten und Schritte ertönten unter der eindringlichen Anweisung der Wachen.

»Riven?«, rief Walker.

»Ich bin so schnell wie möglich da«, murmelte ich, ohne wirklich zuzuhören.

Danke, dass du die ganze Drecksarbeit gemacht hast?

Was zum Teufel sollte das bedeuten? Mein Puls raste, während ich mich auf diese Worte konzentrierte, bis sie verschwammen. Das Frösteln wurde immer stärker, bis es sich wie ein Speer in mich hineinbohrte. Irgendetwas geschah hier. Ich war kurz davor, es zu verstehen.

Die Nachricht war von Hale.

Das wusste ich.

Aber war sie das?

Eine Gänsehaut lief mir über den Rücken. Das gleiche unheimliche Gefühl überkam mich jetzt genauso wie damals, als die Reinigungskräfte in meine Wohnung gekommen waren. War das wirklich Hale? Ich starrte die Nachricht an, als mein Instinkt mich dazu brachte, sie mit einem Swipe zu löschen und eine Nachricht an die einzige Person zu schreiben, die uns jetzt helfen konnte.

Ich glaube, wir sind in Schwierigkeiten. Ich brauche Hilfe. SOFORT.

Ich drückte auf Senden und wartete eine Sekunde, aber dann erschien eine rote Warnmeldung.

Die Nachricht konnte nicht gesendet werden.

»Was zum Teufel?« Mein Atem raste, als ich erneut tippte ... und wieder ... und wieder.

Jedes Mal leuchtete die rote Meldung auf.

»Wir haben im Moment einen schrecklichen Empfang.«

Ich hob den Kopf, als Coulter grinsend vorbeiging. Die Cafeteria war jetzt leer, die Töchter waren längst weg. Der

Anblick der leeren Plätze holte mich in die Realität zurück. Sie waren weg ... sie waren weg!

Ich drehte mich um, aber ich hörte nur noch das Geräusch von Coulters Schritten. Ich hob mein Handy und starrte auf den Bildschirm, dann begann ich zu laufen.

Sie hatten die Anrufe und Nachrichten blockiert.

Aber warum?

Der LKW.

Die Töchter.

Helene.

Ich rannte um die Ecke, als sich die erste Doppeltür mit einem Klicken schloss. Coulter warf einen Blick über die Schulter und grinste mich an, als ich Walkers Karte gegen den Scanner drückte.

Rot.

Rot.

ROT!

»Nein!«, brüllte ich und starrte durch die Scheibe, als der Bastard sich umdrehte und weiterging.

Ich stürzte mich auf die Tür, knallte Walkers Karte gegen den Scanner, und wieder wurde er rot.

»Scheiße!« Ich schlug auf das verdammte Ding ein, drehte mich um und suchte verzweifelt nach einem Durchgang.

Die Seitentüren. Sie waren auf einem anderen Stromkreis. Vielleicht funktionierten sie noch?

Ich wirbelte herum und stürzte mich zurück in die Cafeteria. Der leere Raum war beängstigend, als ich an der Theke vorbei auf das Personal zustürmte.

»GEHT AUS DEM WEG!«, brüllte ich und schob mich vorbei.

Erreiche den Lkw.

ERREICHE DEN VERDAMMTEN LKW!

Ich knallte die Karte gegen den Scanner der Außentür.

Grün.

Klick.

Ich drückte auf die Klinke und stürmte hinaus in die gleißende Sonne. Das Licht war blendend. Ich riss meine Hand hoch, um meine Augen abzuschirmen, während ich darauf wartete, dass sie sich anpassen.

»Scheiße!« Meine Schritte waren verdammt langsam, als ich das Gebäude entlanglief.

Je näher ich der Ecke kam, desto lauter dröhnte der Motor des LKWs. Als ich um die Ecke kam, wurden die Töchter bereits verladen.

»*Wartet!*«, brüllte ich und hob meinen Blick zu den Wachen, die sie antrieben.

Sie war nicht da ... sie war nicht ... *WO ZUM TEUFEL WAR SIE?*

Ich schlug mit der Hand gegen die Rampe und sprang hinauf. »Ihr müsst das aufhalten!«, brüllte ich und kämpfte darum, über das Dröhnen des rumpelnden Motors gehört zu werden.

Coulter nickte nur dem Wachmann zu, der den Arm einer Tochter festhielt und sie zur offenen Ladeklappe des LKWs zog.

»Ihr macht einen verdammten Fehler!« Ich trat vor sie, warf einen Blick über meine Schulter, musterte die Gesichter, die bereits drinnen waren, und wandte mich wieder an Coulter. »Sie sind nicht bereit.«

»Sie sind bereit genug«, murmelte er, als seine Männer anrückten und die restlichen Frauen hineindrängten.

Ich warf einen Blick auf Kane und Walker, aber sie waren zu sehr damit beschäftigt, Coulters Wachen anzustarren, die aus dem Nichts zu kommen schienen.

Bumm!

Die Hintertür knallte zu.

»Du hast sie ruiniert!« Ich zeigte mit dem Finger auf den Lkw, weil ich das unbedingt verhindern wollte. »Glaubst du, Hales Männer werden Millionen für eine Frau zahlen, die ihren verdammten Verstand verloren hat?«

Coulter sah mich an. »Hale und seine erbärmlichen Kumpels? Du denkst zu klein, Direktor«, murmelte er und nickte seinem Mann zu. »Das wird überhaupt kein Problem sein.«

Das würde kein Problem sein?

»Warum nicht?« Ich warf einen Blick auf den Lkw. Das Zischen der Bremsklappen war zu hören, bevor er wegfuhr.

Tief im Inneren wusste ein Teil von mir, dass das alles falsch war.

Jede.

Verdammte.

Sekunde.

Bumm!

Ich zuckte zusammen, als hinter mir ein Knall ertönte.

Bumm!

Bumm!

Walker brüllte und stürmte los, als ein weiterer Knall ertönte und einer unserer Wachmänner vor mir auf den Betonboden fiel. Er stürzte sich auf Coulters Mann, packte ihn an der Hand und drückte seine Waffe nach oben.

Kane stürzte sich mit einem Brüllen auf den Wachmann, der hinter Thomas stand ... und richtete eine Waffe auf seinen Kopf.

Das Rattern einer geladenen Schrotflinte war zu hören, als ein Knall ertönte. Das Blut spritzte augenblicklich in mein Gesicht, als ich mich umdrehte und in den Lauf einer Waffe starrte. Aus dem Augenwinkel sah ich, wie ein weiterer Wachmann zu Boden ging.

»Auf die Knie«, forderte Coulter und sah mich an.

Ich schüttelte den Kopf. Der Schrei in meinem Kopf wollte unbedingt, dass ich kämpfte und tötete ... *und sie rettete.*

Coulter hob die Hand und sein Mann kam näher, um Thomas die Mündung seiner Waffe an den Kopf zu drücken. »Jetzt.«

Es gab nichts, was ich tun konnte.

Es gab nichts zu sagen.

Ich konnte nicht betteln.

Aber ich musste es wissen. »Sie werden doch nicht zu Hale gehen, oder?«

Dasselbe hässliche Grinsen begegnete mir. »Jetzt fängt er an, es zu begreifen.«

Kein Hale.

Kein dunkler Ort.

Keine Mel.

Ich schloss meine Augen, als die Welt um mich herum schwankte.

Kein Mel und jetzt auch keine Helene.

»Du brauchst uns«, krächzte Kane flehend. »Wir sind wichtig für dich oder Hale oder wer auch immer den Orden leitet.«

»Du irrst dich«, antwortete Coulter, als der kalte, verhasste Stahl gegen meinen Schädel drückte. »Ihr wart wichtig, aber jetzt seid ihr es nicht mehr. Wir haben alles, was wir wollten.«

Ich öffnete meine Augen, um die verzweifelten Blicke meiner Brüder zu sehen. Aber es war die schwache Staubwolke, die meine letzten Momente hier auf Erden beanspruchte. Schmutzpartikel tanzten in der Sonne.

Ich hatte sie im Stich gelassen ...

Wieder einmal.

Meine Knie zitterten, dann gaben sie nach. Ich streckte meine Hände aus, als ich auf dem harten Beton aufschlug, und meine Brüder und Walker ließen sich neben mich fallen.

Das Dröhnen meines Herzens dämpfte die Schritte der Wachen.

Bumm!

Walker sackte nach vorne und schlug mit dem Gesicht voran neben mir auf dem Boden auf. Blut spritzte auf Beton. Ich starrte den Körper des Mannes an, den ich die letzten zehn Jahre gekannt hatte, während sich das Blut ausbreitete.

Er war der *einzige* Mann, dem ich mein und ihr Leben anvertraut hätte, abgesehen von meinen Brüdern.

»Es ist vollbracht«, sagte Coulter hinter mir, als die Waffe noch fester gegen meinen Schädel drückte. »Ihr seid raus. Es war von Anfang an so geplant.«

Staub.

Das war alles, was ich anstarrte.

Als ich flüsterte: »Es tut mir leid ...«

EINUNDVIERZIG

Helene

NEIN!

Ich schrie das Wort, aber der Klang war gedämpft. Schweiß, Salz und Grausamkeit drückten gegen meine Lippen, als ich auf die Laderampe gezerrt und in einen Lastwagen gezwungen wurde.

»Wenn du schreist, mache ich dir die Fahrt zur Hölle.« Das kehlige Knurren dröhnte an meinem Ohr.

Ich wand und wehrte mich, als er mich ganz nach vorne in den Laderaum zerrte.

»Ihr geht alle da rein.« Die Befehle wurden gebellt.

Ich schlug um mich, rammte meine Fäuste in seine Oberschenkel und versuchte, die Hand zu heben, um sein Gesicht zu krallen. Aber der Griff um meinen Mund bewegte sich nicht. Stattdessen drückte er noch fester gegen mein Gesicht und verdeckte meine Nase, bis ich keine Luft mehr bekam.

RIVEN!

RIVVVEEEENNN!

Die Töchter wurden nach mir in den LKW geschoben und füllten den hinteren Teil, als sich die Türen des Gebäudes öffneten und Kane, Thomas und Walker herauskamen.

»So nah dran, nicht wahr?«, knurrte Coulters Wächter in mein Ohr.

Ich schrie auf, aber das Geräusch wurde durch den Motor des Lkws gedämpft.

»Das sind die Letzten«, rief jemand von draußen.

»Wartet!« Ein schwaches, vertrautes Brüllen ertönte, als sich die Türen schlossen. *»Ihr macht einen verdammten Fehler.«*

Da sah ich ihn, wie er sich von der Seite der Laderampe hochstürzte und zu den anderen stolperte.

Bei seinem Anblick stieg Verzweiflung in mir auf. Ich stürzte nach vorne und schrie seinen Namen. Aber der Griff des Wächters war wie ein Stahlband, das sich um mein Gesicht und meinen Körper legte, meine Schreie erstickte und mich an ihn fesselte.

Kane und Thomas eilten zum Rand des Lastwagens und suchten die Gesichter der Töchter nach meinem ab. Aber sie konnten mich nicht sehen. Sie konnten mich ... nicht ... sehen.

Die Dunkelheit senkte sich über die Köpfe der Töchter vor mir, bis nur noch Schwärze zu sehen war und sich die Türen des Lastwagens mit einem lauten Knall schlossen.

»Nein!« Ich strampelte und löste seine Hand von meiner Nase. *»Nein!«*

»Du denkst, du hattest es bisher schwer?«, grunzte der Bastard in mein Ohr. »Warte nur ab, verdammt.«

Der Lastwagen schlingerte vorwärts. Ich stolperte bei der Bewegung und versuchte, das Gleichgewicht zu halten.

»Schau mal raus.« Der Wachmann schob mich vorwärts und drängte mich an den anderen vorbei, während der Lastwagen an Tempo zulegte.

Ich stolperte nach vorne, dann zur Seite und stieß mit den anderen zusammen, bis ich gegen die Hecktür des Trucks prallte. Durch die Lüftungsschlitze konnte ich einen Blick auf das Gemetzel werfen.

Die meisten unserer Wachmänner waren tot.

Riven hob den Blick, als ihm eine Waffe an den Kopf gedrückt wurde.

Die Leere, die mich jetzt erfasste, war die gleiche wie letzte Nacht.

Es war nicht echt. Nichts von all dem ... *war ... echt.*

Ich wartete darauf, dass das grelle Licht in meinem Kopf mich jetzt genauso wie letzte Nacht fand, als ich sah, wie Riven auf die Knie fiel.

»Du denkst, du hast das Schlimmste hinter dir?« Diese kalten, ekelerregenden Worte hauchten mir ins Ohr. »Es hat gerade erst angefangen. Harmon ist es egal, ob dein Geist gebrochen ist. Viele Männer mögen es, Frauen wie dich zu unterdrücken. Männer wie ich.«

Er stieß seinen härter werdenden Schwanz gegen mich und drückte meine Hüften gegen die Stahltür, aber das war mir egal. Alles, was ich sah, war die Szene draußen, die sich immer weiter entfernte.

Bumm.

Ich zuckte zusammen, als ich das Geräusch hörte und Walker neben Riven nach vorne auf den Boden sackte.

Es gab kein Entkommen.

Nicht mehr.

Vielleicht war das nie der Fall gewesen?

Mein Körper zitterte, als die hohle Leere immer größer wurde. Das Schicksal flüsterte mir ins Ohr und erzählte mir all die widerlichen Dinge, die es mir antun würde.

Ich schloss meine Augen.

Verschloss mein Herz.

Verschloss *alles*.

Der Lastwagen schwankte und schleuderte uns alle zur Seite, als wir um eine scharfe Kurve fuhren. Die Reifen quietschten und als ich mich gegen die Tür stemmte, um wieder auf die Beine zu kommen, sah ich den hohen Zaun des Ordens.

Wir waren draußen.

Wir waren draußen. Ich verkrampfte mich und schluckte den Schrei in meiner Kehle hinunter. Wir waren draußen und alles, was ich wollte, war, wieder dort zu sein. Der letzte Anblick von Riven brannte in meinem Kopf. Wollte ich wirklich zusehen, wie die Kugel in Coulters Hand losging und sein Leben beendete?

Ein Schrei riss mich aus meinen Gedanken, als der Zaun sich immer weiter entfernte. Ich beobachtete, wie der Orden aus dem Blickfeld verschwand, bis nur noch die Straße hinter uns und der Wald zu sehen war.

Die panischen Schreie der anderen Töchter drangen zu mir durch.

»Haltet die Klappe, verdammt!«, grunzte ein weiterer Wachmann.

Drei von ihnen standen in den Schatten versteckt. Drei Wölfe inmitten einer Herde von Schafen.

Und ich war die Verwundbarste allen.

Ich starrte auf die Straße.

Es hatte keinen Hale mehr gegeben.

Oder sein Versteck.

Keine Rache und keine Schwester, die es zu retten galt.

Meine Schultern zogen sich zusammen, als der Schmerz pochte und mich von innen heraus durchbohrte.

Viv ...

Ryth.

Oh, Ryth.

Meine Schwestern würden nie erfahren, was mit mir geschehen war. Es gäbe keine Leiche zu finden, keinen Priester zu foltern. Es gäbe nichts als die verblassende Erinnerung an eine Schwester, die sie nie gekannt hatten.

Du warst nicht da!

Viviennes Schreie verfolgten mich, während der Truck rollte und holperte und der Motor aufheulte. Wir rasten auf die brandneue Hölle zu. Jetzt fühlte es sich auch so an. Die Hitze strahlte vom Metall des Lastwagens ab. Schweißperlen sammelten sich auf meiner Stirn. Meine Atemzüge wurden panischer.

Riven.

Kane …

Thomas.

Sie alle waren jetzt schon tot. Und das alles meinetwegen. *Ich hätte nie vor sein Auto treten sollen. Ich hätte ihnen nie folgen sollen. Ich hätte mich nie mit dem Lehrer treffen und nie zusehen sollen, wie London den Priester fast umbrachte.*

Dann wären wir vielleicht alle nicht hier.

Als der Truck auf sein Ziel zuraste, wurde mein Blick von einem dunklen Fleck abgelenkt. Je länger ich starrte, desto schärfer wurde der Fleck. Es waren zwei Fahrzeuge, die sich auf uns zubewegten, ein brauner Humvee und eine Art schwarzer Wagen dahinter.

Das Sonnenlicht glitzerte auf der Windschutzscheibe des Humvees und das reflektierte Licht war durch die Schlitze zu erkennen, als er immer näher kam … und näher.

»Was zum Teufel?«, murmelte der Wachmann hinter mir.

Dann hörte ich das leise Geräusch eines aufheulenden Motors. Die Fahrzeuge kamen jetzt näher, so nah, dass ich eine riesige Gestalt hinter dem Lenkrad erkennen konnte.

VRROOOM …

Als der Humvee auf die Fahrbahn neben uns schwenkte, öffnete sich das Dach des Fahrzeugs. Ein Mann erhob sich und schleppte ein riesiges Gewehr mit sich.

BUMM!

BUMM!

BUMMBUMMBUMM!

Bei den ohrenbetäubenden Schüssen zuckte ich zusammen. Die Kugeln durchschlugen die Seite des Trucks und ließen blendendes Licht auf die Gesichter der verängstigten Töchter fallen.

Das waren nicht nur irgendwelche Gewehre ... und auch nicht irgendwelche Männer. Sie bewegten sich wie ... *Soldaten.*

BUMM!

Der Lastwagen wich heftig aus und schleuderte mich auf die Seite. Ich knallte gegen etwas, bevor ich nach hinten geworfen wurde. Die Reifen quietschten. Der Knall von Schüssen ertönte um uns herum.

»VERDAMMT!«, brüllte ein Wachmann. *»Wer zum Teufel sind die?«*

Ich konnte sie nicht sehen. Ich konnte überhaupt nichts sehen. Ich schnappte mir die Tochter vor mir und hielt mich fest.

Der Lastwagen wich noch einmal aus, diesmal aber noch heftiger, bevor ich spürte, wie die Reifen von der Straße abhoben. Aber dann wurden wir langsamer ... und langsamer ... und langsamer, bis das Quietschen der Bremsen ertönte und wir mit einem Ruck zum Stehen kamen.

Eine Sekunde lang war nichts zu hören.

Kein Geräusch.

Keine Atemzüge, nur eine qualvolle Stille.

»Macht euch ber–«, begann ein Wachmann, als die Hecktür des Lastwagens aufging.

Die Töchter schrien. Ich schrie mit ihnen und warf die Hände über den Kopf, als Schatten auftauchten.

Bumm.

Bumm.

BUMM!

Ich erschrak bei jedem Geräusch. Die durchdringenden Schreie erfüllten meine Ohren.

Dann war da diese Leere, diese erdrückende Schwere des Nichts.

»Holt sie raus.« Von irgendwoher kam ein tiefes Grollen.

Ich wagte es, meinen Blick zu heben.

»Ihr seid jetzt in Sicherheit«, murmelte ein anderer, während er einer der Töchter half, aufzustehen. »Ihr seid in Sicherheit.«

In Sicherheit.

Was bedeutete dieses Wort überhaupt noch?

Ich musterte die großen Männer, die im hinteren Teil des Lastwagens standen, und konnte ihre Gesichter nicht erkennen ... bis mir bewusst wurde, warum.

Sie trugen Masken.

Jeder einzelne von ihnen.

Mein Blick fiel auf den einen, der sich nicht bewegte. Auf den, von dem ich sicher war, dass er die Befehle gab, und als zwei weitere seiner Männer anrückten und die Frauen um mich herum auf die Beine zogen, richtete er seine unerschütterlichen Augen auf mich.

Der Wächter, der mich festgehalten hatte, stöhnte und drehte seinen Kopf. Meine Augen wurden groß und mein Körper erstarrte. Die Soldaten wurden auf ihn aufmerksam und einer richtete seine Waffe auf den Kopf des Wächters.

»Nein«, murmelte der Anführer und beobachtete meine Reaktion. »Wir nehmen ihn mit.«

Sie bewegten sich augenblicklich, rissen ihm die Waffe aus der Hand und zerrten ihn vorwärts. Ich konnte nur zusehen, wie er vom Ende des Trucks auf den harten Asphalt gestoßen wurde.

Die Soldaten hoben noch mehr von uns vorsichtig auf die Beine und halfen uns heraus, bis einer nach meiner Hand griff.

»Nein«, befahl der Kommandant. »Sie gehört mir.«

Er war so groß, dass es aussah, als wäre selbst die Ladefläche dieses Lkws zu klein für ihn. Ein Mann, der mir die ganze Luft aus den Lungen zu saugen schien, als er näher kam. Ich starrte zu ihm hoch und versuchte verzweifelt, das Gesicht hinter der Maske zu erkennen. Alles, was ich sah, war Gewalt. Alles, was ich sah, war Wut ... und ein Aufflackern von etwas Tieferem ... etwas, das wie Verlangen aussah.

Er richtete seine riesige Waffe nach oben und griff mit der anderen Hand nach meiner.

Die Handschuhe, die er trug, waren schmutzig und abgenutzt. Die großen Finger warteten.

»Wer zum Teufel bist du?«, flüsterte ich und begegnete langsam seinem Blick.

Funken sprühten in seinen Augen, als er antwortete: »Meine Brüder nennen mich Jäger ... Ich schätze, das kannst du auch.«

Preorder here

Sie war eine Lügnerin. Eine Betrügerin. Eine Verführerin.

Und jetzt ist Helene King eine Tochter des Ordens.

Unter der Voraussetzung, dass sie auf dem Weg zu dem Ort ist, an dem Halestrom Hale unsere Schwester gefangen hält, wird sie in einen Truck gepfercht.

Aber das war nicht ihr Ziel.

Eine neue Art des Bösen erhob sich. Eine, die uns genau sagte, welche Hölle auf sie wartete.

Mit dem kalten Stahl an meinem Kopf liegt meine letzte Hoffnung in dem einzigen Mann, der uns jetzt noch helfen kann.

Ein Einzelgänger.

Ein Kommandant.

Derjenige, den wir den Jäger nennen.

Er ist ein Geist. Ein Schatten. Ein trainierter, räuberischer Killer mit einem Team von skrupellosen Männern.

Gewalt ist alles, was er kennt.

Ich hoffe nur, dass seine Blutsverwandtschaft stark genug ist.

Als er Helene und die anderen Töchter rettet, behält er sie für sich.

Er heilt sie. Beschützt sie …

Sogar vor uns.

Während meine Brüder und ich um die Wette laufen, um sie zu finden, wird uns ein neues Bündnis aufgezwungen.

Eines, das wir uns in einer Million Jahren nicht hätten vorstellen können.

Tobias, Caleb und Nick Banks müssen sich mit dem gnadenlosen London St. James und den Killern, die er die Söhne nennt, verbünden.

Gemeinsam jagen wir.

Wir zerstören.

Und versuchen, lange genug zu überleben, um die Wahrheit herauszufinden.

9 781922 933386